W0221469

AtV

Lion Feuchtwanger wurde 1884 in München geboren. Nach vielseitigen Studien gab er die Kulturzeitschrift »Der Spiegel« heraus, schrieb Theaterkritiken und arbeitete an Siegfried Jacobsohns »Schaubühne« mit. Bei Ausbruch des Ersten Weltkrieges wurde Feuchtwanger in Tunis interniert, konnte jedoch fliehen. In München vom Wehrdienst suspendiert, nahm er die Übersetzung und Bearbeitung indischer, griechischer und spanischer Dramen wieder auf, zudem entstanden eigene Stücke und Antikriegsdichtung. Die bayerische Räterepublik erlebte er »in großer Nähe führender Männer«. Die historischen Romane »Die hässliche Herzogin« und »Jud Süß« brachten Feuchtwanger Weltruhm. 1925 siedelte er nach Berlin über. Als die Nazis die Macht übernahmen, befand er sich auf einer Vortragsreise in den USA. Seine Bücher wurden verboten, Haus und Vermögen konfisziert. Sanary-sur-Mer, Feuchtwangers neuer Lebensort, war zeitweilig ein Zentrum deutscher Emigranten. Hier vollendete er u. a. die »Wartesaal«- und die »Josephus«-Triologie. 1940 internierten ihn die Franzosen. Ab 1941 lebte er in Kalifornien, wo weitere große historische Romane, Erzählungen, Stücke und Essays entstanden.

Feuchtwanger starb 1958 in Pacific Palisades.

Angeregt von den mystischen Neigungen führender Nazis und der Empfänglichkeit kleinbürgerlicher Massen für das Magisch-Irrationale, erzählt Feuchtwanger in dem 1941 entstandenen Roman die Geschichte vom triumphalen Aufstieg und erbärmlichen Ende eines pompösen Scharlatans.

Lion Feuchtwanger

Die Brüder Lautensack

Roman

Aufbau Taschenbuch Verlag

ISBN 3-7466-5038-0

3. Auflage 2001
Aufbau Taschenbuch Verlag GmbH, Berlin
© Aufbau-Verlag Berlin und Weimar 1964
Einbandgestaltung Torsten Lemme
Druck Elsnerdruck GmbH, Berlin
Printed in Germany

www.aufbau-taschenbuch.de

Erster Teil

München

An diesem Mittwoch der ersten Maiwoche im Jahre 1931 saß der Hellseher Oskar Lautensack in der Wohnung seines Freundes Alois Pranner in München und sah trübe. Da ist er also wieder einmal gestrandet, da muß er also von neuem unterkriechen hier bei seinem Freund.

Der Mantel hängt, schlampig hingeworfen, über einem Stuhl, ein Paket in hartem, braunem Papier liegt auf dem Tisch, der abgewetzte Lederkoffer mit den paar dringlichsten Habseligkeiten steht mitten im Zimmer. In der Tasche aber hat Oskar Lautensack das, was ihn gezwungen hat, hier Zuflucht zu suchen, die Rechnung über die hundertvierunddreißig Mark, die er der Frau Lechner für seine zwei Zimmer in der Rumfordstraße schuldet und die er nicht zahlen kann.

So hockt er auf dem Sofa. Sein fleischiges Gesicht mit dem üppigen, tief in die Stirn gewachsenen, schwarzen Haar ist gewölkt von Unmut, der starke Mund ist verpreßt, die heftigen, dunkelblauen Augen unter den dicken, schwarzen Brauen blicken finster. Nichts wissen will er von der hausbakkenen Behaglichkeit, mit der das Zimmer eingerichtet ist, nichts von der freundlichen Maiensonne, die es erfüllt.

Der Hellseher Oskar Lautensack hat Grund zum Verdruß. Zweiundvierzig Jahre ist er alt, und weiter fort ist er von der Erfüllung seiner Träume als je. Seitdem Krieg und Inflation vorbei sind, will die Welt nichts mehr wissen von seinen Künsten. Seit sieben vollen Jahren geht es ihm dreckig. In Schaubuden hat er sich produzieren müssen, auf Jahrmärkten, vor einem Pöbel, der sich über ihn lustig machte. Und wenn ihn schließlich auch die Bildhauerin Tirschenreuth von dort weggeholt, das Ärgste von ihm abgewandt und ihm durch die Maske wieder einen gewissen Ruf geschaffen hat, ein Vergnügen ist es nicht, hier bei seinem Freunde zu sitzen, dem Zauberkünstler Alois Pranner, und seine Frotzeleien anhören zu müssen, die gutmütig klingen und bösartig sind.

Vielleicht hätte er doch bei der Alten unterkriechen sollen. Die Alte, das ist die Bildhauerin Anna Tirschenreuth, nicht irgendwer, kein Artist wie Alois, sondern die erste Bildhauerin des Landes. Und sie gibt ihm nicht wie der Alois das Elend seiner äußern Lage in billigen Frotzeleien zu schmecken. Freilich fällt sie ihm dafür auf die Nerven durch ihre unerträgliche Strenge; beharrlich, einfach durch ihre Gegenwart, durch ihr großes, ernstes Gesicht, mahnt sie ihn an seine Sendung, an die Aufgabe, aufzuleben zu seiner Maske. Nein, das ist schon gehupft wie gesprungen.

Mit einem kleinen, verdrießlichen Schnauben steht er auf und wickelt das Paket aus. Es ist das bronzene Abbild seines Gesichtes, es ist die Maske, welche die Tirschenreuth gemacht hat. Er holt sich Hammer und Nägel von der brummigen, alten Kathi, der Haushälterin des Freundes, und die muß, es höchlich mißbilligend, zulassen, daß er die Maske an der Wand aufhängt. Sanft dann, zärtlich geradezu, mit seiner weißen, gepflegten, sehr fleischigen Hand streicht er über das Metall. Er kann nicht leben ohne den Anblick der Maske, und der billige Abguß, den Alois in seinem Schlafzimmer hängen hat, der ist gar nichts.

Er tritt ein paar Schritte zurück. Tausendmal hat er die Maske betrachtet, doch jetzt von neuem beschaut er sie, als sähe er sie zum erstenmal. Durch diese Maske ist dafür gesorgt, daß die Nachwelt einmal feststellen wird, was mit ihm los war. Wenn es die Mitwelt nicht tut, so ist das ihr Schade. Es ist ein Skandal, daß sich ein Mann von seiner Begabung immer wieder aus seiner Wohnung fortstehlen muß, damit ihn die Hauswirtin nicht sehe und nicht ein Geschrei anstimme wegen der unbezahlten Miete. Aber es ist beschämend nicht für ihn, sondern für die Epoche.

Oskars Freunde sagen, er habe einen Cäsarenkopf, seine Gegner finden, es sei der Kopf eines Komödianten. Er selber ist überzeugt, jenes Finster-Strahlende zu besitzen, das Anna Tirschenreuth in der Maske dargestellt hat. Gewiß, es ist noch Gemeines in ihm, Billiges. Aber er wird es austilgen. Er ist auf diesem Weg ein großes Stück vorwärts gegangen, als er sich und der Tirschenreuth gelobte, alle Tricks zu unterlassen und seine ganze Kraft der reinen Telepathie zu widmen. Bis jetzt, länger als ein Jahr, ist er diesem Gelöbnis treu geblieben. Er wird durchhalten. Er wird zu seiner Maske aufleben.

Nicht wenige Menschen erwarten das von ihm. Nicht nur die mancherlei Frauen in mancherlei Städten, die ihm zugefallen sind, ohne daß er sich viel darum hätte mühen müssen; solche Anhängerschaft bewiese wenig. Aber es glaubt an ihn auch sein Bruder, der Hans, und das ist ein harter Bursche, der es einem nicht leicht macht. Desgleichen glaubt an ihn sein Freund, der Zauberkünstler Alois Pranner, auch er ein starker, zweifelsüchtiger Kopf. Und vor allem glaubt an ihn die Alte, Anna Tirschenreuth, die Bildhauerin.

In ihrer Maske hat sie diesen Glauben sichtbar gemacht. Diese Maske, die in Wahrheit ein Abbild seines Innern ist, zeigt jedem, der es sehen will, daß er es hat, das Schöpferische. Er meint natürlich nicht das bißchen armselige Telepathie. Was da an die Oberfläche dringt, das ist nichts als das letzte, traurige Rinnsel eines Stromes tief in seiner Brust. Denn durch ihn, durch Oskar, rinnt er, der große Urstrom, der die Quelle aller Kunst ist. Oskar hat die Intuition, das Daimonion, er hat das, was der Philosoph Kassner die „physiognomische Schau" nennt.

Freilich, zu einem Werk, das man dem blöden Beschauer auf der flachen Hand vorweisen könnte, gerinnt diese seine geheimnisvolle Begabung nicht. Aber hat vielleicht Sokrates ein „Werk" hinterlassen? Er besaß es nur, sein Daimonion: Gestalt wurde es ihm nicht.

Ihm, Oskar, genügt es, daß er den Funken hat. Wenn er in ihm aufglüht, dann ist das eine Wollust jenseits alles Beschreibbaren. Mit einer Frau zu schlafen ist, damit verglichen, ein kleiner, läppischer Genuß. Erfolg, Ruhm, Liebe, das alles ist nichts. Diejenigen, die das Schöpferische nicht haben, können einfach nicht ermessen, was Glück ist.

Im übrigen wird er sich auch den äußern Erfolg erzwingen. Je schlechter es ihm gegangen ist, so größer und begehrlicher sind seine Träume geworden, und alle haben sie sich erfüllt. Als Junge, als Student des Realgymnasiums seines Heimatortes, der kleinen bayrischen Stadt Deggenburg, hat er diese Stadt Deggenburg erobern wollen. Als er dann aus der Schule herausflog, weil er zweimal hatte sitzenbleiben müssen, hat er sich geschworen, er werde die Stadt München erobern. Jetzt, da er München erobert und wieder verloren hat und da er wieder einmal hier gestrandet ist, gelobt er sich, er werde nicht rasten, bevor er Berlin und das Reich erobert hat. Und wenn ihn der Alois Pranner noch so sehr frotzelt, er kommt wieder hinauf, er weiß es ganz genau. „Es ist mein unerschütterlicher Entschluß", sagt er vor sich hin, durch die Zähne.

Seine heftigen, dunkelblauen Augen bohren sich in die bronzenen Züge der Maske. Bittend, beschwörend, drohend starrt er sie an; beinahe grotesk sieht er aus, maskenhaft selber. So spielt er sich und der Maske seinen festen Willen vor, eine ganze, lange Minute hindurch.

Dann, müde, doch weniger verdrossen, kehrt er zurück in die Wirklichkeit und das bürgerlich behäbige Speisezimmer des Zauberkünstlers Alois Pranner, genannt Cagliostro.

Dieser Alois Pranner saß am nächsten Morgen über seinem Frühstück und erwartete den Freund. Er war spät aus der Vorstellung heimgekommen, und Oskar hatte sich schlafen gelegt, ohne ihn abzuwarten.

Lang und knochig saß er da; den großen, kahlen Schädel mit den tiefliegenden Augen, der hohen Stirn und der krausen Nase hielt er über den Teller gebeugt, und er aß, trank und schmatzte gierig. Er sah mürrisch aus. Doch die alte Kathi, die, ihn bedienend, ab und zu ging, wußte, daß ihm keineswegs grantig zumute war. Leider freute sich der Herr Pranner auf seinen Freund und Spezi, den Herrn Lautensack, das Früchterl, den Hallodri, den ausgehausten Lumpen, den Unglücksmenschen.

Kathi hatte recht, Herr Pranner freute sich auf Oskar. Während er sich mit seinen großen, weißen, magern, geschickten Händen Brötchen belegte, abwechselnd mit Schinken und mit Käse, überdachte er mit grimmigem Behagen die Frotzeleien, mit denen er jetzt den Freund aufziehen wird.

Sie gehören zusammen, er, der Zauberkünstler Pranner, genannt Cagliostro, und der Gedankenleser Lautensack. Oskar ist ein Lump, stinkfaul, eingebildet, verlogen, anspruchsvoll, unzuverlässig, er hat alle zuwidern Eigenschaften, die man sich denken kann. Aber er hat auch das „Ich-weiß-nicht-Was", den Funken. Alois könnte sich ein Leben ohne den Oskar nicht vorstellen.

Vor sechzehn Jahren, im zweiten Kriegsjahr, hat er Oskar kennengelernt, an der Ostfront. Vom ersten Augenblick an hat ihn der Oskar behext, und Alois hat sich die Behexung gerne gefallen lassen. Alois ist damals Postgefreiter gewesen, er hatte die Briefe des Bataillons zu zensurieren, und aus dieser Lektüre erfuhr er gewisse Ereignisse, die sich, den Briefempfängern noch unbekannt, in der Heimat ereignet hatten. Da hat ihm der Oskar einen interessanten Vorschlag gemacht: Alois solle Briefe mit solchen Neuigkeiten eine Zeitlang zurückhalten, und er, Oskar, wolle in der Zwischenzeit den Betroffenen jene Ereignisse aus den Briefen verkünden, so seine Hellseherei bewährend. An den Vergünstigungen, die eine solche Betätigung ihm zweifellos bringen werde, wolle er den Alois teilnehmen lassen. Alois hat angenommen, es ist alles gut gegangen, sie haben ausgezeichnet zusammengearbeitet, Oskars Begabung fiel höheren Ortes auf, sie haben, unterstützt von den Militärbehörden, im Hinterland Unterhaltungsabende veranstaltet zugunsten von Wohlfahrtskassen. Und während ihre Kameraden an der Front Entbehrungen litten und starben, haben sie in der Etappe ein angenehmes Leben geführt. Zusammengeschmiedet sind sie seit jener Zeit, spießgesellenhaft, spitzbübisch, in gegenseitiger Anerkennung.

Krach gegeben hat es in den langen Jahren ihrer Freundschaft unzählige Male. In der letzten Zeit gar, seitdem der Oskar dem Varieté Valet gesagt hat, können sie keine Stunde miteinander verbringen, ohne sich die saftigsten Grobheiten an den Kopf zu werfen. Aber sie brauchen das, sie genießen es. Und wenn auch jetzt der Oskar groß und protzig daherredet von seiner Sendung, so wird doch die Zeit kommen, da sie wieder auf einer Bühne zusammenarbeiten und die ganz große Zaubernummer schmeißen werden.

Endlich erschien der Oskar. Genau wie sich's Alois vorgestellt hatte, tat er großartig und gab sich gnädig, als erwiese er dem Alois eine Gunst, wenn er bei ihm und von ihm lebe. Ja, besonders unverschämt war Oskar heute. Er aß mit Behagen von des Alois Käse und Schinken und Eiern und von seinem fetten Kuchen, genannt Gugelhopf, und würzte sich den Schmaus durch scharfe Hohnreden gegen den Geber.

Es war kein Wunder, daß Alois schließlich fuchtig wurde und ein Thema anschnitt, von dem er wußte, es werde den andern kratzen. Langsam, nicht ohne gut gespieltes Mitgefühl fragte er: „Und was hörst du von deinem Bruder?"

An diesem Bruder nämlich, dem Hans, hing Oskar, während Herr Pranner ihn durchaus nicht leiden konnte. Oskar hatte wenigstens Charme, der Hans Lautensack aber war ein höchst unliebenswürdiger Lump, ein Verbrecher schlechthin. Und wenn man ihm, höllisch schlau, wie er war, lange Zeit wenigstens nichts hatte beweisen können, so hatte er sich jetzt auch noch erwischen lassen. Ein gewisser Franz Wiedtke war ermordet worden, in Berlin, und die Täterschaft des Hansgeorg Lautensack war einwandfrei festgestellt. Der Hans versuchte zwar, sich darauf hinauszureden, daß das Ganze eine politische Affäre gewesen sei, der Gegner habe ihn aus politischen Gründen attackiert, er habe ihn in Notwehr niederschießen müssen; der Hans hatte sich nämlich einer großen politischen Partei angeschlossen, den Nationalsozialisten, den sogenannten Nazis. Die halfen ihm auch in seiner faulen Geschichte, aber es schien ihm nichts zu nützen, diesmal drang er nicht durch, die Anklage blieb dabei, es sei bei dem Mord um eine zweifelhafte Dame gegangen, eine gewisse Karfunkel-Lissy, bei welcher der Wiedtke dem Hans Lautensack im Wege gestanden habe. Jedenfalls saß der Hans jetzt in Untersuchungshaft in Berlin, verwickelt in diese wüste Geschichte, in der es um Hals und Kragen ging, und der Alois Pranner hatte Grund zu der Annahme, er treffe den Oskar, wenn er sich nach diesem Hans erkundige.

Die Überlegenheit und das Behagen verschwanden denn auch von dem cäsarischen Gesicht des Oskar. „Ich habe von Hans seit etwa vierzehn Tagen keine Nachricht", erwiderte er ablehnend, „aber sein letzter Brief klang zuversichtlich." Doch so schnell ließ Alois das unerquickliche Thema nicht fahren. „Ich möchte nicht in der Haut des Hans stecken", sagte er voll falschen Gefühles und tunkte bedächtig ein letztes Brothörnchen in den Kaffee; der magere Mensch konnte unendlich viel essen, ohne daß es ihm anschlug.

Grimmig hörte sich Oskar die Reden des Freundes an. Es war klüger, nichts zu erwidern. Einmal wird er doch von diesem Thema aufhören müssen. Einmal, bald, wird er anrücken mit seinem alten, ewigen Gebettel, Oskar möge doch zurück zum Varieté, und dann wird Oskar Gelegenheit haben, ihm die Gemeinheiten gegen den Hans heimzuzahlen.

„Ich weiß, Oskar", fing auch nach einer Weile Alois an, den langen, kahlen, komisch-traurigen Schädel nachdenklich nach vorne geneigt, „es ist dir zuwider, aber ich muß doch noch einmal mit dir darüber reden." Und dann kam die ganze alte, wohlbekannte Sauce. Oskar habe es doch nicht nötig, in solcher Misere zu leben. Warum gehe er nicht zurück zum Varieté? Warum mache er nicht zum Beispiel eine Nummer mit ihm, mit Alois?

Mit Lust schluckte Oskar diesen Honig. Mit Befriedigung hörte er bestätigt, daß also das Beharren in seinem elenden Zustand ein Opfer war, das er brachte, um seine Begabung rein zu erhalten. Er ließ den Freund ganz zu Ende reden, dann erst tat er seine Aufforderung mit eisiger, höhnischer Höflichkeit ab. Berief sich auf seine Sendung, auf die Gefährdung seiner Gabe durch die Anwendung von Tricks. Sprach von den Geheimnissen des Schöpferischen.

Alois grinste, erst leise, dann immer stärker, bis alle die weiß und goldenen Zähne seines langen, schmallippigen Mundes sichtbar wurden.

Auf dieses Grinsen antwortete hochfahrend Oskar, er verstehe schon, daß dem Alois daran liege, mit ihm zusammen eine Nummer zu machen. Eine solche Nummer hebe die Tätigkeit des Alois in die Sphäre des Geistigen; ohne ihn, den Oskar, sei er verurteilt, für immer so was zu bleiben wie ein gehobener Clown.

Immerhin, meinte gemütlich Alois, wäre der Oskar zum Beispiel jetzt aufgeschmissen ohne die Hilfe dieses Clowns.

So stritten sie hin und her, gründlich, mit Vergnügen. Sie sagten einander nichts Neues, unzählige Streitgespräche solcher Art hatten zwischen ihnen stattgefunden, jeder kannte den andern bis in die letzte Falte.

Schweigend, ein wenig erschöpft, standen sie schließlich vor der Maske. Oskar grollte dem Gebild, das ihn immer wieder spornte, über seine Kraft hinauszugehen; gleichzeitig war er stolz darauf, Träger einer so großen Aufgabe zu sein. Alois, während er wünschte, der Scheißkerl von einem Freund möge endlich nachgeben und die Nummer mit ihm machen, freute sich, daß Oskar hartnäckig blieb, sein „Genie“ nicht verriet und ihm so die Möglichkeit gab, ihn weiter zu bewundern.

Müde und befriedigt ließen sie ab von dem ewigen Streit. Es war spät, aber noch standen die Reste des Frühstücks auf dem Tisch. Sie brachen auf, einen kleinen Spaziergang zu machen und sich Appetit für den Mittag zu holen.

Die Bildhauerin Anna Tirschenreuth sah nach der Uhr. Es war drei Minuten vor zehn. Sie hatte Oskar aufgefordert, um zehn Uhr bei ihr zu sein, sie habe ihm eine Mitteilung zu machen.

Als sie erfahren hatte, er habe sich wieder einmal mit Schulden aus seiner Wohnung verdrückt und sei zu dem Pranner geflohen, hatte sie neue Schritte für ihn unternommen. Jetzt wollte sie mit ihm sprechen über das, was sie erreicht hatte.

Sie saß im Sessel, schwer, massig. Das große Gesicht mit der platten Nase, den grauen, etwas müden Augen und den verfärbten Haaren, die einst rot gewesen waren, sah kummervoll aus. Sie war noch keine Sechzig, man pflegte zu rühmen, ihr Werk habe erst jetzt seine Blüte erreicht, sie stehe in ihrer besten Kraft. Ach, was wußten die. Sie war alt, ihr Leben lag hinter ihr, es war ein hartes Leben gewesen, sie hatte kämpfen müssen, mit sich und mit den andern, sie hatte es sich und den andern nicht leicht gemacht. Jetzt hatte sie nur mehr ihr Werk und diesen Mann Oskar, den sie liebte wie einen Sohn, dieses schlechte Gefäß, von dem sie nicht wußte, ob nicht alles verloren sei, was man hineinschüttete.

Helles Licht füllte den Raum und zeigte deutlich die scharfen, strengen Falten ihres vergrämten Gesichtes. Zu den Fenstern schauten die Bäume des kleinen englischen Gartens herein, der das Haus umgab. Eine Glastür führte hinaus auf eine Terrasse, dahinter war eine stille Wiese und ein paar Baumgruppen mit Gebüsch, und wieder dahinter ein Bach. Mitten in der Stadt war man hier auf dem Lande, das Leben der Stadt war versunken.

Zehn Uhr acht. Anna Tirschenreuth saß und wartete. Der Stock, an dem sie zu gehen pflegte, lehnte am Sessel. Ziemlich schlaff saß sie da, vornübergeneigt. Sonst weiß sie untrüglich, ob sie etwas gut gemacht hat oder schlecht. Diesmal weiß sie nicht, ob das, was sie für Oskar getan hat, das Richtige war. Professor Hravliczek hat ironisch gelächelt, ein wenig mitleidig, als sie mit ihrem Handel zu Rand gekommen waren, und der Hravliczek ist ein höllisch kluger Mann.

Da war Oskar. Das starke Gesicht mit den heftigen, blauen Augen unter den dicken, dunkeln Brauen bemühte sich, gehalten auszuschauen, gleichmütig. Die Frau wollte es ihm leicht machen. „Da bist du ja", sagte sie so beiläufig wie möglich.

Allein Oskar kam sich vor wie ein Junge, der die Schule geschwänzt hat. Wenn sie ihn gefragt hätte, warum er nicht zu ihr gekommen sei statt zu dem Alois, hätte er nichts zu erwidern gewußt. So war er als Bub, wenn er etwas angerichtet hatte, vor seinem Vater gestanden, voll Angst vor seinen groben Schimpfreden, seinem dicken, rötlichen Schnurrbart und seinem Rohrstock.

„Ich habe mit Professor Hravliczek gesprochen", sagte jetzt Frau Tirschenreuth. „Man ist bereit, dich ständig zu beschäftigen gegen ein Monatsgehalt von zweihundertfünfzig

Mark.“ Sie atmete schwer; Oskar wußte nicht, ob er dieses schwere Atmen auf ihr Asthma zurückführen sollte oder auf den Inhalt ihrer Mitteilung. Denn Professor Hravliczek war Präsident der „Psychologischen Gesellschaft“, und das war die angesehenste Vereinigung, die für Oskar in Frage kam. Mehrmals war von einem solchen Engagement die Rede gewesen; doch Hravliczek, ein schwieriger, genauer Herr, hatte sich nicht binden wollen, auch gefiel ihm Oskar nicht recht. Es bedeutete also etwas, wenn Anna Tirschenreuth die Widerstände des Professors überwunden hatte. Zweihundertfünfzig Mark waren, da man Oskar in der „Psychologischen Gesellschaft“ kaum öfter als dreimal im Monat benötigte, eine hohe Bezahlung. Und er wird, wenn er diesen Rückhalt hat, nicht mehr Gefahr laufen, aus seiner Wohnung hinauszufliegen, die demütigende Abhängigkeit von der Tirschenreuth und von Alois wird zu Ende sein.

„Natürlich müßtest du dann“, setzte ihm Frau Tirschenreuth auseinander, „ausschließlich den ‚Psychologen‘ zur Verfügung stehen. Der Hravliczek hat nichts dagegen, daß du ab und zu in privaten Zirkeln unentgeltlich experimentierst. Aber er möchte nicht, daß du die Telepathie gegen finanzielles Entgelt betreibst. Er fürchtet, das könnte die Voraussetzungslosigkeit deiner Experimente beeinträchtigen, ihre Naivität, wie er sich ausgedrückt hat.“

Aha, dachte Oskar, da ist der Pferdefuß. Wenn er das unterschreibt, dann ist es ein für allemal aus mit den Plänen, die der Alois für ihn hat. Dann ist es Essig mit Geld und Ruhm und sensationellem Erfolg und begeistertem Publikum. Dann wird sein Name höchstens alle Vierteljahre einmal in Fachzeitschriften erscheinen, und niemand wird um ihn und seine Begabung wissen als ein kleiner Kreis von Gelehrten.

„Du wirst dann unabhängig sein“, hörte er die schwere, etwas heisere Stimme der Tirschenreuth weitersprechen. „Du wirst endlich dein Buch schreiben können. Ich habe dieser Tage wieder das Exposé in der Hand gehabt, das du mir als Geburtstagsgeschenk gegeben hast. Es könnte ein gutes, verdienstvolles Buch werden.“ Sie sprach vor sich hin und sah ihn kaum an.

Er ließ sich jetzt, in diesem Augenblick, nicht gern erinnern an das Buch, sosehr der klingende Titel „Größe und Grenzen der Telepathie" ihm gefiel. Er legte sich nicht gerne fest. Doch in diesem Exposé hatte er sich, nachdem sie ihn endlos bedrängt hatte, unmißverständliche Thesen abgerungen. Der echte Telepath, hatte er dargelegt, könne die Gedanken anderer viel genauer und viel umfassender lesen, als man gemeinhin vermute. Auch sei diese Fähigkeit gewöhnlich verbunden mit viel Kraft der Suggestion, ein guter Gedankenleser sei fast immer ein guter Hypnotiseur. Ein läppischer Aberglaube hingegen sei es, anzunehmen, daß etwa eine solche Fähigkeit verknüpft sei mit der Kraft, Tote zu beschwören, die Zukunft vorauszusagen oder mit ähnlichem. Wer erkläre, er vermöge dergleichen, sei ein Schwindler.

Das waren die Thesen, an die Oskar gerade jetzt nicht gern erinnert sein wollte. Er war noch voll von Phantasien, welche die Unterredung mit Alois in ihm hatte aufsteigen lassen, noch waren in ihm Vorstellungen von einem Meer begeistert hochstarrender Gesichter und einem Sturm rasenden Applauses. Anderenteils ist es für ihn natürlich von vornherein entschieden, daß er derlei Träumen ein für allemal zu entsagen und das Angebot des Professors Hravliczek anzunehmen hat. Ein Leben, wie es ihm durch diesen Vertrag ermöglicht wird, ist genau das richtige. Endlich wird er sich ausschließlich der Entwicklung seiner Persönlichkeit, seiner Begabung widmen dürfen.

„Ich danke Ihnen, Frau Tirschenreuth", hört er sich selber sagen. Er nimmt ihre Hand und drückt sie. Ihre Augen, die geübten Augen der Bildhauerin, beschauen diese seine drükkende Hand, kommen nicht los von ihr. Sie hat sie dargestellt, diese Hand, wie sie sein Gesicht dargestellt hat. Es ist eine weiße, gepflegte, geschickte, fleischige, rohe, gewalttätige Hand.

Ihn indessen bewegte der Gedanke, daß sie, und nicht zum erstenmal, etwas für ihn vollbracht hatte, etwas Schwieriges, Mühevolles. „Sicher war es nicht leicht", fragte er, „den Professor Hravliczek zu überreden?" – „Es war nicht leicht", gab die Tirschenreuth zu, ohne ihn anzuschauen. „Was haben Sie ihm dafür geben müssen?" fragte er geradezu; er wollte wissen, wieviel er wert sei. „Den ‚Philosophen'", sagte mit der gleichen Offenheit die Tirschenreuth.

Oskar schaute nach der Stelle, wo der „Philosoph" gestanden war. Von Anfang an war ihm das Zimmer verändert vorgekommen, ja, es war der leere Sockel, der die Veränderung bewirkt hatte. „Der Philosoph" war eine kleine Bronzestatue; man hatte der Tirschenreuth manches Angebot dafür gemacht, aber sie hatte das Werk geliebt und sich nicht davon trennen wollen. Dem Oskar war, als sähe er in der leeren Luft über dem Sockel die Umrisse des „Philosophen", er starrte scharf hin, es war Luft, blieb Luft.

„Was hat der Hravliczek für die Skulptur gezahlt?" fragte er, sein dunkler Tenor, sonst samten und schmiegsam, klang gepreßt. „Ich hatte schon höhere Angebote", sagte Frau Tirschenreuth ausweichend. „Aber er hat nicht unanständig bezahlt", fügte sie schnell hinzu.

Anna Tirschenreuth ist nicht geizig, das hat Oskar häufig erfahren, und es wäre für sie ein kleines gewesen, ihm einen Betrag auszusetzen, von dem er drei oder vier Jahre bequem und ohne Verpflichtungen hätte leben können. Aber dafür ist sie zu streng und pädagogisch. Das bekomme ihm nicht, glaubt sie. Ein so einfaches Mittel wendet sie nicht an. Lieber verschafft sie ihm durch die Anstellung einen Halt und macht, um das zu erreichen, den schmerzlichen Umweg über die Hingabe der Skulptur.

Es wärmt ihm das Herz, daß ihn Anna Tirschenreuth so hoch einschätzt. Er wird es ihr und sich selber beweisen, daß sie ihn nicht überschätzt hat. Jetzt, da es ihm endlich vergönnt sein wird, seine ganze Kraft seinem Talent zu widmen, wird er zu seiner Maske aufleben. Wird das Buch schreiben. Wird das Einmalige, nur ihm Erlebbare darstellen: „Größe und Grenzen der Telepathie".

Nachdem er diesen ernsten, ehernen Entschluß gefaßt hatte, trug er keinen Anstand, Anna Tirschenreuth in Hinsicht auf den bevorstehenden Vertragsabschluß mit dem Hravliczek um ein Darlehen zu ersuchen. Wenn sie ihm zweihundertfünfzig Mark liehe – das entspräche der ersten Monatsrate –, dann könnte er aus dem lästigen Zusammenleben mit Alois Pranner in seine stille Klause in der Rumfordstraße zurückkehren.

Frau Tirschenreuth gab ihm das Geld.

Er fuhr in die Gabelsbergerstraße. Packte, ohne den abwesenden Alois abzuwarten, seine Sachen.

Kehrte zurück in seine alte Wohnung. Zeternd stürzte Frau Lechner herbei, seine Wirtin, und erklärte, sie lasse ihn nicht herein, solange er nicht die rückständige Miete bezahlt habe. Hochmütig gab er ihr die Scheine.

Dann, voll Behagen, richtete er sich wieder ein in seiner Klause, in der er nun, wenn er erst den Vertrag mit den „Psychologen" abgeschlossen hat, ein paar ungestörte Jahre wird verbringen können.

Er packte den abgewetzten Lederkoffer aus und legte zurück in den Schrank, was er an Wäsche und Hauskleidung mitgenommen hatte. Es war da vor allem eine violette Hausjacke mit Seidenaufschlägen und hübsche, dazu passende Pantoffel; Alma hatte sie ihm geschenkt, die Schneiderin, unter seinen Freundinnen die treueste und von ihm am wenigsten beachtete. Dann stellte er zurück zu den andern Büchern den Band Swedenborg, den er zu Alois mitgenommen und nie aufgeschlagen hatte. Schließlich entschnürte er das Paket harten, braunen Papieres und hängte mit Sorgfalt die Maske auf über dem dunkeln Fleck, wo sie früher gehangen hatte.

Das verrichtet, setzte er sich in den Lehnstuhl und ergriff mit der Seele von neuem Besitz von seinem Zimmer. Durch die Absicht, den Vertrag mit dem Hravliczek zu schließen, und durch den damit verbundenen Verzicht auf seine Träume von äußerm Erfolg hatte er sich dies sein kleines Reich neu erobert.

So armselig das Zimmer herschaute, es war durchtränkt mit seinem Wesen. Da war der Schreibtisch. Er hatte ihn gerettet aus der Erbschaft des Elternhauses in Deggenburg. Es war der Schreibtisch, an dem der Vater gesessen war, der Magistratssekretär Ignaz Lautensack; an ihm sitzend, hatte er die Zeugnisse des kleinen Oskar geprüft, jene Zeugnisse, in denen vermerkt war, daß er wegen ungenügender Leistungen das Schuljahr wiederholen müsse, und von diesem Schreibtisch war dann der Vater aufgestanden, um ihn durchzuhauen. Da war weiter das Bild an der Wand, ein prunkvoll gerahmter Öldruck, darstellend den König Ludwig den Zweiten von Bayern, einen sehr stattlichen, schönen Mann, wie er sich, angetan mit einer silbernen Rüstung, in einem Nachen von einem Schwan über blaues Wasser ziehen läßt. So hatte das Bild während der Jahre seiner Kindheit auf Oskar Lautensack heruntergeblickt, verkörpernd Macht, Traum und Schönheit, alles im Leben Erstrebenswerte, ein Ideal und ein Ansporn. Da war weiter die Maske, die platonische Idee seines Selbst, zu der aufzuleben er sich verpflichtet hatte.

Und da war schließlich die vierte Wand, leer und ungeschmückt. Diese Leere aber hatte nicht weniger Beziehung zu seinem Innern als die Maske. In seinem Innern nämlich bekleidete Oskar diese Wand mit einem Bildteppich, mit einem Gobelin. Als Junge war er ein paarmal eingeladen worden zu dem Getreidehändler Louis Ehrental, dem reichsten Mann der Stadt Deggenburg – die kleine Franziska Ehrental machte manchmal einen Teil des Weges von der Schule nach Haus mit Oskar zusammen, und das bald scheue, bald großartige Wesen des Jungen hatte Eindruck auf sie gemacht –, und dort, im Hause des reichen Ehrental, hatte er einen solchen Wandteppich hängen sehn. Darauf dargestellt waren Herren und Damen, reitend in prunkvollen Gewändern; „es ist ein spätflandrisches Original“, hatte Frau Ehrental vornehm und beiläufig erklärt. Dieser Wandteppich hatte sich dem Knaben Oskar als Symbol äußersten Reichtums und Erfolges ins Hirn geprägt, eine innere Stimme sagte ihm, auch ihm werde es einmal beschieden sein, seine Wohnstätte mit solcher Pracht zu schmücken, und an diese äußere Aufgabe mahnte ihn die leere Wand, so wie ihm die Maske ständig die inneren Verpflichtungen vor Augen hielt, welche seine Begabung ihm auflegte.

Das waren die Träume und Symbole, die ihn umgaben, wie er so im Lehnstuhl saß in seinem neu eroberten Zimmer.

Professor Thomas Hravliczek wandte den rosighäutigen, von einem blonden Bart umrahmten Kopf dem eintretenden Oskar zu, ihn aus den kleinen, hellen Augen hinter der scharfen Brille musternd. „Setzen Sie sich", sagte er zu Oskar; es war mehr ein Befehl als eine Bitte.

Er selber, der Hravliczek, saß zwerghaft inmitten des großen, dunklen Raumes, der bis zur Decke mit Büchern vollgestopft war. Oskar pflegte sich hochfahrend lustig zu machen über den Gnom, über seinen lächerlichen böhmischen Dialekt, über seine öde, umständliche Aufklärerei, aber er wußte, dieser Mensch, der da so lächerlich, wie hingeklebt, in seinem viel zu mächtigen Stuhl hockte, war ein schlauer, zäher, gefährlicher Feind. Niemals hatte ihn der Professor in Wort oder Schrift angegriffen, aber Oskar spürte, daß er alles an ihm anzweifelte, nicht nur seine Begabung, sondern sein ganzes Wesen.

„Ich höre von Frau Tirschenreuth", begann nach einem unbehaglichen Schweigen Hravliczek, „daß Sie den Angeboten widerstanden haben, mit denen die Varieté-Bühne Sie zu lokken versuchte. Wacker, wacker", anerkannte er. Doch sein quäkender Ton und der fast belustigte Blick, mit dem er Oskar betrachtete, machten sein Lob zur Ironie.

Oskar, sonst nicht aufs Maul gefallen, fand nichts, was er hätte erwidern können. Er begnügte sich, die heftigen, dunkelblauen Augen unter den finstern, schwarzen Brauen drohend auf den Hravliczek zu richten. Aber auf den Zwerg machte das keinen Eindruck. Aus dem Dämmer heraus blitzte seine scharfe Brille; und mit einem kleinen, fast wohlwollenden Schmunzeln gab er Oskar seinen Blick zurück. Es war ein stummes Zwiegespräch. Oskar sagte stumm: „Du wirst es mir noch zugeben, daß ich mehr kann, als du denkst." Der Zwerg seinesteils erwiderte stumm: „Schon gut, mein Lieber. Ich weiß, was du kannst und was du nicht kannst. Mir machst du nichts vor. Du bist eine kleine, beschränkte Abnormität."

Laut, wie die Stummheit fast unerträglich wurde, sagte er: „Sie tun recht daran, Herr Lautensack, nicht mehr im Varieté aufzutreten. Gewiß ist die Telepathie eine unterhaltsame Sache, und es macht Spaß, zuzuschauen. Der Gedankenleser, der sich vor einem größeren Kreis produziert, kann wahrscheinlich auch Geld machen. Aber er leidet Schaden an seiner Fähigkeit. Mir wenigstens ist noch keiner untergekommen, der bei einer solchen öffentlichen Bühnenproduktion nicht nach dem Effekt geschielt hätte, und auf die Dauer nimmt diese Effekthascherei dem Telepathen die Unbefangenheit, die Naivität. Was ist das aber für ein Telepath, der mit ‚Kunst' arbeitet, mit Vorbedacht? Was ist da seine ganze Gedankenleserei noch wert?" Der Professor sprach dozierend wie zu einem Schuljungen. Oskar empfand seine Sätze wie eine Abkanzelei, er fühlte sich gedemütigt.

Trotzdem wagte er nicht, dem Manne heimzuleuchten. Der Hravliczek war arrogant, eigenbrötlerisch, er hatte zweimal infolge seiner Streitbarkeit einen Lehrstuhl aufgeben müssen. Aber er galt als der erste Kenner auf dem schwierigen Grenzgebiet der Parapsychologie, des Okkultismus; auch Oskar stritt ihm sein Fachwissen nicht ab.

Der Professor nahm jetzt mit den dünnen Händchen seinen schweren Sessel an beiden Lehnen, schob sich und den Sessel weiter vor, Oskar näher auf den Leib rückend, und beschaute ihn interessiert, wie ein Versuchskaninchen, wie ein Phänomen, dazu ironisch, wie es dem Oskar schien. „Frau Tirschenreuth erzählte mir", quäkte er in seinem komischen Böhmisch, „Sie wollten ein Buch schreiben. Viele Telepathen haben Bücher geschrieben, es ist wertloses Zeug geworden. Die Herrschaften können zuweilen die Gedanken und Gefühle der andern lesen, aber, wie es scheint, selten ihre eigenen. Es liegt wohl daran, daß die Besitzer telepathischer Fähigkeiten geneigt sind, die Bedeutung ihrer Fähigkeiten zu überschätzen. Wenn Sie das nicht tun, Herr Lautensack, wenn Sie ehrlich und ohne Affektation berichten, dann kann Ihr Buch wichtiges Material beisteuern."

Dem Oskar war das Mißtrauen des Hravliczek gegen die Telepathen nichts Neues. Der Theorie des Professors zufolge war die Fähigkeit des Hellsehens kein Privileg, sondern ein Mangel. Für ihn war diese Fähigkeit ein Überbleibsel aus einer früheren Entwicklungsstufe. So wie uns der Blinddarm geblieben ist und ein rudimentärer Schwanz, so ist uns aus der

Zeit, da unsere Kritik, unsere Vernunft noch wenig entwikkelt war, ein Haufe atavistischen, jetzt unnützlichen Instinktes übriggeblieben, ein Haufe von Ahnungsvermögen, das nicht weiter vom Verstand kontrolliert wird. Dem Professor zufolge war der kritische Verstand des Gedankenlesers einfach zu dünnhäutig, die Ratio des Telepathen hielt der Hypertrophie seines Unterbewußten nicht stand.

Sich mit einem Herrn, der solche Theorien vertrat, in eine Diskussion einzulassen wäre sinnlos gewesen. Oskar beschränkte sich also auf einen Augenaufschlag der Hoffnungslosigkeit und wandte den Blick von dem Professor ab.

Da gewahrte er in einer dämmerigen Ecke des großen Zimmers die kleine Bronzestatue des „Philosophen". Es war gemein. Da saß dieser verfluchte Professor und spreizte sich und verhöhnte ihn; dabei hatte er durch ihn ein so gutes Geschäft gemacht. Die Wut machte Oskar geistreich. „Ein Mann", sagte er mit vollendet höflicher Ironie, „ein Mann, der willens ist, einem zweihundertfünfzig Mark im Monat zu zahlen, hat sich das Recht gekauft, einem seine Meinung an den Kopf zu werfen, auch wenn sie unhöflich ist." Doch der Gnom schmunzelte nur in seinen rotblonden Bart und erwiderte: „Eine höfliche Wissenschaft, mein Lieber, die gibt es nicht. Für den Wissenschaftler bleibt ein Telepath" – er schmunzelte stärker – „nun eben ein Telepath."

Auf Grobheiten erwidert ein weiser Mann weltmännisch. „Wir werden uns schon vertragen, Herr Professor", sagte Oskar mit seiner samtigsten Stimme, konziliant lächelnd. „Der erste Kenner der Materie und ein immerhin nicht ganz schlechter Telepath, das wird schon gehen."

Oskar erwartete, nach diesem Hinweis werde der Hravliczek endlich auf das Geschäftliche zu sprechen kommen. Oskar brauchte den Vertrag, brauchte vor allem eine Anzahlung auf den Vertrag. Allein der Professor sagte nichts, und von neuem entstand ein unbehagliches Schweigen.

Sollte Oskar die Rede auf den Vertrag bringen? Ganz leise erklangen in seinem Innern die Vorschläge des Alois, regten sich in ihm die begrabenen Träume seiner Bühnenlaufbahn. Nein, nach der Frechheit und Verachtung, die ihm der Zwerg bezeigt hat, wird er nicht von dem Vertrag anfangen. Eher beißt er sich die Zunge ab.

Er sprach also nicht von dem Vertrag, und da auch der Professor nicht davon sprach, so ging Oskar, nach einem letzten Blick auf den „Philosophen", unverrichteterdinge.

Wenige Tage später bekam Oskar ein Telegramm aus Berlin, in dem ihm sein Bruder Hans oder Hannsjörg, wie er sich jetzt markig und neudeutsch nannte, mitteilte, er sei aus der Untersuchungshaft entlassen und werde übermorgen in München eintreffen.

Vor jedem, besonders vor Alois, hatte sich Oskar heftig zu Hansens Version bekannt, der habe seinen Gegner während eines politischen Streites in Notwehr getötet. Aber in seinem Heimlichsten hatte Oskar gewußt, die Anklage hatte recht, Hans hatte an den Einnahmen jener Karfunkel-Lissy teilgenommen und den Maler Wiedtke erschossen, weil der ihm bei dieser Dame im Weg gestanden war. Oskar hatte schlecht geschlafen, wenn er an Hans dachte und wie übel es um seine Sache aussah.

Mit um so tieferer Erleichterung las er das Telegramm, das ihm die glückhafte Wendung berichtete. Wenn es einen Menschen auf der Welt gab, den er liebte, dann war es der Hans, sein kleiner Bruder.

Oskar selber ist musisch, er hat die Schau, aber er ist der reine Tor, der Parsifal, von der harten, äußern Realität versteht er nichts. Hans hingegen ist nicht dumpf und langsam wie er selber, sondern ein Mensch, der die Tatsachen rasch und sicher durchschaut und sie anpackt, wie sie sind. Er und Hans ergänzen einander.

Das Telegramm ist des Morgens gekommen, Oskar war gerade im Begriff aufzustehen. Er hat Sinn für Formen. Er hat die hübsche, violette Hausjacke angezogen und die zugehörigen Pantoffel, das ist eine Ehrung für Hannsjörg und für das freundliche Schicksal. So sitzt er nun im Sessel, die Morgensonne fällt herein, sein starker, fleischiger Kopf lehnt an der Rückwand, und in diesem Kopf sind viele zärtliche Gedanken an den Bruder.

Ja, sie gehören zusammen, Hans und er, „orphisch, von den Müttern her, von Gewässern der Tiefe her". Das ist so seit ihrer frühesten Jugend, die sie verbracht haben in der Stadt Deggenburg, dort die Volksschule besuchend und später das Realgymnasium. Zusammengehangen wie die Kletten haben sie allezeit und sich befehdet wie bissige Köter. Hundert schlaue, böse Streiche haben sie ausgeheckt und durchgeführt, spießgesellenhaft verbunden, einer den andern verratend, sich am Ende immer wieder zusammenfindend. Durchschaut haben sie einer den andern bis ins Letzte. Das Bösartigste, was ein Mensch dem andern sagen kann, haben sie sich gesagt, schonungslos, treffsicher. Aber obwohl der Hans ein Realist ist und keinen Sinn hat fürs Mystische, verehrt er an Oskar das Unheimliche, die Intuition, die Persönlichkeit, und Oskar bewundert Hansens Weltblick und Tatkraft. Und wenn sie in Not sind, gehen sie einer zum andern, überzeugt, daß dieser andere für ihn sein Letztes geben wird.

Ausgefüllt also von einer großen Wärme und Zärtlichkeit ist Oskar, wie er jetzt an den Bruder denkt. Es war seine innere Stimme, es war sein Daimonion, das ihn davor bewahrt hat, den Hravliczek an den Vertrag zu mahnen. Oskar weiß nicht, wie Hansens äußere Situation ist, ob er Geld hat oder nicht. Aber das weiß er, nun der Hans wieder frei ist, wäre der Vertrag mit den „Psychologen" nur eine Kette. In Ruhe jetzt wird er mit dem Hans bedenken und bereden, was er machen soll. So was wie der Vertrag mit dem zuwidern Zwerg, ein Vertrag mit zweihundertfünfzig Mark monatlich, wird es bestimmt nicht sein.

Oskars Blick geht von dem Bild des Bayernkönigs Ludwig zu der Maske, von der Maske zu der leeren Wand. Hans ist frei, jede Erfüllung viel näher gerückt. Nicht nur wird er das Buch schreiben, er wird auch den Gobelin erwerben und weltweiten Ruhm.

Wieder zwei Tage später, des Abends, stand Oskar auf dem Bahnsteig, den Kopf leicht vorgestreckt, seine Blicke suchten die Wagen des eben angelangten Berliner Zuges ab.

Da war der Kleine. Er kletterte heraus, gepäckbeladen,

und, schau mal an, aus einem Coupé der Polsterklasse. Er sah noch schmächtiger aus, als Oskar erwartet hatte, blaß, alle Züge schärfer, der Mund noch schmaler, aber er grinste übers ganze Gesicht, vergnügt, spitzbübisch, spießgesellenhaft, zuversichtlich, frech, schlau; „kühn und siegesbewußt", fand Oskar. Ja, großartig sah der Kleine aus, fand er, trotz seiner Magerkeit und seiner Stubenfarbe. „Fein ist das, daß ich dich wiederhabe", erklärte er stürmisch, mehrere Male. Und einen hellen, neuen Sommerüberzieher trug er, der Kleine, und Polsterklasse war er auch gefahren, schau mal an.

Absteigen wollte er im Hotel Kaiserhof, das war ein gutes, nicht gerade billiges Hotel. Oskars Respekt vor der Lebenstüchtigkeit des Bruders nahm zu. Sie legten den sehr kurzen Weg zum Hotel zu Fuß zurück, durch den fröhlichen Lärm der abendlich geschäftigen Stadt. „Erzähle", drängte Oskar, „es muß viel zu erzählen sein." – „Viel und wenig", antwortete Hans, er sprach laut, um den Lärm zu übertönen, er hatte eine hohe Stimme, die oft scharf und befehlshaberisch klang. „Aber du weißt doch sicher alles von selber, du Hellseher", sagte er, Oskar aufziehend. „Ich habe mich furchtbar nach dir gesehnt", sprach er ohne Übergang weiter, und es klang ehrlich. „Manchmal hätte ich deinen Zuspruch dringend nötig gehabt, manchmal war mir verdammt flau zumute." – „Ich hab es gespürt", erwiderte ernst Oskar, „ich hab es gewußt", korrigierte er sich.

Sie kamen an. Hans ließ sich ein gutes Zimmer geben, trug sich ein. Das Gepäck wurde gebracht, der Kleine packte das Notwendigste aus, wusch sich. Oskar stand dabei, geradezu bewegt schaute er auf den schmächtigen Körper des Bruders.

Das Krisperl, dachte er. Sie schwatzten, während sich Hans wusch. Der erzählte, er ging jetzt mehr aus sich heraus. Berichtete, wie seine Sache hin und her geschwankt habe, je nachdem die Sache der Partei, der Nazis, günstiger gestanden war oder weniger günstig. „Aber wenn es noch so mulmig ausschaute", sagte er, „eigentlich habe ich nie daran gezweifelt, daß es gut ausgehen wird. Ich habe gewußt, die Partei wird es schaffen. Sie hat es ja auch geschafft." – „Mach dich nicht gar so klein", meinte Oskar, „nicht für jeden hätte sich die Partei eingesetzt." – „Nun ja", entgegnete Hans, während er sich mit dem Handtuch den geröteten Rücken frottierte, „nun ja, ich habe meine Verdienste, und ich habe meine Beziehungen. Der Proell läßt mich nicht im Stich. Meine Freundschaft mit Manfred ist noch enger geworden", erläuterte er großspurig, er grinste verschmitzt, gemein, seine freche, helle Stimme übertönte das Plätschern des Wassers. Es hielt sich aber die Partei eine Privatarmee, die sogenannten Sturmabteilungen, und der Manfred Proell, von dem Hans sprach, war der Stabschef dieser Armee.

Man aß auf dem Zimmer zu Abend. Hans berichtete weiter. Er war zu einem Helden der Partei geworden, zu einem großen Mann. Er war auf Kosten der Partei in München und zu Zwecken der Partei. Daher der neue Überzieher und die Polsterklasse.

Oskar, nicht schnell von Verständnis für äußere Zusammenhänge, mußte das alles erst verdauen. Der Kleine hatte also nicht nur die übeln Folgen der Mordaffäre abgewandt, er hatte aus der Geschichte noch Vorteile zu ziehen gewußt. Er selber, Oskar, konnte nicht mit äußern Erfolgen aufwarten, nur mit innern, konnte nur anführen, daß seine Kraft gewachsen sei. Das klang ein bißchen mager nach den eindrucksvollen Berichten des Kleinen. Der schaute ihn denn auch nur nachdenklich an und fragte sachlich roh: „Hast du eigentlich Pinkepinke zur Zeit?" Oskar ärgerte sich mehr über die schnoddrige Berliner Ausdrucksweise als über die Frage selber. „Es geht", antwortete er vornehm. „Meine Zimmer in der Rumfordstraße kann ich halten."

Später erzählte Hans, er werde morgen bei der großen Parteiversammlung im Zirkus Krone dem Führer vorgestellt werden und die Glückwünsche der Münchner Parteigenossen entgegennehmen. Manfred Proell werde eigens von Berlin herüberfliegen, um ihn dem Führer vorzustellen. Oskar müsse natürlich auch kommen. Oskar war sehr beeindruckt.

Er freute sich ehrlich über alles, was dem Bruder zugefallen war. Aber er dachte an den nackten, armseligen Körper, den er vorhin, da Hans sich wusch, gesehen hatte; er beschaute das spitze, schlaue Gesicht des „Krisperls". Es blieb merkwürdig, daß ein Mensch von solchem Aussehen so viele greifbare Erfolge davontrug, und er selber mit seinem bedeutenden Kopf so gar keine. „Ohne Wahl verteilt die Gaben, ohne Billigkeit das Glück", klang in seinem Innern ein Vers, den er in der Schule hatte lernen müssen.

Hans wollte bald schlafen gehen. Aber: „Bleib doch", bat er den Bruder, „setz dich noch zu mir ans Bett." Es klang sehr brüderlich, sehr nach Jugendzeit. Oskar tat denn auch, wie Hans wollte.

Der gähnte, dehnte und rekelte sich, wohlig. „Sie haben da so eine Art Wandbetten in Moabit", erzählte er, „man muß sie herunterklappen. Sie sind nicht einmal besonders schlecht, sie sind ähnlich wie beim Militär, aber ich sage dir, gut geschlafen hab ich nicht. Wenigstens hat es sich bezahlt gemacht", konstatierte er, tief befriedigt, und streckte sich von neuem. „Die Betten sind nicht schlecht hier", anerkannte er, „überhaupt ist es ein gutes Hotel. Ich könnte mir natürlich auch die ‚Vier Jahreszeiten' leisten. Aber es ist klüger, wenn wir Prominenten der Partei nicht zu sehr protzen."

Oskar blieb, bis Hans eingeschlafen war. Er selber, zurückgekehrt in die Rumfordstraße, lag noch lange wach und dachte nach über die Erfolge des Bruders. Bei Gelde war er, der Kleine, das sah man, die Partei ließ ihn nicht hungern. Wenn das nur gut ausgeht, dachte Oskar, seinen Neid auf Hans in Besorgnis verwandelnd.

Der Hansl hat es immer verstanden, sich ein gutes Leben zu machen. Dafür hat er freilich auch immer in Gefahr leben müssen. Es war nicht schön, als damals im Krieg die Prozesse anrollten wegen der Klaviere, die der Hansl aus Polen nach Deutschland verschoben hatte. Und es war recht unangenehm, als einer von denen, deren Heimlichkeiten der Hansl in seinem Blatt „Das Blitzlicht" enthüllte, ihn wegen Erpressung angezeigt hatte. Auch die Geschäfte, die der Hansl jetzt trieb, sein Wirken für die Partei, stellte sich Oskar ungemütlich vor. Für nichts und wieder nichts ließ sich die Partei bestimmt keine so hohen Spesen aufrechnen, da mußte einer wohl schon mancherlei Risiko auf sich nehmen.

Hannsjörg heißt er also jetzt, der Kleine. Er hat den Oskar

ausdrücklich darum gebeten, ihn nur mehr Hannsjörg zu nennen. Überhaupt gebrauchte er ein bißchen viel norddeutsche Wendungen. „Mulmig", „Pinkepinke". Soll er sich Hannsjörg nennen, wenn er sich was davon verspricht. Aber einfach wird es nicht sein für den kleinen Hansl aus Deggenburg, aufzuleben zu diesem markigen Namen.

Sehr langsam nur kam der Wagen voran, in dem die Brüder Lautensack zum Zirkus Krone fuhren, zur Massenversammlung Adolf Hitlers. Von allen Seiten strömten Menschen zu, überall war Polizei. Erwartung war in der Luft, Erregung. Schon in den letzten Wahlen hatte sich die Partei zur zweitstärksten des Reichs emporgeschwungen; ihre Anziehungskraft nahm zu.

Oskar hatte sich vor ein paar Wochen um die Mitgliedschaft beworben. Aber es war zu spät, jetzt drängten alle zu, die Parteileitung hatte eine vorläufige Mitgliedersperre verfügt.

Hans tadelte den Bruder liebevoll, er kümmere sich zuwenig um diese Dinge; Mitglied der Partei zu sein sei heute wichtig. Da müsse halt einmal wieder er, Hannsjörg, in die Bresche springen. Aber er werde es schon machen. Er werde Oskars Aufnahme in die Partei erwirken. Mit einer so späten Mitgliedsnummer, wie sie Oskar auf regulärem Weg erhalten könne, sei freilich nicht viel gedient. Da werde er, Hannsjörg, halt korrigieren und dem Oskar eine frühe Nummer besorgen. Und da Oskar nur lächelte, versicherte er ihm: „Du darfst mir schon glauben. Dein Bruder ist nämlich wer in der Partei."

Oskar widersprach nicht; doch blieb sein Gesicht nach wie vor ungläubig. Hansens Tüchtigkeit reichte gerade hin, ihn zu dem zu machen, was er in seinen besten Zeiten war, zu einem erfolgreichen Schieber, Revolverjournalisten, Zuhälter. So mochte er jetzt vielleicht ein gut verdienender politischer Agent sein. Aber „wer in der Partei"? Nein, da riß der Kleine das Maul sicher wieder einmal mächtig auf.

Als sie indes in den Raum kamen, wo die Notabeln der Partei versammelt waren, nahm Oskar wahr, daß Hans keineswegs übertrieben hatte. Mit seinen Augen sah er, daß sein Hans, der kleine Hansl, Sohn des seligen Magistratssekretärs Ignaz Lautensack in Deggenburg, des Subalternbeamten, der Mittelpunkt war dieser glänzenden Versammlung. Umdrängt wurde er von den Führern der einflußreichsten politischen Partei Deutschlands, man beglückwünschte ihn, bemühte sich, ihm vorgestellt zu werden, befragte ihn achtungsvoll um seine Meinung über politische Probleme. Oskar war erstaunt bis zur Betäubung.

Es war nicht nur die Tatsache des Erfolgs, die dem Oskar Bewunderung für den Bruder abnötigte, es war auch die Selbstverständlichkeit, mit welcher der Kleine die Huldigungen der andern entgegennahm. Nicht die leiseste Befangenheit zeigte der Hans, er tummelte sich in dieser verwirrenden Umwelt wie ein Fisch im Wasser. Fortan, auch in seinen Gedanken, nannte Oskar den Bruder nicht mehr Hansl, sondern endgültig und ausschließlich Hannsjörg.

Übrigens erwies sich Hannsjörg als liebevoller Bruder. Oskar, mit seinem starken, bedeutenden Gesicht, fiel auf, die meisten der Notabeln hielten zunächst ihn für den neuen Helden der Partei. Hannsjörg nahm das nicht nur nicht übel, im Gegenteil, er schob den Bruder in den Vordergrund. Betonte, er selber sei ein Garniemand, der nur infolge günstiger Umstände der Partei habe Dienste leisten können, Oskar hingegen sei von Geburt her begnadet mit einer Gabe, die der Partei sehr viel tiefer nützlich werden könne, da sie auf eine gewisse Art verwandt sei mit dem Genie des Führers. Oskar hielt zu solchen Reden weislich den Mund und beschränkte sich darauf, bedeutend auszuschauen.

Dem Oskar persönlich bekannt war unter den Männern hier im Raum ein einziger, der Hofschauspieler Karl Bischoff. Laut und jovial ging dieser Karl Bischoff herum; jeder Raum, den er betrat, verwandelte sich zur Bühne. Er schüttelte Oskar ausdrucksvoll die Hand. Dieser Lautensack, der ein paar Stunden bei ihm genommen hatte, war nicht unbegabt; aber er war faul, er scheute die große Mühe, die man benötigt, um auch den alltäglichsten Satz in etwas jambisch-tragödisch Klingendes zu verwandeln und jede Geste so auszuführen, als ginge man auf dem Kothurn, wie es nun einmal die Aufgabe des großen Schauspielers ist. Freilich betätigte sich dieser Lautensack, genau wie der erfolgreichste von Karl Bischoffs Schülern, Adolf Hitler, nur im Leben, nicht auf dem Theater, und die plumpe Wirklichkeit erforderte ja erheblich weniger Talent und Kunst als die Bühne.

Dem Hannsjörg am meisten freund schien ein Mann, dessen Gesicht dem Oskar aus den Zeitungen bekannt war, der Stabschef der Partei-Armee, Manfred Proell. Hannsjörg behandelte ihn bei aller Unterwürfigkeit mit einer augenzwinkernden Intimität, die sich der andere lächelnd gefallen ließ. Manfred Proell war ein nicht großer Herr, glatt, zur Fülle neigend, gepflegt, von rosiger Haut. In einem runden, beinahe kahlen Schädel saßen hellgraue, listige Augen. Die Uniform stand ihm nicht schlecht. Er gab Oskar eine weiche und trotzdem kräftige Hand. „Ah, Sie sind der Bruder unseres Hannsjörg", sagte er. „Hannsjörg hat mir viel von Ihnen erzählt. Sie sind genau so, wie ich Sie mir vorgestellt habe", und er musterte Oskar ungeniert prüfend. Oskar wußte nicht recht, wie er Manfred Proells Worte deuten sollte. Der mächtige Herr hatte offenbar Beziehungen zu Hannsjörg, die mehr als freundschaftlich waren, und bezeigte deshalb auch ihm, dem Oskar, Wohlwollen. Doch hatte er trotz seiner behaglichen Art etwas herrenhaft Verächtliches. Er war der Erste in dieser Versammlung, fühlte sich so, wurde so behandelt, und Oskar roch es ihm geradezu an, daß er zu Großem bestimmt war. Doch ging auch eine Ahnung von Unheil von ihm aus, und sosehr es Oskar lockte, seine Freundschaft zu gewinnen, eine innere Stimme warnte ihn, sich mit ihm einzulassen.

„Ich bin vor allem deshalb nach München gekommen", erzählte Manfred Proell, „weil ich persönlich Ihren Bruder dem Führer vorstellen wollte. Da Hannsjörg daran liegt, werde ich, wenn Sie wünschen, auch Ihnen die Bekanntschaft des Führers vermitteln." Er lächelte, seine hellen Augen schauten beinahe amüsiert in die dunkelblauen Oskars.

Dann begab man sich in das Rund des Zirkus. Auch heute wieder bewunderte Oskar die großartige Technik, mit welcher die Schaustellungen der Partei aufgemacht waren. Alles fügte sich ineinander, die nächtig drohenden, schwarzen Hakenkreuze auf den weißen Kreisen der blutroten, aufreizenden Fahnentücher, die braunen Uniformen, die rauschende Musik, das Geschrei, der Dunst und die dumpfe Gier dieser Masse, die vor ihren biergefüllten Krügen darauf wartete, dem Führer, dem deutschen Messias, ihr Heil und ihre Begeisterung zuzubrüllen.

Jetzt kam er, der Führer. Genau wie er und Oskar es bei Karl Bischoff gelernt hatten, schritt er, trat auf seine Kanzel, um männlich geschlossenen Gesichtes den Gruß seiner Getreuen entgegenzunehmen.

Mit seiner geübten Stimme dann redete er, den Raum und die Herzen füllend. Oskar war Fachmann, auch sein Beruf war es, auf die Massen zu wirken; mit geschulter Kenntnis verfolgte er die Leistung des Redners. Wie der Führer stammte auch er von der bayrisch-böhmischen Grenze. Wie den Führer kostete es auch ihn Mühe, Schriftdeutsch zu reden statt des heimatlichen Dialekts und Verstöße gegen Grundregeln der deutschen Grammatik zu vermeiden; denn wie der Führer war auch er weggelaufen von der Schule, seiner Intuition mehr vertrauend als ödem Fachwissen. Mit Genugtuung erlebte er auch jetzt wieder, daß dieses Verhalten ein richtiges gewesen war. Nicht darauf kam es an, ob die Konstruktion der Sätze grammatikalisch stimmte und ob das, was man sagte, Sinn ergab. Die Herzen der Menschen mußte man gewinnen, nicht ihre armen Gehirne. Nicht der Inhalt eines Satzes entschied seine Wirkung, sondern sein Klang, die Haltung, in der er vorgebracht wurde, das Zittern und Schmettern der Stimme.

Oskars Verstand nahm die technischen Einzelheiten der Rede Hitlers wahr und begutachtete sie. Oskars Herz aber schlug im gleichen Takt wie das Herz der Masse und ließ keine Nachprüfung dessen zu, was der Mann da oben vorbrachte. Der Redner selber hatte es nicht lange nachgeprüft. Vielmehr hatte er sich in eine Art Trance versetzt. Er glaubte, während er sprach. Und darum glaubte die Masse, und darum glaubte Oskar. Der Mann war verzückt, voll Inbrunst, und verzückt, voll Inbrunst waren Oskar und die Masse. Der Mann haßte, verachtete, bewunderte, und mit ihm haßten, verachteten, bewunderten Oskar und die Masse.

Oskar liebte den Mann dort oben tiefer als die andern, er kannte ihn tiefer. Er hatte mit ihm gemein die Intuition, die „Schau“, das eingeborene Wissen um die Seelen der andern. Das machte sie zu *einem,* den Mann auf der Kanzel und den Mann im Saal. Hitler sprach und Oskar hörte, oder war es umgekehrt: hörte Hitler und sprach Oskar? Offen vor Oskar lag Hitlers geheimstes Wünschen und Trachten, dieses dumpfe, heftige, grimmige Wollen.

Besser als je war Hitler heute, er übertraf sich. Höhnte, verehrte, liebte, haßte. Entzündete ein großartiges Feuerwerk. Und dem Oskar war, als geschähe das nur für ihn. Für ihn allein arbeitete der Mann sich ab, daß die lange Locke und der kurze Schnurrbart schwammen in strömendem Schweiß.

Oskar mußte ihm ein Zeichen geben, dem Mann da oben, und ein Zeichen von ihm haben. Die Haut seines Gesichtes straffte sich, seine Pupillen verengten sich, seine heftigen Augen wurden starrer und gleichzeitig lebendiger. Er versank in sich, war nur mehr Wille. Du da oben, befahl dieser heiße Wille, wisse, daß ich da bin. Ich habe besser begriffen als alle andern, mit welch unsäglicher Arbeit deine Leistung erkämpft ist, wie beseligend aber auch ihr Gelingen. Gib mir ein Zeichen. Richte deinen Blick auf mich, so wie ich den meinen auf dich richte.

Eine winzige Unsicherheit kam über Hitler, nur Oskar bemerkte sie. Merkte, wie der Mann auf der Kanzel jemand unter den Zuschauern zu suchen begann. In atemloser Spannung folgte er den Blicken des Mannes. Jetzt war es soweit. Wollüstig beglückt spürte Oskar, wie die Augen des Führers in die seinen tauchten.

Von jetzt an ließen die Blicke der beiden Männer einander nicht mehr los. Hitler, in gewaltigem Crescendo, wuchs über sich hinaus. Schäumte, geiferte, schmetterte, kreischte, schmeichelte, höhnte. Oskars Gesicht aber widerspiegelte den Hohn, die Schmeichelei, die Liebe. Hitler und Oskar gaben einander ein großartiges Schauspiel.

Nach der Veranstaltung trafen sich die leitenden Männer der Partei mit dem Führer in einer italienischen Weinkneipe in der Barerstraße. Proell nahm die Brüder Lautensack mit, und hier stellte er den neuen Parteihelden dem Führer vor.

Hitler sprach zu Hannsjörg einige freundliche, mannhafte Sätze, doch schon während dieser Worte glitt sein Blick hinüber zu Oskar, der wartend beiseite stand.

Dann stellte Proell auch ihn vor. „Ich kenne Ihr Gesicht", sagte Hitler, „Ihre Maske ist eine bedeutende." Die beiden Männer reichten sich die Hände. Schauten einander tief an. Schlossen ohne Worte ein Bündnis. Wenn du mich verrätst, sagten die Augen des Führers, dann bist du verloren. Wenn du mir aber anhängst, dann sollst du mein Geselle sein und Anteil haben an meiner Beute.

Oskar, ausgefüllt von der Begegnung mit dem Führer, begleitete den Bruder in sein Hotel. Er fragte ihn, ob er noch mit ihm hinaufkommen solle. „Warum nicht?" erwiderte in seiner schnoddrigen Art Hannsjörg.

Er war müde und ging gleich zu Bett. Da lag er in einem mandelgrünen, eleganten Pyjama. Oskar saß bei ihm, wie er's als Knabe oft getan hatte. Hannsjörg hatte nur eine Birne brennen lassen; Oskar auf seinem Stuhl saß im Licht, Hannsjörgs Bett war im Dämmer. Dem Oskar fiel auf, wie stark die kleinen Augen des Bruders in der Dunkelheit leuchteten. Wie die Augen eines Tieres, dachte er.

Den Hannsjörg, der den ganzen Abend vor den andern nur Worte des Rühmens und der Liebe für Oskar gehabt hatte, schien plötzlich eine bösartige Laune zu überkommen. „Du bist ja so blöd, Oskar", höhnte er. „Wenn ich mich nicht deiner Angelegenheiten annehme, wohin kommst du dann mit deiner ganzen Intuition? Die Maske der Tirschenreuth ist großartig, dagegen ist nichts zu sagen: aber fressen kannst du nicht davon. Wenn nicht der kleine Bruder für dich sorgt, dann stehst du da mit deiner physiognomischen Schau und deinem gewaschenen Hals."

Eine ganze Weile erging er sich in derlei blöden Anzapfungen. Oskar nahm sie zunächst hin, aber zuletzt wurde es ihm zu bunt. „Du hast deinen Erfolg in der Tasche", antwortete er, „du bist fein heraus, das streitet dir keiner ab. Aber Held eines Erpresserprozesses sein, Schießereien um eine Karfunkel-Lissy veranstalten, solche Methoden sind auch nicht jedermanns Sache."

Hannsjörg gähnte laut. „Red doch nicht so dumm daher, mein lieber Oskar", sagte er sanft. „Mit deinen zweiundvierzig Jahren tust du, als säßen wir noch beim Herrn Pfarrer Ruppert in der Konfirmationsstunde. Dazu drehst du wieder einmal alles um. Ich war von Anfang an nur ein neunzigprozentiges Schwein, und das hundertprozentige warst du. Erinnerst du dich, wie wir die Äpfel geklaut haben im Garten des Pfleiderer?"

Oskar erinnerte sich. Er war es damals gewesen, der vorgeschlagen hatte, die Äpfel zu stehlen. Der Hans, hatten sie abgemacht, solle unten stehen und aufpassen. Aber wie dann wirklich der Pfleiderer sie überraschte, war der Hans einfach davongelaufen und hatte ihn nicht gewarnt, und der Pfleiderer hatte ihn, den Oskar, erwischt und furchtbar durchgehauen. Daraufhin hatte er den Hans zu Hause verratzt, damit der auch seine Prügel abkriege. Furchtbar verprügelt hat der Vater den Hans. Er, Oskar, war dabeigestanden; er erinnerte sich gut, wie der Vater über seinem dicken, rötlichblonden Schnurrbart geschnauft hatte, er erinnerte sich des sausenden spanischen Rohrs, das vorn ein bißchen gespalten war, er erinnerte sich des kleinen, dumpfen Unbehagens, das er verspürt, weil er den Hans verratzt hatte, und der tiefen Genugtuung, daß nun auch der Kleine seinen Teil Prügel abbekam. Tief eingeprägt hatte sich ihm das alles, und er war nicht weiter überrascht, daß jetzt noch, nach fast einem Menschenalter, der Kleine mit ihm darüber haderte. Denn: „Es war gänzlich überflüssig und eine einfache Gemeinheit", fuhr jetzt der Kleine fort, „daß du mich damals verpetzt hast." Er sprach mit aufreizender Sanftmut, doch Oskar wußte, dahinter stak ein tiefer Groll.

Den ganzen Abend hatte sich der Hannsjörg für ihn zerrissen, jetzt kam er ihm auf einmal mit den alten Geschichten und redete ihn dumm an. Eigentlich merkwürdig. Aber das war schon mehrmals so gewesen.

Oskar hätte auf die Anwürfe Hannsjörgs mancherlei zu erwidern gewußt. Doch er bedachte, daß ihm der Bruder die Begegnung mit dem Führer verschafft hatte, und hielt an sich. „Das ist ein alter Schnee", sagte er, „da streit ich mich nicht länger herum. Dafür bin ich dir viel zu dankbar. Der heutige Abend bedeutet was für mich."

Aus dem Dunkel leuchteten die hellen Augen des Kleinen, wie die Lichter eines Wolfs kamen sie jetzt dem Oskar vor. „Ich werde dir Abende verschaffen, mein Lieber, die dir noch viel mehr bedeuten", antwortete er. „Ich trag es dir nicht nach, daß du mich damals verratzt hast. Ich sammle glühende Kohlen auf dein Haupt. Aber jetzt bin ich zu müd, dir das zu erklären. Darüber sprechen wir, wenn wir beide frisch sind." Und wieder aus seinen Wolfslichtern schaute er den Bruder an, der wußte nicht, ob zärtlich oder mit Hohn.

Ein paar Tage später, wieder in seinem Hotelzimmer, kam Hannsjörg auf seine Andeutungen zurück. Es sei an der Zeit, meinte er, sich über Oskars Zukunft auszusprechen. Er zündete sich eine Zigarette an, setzte sich umständlich zurecht und forderte den Bruder auf, ihm seine Situation einmal gründlich darzulegen.

Den Oskar störte, daß in der Mitte des Zimmers unordentlich und halb ausgepackt ein großer, eleganter Pappkarton stand mit Herrensachen, Hemden, Socken, Schlipsen, die sich der zu Geld gekommene Hannsjörg offenbar gerade hatte schicken lassen. Ausdrucksvoll schaute Oskar auf die Schachtel, doch machte Hannsjörg keine Anstalten, sie wegzubringen, und Oskar wollte nicht die Atmosphäre trüben, indem er's ausdrücklich verlangte. So berichtete er denn trotz des störenden Kartons.

Er erzählte von den Vorschlägen des Alois Pranner, genannt Cagliostro, und wie er sich ständig dagegen wehre. Er berichtete von dem Vertrag, den Professor Hravliczek mit ihm schließen wollte, und vergaß nicht, hervorzuheben, daß die Tirschenreuth, um den Vertrag zu erwirken, den „Philosophen", an dem ihr Herz hing, unterm Preis weggegeben habe.

„Die Dame läßt sich ihren verspäteten Liebesfrühling was kosten", kommentierte Hannsjörg. „Ich wäre dir verbunden", erwiderte in seiner hochmütigsten Art Oskar, „wenn du solche Witze über Anna Tirschenreuth unterließest." Hannsjörg, ohne Schärfe, erwiderte: „Ein Witz ist höchstens die Zumutung, daß du niemand zur Verfügung stehen sollst als einer obskuren Gesellschaft von Professoren, und das für zweihundertfünfzig Mark." – „Das verstehst du nicht", antwortete Oskar, es war eher eine Entschuldigung als ein Angriff. „Doch, doch", sagte Hannsjörg. „Mit diesem Vertrag willst du dir deine innere Befriedung erkaufen, deine Sammlung, deine Beschaulichkeit. Das kann ich verstehen. Aber zweihundertfünfzig Mark bleiben zweihundertfünfzig Mark. Ein Rittergut kriegt man nicht dafür." Er stand auf, aus seinen blassen Augen schaute er ein wenig spöttisch, beinahe mitleidig auf den Bruder. „Der selige Herr Vater", meinte er, „und der Lehrer Lanzinger hätten gesagt: ‚So was Stinkfaules wie den Oskar gibt's kein zweites Mal.'" Dann, entschieden, abschließend, erklärte er: „Der Vertrag ist natürlich Blödsinn. Ich bin nur froh, daß ich noch rechtzeitig dazwischengekommen bin."

Ein kleines Schweigen war. Dann sagte Oskar: „Aber was soll nun werden?" Sogleich indes, verärgert darüber, daß er seine Ratlosigkeit so deutlich gezeigt hatte, betonte er nochmals: „Ich könnte mich natürlich von heut auf morgen mit dem Pranner zusammentun. Dann hätte ich Geld wie Heu. Aber ich bleibe bei meiner Telepathie, davon gehe ich nicht mehr ab, das habe ich mir fest vorgenommen."

Hannsjörg kostete die Situation aus. Jetzt war es also wieder einmal soweit. Da stand er, der Oskar, der Begabte, der Seher, der Hellseher, und wußte nicht aus noch ein und suchte Zuflucht bei ihm, dem kleinen Bruder, dem oft verratenen.

Aber er ließ von seiner Genugtuung nichts merken. „Eigentlich liegt mein Vorschlag in der gleichen Richtung", sagte er. „Auch ich wollte dir vorschlagen, wieder aufzutreten. Aber nicht im Varieté. Ich dachte, du solltest deine Gaben in den Dienst der Partei stellen."

Also das war es. Das war alles. Das war Hannsjörgs großes Projekt. Oskar begriff nicht recht, was daran verlockend sein sollte. Er war enttäuscht.

Hannsjörg mittlerweile erklärte. Erzählte von einer gewissen Hildegard Freifrau von Trettnow. Diese Trettnow sei eine der einflußreichsten Damen Berlins, sehr vermögend, von einem Adel, älter als die Hohenzollern; in ihrem Hause verkehre alles, was in Berlin zur Gesellschaft zähle, und sie sei eine der wenigen großen Damen, die zu den Nazis hielten, zur Partei. Diese Trettnow sei es übrigens gewesen, die ihn, Hannsjörg, gerettet habe, ohne sie wäre er aus dem Schlamassel nicht herausgekommen. „Und schon das erstemal", erzählte er, „wie sie mich im Gefängnis aufgesucht hat, ging es mir auf: Die ist was für den Oskar." Er wurde lebhaft. „Stell dir die Situation gefälligst vor", forderte er Oskar auf. „Du hockst im Gefängnis, es geht ums Leben. Da kommt jemand, von dem man dir gesagt hat, das ist der letzte Versuch; wenn auch das nicht klappt, dann ist es aus. Du stehst hinter dem Gitter und erwartest deinen Besucher, es ist eine Frau, und es kommt alles darauf an, wie du zu ihr sprichst, was für einen Eindruck du auf sie machst. Und was tut der Hannsjörg in dieser Situation? Wie ich die Frau sah – sie ist eine schicke Person, hübsch, ein bißchen scharfe Züge, rotblond, eine kühne Nase –, wie ich die ruhelosen, etwas irren Augen der Frau sah, da, mitten in der äußersten Lebensgefahr, mitten in meiner Todesnot, kam mir der Einfall: Die fliegt auf den Oskar. Das heißt etwas, Brüderlein", rühmte er sich, „das beweist Liebe. Die hat der liebe Gott eigens für den Oskar wachsen lassen, dachte ich mir."

Oskar saß in seinem Stuhl, reglosen Gesichtes starrte er auf den halb ausgepackten Karton. Da hatte er sich eingebildet, der Hansl werde mit wunder was für einem genialen Projekt daherkommen, und jetzt hatte er nichts aufzuwarten als so einen Käse. Mit schneidender Höflichkeit erwiderte er: „Es war sehr freundlich von dir, daß du im Gefängnis an mich gedacht hast. Dein Vorschlag ist sicher auch gut gemeint. Aber offenbar hat sich dir mein Bild in der Zeit unserer Trennung verwischt. Mir ist es nun einmal nicht gegeben – verzeih, wenn ich dir das offen sage –, eine Frau unter dem Gesichtspunkt zu betrachten, wieweit sie sich ausbeuten läßt. Für mich bleibt eine Ziege eine Ziege, auch wenn sie reichlich Milch gibt. Nichts für ungut."

Hannsjörg hörte sich den Erguß des Bruders freundlich an, ein kleines Lächeln um den schmalen Mund. Er antwortete: „Genauso geschwollen hat seinerzeit der Vater dahergeredet. Dabei hat er unsere Mutter doch nur wegen ihrer paar Batzen geheiratet, der selige Herr Magistratssekretär, wegen der ‚Milch', wie du es so poetisch ausgedrückt hast. Ja, ja, so eine wackere Deggenburger Respektabilität, die wird man halt nicht so leicht los. Schön", brach er ab, plötzlich sehr scharf, „reden wir nicht mehr darüber."

Einen Augenblick schien es, als wolle Oskar saftig erwidern. Dann besann er sich und sagte, beinahe bittend: „Also red schon."

Hannsjörg unterdrückte ein Lächeln und erklärte ihm das Projekt deutlicher. Schilderte ihm Hildegard von Trettnow, die rötlichblonde, überelegante Frau, mit ihren blassen, lebhaften, flatterigen Augen, immer betriebsam, immer etwas durchsetzen wollend. Schilderte ihm ihr Haus, wie dort alle Parteibonzen ein und aus gingen, doch auch alle andern, die in Berlin dreinzureden hätten. Wenn die Trettnow für ihn einen Abend in ihrem Haus arrangiere, dann könne er seine Kunst allen denen vorführen, auf die es ankomme, dann habe er den richtigen Start für Berlin, den Durchbruch. Ein solcher Abend sei wertvoller als ein Engagement in der Berliner „Scala".

Oskar sah im Geist die unbekannte Frau vor sich, sehr elegant, uralter Adel, er sah vor sich ihr Haus und die Berliner Großkopfigen, wie sie, bezwungen von seiner Kunst, auf ihn starren. Er spürte mächtig die Lockung. Gleichzeitig aber auch spürte er die Gefahr. Sah den großen, bekümmerten Kopf der Tirschenreuth, hörte die ironisch quäkende Stimme des kleinen Professors. Nicht, nicht, sagte es in ihm, tu's nicht. Aber laut sagte er: „Und woher willst du wissen, daß deine Trettnow nicht nur Worte machen wird, sondern wirklich was tun?"

„Sie wird auf dich fliegen, darauf kannst du Gift nehmen", antwortete Hannsjörg. „So was riech ich einer Frau an. Sie kennt deine Maske, sie ist neugierig auf das Original. Ich hab ihr von dir vorgeschwärmt als von einem weltabgewandten Propheten. Du brauchst gar nichts zu tun. Du brauchst dich nur hinzustellen und bedeutend das Maul zu halten."

„Es wäre freundlich von dir", wies ihn mit scharfer Höflichkeit Oskar zurecht, „wenn du deine albernen Hänseleien unterließest. Sag mir lieber deutsch und klar, was ich im Haus deiner Trettnow zu tun hätte. Glaubst du wirklich, daß die Berliner Großkopfigen interessiert sind an meinen Manifestationen?"

Hannsjörg nahm träumerisch ein Hemd aus dem Karton, strich über die Seide, legte es wieder zurück. „Ein bißchen Sensation müßtest du natürlich zugeben", meinte er, „ein bißchen Spiritismus, ein bißchen Prophezeiung."

Oskar setzte seinen Cäsarenkopf auf. „Ich mache keine schwindelhaften Experimente mehr", erklärte er, „ich sagte es dir schon." Hannsjörg schwieg. Oskar ließ die Pose fahren und erläuterte: „Es gefährdet meine Kraft, ich darf es nicht." Und da Hannsjörg noch immer nichts sagte, fügte er hinzu, jetzt ganz ehrlich, in Not: „Ich kann es mir nicht erlauben, ich ginge daran kaputt."

Hannsjörg wußte, daß die Skrupel des Bruders mehr als affektiertes Gerede waren, und er hütete sich, ironisch zu reagieren. „Ich möchte dir nicht zureden", sagte er, „etwas zu tun, was dir gegen den Strich geht. Aber mach dir klar, lieber Oskar, daß so eine Gelegenheit wie die Trettnow kein zweites Mal kommt."

Oskar stand in hartem Kampf. Für seinen Vater, den Magistratssekretär, war der Verkehr mit feinen Leuten, mit dem Bürgermeister Osterhuber oder mit dem reichen Getreidehändler Ehrental, die Krone des Lebens gewesen. Er selber, Oskar, hatte in seiner guten Zeit während des Kriegs und während der Inflation Genugtuung empfunden, Umgang zu haben mit Leuten, die man mit Baron anreden konnte oder mit Exzellenz oder gar mit Hoheit. Natürlich blieb ihm bewußt, daß solche Dinge Äußerlichkeiten waren und daß es auf nichts anderes ankam als auf die Persönlichkeit, die Intuition, die physiognomische Schau; aber angenehm waren diese äußerlichen Dinge trotzdem, und im Geiste schwebte vor ihm lockend der Gobelin, mit dem er die leere Wand schmücken wird.

In seine Versonnenheit hinein klang die helle Stimme des Bruders, schmeichelnd jetzt. „Es ist nun einmal nicht möglich, lieber Oskar“, redete diese Stimme auf ihn ein, „den Massen etwas beizubringen ohne Aufmachung, ohne Reklame, ohne Schwindel. Die Menschen sträuben sich gegen alles, was absticht vom Gewöhnlichen. Glaubst du vielleicht, unser Herr Jesus hätte was erreicht, wenn er nicht seine Apostel ausgeschickt hätte, um für seine Wunder Reklame zu machen? Nicht einmal der Führer hätte sich durchgesetzt ohne gewisse Nachhilfen, ohne große Worte, ohne das, was du vorhin grob ‚Schwindel‘ genannt hast. Lies doch einmal nach, was er in seinem Buch dargelegt hat über die Notwendigkeit der Propaganda, der Lüge, des Schwindels. Wieviel Meineide, wieviel Selbsterniedrigung hat er auf sich nehmen müssen. Überwinde auch du dich, Oskar. Mach Konzessionen. Das bist du deiner Begabung einfach schuldig.“

Dem Oskar gingen diese Reden lieblich ein. Der Bruder glaubte, was er sagte. Da war nichts gespielt, nichts gemacht, darauf verstand sich Oskar, diese inbrünstige Arie auf den Schwindel war Hannsjörgs innerste Überzeugung. Und hatte Hannsjörg denn nicht recht? Etwas so Fremdartiges, Bizarres, wie er, Oskar, es zu bieten hatte, das brauchte Aufputz und Attrappe. Oskar mußte sich überwinden. Mußte die Sache mit der großkopfigen Dame anbandeln, mußte mit ihr schlafen, mußte die Zukunft voraussagen, Tote beschwören. Es war einfach seine Pflicht. Um seiner Begabung willen mußte er das auf sich nehmen.

„Du warst lange nicht mehr in Berlin“, hörte er den Bruder weitersprechen. „Die Stadt hat sich in der Zwischenzeit mächtig verändert. Die Berliner von heute, die wollen keine Logik mehr und keine Vernunft und keine siebengescheiten Reden.

Die wollen Irrationales, die wollen das Wunder. Und das ist doch deine Stärke, Oskar, da kommt doch keiner an dich heran. Ich sage dir, ein empfänglicheres Publikum für dich hat es auf der ganzen Welt noch nie gegeben. Du paßt zu dem Berlin von heute wie der Handschuh auf die Hand. Dieses Berlin der hysterischen Trettnow, das ist deine Welt. Es ist in Bereitschaft. Sei gescheit, Oskar. Das gibt's nur einmal, das kommt nicht wieder."

Leibhaft saß Hannsjörg da im hellen Tageslicht, aber dem Oskar war es plötzlich, als läge der andere wieder im Bett in seinem eleganten mandelgrünen Pyjama und als leuchteten die Wolfslichter aus der Dämmerung. Die feinen Leute, Reichtum, alle Herrlichkeiten der Welt breitete er vor ihn hin. Er war der Versucher, der kleine Bruder.

Und jetzt kam er näher an ihn heran. So nahe brachte er ihm das freche, verschmitzte, spitzbübische Gesicht, daß Oskar fast zurückwich. „Siehst du", sagte er, „damit machen ja auch wir Nazis unsere Geschäfte, daß wir den Leuten das Wunder versprechen. Du und die Partei, das gehört von innen her zusammen. Ich sehe da kolossale Möglichkeiten. Der Führer ist empfänglich für Mystik wie alle großen Männer. Du hast ihm gefallen, Oskar. Wenn wir es gescheit anstellen, dann kannst du einer seiner Ratgeber werden. *Der* Ratgeber."

Ungeheuer lockend webte sich in Oskars Innerem ein Traum von Macht und Einfluß. In seiner Seele war Musik, wilde, Wagnersche Musik. Er sah sich Menschenschicksale lenken weit im Umkreis durch ein leises Wort.

Der Traum war zu schön. Ihn packte Mißtrauen. „Warum sollte eigentlich die Partei mir helfen?" fragte er. „Was hat sie davon?" – „Ich könnte mir vorstellen", erwiderte Hannsjörg, „daß zum Beispiel Proell auf dem Umweg über dich seinen Einfluß auf den Führer verstärken könnte." – „Das wäre dann also ein Vorteil für deinen Proell", überlegte Oskar. „Manfred Proell ist die Partei", sagte unerwartet scharf Hannsjörg.

Vielleicht weil er gereizt war durch diese Schärfe, wurden Oskars heftige, dunkelblaue Augen beinahe drohend. „Und was hast du davon, kleiner Bruder", fragte er, „wenn ich und die Partei zusammengehen?" Hannsjörg hielt seinem Blick stand. „Ganz recht", antwortete er ruhig. „Ich mache dir den Vorschlag nicht nur aus brüderlicher Liebe. Ich hoffe sehr, daß bei dem Geschäft auch für mich was abfällt. Ich bin überzeugt", sagte er, und seine Stimme nahm Wärme an, „daß die Brüder Lautensack mehr erreichen können als Hannsjörg oder Oskar Lautensack allein. Der Glanz des einen fällt auf den andern zurück. Aber den Hauptvorteil, wenn wir uns zusammentun, hast du. Deine Begabung ist selten. Gerade darum ist es auch nicht einfach, sie an den Mann zu bringen. Bis jetzt hat sich noch keiner gefunden, der ihr die richtige Beleuchtung hätte geben können. Ich sag es, wie es ist: ich bin der einzige, der dir helfen kann."

Da ist was daran, dachte es in Oskar. Die Brüder Lautensack. Verbunden. Orphisch, von den Müttern her, von Gewässern der Tiefe her. „Du hast recht", sagte er versonnen. „Ich sollte mein Licht nicht unter den Scheffel stellen. Ich sollte es zeigen, in deinem und in meinem Interesse." – „Das ist fein", sagte Hannsjörg, „daß du nicht länger so rammdösig sein willst."

Aber: „Halt auf", sagte Oskar, „so schnell schießen die Preußen nicht." – „Was ist denn noch?" fragte Hannsjörg. „Bis deine Berliner Pläne was einbringen", sagte Oskar, „dauert es doch eine Weile. Und ich kann leider nicht warten. Ich habe kein Geld", bekannte er, mit Entschluß. „Du bist ein Idiot", sagte freundschaftlich Hannsjörg. „Ich habe Geld, und solange ich's habe, hast du's auch."

Oskar wurde es bei diesen einfachen, großmütigen Worten warm ums Herz. „Gut", sagte er, „ich mache es", und er streckte Hannsjörg die Hand hin. Gesten wie diese waren zwischen den Brüdern nicht üblich; Hannsjörg grinste, während er seine kleine, schmale Hand in die große, weiße, brutale Oskars legte. „Lange gedauert hat's bei dir", sagte er, „eine lange Leitung hast du. Na also."

„Ich denke", erläuterte er seine Pläne, „etwa drei Wochen werde ich noch hier zu tun haben. Dann gehen wir zusammen nach Berlin, und dann stell ich dich der Trettnow vor." Schon war er wieder beschäftigt, den Karton auszupacken, die Wäschestücke zu ordnen.

Aber: „Nein, mein Lieber", sagte stark Oskar. „So haben wir nicht gewettet. Ich soll nach Berlin gehen? Ich soll deiner Trettnow nachlaufen? Das liegt mir nicht, das hab ich dir schon gesagt. Ich biete mich deiner großkopfigen Dame nicht an." Er stand da, streitbar, großartig, der Schauspieler Karl Bischoff hätte seine Freude an ihm gehabt. „Wenn sie was will", sagte er, „dann soll sie gefälligst zu mir kommen."

Hannsjörg hatte seinen Armvoll Wäsche auf den Tisch gelegt. Ausdrucksvoll von unten bis oben beschaute er den Bruder. „Dich hat's", meinte er gemütlich, „du bist übergeschnappt." Allein Oskar beharrte. „Wenn ihr so viel daran liegt, wie du sagst", sagte er still und verbissen, „dann wird sie kommen. Und wenn nicht, dann ist es kein Schade." Er kehrte sich ab, machte ein paar Schritte durchs Zimmer.

Da widerfuhr ihm etwas Seltsames. Mitten auf seinem Weg durchs Zimmer blieb er stehen. Seine Augen faßten einen Punkt an der Wand oder vielleicht auch in der Luft, klammerten sich an ihn, doch nicht lange. Dann wurde sein Gesicht leer, schlaff, seine roten Lippen öffneten sich, die starken, weißen Zähne wurden sichtbar. Er ging nach rückwärts, unsicheren Schrittes, fiel in einen Stuhl, verharrte so, gelöst, abwesend, nach innen schauend, lauschend, mit einem verlorenen, ja ein bißchen albernen Lächeln. Hannsjörg wußte: Jetzt hat der Oskar wieder einen seiner Anfälle.

So war es. Oskar hatte in seinem Kopf – oder war es in seiner Brust? – ein ganz feines Reißen verspürt, ein leises Geräusch, wie wenn seidiges Tuch zerreißt. Die Dinge um ihn versanken, er fühlte sich aus sich selber herausgehoben, er „sah". Eine kleine Weile saß er so, schlaff und gleichzeitig maskenhaft unbewegt, das Gesicht fast töricht vor innerer Spannung. Dann, wie erwachend, strich er sich über die Stirn und sagte lächelnd, sehr zuversichtlich, doch im Ton des Alltags: „Hab keine Sorge. Sie wird kommen. Ich hab es ‚gesehen'."

So skeptisch Hannsjörg war, die Vision des Bruders machte

auf ihn Eindruck. So war es immer. Etwas in Hannsjörg lachte über Oskars Gesicht, doch ein stärkeres Etwas glaubte daran.

Übrigens war, wenn man länger darüber nachdachte, Oskars Einfall, die Trettnow abzuwarten, gar nicht so ungereimt. Natürlich war es eine Frechheit, ihr zuzumuten, sie solle nach München kommen, um den Oskar zu sehen. Ein solches Verlangen war einfach „unmöglich". Aber wenn man schon spielte, dann mußte man aufs Ganze gehen. Gerade weil der Einfall des Oskar so frech und simpel war, war er richtig. Auch der Führer erzwang seine Erfolge dadurch, daß er frech und simpel vorging.

Während sich Hannsjörg das überlegte, arbeitete sein rascher Verstand bereits daran, die Trettnow zu der Reise nach München zu bewegen. Noch heute wird er ihr schreiben. Wird ihr schildern, wie das Wiedersehen mit dem Bruder ihn neu belebt hat. Wird ihr schildern, wie beeindruckt durch die Begegnung mit Oskar der Führer war. „Du hast recht", anerkannte er. „Sie muß hierherkommen. Ich werde ihr schreiben." – „Ich wußte, daß du mich begreifen wirst", sagte Oskar. Hannsjörg aber lächelte: „Ja, wir gehören zusammen, wir Brüder Lautensack." Er machte sich wieder an das Auspacken des Kartons.

„Dann geh ich also", sagte Oskar. „Noch eines", sagte er, mit Anlauf. „Du hattest die Freundlichkeit, mir Geld anzubieten." – „Ach ja, natürlich", antwortete Hannsjörg. „Wieviel brauchst du?" Oskar überlegte. Der Bruder schien bei Geld, er hatte „Pinkepinke", wie er sich auszudrücken beliebte. Oskar konnte ihn also ruhig um eine große, runde Summe angehen, um hundert Mark zum Beispiel. Nach der Art, wie sich der Hans hatte, konnte er sogar mehr von ihm verlangen: zweihundert. „Ich bräuchte etwa dreihundert Mark", sagte er, und das Herz stockte ihm ob der eigenen Kühnheit.

Hannsjörg suchte aus seiner Brieftasche drei blaue Scheine heraus. „Hier, bitte", sagte er. Oskar dankte, entfernte sich. Ich hätte eigentlich fünfhundert verlangen können, dachte er, während er im Lift herunterfuhr.

Am Morgen darauf kam ein Brief von Professor Hravliczek. Der schickte ihm den Vertrag und ersuchte um Rücksendung des gegengezeichneten Exemplars.

Oskar saß beim Frühstück, als er das Schreiben erhielt. Mit einem kleinen, bösen Lächeln studierte er die klaren, zierlichen, ein wenig pedantischen Schriftzüge des Professors. Ihm war, als schauten ihn die hellen, bebrillten Augen des Zwergs an, höhnisch, ein bißchen amüsiert. Er hörte die quäkende Stimme des Professors, sah ihn schmunzeln in seinen rötlichblonden Bart hinein. Ihm wurde unbehaglich. Er rief seine Vision von gestern zu Hilfe, die Erscheinung der Trettnow, wie sie in sein Zimmer eintrat. Er beschwor herauf die freche, schmeichelnde Stimme des Bruders, dessen inbrünstige Arie auf den Schwindel. Von neuem, mit einem tieferen, böseren Lächeln, überlas er den Brief des Hravliczek. „Leck mich am Arsch“, sagte er laut vor sich hin, schob den Brief zur Seite, frühstückte weiter.

Wahrscheinlich wird jetzt bald auch die Tirschenreuth ihn anrufen und fragen, was mit dem Vertrag los sei. Mag sie. Er wird ihr klaren Wein einschenken. Er hat es ihr schließlich nicht geschafft, dem Hravliczek den „Philosophen“ zu überlassen. Er wird ihr alles sagen, wie es ist: daß er keinen Kontakt mit dem Professor habe, daß er nicht für ihn arbeiten wolle, daß er nach Berlin gehen werde, daß dort Großes auf ihn warte.

Doch als am nächsten Tag wirklich Frau Lechner meldete, Frau Tirschenreuth sei am Apparat, gab er Weisung: „Sagen Sie ihr, ich sei nicht zu Hause.“ Und so ließ er sich mehrmals vor der Tirschenreuth verleugnen, bis sie es aufgab, ihn anzuläuten.

Sein Verständnis mit dem Hannsjörg wurde immer besser. Alles ging gut. Noch in der gleichen Woche, in der ihm Hannsjörg den Vorschlag mit der Trettnow gemacht hatte, überreichte er ihm mit einem kleinen, stolzen, spitzbübischen Lächeln ein Mitgliedsbuch der Nationalsozialistischen Partei. Es trug eine frühe Nummer, eine der vielbegehrten Nummern des ersten Tausends, die Nummer 667. Er war somit der Partei schon bald nach ihrer Gründung beigetreten, er war ein

„alter Kämpfer", eine Eigenschaft, die mancherlei Vorteile mit sich brachte.

Nachdenklich beschaute Oskar das Parteibuch, die schön und schwungvoll geschriebene Nummer 667. Hannsjörg war schon ein Mordskerl. Es muß verdammt viel Mühe gekostet haben, dieses Parteibuch zu beschaffen. Und was ist wohl aus dem früheren Inhaber der Nummer 667 geworden?

Vielleicht wäre Oskar weniger glücklich gewesen, wenn er gewußt hätte, daß der frühere Inhaber des Parteibuchs 667 auf jämmerliche Weise umgekommen war, verurteilt von einem Femegericht der Partei, und daß er nun verweste, übel erschlagen, verscharrt in einem Wald in der Nähe von München. Aber keine innere Stimme sagte das dem Hellseher Oskar Lautensack, und so war er dem Bruder herzlich dankbar für die Auszeichnung, die er ihm verschafft hatte.

Um sich in Berlin zu betätigen, mußte Oskar einen Mitarbeiter haben, der ihm bis ins letzte ergeben war. Fast alle, die mit Tricks arbeiteten, waren am Ende von ihren Assistenten verraten worden. Es kam für Oskar nur *einer* in Frage, der Zauberkünstler Alois Pranner, genannt Cagliostro, sein alter Freund.

Oskar hatte ihn damals ohne Dank und ohne Adieu verlassen und sich seither kein einziges Mal bei ihm gemeldet. Trotzdem begab er sich jetzt ohne Schuldgefühl in die Gabelsbergerstraße; er war gewiß, der Freund werde ihm ohne weiteres wieder zufallen.

Alois verzog denn auch erfreut das lange, krause Gesicht. In seinem Grinsen lag Zärtlichkeit und eine kleine Schadenfreude; er nahm an, Oskar komme zu ihm, weil er wieder einmal unten durch sei und nirgend anderswo unterkriechen könne. „Lange nicht gesehen", begrüßte er ihn mit seiner rostigen Stimme, klopfte ihm mit der weißen, langen, mageren Hand den Rücken, und: „Du bleibst doch zum Abendessen?" fragte er. „Ja, ich bleibe", sagte Oskar. Alois rief die Haushälterin Kathi. „Der Herr Lautensack bleibt zum Abendessen", verkündete er ihr, stolz grinsend. „Das hab ich mir gleich gedacht", sagte unverschämt die Kathi. Doch: „Zum Abendessen bleib ich", erklärte großspurig Oskar, „aber bilde dir ja nicht ein, daß ich etwa bei dir wohnen werde. Es geht mir ausgezeichnet." Kathi entfernte sich, nicht recht überzeugt. Alois war enttäuscht.

Er erzählte Oskar von seinen Plänen. Er hatte jetzt einen Trick gefunden, dem er seit langem auf der Spur war, eine neue, ganz große Nummer, mit der er in der nächsten Saison herauskommen wollte: die Sprengung einer Eisenkette durch bloße Kraft des Gedankens. Schmunzelnd führte er dem Freunde das Kunststück vor. Der anerkannte fachmännisch die Fähigkeit des Zauberkünstlers Cagliostro.

Dann erzählte er von sich selber. Von Hannsjörg, von der Partei, von allem möglichen. Alois hörte zu, interessiert zunächst. Langsam aber nahm sein Gesicht einen abwesenden, seine tiefliegenden, traurig-komischen, braunen Augen einen besorgten Ausdruck an. Auf und ab schaute er den Oskar, so daß dem ungemütlich wurde; er hatte das Gefühl, er habe seine Krawatte vergessen oder habe sonst einen Toilettenfehler. Er tastete an sich herum und fragte zuletzt geradezu: „Was ist denn? Warum schaust du mich denn immerfort so an?" Alois aber antwortete grüblerisch: „Wie du gekommen bist, da hast du doch was an deinem Rock gehabt. Da hast du doch ein Hakenkreuz angesteckt gehabt. Hast du nicht?" Oskar griff nach dem Rockaufschlag, das Hakenkreuz war verschwunden. „Hast du wieder einmal einen deiner Witze gemacht?" fragte Oskar. „Hast du es ‚weggezaubert'?" – „Das ist nun einmal so mit dem Hakenkreuz", meinte philosophisch Alois. „Einmal ist es da, einmal ist es nicht da, je nach Bedarf. Ich erinnere mich eines gewissen Jemand, der mir vorgeschwärmt hat vom Elfenbeinturm und von den Zinnen der Partei, über denen der musische Mensch zu stehen habe. Jetzt hast du sie also doch bezogen, die Zinnen." Nachdenklich starrte er auf den Rockaufschlag Oskars. Der faßte hin. Da stak es wieder, das Hakenkreuz.

Unter andern Umständen hätte Oskar die kindischen Faxen und billigen Anzüglichkeiten des Alois hoffärtig und angewidert zurückgewiesen. Aber diesmal mußte er ihn bei Laune halten; denn im Grunde war der Vorschlag, den er dem Freunde machen wollte, eine ungeheuerliche Zumutung. Alois soll nach Berlin übersiedeln, sein geliebtes, angenehmes Leben in München aufgeben, soll nicht mehr in einem normalen Varieté-Theater auftreten, sondern im Rahmen von Veranstaltungen einer Partei, die er haßt. Er soll, vertrauend auf Oskars innere Stimme, sein sicheres Einkommen aufs Spiel setzen, seinen guten Artistennamen, seine ganze, behaglich bürgerliche Existenz. Das bedenkend, schluckte Oskar seinen Ärger hinunter.

Nach dem Abendessen endlich rückte er mit seinem Vorschlag heraus. Die Dinge verwandelten sich ihm, während er sprach. Er vergaß, daß alles noch in der Schwebe war. Schon hatte die Baronin Trettnow telegrafisch bei ihm angefragt, ob sie kommen und ihn aufsuchen dürfe. Schon hatten gewisse Berliner Parteileiter Oskar aufgefordert, in ihrem Kreis zu experimentieren. Schon stand der ganze Apparat der Nazis ihm zur Verfügung.

Alois saß da, dürr, vornübergeneigt, den langen, kahlen, hochstirnigen Schädel hielt er gesenkt, er strich sich das Kinn, versonnen. Dann, eher betrübt als angreiferisch, sagte er, nein, so habe er sich die Zusammenarbeit mit dem Freund nicht vorgestellt. Er habe an richtige Kunst gedacht in einem richtigen Varieté für ein richtiges Publikum. Aber der Hans und die Nazis, nein, das sei nichts für den Alois Pranner. Das rieche schlecht, da habe er keinen Mumm.

Oskar kannte das tiefe Mißtrauen des Alois gegen den Hannsjörg und gegen die Nazis. Noch schmeichelnder also machte er seinen samtigen Tenor. Erinnerte den Alois an die guten Jahre ihrer Gemeinsamkeit, ihrer Zusammenarbeit, ihrer Erfolge. Redete sich in Eifer. Sprach von den Aussichten, die sie in Berlin hätten; was in Hannsjörgs Munde vage Möglichkeit gewesen war, rückte, von ihm dargestellt, in nächste, greifbare Nähe.

Dann sprach er von den reizvollen technischen Problemen, welche die zukünftige Aufgabe stelle. Seitdem das Berliner Projekt aufgetaucht war, arbeitete er im Geist an der Ausarbeitung gewisser verwickelter Tricks, die er kannte von der Zeit her, da er sich selber noch als Zauberkünstler betätigt hatte. Da gab es Suggestivfragen, durch welche man das Erstaunlichste aus den Klienten herauslocken konnte. Da gab es einen raffinierten Code, mittels dessen der Assistent dem Telepathen die kompliziertesten Mitteilungen weiterzugeben vermochte, da gab es statt der plumpen Spiegel- und Projektionstricks früherer Jahre verfeinerte elektrische Apparate, um Dinge aus der Geisterwelt zu materialisieren. Er wendete sich an den Fachmann in Alois. Der, ein passionierter Zauberkünstler, sträubte sich im Anfang, dann aber ließ er sich von Oskars Eifer anstecken. Ergänzte Oskars Ideen, ließ sich selber was einfallen, großartig arbeiteten sie zusammen.

Als sie indes schon so was wie ein Programm zusammenhatten und einander anschauten, befriedigt lächelnd, angenehm erschöpft von der erfreulichen Arbeit, rief sich Alois auf einmal zurück. „Ein Jammer", sagte er, „daß das lauter Hirngespinste sind. Das zu machen kostet enormen Gehirnschweiß. Das lohnt nur auf einer richtigen Bühne für ein normales Publikum. Für deine großkopfige Dame in Berlin und für ein paar von deinen blöden Nazis strapaziert sich der Alois nicht so ab."

Aber in seinem Innern hatte Alois bereits angebissen, das merkte Oskar, und er ließ nicht locker. Und immer schwächer wurde des Alois Widerstand. Zwar waren die Nazis und der Hans harte Bissen und kaum zu schlucken, aber dafür gab einem jedes Wort des Oskar neuen Auftrieb, und es war ein Hochgenuß, mit ihm zu arbeiten.

Nach langem Hin und Her schlossen sie eine Art Abkommen. Es lagen dem Alois für die nächste Saison eine Reihe von Angeboten vor, und sein Agent, der Mantz, der erste Mann in seinem Fach, drängte darauf, daß Alois vor dem 1. Juli, abschließe, wie das üblich sei. Alois, aus purer, blöder Freundschaft, war bereit, dem Oskar das erste Angebot zu lassen. Er sei bescheiden, erklärte er, er verlange eine Monatsgarantie von nur tausend Mark, und die nur auf sechs Monate. Der Mantz werde die Hände zusammenschlagen, wenn der Alois für so einen Schandpreis arbeite. Doch er wolle den Oskar nicht sitzenlassen, wenn der sich's nun einmal in den Kopf gesetzt habe, es den Saupreußen zu zeigen. *Eine* Bedingung aber müsse er stellen. Es dürften keine leeren Versprechungen sein, die der Oskar ihm beibringe. Es müsse ein richtiger Vertrag her, unterzeichnet von einer durchaus verlässigen Person oder Gesellschaft, ein Vertrag, an dem auch der Agent Mantz nichts zu bemäkeln habe. Und vorliegen, wie gesagt, müsse dieser Vertrag vor dem 1. Juli. „Ich will was Sicheres haben", schloß Alois böse und energisch. „Ich kann mir nicht die fettesten Abschlüsse durch die Lappen gehen lassen und dahocken und warten, bis es dem Herrn Baron beliebt."

Tausend Mark und auf sechs Monate. Keine Ahnung hatte Oskar, wo er oder Hannsjörg jemand sollte auftreiben können, dem Alois so phantastische Summen zu garantieren. Doch keinen Augenblick zögerte er. „Abgemacht", sagte er.

Er dachte an seine Vision. Die Trettnow wird kommen. Hannsjörg wird den Vertrag für den Alois herbeischaffen. Er, Oskar, wird nach Berlin gehen, wird Berlin erobern, wird es der Tirschenreuth und dem Hravliczek zeigen.

Er sprach mit Hannsjörg über die Bedingungen des Alois. Der erwiderte, man werde den Vertrag beschaffen können, falls die Trettnow komme. Den Oskar verdroß dieses „falls". Er war seiner Sache sicher und erlaubte auch dem Bruder keinen Zweifel.

Eine Woche verging, eine zweite. Oskar fragte beiläufig: „Hast du Nachricht von der Trettnow?" – „Noch nicht", erwiderte ebenso beiläufig Hannsjörg.

Noch kleine drei Wochen hatte jetzt Oskar, dann war die Frist um, die ihm Alois gesetzt hatte. Nach wie vor war er sicher, daß die Trettnow kommen werde. Aber jetzt begann sein Schlaf schlecht zu werden, und in seinen schlaflosen Stunden waren unterhalb seiner Sicherheit und seines Glaubens wirre, wortlose Vorstellungen und Gefühle. Hätten sie sich zu Worten verdichtet, dann hätten sie etwa folgendes besagt:

Ich hab sie doch gesehen, diese Trettnow, wie sie hier in mein Zimmer kommt, rötlichblond, sehr elegant, kühne Hakennase, unstete, irre Augen – Guten Abend, Frau Baronin –

Hier in meinem Bett liegt sie, rötlichblond, sehr weißhäutig – Was würde der Vater dazu sagen, wenn er wüßte, daß der Oskar, der Lump, der Hallodri, aus dem nie was werden wird, ein Verhältnis hat, ein Gschpusi mit Hildegard Freifrau von Trettnow, älter als die Hohenzollern – Der Hansl hat wieder einmal schrecklich aufgeschnitten, und sie denkt gar nicht daran, zu kommen, und ich bin der Gelackmeierte, und der Hans hockt da und lacht mich aus – Wenn es nichts wird, dann kann ich immer noch zur Tirschenreuth gehen, ich hab dem Hravliczek noch nicht nein gesagt, ich hab nicht ja gesagt und nicht nein – Wolfslichter hat der Hans, der Lump, der Filou, der Versucher, und führe uns nicht in Versuchung – Das Haus der Baronin Trettnow, Herren im Frack, Damen mit weitem Ausschnitt hinten und vorn, guten Abend, Exzellenz, wie geht es Ihnen heute, Hoheit, alle hängen an meinem Mund, an meinen Augen, ich schaue bedeutend aus, alle flüstern: Ganz die Maske – Hundsbub, dreckiger, nie wird was aus dir – München, Berlin, Kronleuchter, schimmerndes Parkett, Alois, zweihundertfünfzig Mark.

Vorstellungen und Gefühle solcher Art, wortlos, labyrinthisch, gingen Oskar durch die Brust, wenn er schlaflos lag.

In diesen Wochen der Erwartung stellte ihm einmal Hannsjörg eine Karte für die Oper zur Verfügung, für eine Aufführung des „Tannhäuser" im Nationaltheater. Oskar liebte Musik. Immer wenn ihn Großes bewegte, wenn er „sah", dann auch wurde in seinem Innern Musik lebendig, vor allem Wagnersche Musik. Es meistersingerte dann in ihm, es pilgerchörte, es feuerzauberte.

Es war eine Karte für einen Sitz in einer der Proszeniumslogen, und Oskar zog sich gut an. Er wählte einen langen, schwarzen Rock, den er vom Vater geerbt hatte, einen sogenannten „Gehrock", ein Kleidungsstück, das langsam aus der Mode kam; es war ein Mittelding zwischen einer Offiziersuniform und einem Priesterrock, streng, zugeknöpft und wohl geeignet für den Besuch einer großen, ernsten Oper.

In der Vorhalle des Nationaltheaters gewahrte er, und es gab ihm einen kleinen Schlag, Adolf Hitler. Der Führer war ganz ähnlich gekleidet wie er selber. Inmitten des geschäftigen Betriebes der ankommenden Theaterbesucher sah er Oskar zunächst nicht. Doch Oskar nahm alle Kraft zusammen, mit seinem ganzen Willen wünschte er, befahl er, der Führer möge ihn erblicken. Und siehe, der Führer richtete das Aug auf ihn, dachte einen winzigen Augenblick nach, erkannte ihn, kam auf ihn zu, reichte dem Ergriffenen die Hand, drückte sie männlich und sagte bedeutend: „Wie geht es, Parteigenosse Lautensack? Sie haben Sorgen, wie es scheint. Die haben wir alle. Ja, Herr Lautensack, die Zeit ist eine schwere. Darum muß der daraus sich ergebende Wille ein um so stärkerer sein."

Eine Welle der Neigung, der Verbundenheit ging von Oskar zu Adolf Hitler. Er hatte in der letzten Zeit das Buch „Mein Kampf" von neuem gelesen, sein eigener Geist war ihm daraus entgegengeweht, und jetzt erlebte er, der Führer sprach genauso, wie er schrieb. Sie waren verbunden, sie waren eins, die beiden Männer. Der Führer – Oskar hörte es aus seinen Worten heraus – hatte die gleichen unterirdischen Zweifel zu besiegen wie er. Der Führer war von kleiner Herkunft wie er. Wie er war er in der Schule sitzengeblieben und hatte es dem strengen Vater nicht recht machen können. Wie er wartete er darauf, daß die feinen Leute in Berlin von seiner Leistung sagen würden: „Das ist ja kolossal." Und wie er gab er sich nicht zufrieden mit kleinen, halben Erfolgen, sondern setzte alles auf *eine* Karte.

Noch stärker als sonst ergriff den Oskar heute die Musik. Der scharfe Gegensatz des Venusbergs mit seiner üppigen, verzehrenden Erregtheit und der Wartburg mit ihren heiligen Harfen und Gesängen, das war sein persönliches Problem. Er selber war Tannhäuser, und das grelle, sinnliche Zucken der Violinen, das wilde, in rot und blaues Licht getauchte Bacchanal des Venusbergs, das war das Berlin der Trettnow, das waren die steifen Hemdbrüste, das entblößte, perlengeschmückte Fleisch der Frauen. Und die süße, unschuldige Schalmei des Hirtenknaben, Wolframs Mahnung, die himmlische Liebe der Elisabeth, das war die reine Telepathie, die ernste Wissenschaft des Hravliczek, die mütterlich strenge Neigung der Tirschenreuth.

Auf und nieder warf ihn die Musik. Wild zuckten in ihm alle Begierden, hehr erfüllte ihn der Gedanke seiner Berufung, während er dasaß im schwarzen Gehrock und, das Gesicht versperrt, fast dümmlich vor Erregung, der Musik lauschte. Dabei war ihm bewußt, daß jetzt den Führer in seiner Loge ganz ähnliche Probleme und Erregungen durchwühlten: die Betrübnis um den Verzicht auf seine künstlerische Sendung, die wilde, heilige Gier, an die Macht zu kommen und Deutschland zu retten, der heftige Wunsch, es dem im Grab liegenden Vater zu zeigen, dem seligen Herrn Zollinspektor.

Dann war die Oper aus, verrauscht waren die wüsten Klänge und die heiligen. Nach der starken inneren Bewegung verspürte Oskar Appetit, einen richtigen Wolfshunger. Er begab sich in jene kleine italienische Weinstube, hoffend, dort vielleicht nochmals den Führer zu erblicken. Und wirklich hatte es auch Hitler in die Weinstube getrieben, und ein zweites Mal an diesem Abend nickte er dem Hellseher bedeutend zu.

Nachdem sich Oskar gesättigt hatte, konnte er noch nicht nach Hause gehn, er war noch zu voll von der erregenden Musik. Unversehens stieg in ihm die Erinnerung hoch an einige seiner Anhängerinnen, die er in der letzten Zeit arg vernachlässigt hatte, vor allem bewegte ihn die Vorstellung jener Alma, der kleinen Schneiderin, und ihrer fülligen Hübschheit. Trotz der späten Stunde telefonierte er, und nach einigem Widerstreben erklärte sie, er möge kommen.

In seinem feierlichen Gehrock kam er. Sie war amüsiert und gleichzeitig beeindruckt, und es wurde ein großer Abend auch für sie.

Am nächsten Morgen schrillte in seinen tiefen, noch nicht zu Ende gekosteten Schlaf das Telefon. Übellaunig meldete er sich. Am Apparat war Hannsjörg. „Die Trettnow ist da", verkündete er. „Sie möchte dich so bald wie möglich sehen.

Sie wohnt in den ‚Vier Jahreszeiten'. Sie erwartet deinen Anruf."

Ein süßer Schreck durchfuhr Oskar. Jetzt lohnte es ihm das Schicksal, daß er seiner inneren Stimme gefolgt war und nicht den Ratschlägen nüchterner Vernünftelei. Jetzt war der Preis da in Gestalt Hildegards von Trettnow.

„Sie erwartet deinen Anruf." Vorsicht. Er durfte so nah am Ziel keinen falschen Schritt machen. Vom Beginn ihrer Beziehungen an muß er dieser großkopfigen Berliner Dame zeigen, wer der Meister ist.

„Hörst du mich nicht?" fragte am andern Ende der Leitung Hannsjörg. „Sie erwartet deinen Anruf." – „Da kann sie lange warten", erwiderte Oskar. „Wenn die Dame was von mir will, soll sie gefälligst zu mir kommen."

Eine kleine Pause war. Dann fluchte die helle Stimme am andern Ende der Leitung: „Idiot, Rindvieh, geselchter Hammel." So hatte der zehnjährige Hans geflucht, wenn der ältere Bruder ihn in eine hoffnungslose Situation hineingeritten und dann hatte sitzenlassen. Oskar hängte ein. Nach zwei Minuten war denn auch Hannsjörg wieder am Apparat. Beinahe bittend stellte er dem andern vor: „Du kannst einer Dame wie Frau von Trettnow doch nicht zumuten, daß sie dir in dein Loch in der Rumfordstraße nachläuft." – „Ich mute es ihr zu", sagte Oskar. „Vielleicht, statt mich wie ein Bierfahrer zu beschimpfen, überlegst du dir meine Motive. Wenn ich deiner Trettnow nicht so viel wert bin, daß sie sich zu mir bemüht, dann steht das Ganze nicht dafür. Dann bleib ich in München und mache den Vertrag mit dem Hravliczek. Der Tannhäuser gestern war übrigens recht gut. Ich danke dir für das Billett." Und wieder hängte er ab. In ihm klangen die gestrigen Chöre: „Halleluja, Halleluja." Selbstverständlich wird die Trettnow, nachdem sie von Berlin nach München gefahren ist, auch noch den kleinen Weg machen von den „Vier Jahreszeiten" zur Rumfordstraße, da gibt's keinen Zweifel. Wohlig rekelte sich Oskar in seinem Bett, legte sich auf die Seite, schlief befriedigt wieder ein.

Gegen Mittag ging er aus. Es trieb ihn in die Neue Pinakothek, eine große staatliche Gemäldegalerie; er wollte wieder einmal gewisse Porträts beschauen, die der Maler Franz Lenbach geschaffen hatte. Da waren stolze und verführerische, aristokratische Damen, da waren Moltke und Bismarck und Prinzregent Luitpold und Richard Wagner. Weiß kamen die Schultern der Frauen aus prunkenden Toiletten, die Männer trugen teils Rüstungen und schwere Ornate, teils bürgerliche Anzüge von vor einem Menschenalter, wohl auch Gehröcke, wie er selber gestern einen im Theater getragen hatte. Um sie alle, um Männer und Frauen, wie immer sie gekleidet waren, wehte der Geist der Renaissance, es strahlte von ihnen Tatkraft und Erfolg aus, starkes, erhöhtes Leben. Da hing auch Lenbachs Selbstporträt, eines der Lieblingsbilder des Führers. Oskar vertiefte sich in den Anblick. Er kannte die Geschichte des Malers Lenbach. Der war aus dem Sohn eines Tagelöhners der größte Maler seiner Epoche geworden, satt von Kunst, Erfolg, Leben. Wenn schon der Sohn eines Tagelöhners es so weit bringen konnte, wie weit konnte er selber es bringen, der Sohn eines Magistratssekretärs.

Am Nachmittag schon läutete Hannsjörg an. „Sie kommt", teilte er mit, etwas unwirsch, offenbar deshalb, weil wieder er, Oskar, recht gehabt hatte. In Oskars Seele aber schmetterten die Blasinstrumente der Festwiese aus den „Meistersingern".

Am nächsten Morgen dann kurz nach elf, begleitet von Hannsjörg, flatterte wirklich Hildegard Reichsfreifrau von Trettnow in Oskars bescheidenes Zimmer in der Rumfordstraße 66. An der einen Wand hing finster und bedeutend die Maske. Von der zweiten schaute, gezogen von einem Schwan, kühn und fern in seiner silbernen Rüstung König Ludwig der Zweite. An der dritten stand der Schreibtisch, darüber war das Büchergestell. Die vierte, leere aber wartete auf den Gobelin. Oskar selber saß in seinem Sessel; er hatte geschwankt, was er anziehen sollte, am Ende hatte er sich für die violette Jacke entschieden.

Hildegard Trettnow war so, wie Hannsjörg sie beschrieben hatte, eine schicke Person, elegant, um die Dreißig, hübsch, rotblond, die Züge schon ein bißchen scharf, eine kühne Nase, die Augen hurtig, blaß, hysterisch. Beide Brüder, da sie ins Zimmer trat, dachten das gleiche: Was hätte der selige Vater dazu gesagt? Die Reichsfreifrau von Trettnow. Das war doch was anderes, als wenn man bei dem Bürgermeister Osterhuber eingeladen war oder bei dem Getreidehändler Ehrental.

Mit gelassener Höflichkeit, wie er es bei dem Hofschauspieler Karl Bischoff gelernt hatte, erhob sich Oskar. „Ich bin glücklich, Sie zu sehen, Meister", sagte Frau von Trettnow mit ihrer lauten, metallosen Stimme, stark norddeutsch. „Hannsjörg hat mir so viel von Ihnen erzählt."

Ihre blassen, hysterischen Augen gingen hin und her zwischen der Maske und Oskars Gesicht. „Es ist ein großes Erlebnis", sagte sie, „die Maske Oskar Lautensacks mit dem Original vergleichen zu dürfen. Hoffentlich stört es Sie nicht, wenn ich mir hier alles so ungeniert anschaue." – „Sie sind die Retterin meines Bruders", erwiderte mit distanzierter Höflichkeit Oskar, „Sie haben auch mich zu Dank verpflichtet." – „Sie dulden mich hier also nur um Ihres Bruders willen?" antwortete kokett Frau von Trettnow; sie erwartete offenbar eine Schmeichelei. Doch Oskar hielt es für verfrüht, ihr Komplimente zu machen, er wich ins Mystische aus. „Es gibt keinen Zufall", verkündete er. „Alles ist ein großes Netz, alles ist ineinander verwoben. Wer zu mir kommt, kommt nicht aus Zufall." – „Auch ich finde", sagte Frau von Trettnow und versuchte, ihre grelle Stimme zu dämpfen, „daß Schicksalhaftes von Ihnen ausgeht. Wer das Dunkle, Netzhafte in Ihnen einmal gespürt hat, kommt von Ihnen nicht mehr los." Er begnügte sich, statt aller Antwort sein cäsarisches Gesicht aufzusetzen. „Ich begreife", sprach die Baronin weiter, „daß Sie in jeder Einzelheit die Verbindung zum Weltganzen suchen. Nach dem, was mir Hannsjörg von Ihnen erzählt hat, konnte ich mir eine Vorstellung von Ihrem Weltbild machen. Auch durch die Ideologie der Nationalsozialistischen Partei bin ich darauf vorbereitet. Ich habe in Ihrer Gegenwart ein Gefühl wie in der Gegenwart des Führers." Sie schwieg; ihre Augen gingen verehrungsvoll hin und her zwischen der Maske und ihm.

Auch Oskar schwieg, aber er schaute die Baronin voll an, lang, eindringlich, hemmungslos. Im Grunde war sie nicht sein Typ, aber sie war nicht übel gewachsen, und die Vorstellung: Reichsfreifrau von Trettnow, Hohenzollern, gesellschaftliche Position, wird ihm schon das Blut erhitzen, wenn es erst einmal soweit ist.

Die Baronin, unsicher unter seinem Blick, gekitzelt, rückte die Hüften hin und her. „Darin haben Sie recht", sagte schließlich Oskar, „ich brauche, um wirken zu können, Bereitschaft auf der Gegenseite." – „An Bereitschaft von meiner Seite", sagte lebhaft die Trettnow, „fehlt es nicht. Vom ersten Augenblick an, da ich Ihre Maske sah, war diese Bereitschaft da." Kurz, alles verlief planmäßig, und als am Ende die Trettnow schüchtern und kokett fragte, ob sie Oskar wiedersehen dürfe, konnte er, ohne sich was zu vergeben, mit einem tiefen Blick ja sagen.

Am Nachmittag meldete sich Hannsjörg bei Oskar, anerkannte, der Bruder habe seine Sache brav gemacht, und gab ihm Weisungen, wie er nun weiterzugehen habe wegen des Vertrags für den Alois Pranner. „Du mußt die Trettnow dahin kriegen", belehrte er Oskar, „daß sie anfängt, dir von Märkern und Pfennigen zu reden. Wenn es soweit ist, dann verstehst du natürlich nichts von wirtschaftlichen Dingen, lehnst stolz ab und verweisest sie an mich. Das wichtigste ist, daß nicht du vom Geld anfängst, sondern sie."

Zwei Tage später aß Oskar im Speisesaal der „Vier Jahreszeiten" mit Frau von Trettnow zu Abend. Zwischen Suppe und Donauwaller sprach die Baronin von der Gemeinsamkeit des Weltbilds Oskar Lautensacks mit dem Adolf Hitlers. Zwischen dem Fischgang und Tournedos à la Rossini sprach sie von der Aufgabe, die Oskars in Berlin warte. Zwischen dem Fleischgang und dem Soufflé Surprise sprach sie von der schweren Zeit, die verlange, daß Oskar aus dem Elfenbeinturm heraustrete und das gemeine Volk seine Stimme hören lasse, und von dem Vorbild des Führers, der auch seinen Malerberuf aufgegeben habe, um Deutschland zu retten. Bei Obst und Käse erklärte Oskar, noch nie habe die Mahnung, sich des deutschen Volkes anzunehmen, ihm so stark und innig erklungen wie aus dem Munde der Baronin, und unbekümmert um die andern Gäste und um die Kellner musterte er sie mit vollen, dringlichen, sehr männlichen Blicken. „Wollen Sie eine Birne mit mir teilen?" fragte die Baronin. „Darf ich Ihnen die Birne schälen?"

Den Kaffee nahm man im Salon der Baronin. Jetzt war die Stunde da. Die heftigen, dunkelblauen Augen richtete Oskar auf ihr Gesicht, er konzentrierte den Blick auf die Wurzel ihrer kühnen Nase. Gewalttätig, aufs äußerste gesammelt, befahl er ihr in seinem Innern: Fang schon endlich an, von Märkern und Pfennigen zu reden, du Gans. Er wußte nicht, ob er die Berliner Wendung gebrauchte in Erinnerung an Hannsjörgs Worte oder weil er glaubte, sich der Norddeutschen auf diese Art schneller verständlich zu machen.

Sie verstand und gehorchte. „Ich begreife, verehrter Mann", sagte sie, „daß Sie, wenn Sie sich entschließen, nach Berlin zu übersiedeln, vieles hinter sich lassen müssen. Sicher wird das auch materielle Schwierigkeiten mit sich bringen. Wollen Sie mir erlauben, Ihnen da ein wenig an die Hand zu gehen? Ich wäre glücklich."

Halleluja, jubelten in Oskars Innerem die Pilger, sie hat angebissen, schmetterten in seiner Seele die Blasinstrumente der Festwiese. Laut aber, finster und streng sagte er: „Ich kümmere mich nicht um derlei Äußerlichkeiten. Es gibt für mich ein einziges Gesetz: meine innere Stimme." – „Ich weiß", sagte beschämt, mädchenhaft überrötet, die Baronin. „Ich hätte Ihnen nicht damit kommen dürfen. Ich werde es mit Hannsjörg besprechen."

Das Erröten stand ihr nicht schlecht, Oskar schaute auf sie mit gnädigen Augen. „Es ist wohl kein Zufall", sagte er träumerisch, „daß mich die Partei gerade durch Sie ruft. Das Ideal bleibt nun einmal für uns Deutsche ein weibliches. Das Ewig-Weibliche zieht uns hinan." Sie saß da, glücklich. Er wußte, er bräuchte sie jetzt nur anzurühren, und sie würde zerschmelzen; er hatte sogar Lust dazu. Allein es wäre unklug gewesen. Er begnügte sich, sie lang und voll anzuschauen, während er ihr zum Abschied die Hand drückte.

Dann begab er sich zu Alma.

Zwei Tage später teilte ihm Hannsjörg mit, es gehe alles

planmäßig, der Vertrag für den Alois Pranner stehe zur Verfügung.

Oskar hatte den Bruder in cäsarischer Haltung empfangen; jetzt aber brach es naiv und deggenburgisch aus ihm heraus: „Er kriegt wirklich die tausend Mark pro Monat, der Bazi? Du hast es ihr herausgequetscht?“ – „Ich habe gar nicht zu quetschen brauchen“, sagte Hannsjörg. „Du bist schon ein Mordskerl“, anerkannte Oskar. „Freut mich, daß du das endlich einsiehst, du Rindvieh“, antwortete brüderlich Hannsjörg.

Nun es soweit war, fand es Oskar richtig, seinen Bund mit der Partei und mit ihrer Vertreterin, Hildegard von Trettnow, zu besiegeln. Während sein Blick nachdenklich und zerstreut über Hildegards Formen glitt, erklärte er ihr, sie habe eine Menge weiblichen Fühlens in seine Gedankenwelt einströmen lassen. Immer dringlicher wurde sein Blick, immer tiefer drang er in sie ein. Zärtlich nahm er ihre Hand, strich langsam ihren Arm hinauf. Sie begann zu zittern.

Während sie sich seiner Umarmung überließ, war ihr, als würde sie von dem Führer selber umarmt, von dem ganzen Männertum der Partei. Auch ihm, während er sie umarmte, vermischte sich auf seltsame Art Wirklichkeit und Idee. Das also war der Anfang des neuen Weges, der Beginn seiner Sendung, zur Errichtung eines größeren Deutschland seine Gaben mit allerlei Tricks zu vermengen. Er umarmte in Hildegard von Trettnow nicht nur eine große, weißhäutige und etwas knochige Dame, sondern auch seine neue, segensreiche, dornige Aufgabe.

Der Vertrag für Alois Pranner, den Hannsjörg dem Oskar überreichte, war ein umständliches Dokument mit Siegeln, Unterschriften, notariellen Beglaubigungen; auch Bankbestätigungen waren angeheftet. Oskar studierte das Schriftstück. Es ging daraus hervor, daß der „Verein zur Verbreitung Deutscher Weltanschauung“ den Künstler Alois Pranner verpflichtete, vorläufig sechs Monate zusammen mit dem Schriftsteller Oskar Lautensack in seinem Kreise zu wirken. Veranstaltet werden sollten Vorträge und Vorführungen über

Grenzgebiete der Seelenkunde. Die Unterschriften stammten von Leuten mit wohlklingenden Namen; vor allem der Name eines Grafen Ulrich Herbert von Zinsdorff fiel Oskar angenehm auf.

„Und habt ihr das Geld? Ist das Geld wirklich da?" fragte er töricht. „Das Geld", erwiderte geduldig Hannsjörg, „ist, wie du siehst, eingezahlt bei der Bayrischen Vereinsbank, einem altehrwürdigen Institut, in dessen Deggenburger Filiale, wie du dich vielleicht erinnerst, schon unser seliger Vater die paar Batzen unserer Mutter deponiert hatte, bevor du sie durchgebracht hast." Oskar blätterte in dem Vertrag. „Und das ist alles hieb- und stichfest?" erkundigte er sich mißtrauisch. „Ich kann es ruhig dem Alois zeigen? Du weißt, der ist ein Genauer." – „Da kann dein Alois seine große Nase hineinstekken, solang er mag", sagte grinsend Hannsjörg.

Alois, wie ihm der Oskar das stolze Dokument brachte, strich sich, erfüllt von zwiespältigen Gefühlen, über den kahlen Schädel. Als er sich damals von Oskar den Vertrag ausbedungen, hatte er heimlich gehofft, der Freund werde einen solchen Vertrag nie beischaffen können. Wohl lockte ihn die Zusammenarbeit mit dem Oskar, mit diesem schillernden Lumpen, mit dem Mann der vielen Lügen und des echten Funkens; aber Alois liebte seine Behaglichkeit, das gemütliche Münchner Leben, die alte, vertraute Wohnung in der Gabelsbergerstraße, die Haushälterin Kathi, seine königlich bayrische Ruh. Für die besten Minuten in seinem Leben erachtete er die, da er, von einem Gastspiel zurückkehrend, wieder einlief in seinen stillen Hafen in der Gabelsbergerstraße in München. Und jetzt also wollte ihn dieser Oskar auf viele Monate hineinziehen in das wüste Gezappel Berlins, in den Strudel der Nazipolitik.

Trüben Gesichtes prüfte er den Vertrag. Befeuchtete den langen Finger, schlug die Seiten um, las gründlich, finster, beschaute die Unterschriften, hielt sie sich nah ans Auge. Schließlich, tief seufzend, sagte er: „Es scheint, du hast es geschafft, du Hallodri. Du hast sie alle hineingelegt. Und jetzt wirst du also mich hineinlegen." Mit langem, traurigem Blick umfaßte er das Zimmer. „Adieu, schöne Gegend", sagte er, und in seinem Innern nahm er Abschied von dem behaglichen Sofa, von den schönen, versessenen Stühlen, von dem hausbacken soliden Tisch, auf dem noch das Kaffeegeschirr stand und ein Gugelhopf.

„Ich freue mich über den Enthusiasmus, mit dem du unser neues Leben beginnst", sagte Oskar grimmig. „Nichts hilft einem mehr als die Begeisterung eines guten Freundes." Aber: „Halt", sagte jetzt, neu belebt von einer letzten Hoffnung, Alois. „So schnell schießen die Preußen nicht. Erst muß sich noch der Mantz den Vertrag anschauen. So war's ausgemacht."

Während der ganzen Fahrt zu dem Agenten Mantz raunzte und räsonierte der Alois. Die deutsche Weltanschauung, murrte er, habe mit ehrlicher Taschenspielerei nichts zu tun, und er betonte das „ehrlich". „Da hast du dich immer großartig gehabt", höhnte er, „und kein Publikum war dir gut genug, und jetzt sollen wir heruntersteigen und uns abschwitzen vor deinen Scheißnazis." Oskar setzte sein Cäsarengesicht auf und erwiderte: „Angst hast du, das ist alles, Angst vor allem, was ein bißchen Bewegung und Leben ist. Ein Spießbürger bist du, ein trauriger." Alois sah ihn verkniffen an. Dann sagte er bösartig: „Der Goethe zum Beispiel war auch ein Spießbürger. Der wollte auch nichts zu tun haben mit Politik."

Es erwies sich, daß auch der Agent Mantz nichts mit Politik zu tun haben wollte. Fett, phlegmatisch, die Zigarre im Mund, saß er da, die kleinen Mausaugen des mächtigen, spärlich behaarten, gefährlichen Schädels gingen von Alois zu Oskar und wieder zurück zu Alois. Er las den Vertrag durch, dann schob er die Dokumente mit einer sachten Bewegung zur Seite. „Da bin ich nicht zuständig", erklärte er. „Ich verstehe was vom Varieté. Aber das da hat offenbar mehr mit Politik zu tun als mit Varieté und Kunst. Da kann ich keinen Rat geben. Das müssen die Herren mit sich und ihrem Gewissen ausmachen, nicht mit dem Mantz."

„Sie sind ein Gegner der Bewegung?" fragte Oskar. „Welcher Bewegung?" fragte Mantz zurück. „Ach so, der Nazis", und er schaute auf das Hakenkreuz, das Oskar trug. „Nein", sagte er langsam, „ich bin nicht dagegen, aber ich bin auch nicht dafür. Ich bin nicht für die Nazis, ich bin nicht für die

Kommunisten, ich bin fürs Varieté. Da haben die Herren meine politische Überzeugung."

Und, beinahe entschuldigend, erläuterte er: „In andern Fällen kann ich mit hundertprozentiger Sicherheit sagen, ob ein Vertrag was taugt. Aber über diesen Vertrag fragen Sie wirklich besser einen andern. Wenn die Nazis im Spiel sind, habe ich eine unglückliche Hand."

Und da ein ungemütliches Schweigen eintrat, berichtete er erklärend: „Kam da einmal zu mir ein junger Schauspieler, ein Anfänger, mit einer Empfehlung von Karl Bischoff. Er sprach mir den Raoul vor aus der ‚Jungfrau von Orleans': ‚Wir hatten sechzehn Fähnlein aufgebracht', er sprach mit einem bayrisch-böhmischen Akzent, sehr pathetisch. Ich lehnte ihn ab. Das war ein Fehler. Wenn ich nämlich ernstlich gewollt hätte, dann hätte ich ihn trotz allem irgendwo unterbringen können, beim Bauerntheater in Kiefersfelden zum Beispiel, und wenn der junge Mensch einiges Glück gehabt hätte, dann wäre er jetzt hier in München am Volkstheater engagiert. So aber hab ich ihn abgelehnt, und er hat sich einem andern Beruf zugewandt, dem Beruf, mit dem Sie beide jetzt liebäugeln, er ist Politiker geworden. Der Schauspielschüler hieß Adolf Hitler."

Er schaute die beiden wieder an, nachdenklich. Dann, lebhafter, schloß er: „Bei diesem Hitler versteh ich's, daß er in die Politik ging. Er hat nicht ausgereicht für die Bühne. Aber ihr beide könnt doch was: warum, in drei Teufels Namen, geht denn ihr in die Politik?"

„Herr Mantz", sagte Oskar, „Sie sind der Agent meines Freundes Alois Pranner. Würden Sie die Freundlichkeit haben, den Vertrag in dieser Eigenschaft vom technischen Standpunkt aus zu prüfen?" Er war voll eisiger Höflichkeit. Herrn Mantzens Mausaugen liefen das Gesicht Oskars auf und ab, liefen nochmals das Schriftstück auf und ab. „Vom technischen Standpunkt aus ist nichts dagegen einzuwenden", erklärte er sachlich.

Die beiden verabschiedeten sich. Er begleitete sie an die Tür. „Sie lassen sich da auf ein großes und gewagtes Spiel ein, meine Herren", sagte er.

Zweiter Teil

Berlin

Oskar tastete im Finstern nach der Klingel, läutete. Der Diener Ali kam, ein junger, gut anzusehender Araber in der Tracht seines Volkes; Oskar liebte es, sich mit Menschen und Dingen zu umgeben, die Aufsehen erregten. Ali zog die Vorhänge zurück, rollte den Frühstückstisch neben Oskars Bett.

Eine blasse Neujahrsonne zeigte den Prunk der schweren, sattfarbenen Möbel. Während Oskar am Frühstück herumschmeckte, weidete er sich an dem Glanz, den er da aufgebaut hatte. Er hatte es weit gebracht in den wenigen Monaten seines Berliner Lebens. Er durfte mit Genugtuung hineingehen in dieses neue Jahr 1932.

Halb zwölf. Eigentlich noch früh; denn er war erst um fünf Uhr nach Hause gekommen von der Silvesterfeier bei Frau von Trettnow. Es war dort alles so gewesen, wie er sich's in München gewünscht hatte, es war gewesen wie zur Zeit seines ersten großen Erfolges in den Jahren unmittelbar nach dem Krieg; Herren mit weißen Hemdbrüsten, Damen mit tiefem Rückenausschnitt hatten ihn umdrängt, ihm gehuldigt. Er hatte es geschafft, er war wieder oben.

Er ließ sich massieren, duschte. Er fühlte sich auch körperlich gut in Form; der Erfolg bekam ihm, das heftige Berliner Leben machte ihn jung. Er nahm den üppigen, violetten Schlafrock um, beschaute sich im Spiegel; der Schlafrock stand gut zu seinem cäsarischen Kopf.

Er ging hinüber in die Bibliothek, setzte sich an den mächtigen Schreibtisch, sah wohlgefällig auf den Haufen Post, der vor ihm geschichtet lag. Brachte den Haufen zum Einstürzen, wühlte darin, kindlich, selbstvergessen lächelnd. Viele wünschten ihm Glück, er hatte sich Anhänger erworben, die Welt wußte jetzt, wer Oskar Lautensack war.

Es klopfte. Herein kam der Sekretär, Herr Friedrich Petermann. Niemals trat Herr Petermann ein, immer stahl er, drückte er, schmuggelte er sich ein. Oskar nannte ihn einen trockenen Schleicher, konnte ihn nicht leiden. Er grollte Hannsjörg, daß der, ihn überrumpelnd, ihm gerade diesen Sekretär aufgehängt hatte, jetzt konnte man ihn nicht mehr loswerden, er wußte zuviel. In seinem Heimlichsten vermutete Oskar, der Bruder lasse ihn durch Petermann bespitzeln.

Oskar behielt den Sekretär nur kurze Zeit da. Aber mit seiner Fröhlichkeit war es vorbei. Seine dicke Post machte ihm keine Freude mehr, er schob die Briefschaften beiseite und telefonierte herum, mit seinen Freunden Neujahrswünsche auszutauschen. Es waren das Leute mit klingenden Namen und Titeln, er konnte nur so herumwerfen mit Generaldirektor, Gräfin, Exzellenz; der Herr Vater hätte Augen gemacht.

Zwischendurch aber telefonierte er auch mit der kleinen Alma, der Schneiderin, ihr Glück zu wünschen; denn Oskar Lautensack ließ sich nicht lumpen; er hatte Alma großmütig mit nach Berlin genommen und ihr hier ein Geschäft gegründet.

Nach diesem Gespräch indes kehrte er zurück zu seinen Großkopfigen. Rief den Geheimrat Maedeler an, dann den Grafen Zinsdorff. Ja, er existierte wirklich, dieser Graf Ulrich Herbert Zinsdorff, der damals den Vertrag für Alois mit unterzeichnet hatte. Er war ein junger Herr mit einem schönen, frechen, lasterhaften Gesicht und großartig lockeren Manieren; Oskar war stolz auf diese Freundschaft.

Doch das heutige Gespräch mit Ulrich Zinsdorff machte Oskar keine Freude. Zinsdorff erzählte beiläufig, er habe die Silvesternacht bei dem Stabschef verbracht, bei Manfred Proell. Saftige Späße seien gemacht worden, man habe aber auch ernsthafte Politik getrieben, der Führer selber habe sich sehen lassen, gegen Morgen sei ein großer, schweinischer Film vorgeführt worden, kurz, das Jahr 1932 habe vielversprechend begonnen. Schade, daß Oskar nicht dagewesen sei.

Ja, schade. Mehr als schade. Des beweglichen Oskar Laune schlug sogleich um. Er war erbittert. Er hätte den Führer gern getroffen. Denn so große Erfolge ihm dieser Herbst und Winter gebracht hatten, sein letzter Traum, ein unmittelbares Zusammenwirken mit dem Führer, hatte sich nicht erfüllt. Hannsjörg hielt es für verfrüht, ihn mit Hitler zusammenzubringen; von der Silvesterfeier bei Manfred Proell hatte er ihn mit immer neuen Ausflüchten ferngehalten.

Finsteren Gesichtes durchschritt Oskar das weite, prunkvolle Zimmer, öffnete eine Tapetentür, stand in einem nicht großen, kahlen Raum. An der einen Wand hing düster und bedeutend eine Nachbildung der Maske. Von der zweiten schaute, gezogen von seinem Schwan, kühn und fern in seiner silbernen Rüstung der Bayernkönig Ludwig der Zweite. An der dritten stand der Schreibtisch, der armselige Schreibtisch aus Deggenburg. Die vierte aber war leer.

In dieses kleine Gelaß also, in seine „Klause", zog sich Oskar jetzt zurück. Hier pflegte er Einkehr zu halten, Gerichtstag über sich selber. Die Häßlichkeit des Raumes, des Öldrucks, des Schreibtischs gaben ihm die rechte Stimmung. Und der erste Tag des neuen Jahres, ihm ohnedies verschandelt durch die Kunde von den frechen Machenschaften Hannsjörgs, schien ihm ein angemessener Anlaß, seine innere und seine äußere Landschaft gesammelt zu betrachten.

Da sitzt er also und macht Bilanz.

Er hat recht daran getan, den Vertrag mit dem Hravliczek schießenzulassen und nach Berlin zu gehen. Diese riesige, überaus repräsentative Wohnung in der Landgrafenstraße beweist augenscheinlich, daß er da angelangt ist, wohin er wollte. Erst hat er die Stadt Deggenburg erobert, dann die Stadt München, und jetzt, genau wie er sich's vorgenommen, die Reichshauptstadt Berlin.

Mechanisch betrachtet er den Ring an seinem Finger. Es ist ein Geschenk der Trettnow, ein schöner Siegelring. Aber eigentlich stellt er sich für seine große, weiße Hand was anderes vor. Man hat ihm da bei dem Juwelier Posener Unter den Linden einen sehr kostbaren Brillantring gezeigt. Männer tragen keine solchen Ringe mehr, aber er richtet sich nicht nach der

Mode. Bald, sowie er mehr Geld hat, wird er sich den Brillantring kaufen.

Nein, ganz am Ziel ist er noch nicht. Es ist nicht nur der Ring, da ist auch noch die eine Wand in der Bibliothek. Vorläufig hängt dort ein großes Gemälde von einem gewaltigen Schinken, gemalt von einem Piloty-Schüler und darstellend den Astrologen Seni an der Leiche Wallensteins. Doch niemand weiß besser als Oskar, daß das nur ein schwacher Ersatz ist. Der rechte Schmuck für diese Wand wäre ein Gobelin, den er in der Galerie Bernheimer in München hat hängen sehen; dieser Gobelin ist wahr und wahrhaftig ein altflandrisches Original, und er zeigt die Werkstatt eines Alchimisten. Nur ist er leider unverschämt teuer. Aber: warte nur, balde wird er auch den Astrologen Seni ersetzen können durch die Werkstatt des Alchimisten.

Er hat Grund, mit sich zufrieden zu sein, so wie es ist. Auch seine innere Landschaft hält stand, da darf man genau hinschauen. Es ist nichts eingetroffen von dem, was ihm Anna Tirschenreuth vorausgesagt hat und der mißgünstige Zwerg, der sauertöpfische, der Hravliczek. Keineswegs hat er seinen äußern Erfolg bezahlen müssen mit innern Konzessionen. Nichts hat er eingebüßt von seiner Kraft, obwohl er Tricks nicht mehr ängstlich vermeidet wie früher. Er hat das der Alten auch gesteckt, hat ihr geschrieben, ihr einen eingehenden Bericht erstattet. Es ist ärgerlich, daß sie nicht darauf geantwortet hat, aber es trifft ihn nicht.

Trotzdem sieht er mit einer gewissen Scheu auf die Maske. Die Alte findet offenbar, er lebe nicht auf zu seiner Maske. Dabei nimmt sich die Maske großartig aus draußen in der Bibliothek; er hat ihr einen herrlichen Rahmen geschaffen.

Plötzlich klingen ihm Worte auf, die er als Bub gehört hat, wenn er bei seiner Großmutter war. Jahrzehntelang waren die Worte tief unten in ihm vergraben, jetzt aber, immer öfter, steigen sie ihm herauf in dem harten, ungelenken Schriftdeutsch, in dem die Großmutter aus der Bibel zu lesen pflegte. Ja, genauso lebt in ihm der Vers weiter, wie sie ihn mit ihrer alten Stimme umständlich dahergeplärrt hat: „Was hülfe es dem Menschen, so er die ganze Welt gewönne und nähme doch Schaden an seiner Seele."

Blöder Schmarren, seniler. Die Tricks, die er manchmal bei seinen Experimenten verwendet, machen ihm nicht länger die leisesten Gewissensbisse. Eher schon bekümmern ihn gewisse Konsultationen, die er abhält. Es ist nicht immer der aufrichtigste Rat, den er da erteilt; es gibt Fälle, in denen ihm Hannsjörg die Richtung weist. Hier in der Einsamkeit seiner Klause darf er sich's eingestehen: es sind . . .

Oskar spürt etwas Störendes. Es muß jemand unmittelbar nebenan sein. Verärgert, ein hartes Wort auf den Lippen, kehrt er zurück in die Bibliothek.

Hannsjörg ist da. Strahlend, ein freches Lächeln über dem ganzen, spitzen, käsigen Gesicht, geht er auf Oskar zu. „Prosit Neujahr, altes Haus", sagt er. „Ich muß dir doch persönlich meinen Glückwunsch bringen. Wie war es bei Hildchen? Wir bei Manfred haben uns ausgezeichnet unterhalten." Der Lauser wagt es auch noch, ihn an den Abend mit dem Führer zu erinnern, von dem er ihn ferngehalten hat. Oskar setzt sein cäsarisches Gesicht auf. „Rotzbub, dreckiger", sagt er voll Überzeugung.

„Du meinst, weil der Führer da war?" antwortete gemütlich Hannsjörg und zündete sich eine Zigarette an; schmächtig, ein wenig kläglich saß er in dem viel zu großen Sessel. „War es eine so furchtbare Zumutung", erkundigte er sich teilnahmsvoll und gemein, „daß du den Abend bei Hildchen verbringen mußtest? Hat sie dich die Nacht über dabehalten?"

Doch da Oskar auf diesen Ton nicht einging, fuhr er ernsthafter fort: „Was willst du eigentlich? Im August sind wir hergekommen, und heute schreiben wir den 1. Januar. Ich finde, mein Lieber, was ich dir in diesen vier Monaten hergezaubert habe" – und sein Blick glitt rundum im großen, prunkvollen Raum –, „das ist allerhand. Ich finde, du könntest mir Dankeschön sagen, statt mir ein solches Gefrieß herzumachen." – „Du mandelst dich auf", sagte Oskar und musterte leicht verächtlich das „Krisperl", „als hättest du alleine das alles aus dem Boden gestampft." – „Wer hat dir die Trettnow ins Bett gelegt?" fragte Hannsjörg. „Ich will dir Erfahrung und Erfolg auf diesem Gebiet nicht abstreiten", sagte mit eisiger Höflichkeit Oskar. „Aber vergiß nicht, daß Hildegard von Trettnow nicht die Karfunkel-Lissy ist. Es bedarf gewisser Qualitäten, um eine solche Dame zu gewinnen."

Hannsjörg war des unfruchtbaren Gezänkes müde. „Seien wir doch vernünftig", schlug er vor. „Verderben wir uns nicht den schönen Tag. Einigen wir uns: was da um dich herumsteht, ist das Werk von uns beiden. Wir gehören nun einmal zusammen."

Oskar wußte, das war richtig. Der Bruder war der einzige Mensch, vor dem er sich ganz gehenlassen konnte; es war Unsinn, sich mit ihm herumzustreiten, statt sich mit ihm auszusprechen über das, was ihn drückte. „Ich hab es nicht leicht", sagte er, es war mehr eine Klage als ein Vorwurf. „Die Arbeit mit dem Alois, die Konsultationen. Schließlich will ich doch Kraft übrigbehalten für das Wahre." Er schaute vor sich hin, müde, bedrückt; seine Worte klangen aufrichtig.

Hannsjörg fand es an der Zeit, mit der Mitteilung herauszurücken, um derentwillen er gekommen war, mit seinem Neujahrsgeschenk. „Ich habe dir etwas vorzuschlagen, was dir Spaß machen wird", eröffnete er dem Bruder. „Wir gründen eine Zeitschrift, du und ich. Der ‚Verein zur Verbreitung Deutscher Weltanschauung' gibt sie heraus. ‚Deutschlands Stern' soll sie heißen. Beschäftigen soll sie sich mit jenen Disziplinen, die dem öden Intellektualismus verschlossen sind, mit Rassenkunde und mit Okkultismus. Die Mittel sind genehmigt. Als Vorstandsmitglied der ‚Deutschen Weltanschauung' fordere ich dich amtlich auf, Oskar Lautensack, die Redaktion zu übernehmen. Ich werde dir gerne nach Kräften behilflich sein. Du weißt, als ehemaliger Herausgeber des ‚Blitzlichts' habe ich Erfahrung."

Die beiläufige, ironische Manier, in welche Hannsjörg seine Mitteilung kleidete, und die Anspielung auf das Revolverblatt, das Hannsjörg Geld und Nöte gebracht hatte, verhinderten Oskar nicht, zu erkennen, welch großen Dienst ihm der Bruder wieder einmal leistete. Eine Zeitschrift ist ein wertvolles Geschenk in einer Epoche, wie er sie jetzt durchmacht. Sich die Brust freischreiben, sich selber Rechenschaft ablegen, sich dessen freuen, was man hat, und ganz vorsichtig die Konzessionen bedauern, die man dem blöden Pöbel machen muß, das bedeutet Reinigung, Beichte, Entsühnung. Hat sich nicht Goethe das Gewissen frei gemacht, indem er über seine Sünden schrieb? „‚Deutschlands Stern'", sagte er prüfend, „das klingt nicht schlecht."

„In vierzehn Tagen kann er aufgehen, ‚Deutschlands Stern'", verkündete munter und resolut Hannsjörg. „Also an die Gewehre, mein Lieber. Sieh zu, daß du für die erste Nummer mit einem guten Artikel zu Rande kommst." Er sah mit Genugtuung, wie angeregt Oskar war. Er ging.

Oskar blieb zurück, arbeitenden Gesichtes. Der Diener Ali meldete, das Mittagessen sei bereit, doch Oskar winkte ab, versunken in Betrachtung. Er ging die Reihen seiner Bücher auf und nieder, der violette Schlafrock bauschte sich prunkvoll, schleifte nach.

Oskar, beinahe mechanisch, griff sich ein Buch mit einem nüchternen, blaugrauen Papierumschlag heraus, einen dicken Band, der weithin nach Wissenschaft und Langeweile roch. „Thomas Hravliczek, Handbuch der Parapsychologie", stand auf dem Umschlag. Von selber, wie Oskar das Buch in die Hand nahm, öffneten sich die Seiten, auf denen über die telepathischen Experimente berichtet war, die der Professor mit ihm gemacht hatte.

Oskars Augen glitten über die Zeilen. Doch er brauchte nicht zu lesen, er kannte sie auswendig, die nüchternen, staubtrockenen Kapitel. Der Professor gab zu, daß echte Psychitive, echte Medien, selten seien. Doch die dürren Worte, mit denen er diese seltenen Menschen und ihre Fähigkeiten beschrieb, der Mangel an Enthusiasmus wirkten feindseliger, als Hohn, Skepsis, Ironie hätten tun können. Es war, wie wenn man den Inhalt eines Goetheschen Gedichtes in elendem Juristendeutsch wiedergegeben hätte. „Die Erscheinungen der Telepathie", in diese Feststellung faßte Hravliczek seine Ausführungen zusammen, „bedürfen noch der experimentellen (energetischen) Klärung. Der unkritische Glaube an sie gibt vielfach Selbsttäuschungen und ausbeuterischem Scharlatanentum Raum."

Nein, Oskar darf dem Manne diese Sätze nicht durchgehen lassen, die ebenso tückisch sind wie häßlich. Er, Oskar, ist dazu berufen, durch das Bild der Wahrheit die dreiste Karikatur aus der Welt zu schaffen, zu welcher die öde Aufklärerei des Professors die göttliche Gabe des Hellsehens verzerrt hat. Daß sie „überaus selten" ist, diese Gabe, gibt selbst der mißgünstige Zwerg zu, und wenn sie einer hat, kann er sie noch lange nicht beschreiben. Er, Oskar, ist heute vielleicht der einzige Mensch auf diesem Planeten, der andern von innen her erklären, der darstellen kann, was das ist, Hellsehen.

Es ist kein Zufall, daß ihm Hannsjörg die Mitteilung von der Zeitschrift gerade heute gemacht hat, am Neujahrstag. Jetzt hat er seine Aufgabe für das kommende Jahr erkannt. Der Professor hat bösartig und kleinlich die Grenzen der Telepathie gezeichnet: er, Oskar, wird um so enthusiastischer ihre Größe preisen, die Wunder dieser Gnade, die den Menschen über sich selbst erhöht und ein göttlicher Beweis ist dafür, daß alles, was Geist ist, eine einzige, große, strömende Einheit bildet.

Voll Begeisterung denkt Oskar daran, wie er seine Aufsätze für „Deutschlands Stern" schreiben wird. Wenn er gut in Form ist, dann wird ihm Großes gelingen.

Da ist nur *eine* kleine Schwierigkeit. Die manuelle Arbeit, das Technische des Schreibens, behindert ihn in der Ursprünglichkeit des Ausdrucks. Wenn er gezwungen ist, mit einem Bleistift zu hantieren oder mit einem Federhalter oder gar mit einer klappernden Maschine, dann entflieht ihm die Inspiration. Er kann seine beseligenden Erfahrungen ausschließlich durch das Medium der Stimme wiedergeben.

Aber die Aufsätze, die er schreiben will, diese Hymnen, einem Menschen zu diktieren wie etwa dem Petermann, dem trockenen Schleicher, das kann er auch nicht. Nein, er wird einfach herumgehen und sich jemand suchen, der ihm paßt. Anonym wird er zu irgendeinem Schreibmädchen gehen, Harun al Raschid, und wenn er das geeignete Gesicht findet, wird er das Mädchen zum Werkzeug seiner Begeisterung machen.

Mit diesem Vorsatz, sehr befriedigt, beendet Oskar die

Stunde der Einkehr und der Sammlung. Er läutet dem Diener und ißt zu Mittag.

Oskar und Alois fuhren hinaus in die Ahornallee zu Frau von Trettnow. Oskars Gesicht war gesammelt, er bereitete sich vor.

Das wird wieder ein schwieriger Abend sein heute. Nicht einmal die Namen derjenigen, mit denen er zu experimentieren haben wird, hat ihm die Trettnow mitgeteilt; er selber hat es so haben wollen, um die Ehrlichkeit des Experiments zu demonstrieren. Nur daß es Leute von Einfluß sind, weiß er. Und dann freilich hat der Alois, als er wie stets im Hause der Trettnow die notwendigen äußeren Arrangements für die Sitzung traf, eine Menge ermitteln können über die Zusammensetzung der Gesellschaft. Jetzt, im Wagen, prüft Oskar sein Gedächtnis ab, und Alois berichtigt und ergänzt.

Dasein wird also vermutlich Dr. Kadereit, der Schwerindustrielle. Oskar kann den blonden, fleischigen Herrn gar nicht verkennen; er hat bestimmt Bilder von ihm gesehen. Dr. Kadereit – das wieder hat Oskar von Hannsjörg erfahren – plant, sich noch enger mit den Nazis zusammenzutun und einen noch größeren Teil seines Betriebs auf Rüstung umzustellen. Dasein wird weiter – aber auch das ist nicht ganz sicher – ein Mann namens Tischler; das ist, soviel der Alois herausgebracht hat, ein Schwarzhaariger mit einem grauen Gesicht. Trägt sich, der Auskunft Hannsjörgs zufolge, mit ähnlichen Projekten wie Dr. Kadereit, ist aber weniger bedeutend. Bestimmt dasein wird eine Frau von Schustermann, eine hübsche, füllige Blonde. Liegt in einem Scheidungsprozeß. Dürfte als der schuldige Teil erklärt werden und wird das Kind vermutlich nicht zugesprochen bekommen. Übrigens soll der Junge ein unausstehlicher Rotzbub sein.

Oskar ist mit der Überprüfung seines Materials zu Ende. Er seufzt leise. Der Abend wird Anforderungen stellen an sein Gedächtnis, seine Geistesgegenwart, seine Einfühlsamkeit, seine innere Schau. „Ausgezeichnet hast du das wieder gemacht, Alois", rühmte er den Freund, der, auch er im Frack, in seiner Wagenecke lehnte. Doch Alois war mürrisch wie jetzt fast immer. „Wenn du glaubst“, grantelte er, „daß das ein Spaß ist, im Hause deiner Trettnow herumzuschleichen wie in einem schlechten Detektivroman, dann bist du gestimmt. Was ihr einem zumutet, du und der saubere Herr Bruder, da hört sich die Gemütlichkeit auf. Lauter subalterne Detektivarbeit, und überhaupt nichts mehr von ehrlicher Illusionskunst.“

Oskar war heute nicht in der Stimmung, sich den Schmarren anzuhören, welchen Alois über seine Berliner Enttäuschungen zu verzapfen pflegte. Aber er mußte Rücksicht nehmen auf den ausgezeichneten Freund und Mitarbeiter, er mußte zum zwölften oder fünfzehnten Male das ausgiebige Geschimpfe des Alois über sich ergehen lassen. Beschissen wie eine Hühnerleiter fand der sein ganzes Berliner Leben. Ausschließlich im „Zimmer“ arbeitet man, wo doch ein richtiger Illusionskünstler auf die Bühne gehört. Nur vor Nazis produziert man sich, vor Bonzen und Großkopfigen. Überall riecht einem und redet einem der Hannsjörg hinein, der saubere Herr Bruder, der „Filou“. Und alle kümmern sich nur um den Oskar, Oskar allein hat den Ruhm, und er, der Alois, ist der Herr Garniemand. Hat er dafür die großartigen Verträge des Mantz schießenlassen? Hat er dafür seine gemütliche Wohnung in der Gabelsbergerstraße aufgegeben und die Fürsorge der alten Kathi, die es natürlich abgelehnt hat, zu den Preußen überzusiedeln?

Oskar wußte, daß das Berliner Leben für Alois nicht nur Schattenseiten hatte. Es galt, aus den Klienten durch Suggestivfragen verblüffende Details herauszulocken; es galt, immer neue, listige Tricks auszuhecken, eine immer raffiniertere Geheimpost, einen immer mehr nuancierten Code aus dem Zuschauerraum zum Podium. Und so was, das wußte Oskar, war eine Arbeit, die dem Alois einen Heidenspaß machte.

Allein er hütete sich, dem raunzenden Freund zu erwidern. Der, da der Oskar schwieg, setzte seinen Trumpf darauf. „Den Abend am Sonntag mach ich noch mit“, erklärte er mürrisch und drohend. „Aber dann fahr ich nach München. Die Sache am Mittwoch wird gestrichen. Ich muß einmal eine

Woche ausspannen, in der Gabelsbergerstraße. Tag und Nacht Ärger und Verdruß, das hält kein Roß aus. Ich hab ein Recht auf meine königlich bayrische Ruh."

Endlich langte man an in dem Haus der Frau von Trettnow, und sogleich veränderte sich der Alois, und von Grund auf. Wurde zum höflichsten, beflissensten Helfer. Trat auf als des Oskar Lautensack bewundernder Adlatus.

Es mochten sechzehn bis zwanzig Personen anwesend sein, die Herren im Frack, die Damen in Abendkleidern. Sie saßen da mit Gesichtern, auf denen sich Skepsis und Ironie mit kitzelnder, etwas unbehaglicher Neugier mischte. Frau von Trettnow machte nochmals darauf aufmerksam, daß sie dem Meister nicht mitgeteilt habe, wer anwesend sei, daß er keine Namen kenne. Dann ersuchte Alois, man möge Fragen niederschreiben, die sich auf die Zukunft bezögen, das Geschriebene in einen Umschlag stecken, den Umschlag verschließen. Die fest verschlossenen Umschläge sammelte Alois in ein Körbchen und überreichte sie Oskar. Alles geschah im hellsten Licht.

Oskar mischte die Umschläge, ohne sie zu öffnen, ließ sie durch seine großen, weißen Hände gleiten. „Ich bitte Sie, meine Damen und Herren", sagte er, „sich zu entspannen. Es ist nicht notwendig, daß Sie an das denken, was Sie mich auf Ihrem Zettel gefragt haben; aber wenn Sie es tun, helfen Sie mir. Das Wesentliche ist, daß Sie mir keinen Widerstand entgegensetzen, daß Sie sich nicht zusperren, daß Sie, wenn Sie nicht glauben sollten, für die kurze Zeit dieser Manifestation Ihre Skepsis beiseite stellen. Verstehen Sie mich, bitte, recht: Sie sollen nicht etwa glauben, aber Sie sollen mir die Arbeit nicht durch Unglauben erschweren."

Er ließ die Umschläge weiter durch seine Hände gleiten, betastete sie, faßte sie fester, drehte sie in der Hand, zerknüllte sie, immer ohne sie zu öffnen. Seine großen, heftigen Augen nahmen einen träumerischen, abwesenden Ausdruck an. Er atmete langsam, laut. Lehnte den Kopf zurück, schloß die Augen.

Griff einen der Umschläge heraus, drehte ihn, knüllte ihn. „Dieser Umschlag", sagte er, langsam, die Worte suchend,

„ist von einer großen, blonden Dame. Ich sehe sie, wie sie heute ist, und ich sehe sie heute in drei Jahren." Er schlug überraschend die Augen auf, suchte unter den Zuhörern. „Der Umschlag ist von Ihnen, meine Dame", sagte er und deutete mit dem beringten Finger auf die Frau, die er nach der Schilderung des Alois erkannt hatte. „Ich habe Sie gesehen. Ich sehe Sie." Er schloß wieder die Augen, und von jetzt an sprach er mit einer merkwürdig gezogenen, schläfrigen Stimme, häufige Pausen einlegend. „Ich sehe eine Stadt", verkündete er. „Es ist eine südliche Stadt. Es sind italienische Aufschriften. Es ist keine interessante Stadt. Ich kann nichts Sehenswertes finden. Sie sind in einem Hotel. Es ist ein kleines, schäbiges Hotel. Warum hält sich eine Dame wie Sie in einem so schäbigen Hotel auf? Und was für Geschäfte können Sie in einer so uninteressanten Stadt haben? Jetzt kommt ein Kind ins Zimmer. Ein Junge. Es ist ein lebhafter Junge. Er kann etwa neun oder zehn Jahre alt sein. Er ist sehr lebhaft. Er fragt Sie was. Sie weisen ihn zurück. Er gibt nicht nach. Nein, es ist kein gut gezogener Junge, das muß ich Ihnen schon sagen, meine Dame. Sie haben übrigens Angst um den Jungen. In Ihren Augen ist richtige Angst. Jetzt gehen Sie aus. Sie fahren spazieren. Und immer haben Sie Angst. Sie schauen sich um, ob nicht jemand hinter Ihnen ist." Wieder schlug er plötzlich die Augen auf und packte die hübsche Blonde mit seinem Blick. „Können Sie etwas anfangen mit dem, was ich gesehen habe?" fragte er. „Ergibt es Sinn für Sie? Bin ich richtig?" Die Blonde, erregt, überrötet, sagte mit gepreßter Stimme, unsicher: „Ja, es kann schon sein. Es geschieht viel Unrecht in der Welt."

Bis jetzt war Oskar nervös gewesen. Jetzt, nachdem dieser erste Versuch so gut abgelaufen war, wurde er um so zuversichtlicher. Er hatte nach der Beschreibung des Alois Herrn Tischler sogleich herausgefunden. Leute mit solchen Gesichtern wußte er zu behandeln, mit denen hatte er leichtes Spiel, sie wollten mit Frechheit genommen sein, mit „Überlegenheit". Eine finstere, grimmige Schalkhaftigkeit überkam Oskar. Er wollte sich nicht länger vor diese Großkopfigen hinstellen und ihnen den Hanswurst machen; nicht diese Leute sollten ihren Spaß an ihm, er wollte seinen Spaß an ihnen haben.

Er nahm einen neuen Umschlag, betastete ihn, „sah". „Jetzt sehe ich", verkündete er, „einen Mann von etwa fünfzig Jahren, bräunlichgrau von Haut. Der Name dürfte mit einem D beginnen oder auch mit einem T. Ich habe das Gefühl, als sei die Gesundheit dieses Mannes nicht sehr fest. Er leidet am Magen." Er schlug die Augen auf, und, sich wieder seinen Mann mit dem großen, beringten Zeigefinger aussuchend, rief er: „Sie sind es." Herr Tischler, das graue Gesicht noch mehr verfärbt, mit einem matten Versuch zu scherzen, gab zu: „Ich nehme zuweilen doppeltkohlensaures Natron, stimmt." Die andern lächelten unbehaglich. Oskar verzog keine Miene. „Sie haben nach Ihrer Zukunft gefragt", fuhr er fort. „Ich habe eine Antwort für Sie. Aber es ist keine angenehme Antwort, und ich weiß nicht, ob es Ihnen von Nutzen sein kann, sie zu erfahren. Wollen Sie sie wissen?" Seine heftigen, dunkelblauen Augen hielten den Blick des Mannes fest, der auszuweichen versuchte. „Was wird es groß sein?" antwortete mit seiner heisern, nicht angenehmen Stimme Herr Tischler. „Oder glauben Sie, Herr Lautensack", fragte er herausfordernd, „daß das, was Sie mir jetzt sagen werden, meine Lebensführung ändern wird?" – „Vielleicht", erwiderte ruhig Oskar. „Vielleicht auch nicht. Das hängt von Ihrer Urteilskraft ab, Herr D oder T." – „Also rücken Sie schon heraus mit Ihrer Weisheit, Mann", sagte ungeduldig Herr Tischler. Oskar lehnte den Kopf zurück, schloß die Augen. „Ich sehe jetzt über Jahre", verkündete er. „Ich sehe über zehn Jahre. Es ist zehn Jahre von heute. Ich sehe so etwas wie einen Wald. Dazwischen Steine. Es sind Grabsteine. Ach, es ist der Waldfriedhof. Ich sehe einen bestimmten Stein. Keinen sehr prunkvollen. Auch die Inschrift ist einfach. Die Buchstaben verschwimmen mir, aber so ungefähr kann ich sie lesen. Die Inschrift lautet ‚Anton Tiehler' oder so ähnlich." Und nach einer kleinen, bösartigen Pause fügte er hinzu: „Der Stein ist schon ziemlich verwittert." Er öffnete wieder die Augen. „Ich bedaure, daß ich Ihnen nichts Angenehmeres zu melden habe, Herr Tiehler, aber ich hatte Sie gewarnt." Die andern atmeten unbehaglich. Herr Tischler, noch blasser und grauer, erklärte mit krampfhafter Munterkeit: „Ist ja alles Quatsch. Niemals lasse ich mich in Berlin begraben. Ich denke gar nicht daran. In Berlin möchte ich nicht begraben sein." Oskar aber, mit vollendeter Höflichkeit, antwortete: „Vielleicht hängt das nicht ganz von Ihnen ab, mein Herr. Ich kann nur das aussagen, was mir durch Kräfte zukommt, die stärker sind als Sie und ich."

Mit Genugtuung merkte er, daß seine freche Prophezeiung auf die Versammelten Eindruck gemacht hatte. Er suchte sich seinen nächsten aus. Der große, schwere, blonde Herr mit dem pausbäckigen, rosigen Gesicht, das war offenbar Dr. Kadereit, der Schwerindustrielle. Er prüfte die schläfrigen, schlauen Augen des Mannes. Mit diesem Herrn wird er es nicht gerade leicht haben. Dr. Kadereit war der wichtigste in dieser Versammlung; das hatte ihm Hannsjörg mit Nachdruck auseinandergesetzt.

Er machte keine langen, mystischen Vorbereitungen, sondern sprang seinen Mann geradezu an. Nur ganz kurz schloß er die Augen, dann erklärte er: „Dieser Zettel stammt von Ihnen, Herr Dr. Kadereit." Er neigte den Kopf und erläuterte höflich: „Daß Sie Herr Dr. Kadereit sind, wußte ich übrigens aus Bildern in den Zeitungen. Was ich Ihnen aber jetzt sagen werde", fuhr er mit einem kleinen Lächeln fort, „stammt aus andern Quellen." – „Bitte", sagte freundlich Dr. Kadereit, der stattliche, etwas ungeschlachte Mann hatte eine merkwürdig helle, marklose Stimme.

Oskar ging nicht in Trance, sondern senkte den wachen Blick tief in die Augen des andern, in diese schlauen, schleierigen Augen. Auch seine Stimme hielt er im Tone des Alltags, nur sprach er langsam, auf daß ihm kein unbesonnenes Wort unterlaufe. „Ich sehe Sie", sagte er, „in Begleitung von Herren in Uniform. Ich sehe Sie diese Herren durch große, helle Räume führen. Ich sehe Maschinen. Es scheinen Fabriken zu sein. Bin ich richtig?" – „Es ist nicht unwahrscheinlich", sagte da ein spitzes, spöttisches Stimmchen, das einer kleinen, zierlichen Dame zugehörte, die offenbar Dr. Kadereits Frau war, „es ist nicht unwahrscheinlich, daß sich ein Fabrikant in einer

Fabrik befindet.“ Ein kleines Lachen war. „Bitte, stören Sie den Meister nicht“, bat höflich, doch streng Alois.

Diese kleine Dame war gefährlich, das spürte Oskar. Mit seinen magern Kenntnissen über Kadereit kam er da nicht durch. Wenn er sich von neuem über sein Publikum Gewalt schaffen wollte, dann mußte er mehr einsetzen, seine wahre Kraft, den Blick, die Schau. Er muß es darauf ankommen lassen. Wenn Strom ausgeht von ihm zu diesem Kadereit, dann hat er gewonnen; wenn nicht, dann hat er halt verspielt.

Er schließt die Augen, zieht sich auf sich selber zurück. Es glückt, es kommt. Er spürt jenes leise, feine Reißen, wie wenn seidiger Stoff zerreißt. Langsam öffnet er die Augen. Doch zu seiner Überraschung geht der Strom nicht von ihm zu Dr. Kadereit, sondern zu der Frau neben ihm, eben jener Dame, die ihn mit ihren frechen Worten gestört hat.

Von dieser Frau weiß er nichts; vor ihr ist er, ob er will oder nicht, ganz und gar angewiesen auf die Schau. Sein Blick klammert sich an ihr Gesicht, es ist ein bräunlichblasses, kühnes, knabenhaftes Gesicht mit hellen, grauen Augen. Er läßt diese Augen nicht mehr los, und so stolz und spöttisch Ilse Kadereit schaut, sie spürt, wie sich ihrer ein Fremdes bemächtigt und sie wider ihren Willen zwingt, Geheimes preiszugeben.

Oskars Gesicht ist leer geworden, seine roten Lippen haben sich ein wenig geöffnet, von neuem decken seine Lider halb die Augen. „Ich habe keine Botschaft für Herrn Dr. Kadereit“, sagt er, „dafür spreche ich jetzt zu Ihnen, meine Dame.“ Seine Stimme schleppt, zieht sich, klingt schläfrig. „Aus der Zukunft habe ich Ihnen nichts zu verkünden, aber ich kann Ihnen über Ihre Wünsche und Gedanken Genaueres sagen, als Sie selber wissen.“ – „Ich warte darauf“, sagte Ilse Kadereit, aber es gelang ihr nicht ganz, den hübschen, spöttischen Ton festzuhalten.

Drüben in seiner Ecke an der Wand stand Alois, gespannt, in Bereitschaft. Was Oskar da machte, war gewagt; es war die Suggestivtechnik, eine Methode, gemischt aus Hypnose und Telepathie; nur der echte Telepath durfte sie sich erlauben. „Sie finden“, hub jetzt Oskar an, immer mit der gleichen suchenden Stimme, „Ihr Mann sollte doch endlich sich und seine Geschäfte mit der Partei verbinden. Sie wünschen sich das nicht aus irgendwelchen großen oder kleinen Interessen, sondern einfach, weil Sie es amüsant finden. Erinnern Sie sich, wann Ihnen dieser Wunsch zum erstenmal klar und deutlich aufgegangen ist? Doch, Sie erinnern sich. Und ich erinnere mich mit Ihnen. Stellen Sie sich, bitte, genau vor, wie es war." Er schaute vor sich hin, lauschte in sich hinein, in sie hinein. „Danke", sagte er und lächelte, „danke, jetzt bemühen Sie sich wirklich ... Ihr Gedächtnis klärt sich. Ich sehe jetzt gut. Sie sind in einem Raum mit vielen Blattpflanzen. Ist es ein Treibhaus? Es ist so was wie ein Wintergarten. Mit Ihnen ist ein jüngerer Mann. Er hat schwarze Haare. Er hat einen starken Scheitel. Sie schauen sich mit ihm ein Bassin mit Pflanzen an. Ja, es sind Wasserpflanzen. Bin ich richtig?" – „Es könnte sein", antwortete zögernd Ilse Kadereit. Und Dr. Kadereit, wohlwollend interessiert, doch mehr ungläubig als gläubig, fragte lächelnd, halblaut: „Meint er vielleicht Stockmann? Sagtest du mir nicht, du habest dich vor zwei oder drei Wochen mit Stockmann über die Partei unterhalten?" – „Der Herr mit dem Scheitel", sprach Oskar weiter, „redet abfällig über die Partei. Bin ich richtig?" Und ohne die Antwort abzuwarten, fuhr er fort: „Sie, vielleicht nur aus Widerspruchsgeist, verteidigen die Partei. In Ihren Gedanken noch heftiger als mit Worten. Eigentlich, denken Sie, sind diese Burschen mit den schlechten Manieren doch zehnmal interessanter als ihr alle zusammen, und Sie denken sich etwas sehr Derbes über die Schicht, welcher der Herr mit dem schwarzen Scheitel angehört, ein vulgäres Wort, wie es eine Dame wie Sie nicht oft in den Mund nimmt." Dr. Kadereit lachte. „Stimmt es?" fragte er mit seiner hellen, marklosen Stimme, halblaut, und er gab sich selber Antwort: „Es könnte stimmen, so was könntest du über Stockmann gedacht haben." Oskar aber erklärte entschieden: „Damals haben Sie sich zum erstenmal gewünscht, Ihr Fritz solle sich mit den andern zusammentun, nicht mit diesen." Er schlug die Augen voll auf, und, nicht mehr schläfrig, mit seiner Alltagsstimme, sehr sieghaft, sagte er: „Ich frage Sie nicht, ob ich richtig bin. Ich bin richtig."

Alois war voll fachmännischer Anerkennung für den Kollegen.

Dr. Kadereit tat, als ob er klatschen wolle. „Nicht übel", sagte er, „gar nicht übel", und mit einem kleinen Lächeln schaute er auf seine Frau, die dasaß, auch sie ein wenig lächelnd, doch beschäftigten Gesichtes, mit der Zunge die Zähne reibend. Oskar aber strich sich über die Stirn. „Jetzt möchte ich es für heute genug sein lassen", erklärte er freundlich, fast wie um Entschuldigung bittend; die Mühe der Konzentration habe ihn sehr hergenommen, erläuterte er. Damit verließ er das Podium.

Ilse Kadereit war eine skeptische Dame und ließ sich nicht leicht imponieren. Jetzt, da Oskar von ihr abgelassen, wehrte sie sich gegen ihn. Es war durchaus möglich, daß sich der Kerl da oben mit seinem arroganten, brutalen Gesicht alles einfach zusammenkombiniert hatte. Er hatte es in sich, das mußte man ihm lassen, sie war noch ganz benommen; mit dem besten Willen hätte sie nicht angeben können, was sie damals mit Albert Stockmann geredet hatte. Ein angenehmer Gedanke war es nicht, daß einem einer so genau ins Innere schauen, daß er einen gewissermaßen geistig ausziehen konnte, es war unbehaglich. Aber anregend war es auch; sie bereute nicht, gekommen zu sein.

Auch die andern waren beeindruckt und betrachteten Oskar mit neugieriger Scheu. „Habe ich Ihnen zuviel versprochen?" fragte stolz Frau von Trettnow. „Ist unser Oskar Lautensack nicht wirklich ein Meister und Prophet?" Und: „Erstaunlich", gaben die Gäste zu, „wirklich allerhand", sagten sie, und: „Haben Sie das wirklich über Stockmann gedacht, Liebste?" erkundigten sie sich bei Ilse Kadereit. Doch Ilse gab ausweichenden Bescheid. „Möglich", antwortete sie, und mit ihrer spitzen Jungmädchenstimme fügte sie hinzu: „Offen gestanden, ich weiß es nicht."

Der magere Herr Tischler machte sich unbeholfen an Oskar heran. Ihn leicht in die Rippen stoßend, mit krampfhaftem Lachen, sagte er: „Sie sind ein Spaßvogel, Meister. Was Sie da mit mir gemacht haben, das war natürlich nur ein makabrer Scherz, nicht wahr?" Oskar zuckte nur die Achseln. „Aber es ist wirklich erstaunlich", fuhr Herr Tischler fort, „wieviel Sie getroffen haben. Wie Sie die Gedanken der kleinen Kadereit erraten haben, das war einfach die Höhe. Und man konnte ihr vom Gesicht ablesen, daß es stimmte. Ich möchte mich gern einmal länger mit Ihnen unterhalten, Herr Lautensack", sagte er vertraulich, „ich möchte Sie über Einzelheiten um Rat fragen." — „Wenden Sie sich an meinen Sekretär", sagte ungnädig Oskar. Alois aber, als sich Herr Tischler an ihn wandte, sagte mürrisch: „Da müssen sich der Herr schon gefälligst ins Büro der ‚Deutschen Weltanschauung' bemühen."

Mittlerweile hatte Ilse Kadereit Oskar angesprochen. Zierlich stand sie neben ihrem ungeschlachten Mann, und: „Geschickt haben Sie das gemacht, Meister", sagte sie, „wirkungsvoll. Ganz unter uns, ich weiß nicht, ob Sie recht gehabt haben. Wir haben so viel Besuch, da ist natürlich manchmal auch ein Schwarzhaariger darunter mit einem Scheitel, und daß das Gespräch auf euch Nazis kommt, das liegt wohl auch ziemlich nahe, dazu zwingt ihr einen schon, und haben Sie übrigens das hübsche Bild unseres Wintergartens gesehen, jüngst in der ‚Illustrirten'? Aber auf alle Fälle bleibt es bewundernswert, wie präsent Sie sind, wie Sie alles bei der Hand haben." Ihre kleine Stimme klang jetzt nicht spitz, sondern vogelhaft, ihre grauen Augen funkelten hell und gescheit unter dem dunkeln Haar, sie war sehr hübsch. Oskar war empört über die Frechheit, mit der sie seine Angaben anzweifelte, aber er konnte nicht hindern, daß sie ihm gefiel. Alles an ihr gefiel ihm, die zierliche, doch feste Gestalt, die so winzig aussah neben dem Ungetüm von Mann, ihr kühner, bräunlichblasser Knabenkopf mit dem kurzen, schwarzen Haar, dem stark ziselierten Kinn und der hübschen, entschiedenen Nase. Soll sie ihn ruhig weiterfrotzeln. Am Ende kriegt er sie schon klein, er hat sie schon klein, das spürt er.

„Wenigstens sich selber werden Sie zugeben, gnädige Frau", sagt er lächelnd, sehr liebenswürdig, keineswegs gekränkt, „daß ich über Ihre Gedanken während des Gesprächs mit dem gescheitelten Herrn schwerlich aus der ‚Illustrirten' etwas habe erfahren können." Dr. Kadereit lachte ein hohes, freundliches Lachen. „Du bist zu streng, meine Liebe", wandte er sich an Ilse, „du bist ungerecht. Ich wünschte, es gäbe ein Institut, das über die Ideen meiner Geschäftsfreunde so gut informiert wäre wie Herr Lautensack über die deinen. À la bonne heure, mein lieber Herr Lautensack", sagte er. Ilse indes blieb widerspenstig. „Jedenfalls", meinte sie, und das war alles, was sie zugab, „ist Frau von Trettnows Schützling sehr amüsant, und wir müssen ihn öfter sehen." Sie lächelte Oskar freundlich ins Gesicht, nickte und trat zu einer andern Gruppe. Der Hellseher war erbittert. Er wird es dieser kleinen, großkopfigen Frau zeigen, was es mit Frau von Trettnows Schützling auf sich hat.

Doch seine Erbitterung schmolz schnell, und als er mit Alois nach Hause fuhr, war er sehr angeregt. Der Widerstand der Frau würzte ihm nur den Vorgeschmack des Endsiegs. Auch wie Dr. Kadereit ihn behandelt hatte, gab ihm ein Gefühl des Stolzes mehr als der Demütigung. Vor Alois ließ er sich gehen, machte er sich lustig über diese Menschen. „Was wollen sie eigentlich? Sie wollen gleichzeitig glauben und nicht glauben. Wollen, daß ein Experiment glückt und daß es mißlingt. Man kann sie gar nicht für dumm genug halten: sie sind immer noch dümmer. Sie wollen skeptisch lächeln über den Hellseher, aber sie machen sich nicht die Mühe, die Vorbedingungen und die Technik seiner Experimente ernsthaft zu überprüfen. Im Gegenteil, sowie man sie nur ein bißchen schärfer anpackt, helfen sie, vielleicht gegen ihren Willen, mit zum Gelingen des Experiments. Man muß nur die Fragen geschickt formulieren und sie ihnen kräftig ins Gesicht hauen. Man muß nur mit der nötigen Sicherheit behaupten, sie hätten etwas gedacht und erlebt, dann glauben sie es selber."

Alois lehnte mürrisch in seiner Ecke. „Wem sagst du das?" raunzte er. „Mir? Das stammt doch alles von mir, deine ganze Weisheit." Er gähnte. „Saublöd, dieses Berliner Leben. Montag fahr ich nach München."

Käthe Severin arbeitete an der Abschrift des Manuskripts „Richard Wagner, Vorbild und Warnung". Während sie mechanisch tippte, beschäftigten sich ihre Gedanken mit anderem. Mit wenig angenehmen Dingen offenbar. Denn das schöne, große, etwas hagere Gesicht war unmutig verzogen: drei scharfe, senkrechte Falten zackten über die Nase in die breite Stirn.

„Käthe Severin, Schreibarbeiten jeder Art", verkündete unten ein Schild. Aber seit Wochen hatte es keinen Kunden mehr angelockt. Wenn das so weitergeht, wird sie zumachen müssen.

Groß, blond, dünn saß Käthe Severin vor der Maschine, ihre fleischlosen Hände schlugen geübt auf die Tasten. Wenn ihr Stiefbruder Paul ihr Auftrag gegeben hat, dieses dicke Manuskript „Richard Wagner" abzuschreiben, dann auch nur, weil er sie nicht ganz unbeschäftigt herumsitzen lassen will. Denn nötig hat er die Kopien nicht. Das Buch ist eine einzige scharfe Kritik an der Erscheinung Richard Wagner; für so was findet er in dieser Zeit keinen Verleger.

Es sind da eine Menge Stellen, die sogar sie wütend machen. Ihr Stiefbruder Paul Cramer ist verflucht gescheit, sie hat ihn sehr gern, er ist der einzige Mensch, auf den sie sich verlassen kann. Aber sie versteht, warum die Nazis Leute wie ihn mit solcher Erbitterung ablehnen. Paul hat recht mit dem meisten, was er gegen Wagner vorzubringen hat; sie versteht etwas von Musik und begreift seinen Standpunkt. Aber er bringt seine Thesen so aufreizend sachverständig vor, er duldet keine andere Meinung.

Immer schwerer wird es, mit ihm auszukommen. Da ist die Frage der Nazis. Natürlich sind von den Prinzipien der Nazis eine ganze Menge ärgerlich, lächerlich. Sie selber, wenn sie mit Nazis zusammen ist, geht dagegen an. Allein wenn sie mit Paul zusammen ist, dann verteidigt sie die Bewegung, rühmt ihren ehrlichen Fanatismus, ihren Elan. Der Hochmut, mit dem Paul die Prinzipien der Nazis abtut, zwingt einen einfach zum Widerspruch.

Käthe liebt ihren Bruder. Er ist liebenswürdig, er hat überlegenen Verstand, er hat Humor, er ist hilfsbereit, und wenn er seine Ideen auseinandersetzt, dann reißt einen seine schöne Erregung mit. Trotzdem ist es hart, von ihm abhängig zu sein, und leider ist gar nicht abzusehen, wann diese Abhängigkeit enden wird.

Verdrossen preßt Käthe die schmalen, schöngeschwungenen Lippen zusammen. Das geht nun so seit Monaten. Seit Monaten geht alles schief. Dabei hat es so gut begonnen. Wie sie eingesehen hat, daß sie es bei ihrem Vater nicht länger aushalten kann, und wie sie von Liegnitz weggezogen ist hierher nach Berlin zu Paul, da hat in Wahrheit ein neues, richtiges Leben für sie angefangen. Während der ersten Monate hat sie sogar leidlich verdient. Aber seither ist alles wie verhext.

Vierundzwanzig Jahre ist sie alt, sie ist gut anzuschauen, Paul sagt ihr, sie sei nicht dumm. Wieso ist es für einen Menschen solcher Art in diesem Deutschland und in diesem Jahr 1932 so furchtbar schwer, halbwegs befriedigend zu leben? Sie läuft um Arbeit herum vom frühen Morgen bis zum Abend. Warum kann sie und warum können Millionen andere keine Arbeit finden?

Paul wäre es lieber, sie gäbe die ganze dumme Schreiberei auf, folgte ihrer Passion, studierte Musikwissenschaft und lebte eben mit von seinen magern schriftstellerischen Einkünften, bis die Zeiten besser werden und sie eine anständige Stellung findet in einem Musikverlag oder sonstwo. Aber sie will ihm nicht so ganz auf der Tasche liegen. Sie läßt nicht ab von ihren hartnäckigen Versuchen, Geld zu verdienen. So verschieden sie sind, Paul und sie, gemein haben sie die breite, unten gebuckelte Stirn, gemein haben sie den von der Mutter ererbten Eigensinn.

Da sitzt sie also, treibt ihre dumme Schreiberei und ist unzufrieden mit sich, mit Paul, mit allem. Sind ihre Ansprüche wirklich so hoch? Was will sie denn groß? Sie möchte irgendwelche sinnvolle Arbeit verrichten, und wenn sie das schon nicht darf, dann möchte sie wenigstens zusammen leben mit einem Mann, den sie liebt. Sie hat ein paar Liebesaffären gehabt; aber es sind Abenteuer ohne rechten Sinn geblieben. Einmal hätte mehr daraus werden können, aber es ist kaputtgegangen, weil der Mann nach Übersee fuhr mit einem zweideutigen politischen Auftrag. Er selber und was er trieb war ihr auf einmal bedenklich vorgekommen, unsauber; sie hatte ihn allein gehen lassen.

Wenn nur endlich was geschähe! Was immer kommt, es

kann nur besser sein als jetzt. Im Programm der Nazis ist vieles dumm, hohl, barbarisch. Aber es ist nichts Utopisches, es ist ein Programm für die nächste Zukunft, für morgen. Sie treiben vorwärts, es geschieht etwas. Und das Hohle, Barbarische wird sich schon abschleifen, wenn sie erst oben sind.

Käthe spannt ein neues Blatt ein, Seite 319. Siebenhundertsechsundfünfzig Seiten hat das Manuskript. Siebenhundertsechsundfünfzig Seiten füllt ihr Bruder Paul damit an, die Schwächen eines großen Mannes zu zeigen. Gerade weil einem Wagners Musik so süß und giftig eingehe, behauptet er, sei sie gefährlich, und es müsse einmal die Kehrseite dargestellt werden. Käthe ist empört, daß Paul so viel Mühe daran wendet, einen großen Mann zu verkleinern. Trotzdem muß sie, während sie jetzt schreibt, manchmal lächeln über Pauls Anmut und seinen Witz. Schreiben kann er.

Es läutet. Käthe öffnet, ohne Eile. Sie hat verlernt, auf Kunden zu warten. Was wird es groß sein? Ein Reisender. Aber es ist ein Kunde, ein Herr in einem weitläufigen Überzieher, ein Herr mit einem starken, wichtigen Gesicht, einer, der, kaum eingetreten, das ganze kleine Zimmer ausfüllt. Er fragt, ob er ihr diktieren könne. Es handle sich zunächst um einen Versuch. „Wenn ich aber den Versuch machen soll", sagt er, „dann müßte es sofort sein." Es klingt alles etwas herrisch und gewalttätig. „Gut, mein Herr", erwidert Käthe mit ihrer spröden Stimme, ihrer Höflichkeit ist nur eine ganz kleine Ironie beigemischt. „Wenn Sie es so eilig haben, dann können wir gleich den Versuch machen." Der Fremde schaut sie musternd auf und ab. „Ja", erklärt er, „fürs erste müßten wir es wohl bei einem Versuch bewenden lassen. Bei der Art dessen, was ich zu diktieren habe, ist es nicht unwesentlich, ob und wieweit ich mich mit derjenigen verstehe, der ich diktiere."

Der neue Kunde diktiert also, er diktiert ins Stenogramm. Er geht auf und ab, bald vor Käthes Angesicht, bald in ihrem Rücken. Es ist nicht ganz leicht, seinem Diktat zu folgen. Jetzt spricht er gemessen, jedes Wort betonend, pathetisch langsam, jetzt wieder jagt er dahin. Was er zu sagen hat, klingt vag und dunkel; dafür ist Musik in seinen Sätzen, Käthe hört sie mit Lust.

Es beschreibt aber der Fremde ein Phänomen, das ihr bisher fernlag und das er bald als Telepathie, bald als Gedankenlesen, bald als Metapsychik bezeichnet. Feste Grenzen scheint der Begriff nicht zu haben, und im Grund ist Käthe, auch nachdem der Herr eine ganze Weile diktiert hat, nicht klüger geworden. Aber sie spürt hinter seinen unklaren Sätzen eine Größe, die jede unehrerbietige Kritik verscheucht.

Uns Menschen von heute, verkündet der Fremde, sei eine wesentliche Eigenschaft der Seele verlorengegangen, die Fähigkeit, Geist zu empfangen und zu übertragen ohne das verengende, vertrocknende Medium der Schrift oder der Sprache. Unsere Ahnen hatten sie, diese Fähigkeit, sie konnten das Wesen eines Menschen, seine Gedanken, Gefühle, Willensstrebungen ohne weiteres als ein Ganzes in sich aufnehmen, so wie die Erde Regen schluckt. Wir Armen von heute haben diese Gabe eingebüßt. Nur einige wenige besitzen sie noch. Diese wenigen aber spüren eine Seligkeit, wie sie keinem andern vergönnt ist, und es ist ihnen die Aufgabe zugefallen, diese ihre Kunst der unmittelbaren „Schau" wieder auf Erden heimisch zu machen.

Solche Gedankengänge diktiert der fremde Herr der Inhaberin des Büros „Käthe Severin, Schreibarbeiten jeder Art". In seinem dunkeln, samtenen Tenor diktiert er, man spürt, wie die Sätze in ihm entstehen. Ab und zu unterbricht er sich und fragt: „Können Sie folgen? Spreche ich zu schnell? Spreche ich deutlich genug?", und es liegt dann in seiner Stimme eine herrische Zärtlichkeit. Manchmal spricht er wirklich zu schnell. Doch Käthe ist geschult, sie nimmt sich zusammen, sie will ihn nicht unterbrechen.

Eine ziemliche Weile diktiert er so. Wann immer es möglich ist, sucht Käthes Blick sein arbeitendes Gesicht. Es geht von dem sprechenden Mann Erregung aus, Belebung, wie sie Käthe kaum je während einer Arbeit gespürt hat. Es entstehen in einem, während dieser Fremde spricht, große, angenehme Gefühle wie während einer Rede des Führers. Man schaukelt auf seinen Worten wie beim Baden im Meer. Man denkt nicht mehr daran, wie hoffnungslos verwickelt alles ringsum ist; es ist einem, als sei man beherrscht und geführt von einer dunkeln, doch nicht unfreundlichen Macht.

Immer häufigere Pausen legt er ein. Jetzt scheint er fertig. „Genug für heute", sagt er, und: „Sie machen ja ein ganz enttäuschtes Gesicht, mein Fräulein. Stundenlang herunterdiktieren kann man solche Dinge nicht. Dafür haben sicherlich gerade Sie Verständnis." Ungeniert, beinahe schamlos mustert er ihr langes, schönes, schmales Gesicht, die geschwungenen Lippen, die braunen Augen unter den vollen Brauen, die breite, unten leicht gebuckelte Stirn, das dichte, dunkelblonde, schön ansteigende Haar, das gegen die Mode in einen Knoten geflochten ist. Wahrhaftig, es ist ein anderes Arbeiten mit diesem Mädchen als mit dem trockenen Schleicher Petermann. „Es läßt sich gut mit Ihnen arbeiten", anerkennt er. „Sie reißen einen nicht aus der Stimmung." Er lächelt; eigentlich hat er ein finsteres Gesicht, aber wenn er lächelt, wird es ganz hell. „Danke", sagt sie beglückt.

„Konnten Sie eigentlich folgen, während ich diktierte?" fragt er weiter. „Oder erfordert das Technische des Schreibens Ihre ganze Aufmerksamkeit?" – „Ich konnte nicht immer mitgehen", gibt Käthe zu. „Aber wenn einen etwas so hinnimmt wie das, was Sie da aus sich herausgeholt haben, dann bemüht man sich natürlich, aufzuhorchen." – „‚Aus sich herausgeholt', da haben Sie ein gutes Wort gefunden für meine Tätigkeit", lobt er. „Aber lesen Sie mir doch, bitte, nochmals vor, was ich da ‚aus mir herausgeholt' habe."

Mit ihrer spröden Stimme liest sie. Geläufig aus dem Stenogramm zu lesen ist auch für den Geübten nicht ganz leicht. Sie nimmt sich zusammen, sie wiederholt seine Sätze flüssig und mit der rechten Betonung, und siehe, es unterlaufen ihr auch nur wenig Stockungen und Verbesserungen. „Sie haben das sehr beseelt gelesen", lobt er. Paul würde sicher finden, „beseelt" sei ein kitschiges Wort; gleichwohl freut sie sich, ja, sie errötet. Und er, sie von neuem musternd, erklärt gnädig: „Ich denke, wir werden öfter zusammenarbeiten."

Während er seinen kostbaren, weitläufigen Mantel anzieht, fragt er lächelnd: „Wissen Sie eigentlich, wer ich bin?" Er fragt das so, als ob sie ihn kennen müßte; sein Gesicht scheint ihr auch bekannt, sicherlich hat sie es in Zeitungen gesehen, doch sie kommt nicht auf den Namen. Sie muß den Kopf schütteln, errötend. „Um so besser, um so besser", sagt er mit einer etwas erzwungenen Munterkeit.

Am Abend dieses Tages sitzt Dr. Paul Cramer in der kleinen Wohnung in der Nürnberger Straße, die er zusammen mit Käthe innehat, raucht seine Pfeife und wartet aufs Essen. Der lange, magere Herr, höckerige Nase, starke Jochbogen, lebendige, braune Augen unter der breiten, gebuckelten Stirn, hat sich's in dem großen, alten Sessel bequem gemacht. Seine Gedanken gehen hin und her zwischen der Arbeit, an der er in diesen Tagen schreibt, und Käthe, die drüben in der Küche das Essen bereitet.

Es dauert lange mit dem Essen heute, aber es scheint, Käthe hat es gut vor. Es duftet angenehm von der Küche her. Vorige Woche ist er Abend um Abend fort gewesen, im Theater, bei Vorträgen; zweimal, nein dreimal ist er mit seiner Freundin Marianne ausgegangen. Es hat was für sich, einmal wieder den Abend zu Haus zu verbringen, ohne Formalitäten, in Hausrock und Pantoffeln.

Der Aufsatz, an dem er arbeitet, ist schwierig. Es geht darum, ob es nur die äußern Umstände sind, welche die Deutschen für den Nationalsozialismus so empfänglich machen, oder ob es an ihrem Wesen liegt. In einem solchen Essay Liebe und Haß richtig zu dosieren ist verdammt kitzlig. „Ein eigentümlicher Fehler der Deutschen ist, daß sie, was zu ihren Füßen liegt, in den Wolken suchen." Nein, das zum Beispiel zu zitieren, Schopenhauer als Eideshelfer heranzuziehen wäre unfair; einen Mann so voll von Ressentiment kann man für einen sachlichen Aufsatz nicht brauchen.

Paul schnuppert vergnügt den Geruch aus der Küche. Wieviel wohler fühlt er sich, seitdem er mit Käthe zusammen haust. Sie haben sich ihre neue Gemeinsamkeit hart verdienen müssen. Käthes Vater, der Landgerichtsrat Severin, hat ihn, Paul, seinen Stiefsohn, den Halbjuden, nicht ausstehen können. Wenn der Alte vor der Zeit in den Ruhestand getreten ist, dann bestimmt nur, um einen Vorwand zu haben, mit der Tochter nach Liegnitz zurückzukehren und auf diese Art ihn, Paul, aus ihrem Gesichtskreis zu bringen. Aber das ist dem Herrn glücklicherweise gründlich vorbeigelungen, er hat Käthe nicht halten können. Jetzt hockt er einsam, griesgrämig und antisemitisch dort in seinem Liegnitz, und für wen Käthe sich in der Küche so rührig und wohlriechend umtut, das ist er, Paul, und nicht der böse, alte Schuhu.

Paul klopft seine Pfeife aus. Er denkt nicht daran, sich's mit Käthe zu verderben. Sowie man in die Nähe des gefährlichen Themas kommt, wird er sich einfach beherrschen und eisern die Schnauze halten. Er hat sich oft genug mit ihr über den Nationalsozialismus herumgekabbelt. Ihre Meinungen sind bedingt durch ihre nicht sehr glücklichen äußern Umstände. Es ist sinnlos, gegen Sentiments mit Argumenten der Vernunft anzugehen. Man muß abwarten, bis es sich von allein wieder gibt.

Da bringt sie die Suppe. Paul löffelt sie mit Genuß. Auch den gekochten Heilbutt würdigt er und die jungen Kartoffeln mit der zerlassenen Butter. Er ißt etwas unmanierlich, hastig, große Bissen in den Mund schiebend, dabei schwatzt er eifrig und vergnügt.

Käthe hat dem Bruder seine Lieblingsspeisen bereitet aus Freude über den neuen Kunden. Sie wartet darauf, ihm von dem merkwürdigen Fremden zu erzählen. Endlich findet sie die rechte Minute. Er, an ihrer Schilderung, erkennt sogleich, wer der Mann ist. Der berüchtigte Oskar Lautensack, kein Zweifel. „Da ist dir ein Prachtexemplar zugeflogen für deine Sammlung von Nazi-Typen", meint er schmunzelnd. „Wenigstens *einen* Segen hat dein heraufkommendes tausendjähriges Reich. Es erlaubt, daß so ein Junge frei herumläuft und dir acht Emm zu verdienen gibt. Vor fünf Jahren hätten sie diesen Oskar Lautensack noch ins Kittchen gesteckt wegen Schwindel und Gaukelei. Heut ist er tabu und kann angeben, soviel er will."

Käthe hat darauf gebrannt, Paul von dem Fremden zu erzählen. Sie ist gewohnt, ihre Dinge mit ihm zu bereden. Sie sind miteinander aufgewachsen und haben von jeher Gutes und Böses, Großes und Kleines geteilt, es war eine ganze Menge.

Sie haben einander getröstet, wie die Mutter in ihrer zweiten Ehe immer scheuer und trüber wurde, und wie, nach ihrem Tod, mit Vater Severin gar nicht mehr auszukommen war, hat Paul getan, was er konnte, der kleinen Käthe zu helfen. Sie ihresteils hat all sein Auf und Ab mitgemacht. Er hat es nicht gut gehabt bei seinem Stiefvater Severin. Der hat ihn zuletzt, um ihn aus Berlin fortzuhaben, zwingen wollen, in die Anwaltskanzlei seines Onkels Bernhard Cramer einzutreten, in Liegnitz. Aber Paul hat sich mit Händen und Füßen dagegen gesträubt. Er ist Schriftsteller, kein Jurist. Er hat sich mit Krach von dem Alten getrennt und hat der halbwegs gesicherten Zukunft in Liegnitz eine äußerst unsichere Existenz in Berlin vorgezogen, lebend von seinem kleinen Erbteil und den magern, schwankenden Erträgnissen seiner Schriftstellerei. Ja, sie haben allerhand zusammen durchgemacht, sie und Paul.

Jetzt, da sie es geschafft haben, hier in Berlin allein zu hausen, gehören sie erst recht zusammen. Wenn Paul mit seiner Freundin Marianne Krach gehabt hat, schimpft er sich vor Käthe das Herz frei, und er freut sich strahlend, wenn Käthe einmal stolz berichten kann, sie habe ein paar Mark verdient. Ja, erst wenn sie Paul davon erzählt, wird sich Käthe klar über ihre kleinen Erlebnisse.

Um so mehr enttäuscht ist sie, daß er ihre Begegnung mit dem Manne Lautensack mit so achtlosen Äußerungen abtut. Es ist ein Jammer: sowie Politik ins Spiel kommt, verstehen sie einander nicht mehr. Nun hat ihr seine Unduldsamkeit auch die Freude an dem neuen Kunden verdorben.

Paul indes ißt und schwatzt munter fort. Er hat gar nicht gemerkt, daß er die Schwester verstimmt hat. „Schließlich bist du ja nicht verantwortlich für alles, was man dir diktiert", beendet er konziliant seinen Exkurs über Oskar Lautensack.

Sie schweigt, er ißt weiter. Endlich sieht er hoch und nimmt ihren Unmut wahr. „Hab ich etwas angestellt?" fragt er, beinahe erschreckt. „Hab ich was von dem Fisch auf meinen Anzug fallen lassen?" – „Tu doch nicht so", sagt finster Käthe, ihr lebendiges Gesicht spiegelt jede Regung wider. „Keinen läßt du gelten. Du hältst jeden für dumm, wenn er begeisterungsfähig ist. Du willst es einfach nicht wahrhaben, daß ein Mensch auch durch andere Eigenschaften überzeugen kann als durch Logik und Verstand. Du siehst immer nur die Kehrseite."

Hatte sich Paul nicht vorgenommen, das gefährliche Thema zu meiden? „Schön", sagte er, „wenn ich dir damit einen Gefallen tun kann, dann lasse ich diesmal die Kehrseite gelten und halte mich an den Fisch." Und während er umständlich ein paar Kartoffeln in der zerlassenen Butter zerdrückte, sagte er noch: „Ich begreife, Käthe, daß dir vieles nicht paßt und daß du nach einem Ausweg suchst. Ich kann wenigstens niederschreiben, was ich spüre. Das ändert nicht viel, aber ein Trost bleibt es. Und jetzt rin in die Kartoffeln." Und damit machte er sich wieder über seinen Teller her.

Trotz seiner Schnoddrigkeit merkte Käthe wohl, daß seine Worte eine Art Entschuldigung waren, ein zart und täppischer Trostversuch. Sicherlich auch hat er's gut gemeint mit seinem Geschimpfe auf Oskar Lautensack, wahrscheinlich ist manches daran richtig. Aber so genau will sie das gar nicht wissen. Es geht einem vieles kaputt durch zuviel Wißbegier.

Später, während Käthe die Teller wechselte, erzählte er, der Breslauer Sender werde vermutlich seinen Essay über Massenpsychologie aus der „Voss" bringen. „Eine Menge Zeitungen", berichtete er, „werden den Artikel nachdrucken. Auch das Honorar für den englischen Nachdruck des Artikels über ‚Faschismus und Sprache' trifft sicher bald ein. Das wirtschaftliche Ergebnis dieses Monats kann sich sehen lassen. Dazu noch dein neuer Kunde." Er lächelt. Wenn er lächelt, dann geht ein freches, gescheites, gutmütiges Glitzern über sein ganzes hageres Gesicht. Käthe hat nichts dagegen, daß er sie hänselt.

Sie trug Apfelstrudel auf und Schlagsahne. „Wenn Geld ins Haus kommt", meinte sie, „dann solltest du dir einen neuen Anzug machen lassen. Der braune geht nicht mehr. Der Kragen ist abgestoßen, die Hosen fransen aus, und die Ellbogen glänzen, daß man sich darin spiegeln kann. Ich wundere mich, daß Marianne noch mit dir ausgeht, so wie du ausschaust." – „Sie legt eben mehr Gewicht auf das verführerische Innere", erwiderte vollen Mundes Paul. „Aber wenn Geld kommt", sagte er angeregt, „dann solltest erst du dir was Neues machen lassen." – „Unsinn", lehnte Käthe ab. „Ich hab, was ich brauche. Aber dein brauner ist wirklich skandalös. Morgen gehen wir zu Krause", erklärte sie entschieden. „Nichts da", erwiderte Paul. „Wenn sich Schriftsteller Paul Cramer eine neue Schale zulegt, dann geht er nicht zu Schneider Krause. Dann muß der neue Anzug das Werk eines Klassikers sein." – „Gut", sagte Käthe, „gehen wir zu Waisz." – „Die tschechischen Klassiker sind nicht die schlechtesten", anerkannte Paul, „aber den Waisz kann ich mir nicht leisten. Und da ich zum Waisz nicht kann und zu Krause nicht will, muß die Öffentlichkeit bis auf weiteres mit dem spiegelnden braunen vorliebnehmen. Was für eine Farbe soll übrigens der neue haben?" – „Grau natürlich", sagte Käthe. „Grau?" meditierte Paul. „Was hältst du von Grün?" – „Um Gottes willen", entrüstete sich Käthe. „Wieso um Gottes willen?" verteidigte Paul seine Farbe. „Der grüne Heinrich ging auch immer in Grün und ist doch ein gutes Buch geworden. Einigen wir uns, Käthe", schlug er vor. „Sowie ein größerer Betrag hereinkommt, lassen wir dir ein Kostüm machen und mir einen Anzug. Beim Waisz. Einen grauen, dir zu Ehren. Einen hechtgrauen. Hechtgrau, das klingt gut und weckt angenehme Assoziationen. Abgemacht?" fragte er. „Und der hechtgraue muß so werden, daß ich darin den Lautensack aussteche mitsamt seiner ganzen Magie."

Drei Tage später erschien der Fremde wieder in Käthes Büro. „Ich freue mich, daß Sie wiederkommen, Herr Lautensack", begrüßte sie ihn, leuchtenden Gesichtes.

Er setzte sich zurecht, als wäre er schon unzählige Male dagewesen, und begann eine Überarbeitung dessen zu diktieren, was er das letztemal gemacht hatte. Während aber Paul gerade an solchen Überfeilungen mit sichtlicher Liebe arbeitete, während er keinen Satz duldete, der sich nicht genau dem Gedanken angepaßt hätte, wollte es diesem Oskar Lautensack durchaus nicht glücken, die rechten, gut sitzenden Worte zu finden. Im Gegenteil, je länger er sich abquälte, so vager wurden seine Sätze. Ungebärdig, mitten im Satz, unterbrach er sich und ließ es sein.

Auf und ab ging er in dem kleinen Raum und füllte ihn mit großen Worten. Sprach von dem zweiten Essay, den er diktieren werde, führte aus, daß seine Begabung Gnade sei, doch auch schwere Last. Käthe spürte, daß er eigentlich nicht zu ihr sprach, sondern für sich selber; offenbar brauchte er die Gegenwart eines andern, damit seine Gedanken Worte werden könnten.

In zwei oder drei Tagen, erklärte er, als er aufbrach, werde er den Aufsatz diktieren. Dann, schon in der Tür, fragte er, ob sie auch außer Haus arbeite. In seiner eigenen Wohnung, in einer vertrauten Umgebung, würde einem Manne wie ihm die Arbeit leichter fallen.

Eine tiefe Freude füllte Käthe und eine leise Angst. Der Mann, der sie da einlud, zog sie an, aber fernher, warnend, klangen ihr die verächtlichen Sätze, die Paul über ihn gesprochen. Als spüre er ihre Bedenken, fuhr Oskar Lautensack fort: „Sehen Sie, mein Fräulein, ich habe einen ständigen Sekretär. Aber Dinge, die aus meinem Tiefsten kommen, möchte ich ihm nicht diktieren. An solchen Dingen möchte ich mit einem Menschen zusammenarbeiten, mit dem ich Kontakt habe."

„Wann soll ich kommen?" fragte sie.

Morgen, hätte er am liebsten geantwortet. Aber er bezwang sich und bestellte sie erst für den dritten Tag.

In diesen drei Tagen war er noch launischer als sonst. Alois hatte seinen Vorsatz wahr gemacht, er war nach München gegangen, und es war niemand da, an dem Oskar die Nervosität dieser Wartezeit hätte auslassen können. Um sich abzulenken, ging er zu dem Juwelier Posener Unter den Linden und ließ sich wieder jenen Brillantring zeigen. Es war Blödsinn, so viel Geld festzulegen für einen Ring. Aber er legte es fest. Kaufte den Ring gegen hohe Monatsraten.

Zu Hause, in der Bibliothek, feierlich, vertauschte er den Siegelring, den ihm die Trettnow geschenkt, mit dem, den er vom eigenen Geld gekauft hatte. Manchmal fand er selber seine Hand zu groß, ja etwas plump, und peinlich vor sein inneres Auge dann trat die Plastik der Tirschenreuth, welche diese seine Hände darstellte: aber der Ring und seine Hand gingen gut zusammen, und der Ring war gut und groß und echt.

Doch auch die Freude an dem Ring vermochte seine Gedanken nur kurze Zeit von Käthe Severin fernzuhalten. Eine wütende Begier war in ihm, sich dieses Menschen zu bemächtigen, dieses Schreibmädchens Käthe. Er muß sie haben, mit Haut und Haar und Seele. Er muß sie sich fischen. Was ist schließlich seine ganze Begabung anderes als ein Zweig der großen Kunst des Menschenfischens? Er muß sich selber beweisen, daß diese seine Kunst des Menschenfischens nicht gelitten hat durch die Tricks und den Schwindel, den zu verüben ihm auferlegt ist.

Doch warum gerade diese Käthe? Sie ist ein durchschnittliches Berliner Mädel, es gehen ihrer dreizehn aufs Dutzend. Schön, ihre Stirn ist vielleicht eigensinniger als die anderer, ihre Augen lebendiger, aber er ist verwöhnt, er hat Frauen, sehr begehrte, hoch betitelte, hoch gerühmte, so viele er will.

Was ist mit ihm los? Dreiundvierzig Jahre ist er alt, und seine Gedanken gehen um diese Käthe herum wie die eines Gymnasiasten. Es ist vor allem die Biegung des Nackens unter dem Haarknoten, die ihn reizt, die zarte und doch kräftige Linie dieses hellhäutigen Nackens. Als er beim Diktat in ihrem Rücken auf und ab ging, hat er an sich halten müssen, um nicht diese dünne, ganz leicht beflaumte Haut zu streicheln. Jetzt, wenn er daran denkt, möchte er diesen Nacken umspannen, fest zupacken.

Dann war der dritte Tag da. Sie kam. Der exotische Diener Ali führte sie durch das prunkvolle Empfangszimmer in die weite, ernste Bibliothek. Dort erwartete sie Oskar in seiner violetten Hausjacke. Aber sie schien nicht beeindruckt von seiner Umwelt. Schlicht, beinahe ärmlich angezogen, ging sie durch seinen Prunk wie durch etwas Selbstverständliches. Sachlich packte sie ihre Maschine aus und setzte sich an den mächtigen Schreibtisch, wartend.

Unzufrieden mit ihr und mit sich selber beginnt er zu diktieren. Diesmal ergeht er sich in Attacken gegen die Rationalisten, gegen die Nüchterlinge. Es ist ein Thema, das ihn reizt; er denkt an Hravliczek, er ereifert sich, er ist in Stimmung. An ihr aber ist heute der Schwung seiner Worte verloren. Das ist doch alles nur Geschimpfe, plumpes Poltern. Man darf gar nicht daran denken, wie elegant, wie locker, wie sicher Paul so etwas macht. Sie versteht sich selber nicht mehr. Was hat sie nur die ersten Male an diesem Lautensack so angezogen? Plötzlich geht ihr auf, was Paul gemeint hat, als er ihn so verächtlich abtat. Wahrhaftig, alles an ihm ist Komödianterei, er selber, seine Wohnung, seine „Arbeit".

Doch natürlich läßt sie Lautensack nichts merken von ihrer Enttäuschung. Aufmerksam sitzt sie da und stenographiert gewissenhaft, was er ihr diktiert. Er aber hat trotz ihrer Bemühungen vom ersten Augenblick an ihre Entzauberung wahrgenommen. Er selber ist enttäuscht. Ist das die Frau, die er seit drei Tagen so heiß ersehnt? Auch er begreift sich selbst nicht mehr.

Trotzdem verdrießt ihn ihre Gleichgültigkeit. Er unterbricht sich. „Sie glauben heute nicht an mich", erklärt er, gereizt. „Ich kann nicht mit jemand arbeiten, der nicht an mich glaubt. Es ist ein feindliches Prinzip, das aus Ihnen gegen mich wirkt."

Sie widerspricht nicht. Sie sieht, während er redet, vor sich hin, höflich, teilnahmslos. Sie ist nur das Schreibmädchen, das für ihn arbeitet. Und auf einmal, ganz sinnlos, ganz grundlos, ist wieder jenes ungebärdige Verlangen in ihm, sich dieses Mädchens zu bemächtigen, sie zu besitzen, ganz, ungeteilt, Seele und Leib. Es ist eine knabenhafte, maßlose Begier, er kann einfach nicht dagegen an.

Er geht auf und nieder, spricht weiter. Spricht vor sich hin, redet gar nicht zu ihr; aber seine Stimme klingt samten, er macht seine Worte dringlich, schmeichelnd. „Es ist ein Jammer", klagt er, „daß Sie sich gegen mich sperren. Es kommt so selten vor, daß man einen Menschen findet, von dem Schwingung ausgeht, Leben. Meine Aufgabe ist nicht leicht. Die Welt von heute will es einfach nicht wahrhaben, daß es etwas gibt jenseits des platt Materiellen. Wer es für seine Sendung hält, den Glauben an das Geistige durchzusetzen, an die den Sinnen nicht unmittelbar zugängliche Idee, der darf vor groben Mitteln nicht zurückschrecken, der muß jeden Erfolg derb plakatieren."

Mit dem Verstand wehrt sie sich gegen seine Phrasen. Aber langsam kommt über sie wieder jenes Süße, Lähmende, Rauschhafte, das sie die ersten Male verspürt hat, da sie mit ihm zusammen war. Sie hat ihm unrecht getan, sie hat sich von Paul aufhetzen lassen. Der prahlerische Ring an seinem Finger, die geschmacklose Pracht ringsum, das ist nicht sein wahres Wesen, das sind äußere Mittel, die er gegen seinen Willen anwenden muß. Sie hätte das von selber erkennen müssen.

Er spürt, daß er den rechten Ton gefunden hat, daß die alte Bindung wieder da ist. Und das treibt ihn weiter, gibt ihm höheren Schwung. Auf einmal, glückhaft, spürt er jenes feine, innere Klingen, als ob dünne Seide zerrisse, er „sieht". Unheimlich angerührt, tief angezogen, erlebt Käthe, wie Oskar Lautensacks Gesicht plötzlich leer wird, wie ihm der Kiefer willenlos, ein wenig töricht herunterfällt, wie sein Aug in ihr Gesicht eindringt, sonderbar blicklos und unendlich tief, durch das Körperhafte hindurch, durch Haut und Fleisch und Bein hindurch. Ja, gegen ihren Willen und gleichwohl beglückt, mit Wollust, muß sie ihm preisgeben, was sich hinter ihrer Stirn verbirgt.

Mit schleppender Stimme, mit Pausen, verkündet er: „Und jetzt sehe ich auch das, was Sie gegen mich aufgehetzt hat." Und wahrhaftig, er schildert Paul, schildert ihn mißgünstig, mit Haß, doch unverkennbar, den Ungläubigen, den Feind, der keinen Sinn hat für die „Schau", für das, worauf es ankommt.

Sie hört ihm zu, erblaßt. Da spricht er es aus, da nennt er es mit Worten, was ihr an Paul fremd ist. Was noch in ihr lebt an kritischem Verstand, sagt ihr, vielleicht habe der Mann Auskunft eingeholt über den Stiefbruder. Doch der Zweifel zerschmilzt, noch bevor er recht Gedanke geworden ist. Deutlich auf ihrem Gesicht malt sich Bestürzung, Scheu vor dem Unheimlichen und Bewunderung. „Bin ich richtig? Bin ich richtig?“ drängt er auf sie ein, und: „Sie müssen los von diesem Menschen“, verlangt er stürmisch. „Sie dürfen nicht länger in der Luft dieses Menschen leben.“

Dr. Fritz Kadereit, nachdem er sich abgebraust hatte, lag auf dem Ruhebett, im Bademantel, wohlig dampfend. Er kann sich noch ein paar Minuten gönnen, er hat noch reichlich Zeit, sich zum Abendessen umzuziehen. Kadereits erwarten Gäste, Herrn Hitler und andere Prominente der Partei.

Ja, Kadereit hat eine Art Abkommen mit den Nazis getroffen. Er hat sich entschlossen, auf die Partei zu setzen, er unterstützt sie finanziell, er hat gewisse leitende Persönlichkeiten an seinen Unternehmungen interessiert, er wird einen großen Teil dieser Unternehmungen auf Rüstung umstellen. Das ist gewagt; denn wenn die Partei nicht bald an die Macht kommt, wenn nicht bald, allen internationalen Verträgen zuwider, gerüstet wird, dann bedeutet eine solche Umstellung große Verluste.

Wie immer, le jeu est fait. Was ihn lockt, ist nicht das große Geschäft; er ist ein sehr reicher Mann, er hat keinen Grund, ein so gewaltiges Risiko einzugehen. Aber gerade das Risiko hat ihn angezogen. Hier ist das große Spiel, das er liebt. Die ganze sogenannte Politik der Nazis hat nichts mit wägender Vernunft zu tun, sie ist Gangsterromantik, wildes Hasard.

Der ungeschlachte, blonde Mann, nackt und rosig unter seinem Bademantel auf dem Ruhebett liegend, lächelt. Heut abend wird er also die Herren der Partei bei sich sehen. Es sind keine „Herren“. Es sind auch nicht eigentlich „Proleten“, wie Ilse sie manchmal zu nennen pflegt. Es ist einfach ein Haufe von Glücksrittern, Habenichtsen; Landsknechte, die er und andere Unternehmer sich mieten, um sie auszuspielen gegen die immer frecher werdenden Arbeiter und Bauern. Daß man sich diese Privatarmee hält, auch das ist ein Risiko; denn wie wird man, wenn man der Arbeiter Herr geworden ist, die Banditen wieder los? Aber man ist mit vielen Wassern gewaschen, man wird schon einen Dreh finden.

Manche seiner Freunde waschen sich die Hände, wenn sie mit den Bonzen der Partei zu tun gehabt haben. Er, Fritz Kadereit, liebt in gewissem Sinn diesen Hitler, das große Zirkustalent, den lächerlichen, imposanten Clown. Und auch für Oskar Lautensack hat er was übrig. Diese Mischung von einer unbehaglichen, etwas unheimlichen Begabung mit viel Komödianterei und noch viel mehr frechem Schwindel ist interessant. Die Nazis haben schon die rechte Witterung gehabt, wenn sie sich den Kerl sicherten; zweifellos läßt er sich nützlich verwenden. Selbst auf Ilse, die Abgebrühte, hat er Eindruck gemacht, ein bißchen zuviel sogar.

Fritz Kadereit lächelt tiefer. Er gilt als kluger Geschäftsmann, als großer Rechner und Organisator. Aber das ist er nicht. Wenn er's wäre, dann hätte er sich nie eingelassen mit der wüsten, abenteuerlichen Politik der Nazis. Ein richtiger Geschäftsmann hätte auch niemals Ilse geheiratet, die kleine, geldlose, heiße und gefährliche Ilse von Engelke.

Er seufzte ein wenig, wohlig, stand auf, zog sich an. Musterte sich im Spiegel; er sah nicht übel aus im Frack.

Er ging hinüber zu Ilse. Sie war schon angezogen. Sie trug ein blauschwarzes Kleid. „Großartig siehst du wieder aus", fand er, „und sehr angeregt. Du scheinst dich zu freuen auf die Herren Barbaren." – „Ich verspreche mir allerhand Spaß", antwortete Ilse. „Es ist einmal etwas anderes. Meinst du, ich kann unsern Propheten auffordern, sich nach dem Abendessen zu produzieren?" Er musterte sie aus seinen klugen, verhängten Augen. „Dieser Lautensack scheint dich zu beschäftigen", lächelte er. „Er hat dich doch auch beeindruckt", sagte sie, „gib es zu." – „Na ja", erwiderte schmunzelnd Fritz Kadereit, „er ist nicht ohne. Aber ich hab schon einen größeren Zwerg gesehen." – „Du stellst dich rationalistischer, als du bist", widersprach sie. „Ohne diese Sitzung bei der Trettnow, hättest du da nicht länger gebraucht, mit den Nazis ins Geschäft zu gehen? Sag einmal ganz ehrlich, hat nicht doch diese Sitzung deinen Entschluß beschleunigt? Ein ganz klein wenig?" – „Wenn irgend jemand diesen Entschluß beschleunigt hat", entgegnete er höflich, „dann bist es höchstens du gewesen. Das hat der Bursche mit seiner Telepathie richtig herausgefunden." Er lächelte so, daß nicht einmal Ilse erkennen konnte, ob seine Worte Ernst waren oder Ironie.

Sie gingen hinüber in den Empfangsraum, die ersten Gäste waren eingetroffen. Hitler hatte mitteilen lassen, er könne erst später kommen, und hatte gebeten, man möge ohne ihn zu Tisch gehen.

Oskar Lautensack aber kam früh und war gut in Form. Die Aussicht, den Führer wiederzusehen und in so kleinem Kreise, belebte ihn. Und es war ihm eine Genugtuung, daß er das sich selber zu danken hatte, nicht Hannsjörg. Er hatte sich vorbereitet auf die Begegnung, hatte sich von Hannsjörg, ja sogar von dem widerwärtigen Petermann über die Einzelheiten der politischen Situation unterrichten lassen. Es müßte mit dem Teufel zugehen, wenn er sich, so vorbereitet, nicht sollte in den Führer einfühlen können.

Zunächst freilich kam er nicht auf seine Rechnung. Zwar fand er Ilse Kadereit heute noch hübscher als damals, und sie gefiel allen, besonders dem Grafen Zinsdorff, das reizte ihn noch mehr: allein sie hatte für ihn nur ein gelegentliches, zerstreutes Lächeln, und bei Tisch saß er weit von ihr entfernt.

Auch als endlich der Führer eintraf, wurde der Abend nicht erfreulicher. Hitler zeigte sich müde, vergrübelt, fahrig. Die Wahlen zur Reichspräsidentschaft standen bevor; in den nächsten Tagen wird man seine Kandidatur ankündigen, er mußte wichtige Entschlüsse fassen.

Lange hielt er ein bedeutendes Schweigen fest. Dann unvermittelt begann er eine längere Rede, sprach über Wahlen und Parlamentarismus, sprach sich in Schwung, sprach vor diesem kleinen Kreis wie vor einer Volksversammlung. Es war aber keine Volksversammlung, und Hitlers Rhetorik, trotz des guten Willens aller Beteiligten, befremdete mehr, als daß sie zündete. Er spürte es, und ebenso plötzlich, wie er zu sprechen begonnen hatte, versank er wieder in Brüten.

So lange hatte Oskar darauf warten müssen, dem Führer zu begegnen, und nun er es endlich geschafft hatte, schien Hitler unzugänglich. Doch Oskar ließ sich nicht abschrecken. Er sammelte sich, in seinem Innern bat er, beschwor er den verehrten Mann, und siehe, jetzt schaute er hoch und richtete das Aug auf ihn, einladend.

Oskar erhob sich, trat zu ihm. Schnell noch machte er sich

deutlich, was er von Hannsjörg und Petermann gehört hatte, daß nämlich Hitler, eine sichere Niederlage voraussehend, die Kandidatur gegen den alten Hindenburg nur mit Widerstreben auf sich genommen hatte und nur, weil es das Prestige der Partei verlangte.

Der Führer begann denn auch sogleich zu klagen. „Wir haben es nicht leicht, mein lieber Lautensack", sagte er. „Die Straße der Partei ist eine dornige." Die andern waren verstummt. Ehrerbietig lauschten sie dem Gespräch des Führers mit dem Hellseher. Oskar wog seine Worte; gehalten erwiderte er: „Es muß einen Mann, der so wie Sie durchdrungen ist von der Religion der Wehrhaftigkeit, Überwindung kosten, sich zu messen mit dem greisen Feldmarschall, der immerhin militärische Verdienste hat." – „Da haben Sie mein inneres Gespaltensein in schlagende Worte gepreßt, mein lieber Lautensack", antwortete der Führer. Oskar aber versuchte, ihm achtungsvoll zuzureden: „Der Präsident ist ein alter Herr, und Sie, mein Führer, zählen zweiundvierzig Jahre. Da ist es kein Zweifel, wer zuletzt das Rennen machen wird." – „Ja", sagte Hitler, sichtlich belebt, „letzten Endes ist auch meine Zuversicht eine große und begründete. Da fehlt sich nichts." Sie schauten einander ins Aug, sie fühlten sich zusammengehörig hier unter den feinen Leuten, der Sohn des Magistratssekretärs und der Sohn des Zollinspektors. Sie hatten es geschafft. Nicht nur Einlaß hatten sie sich erzwungen bei den Großkopfigen, nein, die mußten obendrein ehrfürchtig um sie herumstehen und wie die Haftelmacher aufpassen auf jedes Wort, das sie sprachen.

„Sie haben es richtig erfaßt, Parteigenosse", hub nach einer Weile der Führer wieder an. „Das durch die Verhältnisse Genötigtsein, den greisen Feldmarschall anzugreifen, kostet mich inneres Zähneknirschen." – „Diese innere Not", tröstete Oskar den Führer, „finden wir von Anbeginn unserer Geschichte bei allen großen Deutschen. Schon als Schulbuben haben wir bewegt das schöne altdeutsche Gedicht gelesen von Hildebrand und Hadubrand. Vater und Sohn müssen einander bekämpfen, das gleiche Blut rinnt in ihnen, die gleiche heldische Weltanschauung lebt in ihnen, aber sie müssen einander bekämpfen, mit blutigem Schwert, bis zum Tode. Man sieht nicht genau, warum, es hat keinen rechten Sinn, aber das Schicksal fordert es." – „Ja, ja", sinnierte der Führer, und in ihm klang der Walkürenritt, „das Schicksal verlangt es halt. Da hat die öde, nüchterne Vernunft den Mund zu halten. Die sieht nicht die tieferen Gründe", fuhr er fort, beschwingt und bedeutend, „aber uns, mein lieber Lautensack, liegen sie im Blut." Oskar, ermutigt durch das Echo, das seine Worte gefunden, erläuterte: „Ja, wer zum Herrschen bestimmt ist, muß viele Kröten schlucken", und: „Da haben Sie meinen Kampf gewissermaßen mit der Hand des Dichters in Worte gemünzt", stimmte Hitler zu.

Die Unterhaltung mit dem Seher hatte den Führer sichtlich aufgekratzt. Während der zwanzig Minuten, die er noch bleiben konnte, redete er munter bald zu dem, bald zu jenem; ja, er lachte mehrmals, jenes sonore Lachen, das er bei dem Schauspieler Karl Bischoff geübt hatte. Als er sich verabschiedete, sagte er zu Dr. Kadereit: „Es war ein netter Abend. Ich danke Ihnen, Herr Dr. Kadereit." Kadereit aber erwiderte: „Es freut mich, Herr Hitler, daß es Ihnen in meinem Hause gefallen hat." Und: „Sieg Heil!" sagte der Führer, und: „Heil, Herr Hitler!" erwiderte Dr. Kadereit.

Die Gesellschaft rechnete es Oskar hoch an, daß er es verstanden hatte, den Führer aufzumuntern. Frau Dr. Kadereit indes versteifte sich nach wie vor darauf, Oskar als Clown zu behandeln. „Sehen Sie", anerkannte sie spöttisch, „jetzt ist es Ihnen also geglückt, auch den Führer zu erheitern." Allein Oskar blieb gleichmütig. Ruhig, beinahe dreist schaute er ihr in das kühne Gesicht, schaute er die zierliche Frau auf und ab. Er war seiner und ihrer sicher.

Paul Cramer arbeitete. Mit seiner angenehmen, tiefen Stimme diktierte er Käthe. Er ging auf und ab, formte an seinen Sätzen. Sprach langsam, geriet in Schwung, gestikulierte. Überhastete sich wohl auch, dann ging seine Stimme in die Höhe, und er lispelte ein wenig. Nicht die leiseste Rücksicht nahm er auf Käthe. Er verhaspelte sich, widerrief sich, winkte Käthe ungeduldig ab, wenn sie fragen wollte.

Er arbeitete an einem Essay über die Heraufkunft eines neuen magischen Zeitalters. Die herrschenden Schichten, führte er aus, hätten Interesse daran, eine Entwicklung solcher Art zu fördern. Die Massen begännen darüber nachzudenken, wie einfach ihr Hauptübel zu beheben wäre, nämlich durch die Übersetzung von ein paar logischen Schlüssen in die Wirklichkeit. Magische, mystische Vorstellungen aber seien das einfachste Mittel, die Massen von so unerwünschten Erwägungen abzuhalten. Es sei bequemer, zu wünschen und zu träumen, als zu denken, es koste weniger Anstrengung und vermittle ein gewisses rauschhaftes Behagen. Konsequente Anwendung von Vernunft erfordere Mühe und Mut. Der Mensch in seiner Trägheit flüchte sich lieber in die Vorstellung eines Gottes oder eines Wundertäters, der, wenn die Not am höchsten sei, schon helfen werde, als daß er die Kraft aufbrächte, vernünftig zu überdenken, wie er selber diese Not beheben könnte. Aus solchen Gründen besitze im Deutschland von heute das Dumpfe, Trübe soviel Anziehungskraft. Aus solchen Gründen hätten es die Hitler und seinesgleichen soviel leichter, die Massen zu gewinnen, als die Marx und Freud.

Käthe schrieb mit Unlust. Sie hatte Verständnis für Pauls hellen, scharfen Verstand. Aber was kam heraus bei all dem Theoretisieren? Niemals hatte er etwas Praktisches vorzuschlagen. Alles blieb unfruchtbares Räsonnement.

„Es ist interessant, was du für eine Visage schneidest", sagte Paul unvermittelt. „Macht es dir Bauchweh, was ich dir da diktiere?" Sie wußte nicht, daß sich ihre Regungen so klar auf ihrem Gesicht gespiegelt hatten. Sie sah vor sich hin, überrascht, doch nicht schuldbewußt, eher störrisch. Er brach die Arbeit ab; es war ohnehin spät geworden.

„Ich gehe doch lieber nicht in die ‚Soziologische Gesellschaft'", beschloß er. „Wie wäre es, Käthe", schlug er vor, „gehen wir aus? Ins Kino oder in ein Restaurant?"

„Ich habe eine Verabredung mit Oskar Lautensack", sagte sie, sie war leicht errötet, ihr Ton war trotzig.

Pauls hageres, lebendiges Gesicht zeigte Ärger und Ratlosigkeit. Er hatte zusehen müssen, wie sie Hals über Kopf in die Schwärmerei für diesen Bajazzo hineingesprungen war; er hatte sich bemüht, ihr die Verrücktheit auszutreiben, ihr „die Raupen abzusammeln, abzulesen". Aber alle Argumente der Vernunft hatten vor ihrem Wahn versagt, Kritik und Ironie hatten sie nur tiefer in ihre Leidenschaft hineingetrieben. Paul wußte, wenn er jetzt auf Lautensack schimpft, dann wird sie den Mann mit ihrer ganzen wilden Hartnäckigkeit verteidigen.

Er fühlte ein tiefes, kläglich hilfloses Mitleid mit der Schwester. Während er umständlich seine Pfeife ausklopfte, suchte er verzweifelt in allen Winkeln seines Hirns nach Worten, die sie warnen könnten, ohne sie zu verletzen. Aber er fand nichts, er schwieg.

Käthe ahnte, was in Paul vorging. Ach, wie gern hätte sie sich mit ihm ausgesprochen; denn ihre Liebe zu Oskar – ja, es war Liebe – war ein Glück, das mit viel Bitterkeit durchsetzt war, und sie sehnte sich nach einem Menschen, dem sie von ihren Wirrungen hätte reden können. Paul war ihr Bruder, ihr bester Freund, aber er hatte für die dumpfe Lockung, die von Oskar ausging, nichts als unbeholfen bösartiges Geulke oder bestenfalls grelle Worte der Kritik. Sie aber brauchte keine Analyse, sie brauchte Zuspruch, Trost.

„Ja, dann werde ich eben doch in die ‚Soziologische Gesellschaft' gehen", meinte schließlich Paul mit etwas krampfiger Nebensächlichkeit und verließ das Zimmer, um sich umzuziehen.

Käthe, allein, sagte sich, sie sei ungerecht gegen Paul, sie anerkenne nicht zur Genüge, wie er sich um sie abmühe.

Oskar mühte sich keineswegs ab, in ihre Wirrnisse einzudringen. Was er an Psychologischem von sich gab, war Quatsch. Aber ohne lange Analyse tat er mit nachtwandlerischer Sicherheit das, was ihrer Stimmung entgegenkam. Er prahlte nicht mit seinen Erfolgen, mit dem Prunk, mit dem er sich umgeben hatte. Er vermied es, ihr Geld anzubieten, obwohl er's offenbar gern getan hätte. Statt dessen erwies er ihr Aufmerksamkeiten, die sie ohne Erröten annehmen konnte, schenkte ihr etwa musikwissenschaftliche Werke, Partituren. Auch bat er sie, für ihn eine Übersetzung aus dem Englischen anzufertigen oder ähnliche Arbeiten zu verrichten, wiewohl er sie schwerlich benötigte.

Es ging auch, solang Oskar sprach, solang er da war, von ihm ein Eindruck lebendiger Fülle aus. Immer von neuem war sie ergriffen von seiner Fähigkeit, aus dem Nichts etwas hervorzuzaubern. Aber wenn sie später nachdachte über das, was er gesagt hatte, dann zerrann es ihr, dann erkannte sie, daß es Gequassel war. Hinter den großen Worten Oskars war Leere.

Oskar spürte es, wenn Käthe ihm gehörte. Er wußte, daß er sie leicht dazu vermocht hätte, mit ihm zu schlafen. Aber das genügte ihm nicht. Er wollte sie nicht auf Minuten haben oder auf halbe Stunden, er wollte, daß sie ihm ganz gehöre, daß sie an ihn glaube. Er wartete. Er wollte sich nichts durch Voreiligkeit verderben.

Eines Tages aber hielt er die Stunde für gekommen. „Hören Sie, Käthe", sagte er, „das geht so nicht weiter. Darüber muß ich einmal offen mit Ihnen reden. Sie strampeln sich ab mit Ihrem Büro, das nicht leben und nicht sterben kann. Wollen Sie nicht lieber ausschließlich für mich arbeiten?"

Sie hatte das seit langem kommen sehen. Sie wollte es, wollte es nicht. Ihr hellhäutiges Gesicht rötete sich, die drei scharfen Falten standen senkrecht über ihrer Nase. „Ich möchte kein Almosen", sagte sie mit ihrer spröden Stimme.

„Das sind doch blöde, kleinbürgerliche Vorurteile", antwortete er ungewohnt heftig. „Damit kommen Sie mir nicht durch. Sie sind einfach zu schade, um für achtzig oder hundert Mark für Herrn Müller oder Herrn Schulze Geschäftsempfehlungen zu tippen. Arbeiten Sie für mich." – „Sie haben Ihren Petermann", wandte Käthe ein. „Mit dem kann ich Sonntag machen", gab voll Hohn Oskar zurück. „Ich brauche Sie, das wissen Sie doch. Durch Ihre bloße Anwesenheit helfen Sie mir, inspirieren Sie mich. Stellen Sie sich doch nicht, als ob ich Ihnen was Neues sagte. Vom ersten Tag an war es für mich ausgemacht, daß Sie für mich allein zu arbeiten haben. Mein Angebot ist kein Mitleid. Auch wenn ich kein Geld hätte, würde ich Sie auffordern, jede andere Arbeit stehen- und liegenzulassen und für mich dazusein. Dann müßten Sie eben hungern."

„Ich kann die Arbeit für Paul nicht aufgeben" sagte entschieden Käthe. Mit Spannung wartete sie darauf, was Oskar sagen werde. Paul, an Oskars Stelle, hätte sich auf eine gescheite, ironische Anmerkung beschränkt. Oskar wird ihr die Arbeit für den Bruder einfach verbieten. Aber sie wird sie sich nicht verbieten lassen.

Allein Oskar tat nicht das eine noch das andere. Er sagte nur: „Gut, arbeiten Sie weiter für Ihren Stiefbruder Paul." Und lächelte, ein langsames, freches, grausames, überlegenes, verächtliches Lächeln. Er zerlächelte Paul Cramer. Er tat ihn mit diesem Lächeln viel gründlicher ab, als es Wut oder Hohn oder die gescheiteste Kritik hätte tun können.

Dann, mit seinen weißen, fleischigen, gepflegten, rohen Händen griff er nach ihr. Sein Ring, der neue, mit dem großen Stein, schnitt ihr ins Fleisch und tat ihr weh. Mit Furcht, Ekel, Schmerz, Lust ließ sie sich die Umarmung gefallen, in der er die Einwände ihres gescheiten Bruders Paul zerdrückte.

Schmächtig, die Zigarette zwischen den dünnen Lippen, saß Hannsjörg in dem breiten Ledersessel. Die farblosen Brauen über den blassen, schnell gleitenden Augen hochgezogen, überflog er eine Broschüre. Es war das letzte Heft der Monatsschrift „Deutsche Chronik", und was er las, war der Aufsatz Paul Cramers „Wiederkehr eines magischen Zeitalters".

Lächelnd nahm Hannsjörg zur Kenntnis, was die Herren von der „Deutschen Chronik" zu diesem Gegenstand zu sagen hatten. Herr Dr. Paul Cramer schrieb nicht schlecht. Er, Hannsjörg, kann das beurteilen, er ist gewissermaßen Fachmann, von der Zeit her, da er „Das Blitzlicht" herausgegeben hat. „Das Blitzlicht" war schlechter geschrieben als die „Deutsche Chronik", auch „Deutschlands Stern" ist schlechter geschrieben. Aber „Deutschlands Stern" hat heute, knapp nach seinem ersten Erscheinen, eine Auflage von über zweihunderttausend, na, und wieviel wird schon die „Deutsche Chronik" haben? Sagen wir, unter Brüdern, dreitausend.

Nein, meine Herren, es kommt heute nicht mehr darauf an,

ob etwas ein bißchen besser oder schlechter geschrieben ist. Nehmen Sie das gefälligst zur Kenntnis. Schöne Worte, Rhythmus, Geist, das ist etwas für ruhige Zeiten, wenn man ein langes Wochenende hat. Literatur, meine Herren, das ist der Salon im Hause. Aber im Deutschland von heute schlafen jeweils vier Menschen in einem Raum, da gibt es keinen Salon mehr. Die Literatur hat ausgespielt, meine Herren, sie hat ausgelitten. Requiescat in pace.

„Mühsam, im Lauf von hunderttausend Jahren, ist es dem Menschen geglückt, einen winzigen Sektor seiner inneren Welt, seines Geistes zu erleuchten. Lassen wir nicht wieder Dunkelheit hereinbrechen über das sehr kleine Gebiet, das wir ihr entrissen haben." Hannsjörg grinst stärker, nimmt eine neue Zigarette. Was haben Sie gegen die Dunkelheit, verehrter Herr Cramer? Warum sollen wir sie nicht hereinbrechen lassen? Es gibt viele, denen die Augen weh tun im Licht. Die weitaus meisten, neunhundertneunundneunzig unter tausend, fühlen sich behaglicher in der Dunkelheit.

Ihr wohlstilisierter, tief empfundener Aufruf kommt zu spät, Herr Dr. Cramer. Ihr „Licht" ist hoffnungslos zum Verlöschen verurteilt. Wenn wir an die Macht kommen – und wir kommen an die Macht –, dann rotten wir euch aus, ihr Herren mit den stilistischen Feinheiten und dem Rhythmus. Allesamt rotten wir euch aus, schlagartig, mit eiserner Energie. Hin machen wir euch, da kennen wir nichts.

Der schmächtige Hannsjörg in seinem breiten Ledersessel sitzt, raucht, grinst. Dieser offenbar jüdische Herr Cramer hat die Zeichen der Zeit nicht schlecht erkannt. Hat Dinge, die er selber, Hannsjörg, dumpf gespürt, klar und ausgezeichnet ausgedrückt. Nur haben halt der Herr Cramer und seine übrigen Herren Juden und Intelligenzbestien aus ihrer sauber formulierten Erkenntnis die falschen Konsequenzen gezogen, und er, Hannsjörg, und die Seinen aus ihren dumpfen Gefühlen die richtigen. Es ist doch glasklar. Da man nun einmal in einer Zeit der Finsternis lebt, kann man nicht leben wie in einer Zeit des Lichts. Man muß sich anpassen, Herr Dr. Cramer. Das werden wir Ihnen noch beibringen.

Cramer? Paul Cramer? Gelesen hat Hannsjörg den Namen

öfter, aber er muß doch auch sonst ... Ah, natürlich, das ist ja der Bruder dieser famosen Käthe Severin.

Käthe ist Hannsjörg ein Dorn im Auge. Nicht nur, weil sie seinen Petermann streckenweise außer Funktion gesetzt hat, sie hat auch etwas so verflucht Kritisches, die Person, vielleicht hat sie's von dem Herrn Bruder. Sie schaut einen an, als wäre man der letzte Dreck. Wenigstens ihn, den Hannsjörg, schaut sie so an. Aber bestimmt hat sie auch an Oskar alles mögliche auszusetzen, leicht hat er's sicher nicht bei ihr mit seiner „Schau". Immerhin, schlafen tut sie mit ihm, daran hat sie der Herr Bruder mit seinen Einwänden nicht hindern können. Hübsch ist sie, die Schickse, das muß man ihr lassen. Für seinen, Hannsjörgs, Geschmack wäre sie ein bißchen zu dünn und zu groß, aber wohltun würde die ihm trotzdem.

Schade, daß das nur akademische Erwägungen sind. Er hat kein Glück bei Frauen, da nützt ihm seine ganze Karriere nichts. Und er braucht Frauen, richtige Frauen, und seltsamerweise ist er scharf vor allem auf solche, die dem Oskar zufliegen. Und gerade bei denen hat er kein Glück. Der Oskar braucht die Weiber nur anzuschauen, und schon zerfließen sie. Aber was ihm, dem Hannsjörg, zufällt, das sind nur Karfunkel-Lissys. Schwein hat er, der Oskar, der Bazi, der elendige. Überall und von jeher ist er der Liebling gewesen, sogar der strenge Herr Vater hat eine Schwäche für ihn gehabt, von der Mutter ganz zu schweigen.

Dabei müßte er jetzt in München hocken, der Oskar, mit lumpigen zweihundertfünfzig Emm, wenn er ihm nicht geholfen hätte. Aber das hat er einfach ausgestrichen aus seinem Gedächtnis. Ein undankbarer Hund ist er.

„Könnte ich nächste Woche wieder dreitausend haben?" Das fragt er so, als verlange er beim Charcutier ein Stückchen Leberkäs. Deine dreitausend aufzutreiben, mein Lieber, immer von neuem, das kostet Gehirnschmalz. Die Ausgaben der Partei steigen, die Propaganda für die Präsidentenwahl verschlingt ein Heidengeld. Da muß an andern Dingen gespart werden, zunächst an den kulturellen Belangen. Und die kulturellen Belange, das ist der „Verein zur Verbreitung Deutscher Weltanschauung", das ist „Deutschlands Stern", die kulturellen Belange, das sind Oskar und er.

Der Oskar ist erhaben über solche Sorgen, der zuckt einfach vornehm die Achseln und läßt ihn, den Hannsjörg, sich abschuften. Aber er läßt sich das nicht länger bieten. Er wird es ihm stecken, dem Hund, dem undankbaren. Mit der Nase darauf stoßen wird er ihn.

Bei der nächsten Zusammenkunft mit dem Bruder war Hannsjörg denn auch besonders stachelig. Man habe, erklärte er, „Deutschlands Stern" nur aufgemacht, um Oskar zu propagieren. Da müsse sich der Herr Prophet schon gefälligst ein bißchen mehr anstrengen.

Oskar erwiderte hochmütig, über okkulte Dinge zu schreiben sei Sache der Stimmung. „Stimmung", höhnte bösartig Hannsjörg zurück. „Blödsinn. Stinkfaul bist du, das ist alles. Wenigstens das bitte ich mir aus, daß du dich mehr an Frau von Trettnow hältst. Deine Finanzen stehen nicht so, daß du dir erlauben dürftest, deine Geldgeber zu vernachlässigen."

Ohne die Stimme zu heben, antwortete Oskar: „Dich hat's wohl? Du willst mir vorschreiben, wie ich mich zu einer Frau zu verhalten habe? Ich bin kein Zuhälter", und er betonte das „ich". „Darf ich dich daran erinnern", erwiderte gelassen Hannsjörg, „daß der Ring an deinem Finger noch nicht abgezahlt ist? Wenn du dich nicht sehr an Hildchen hältst, dann wird dir in absehbarer Zeit der Juwelier Posener den Ring wieder wegnehmen." Einen kleinen Schreck bekam Oskar bei dieser Warnung. Doch gleich fing er sich wieder. „Mein lieber Hannsjörg, du machst dir zuviel Angst um diese Dinge", sagte er tröstend, leichtsinnig. Und selbstgefällig fügte er hinzu: „Auch Graf Zinsdorff beklagt sich über deine Ängstlichkeit in Geldsachen."

„Red doch keinen Schmarren", empörte sich Hannsjörg, sein blasses, käsiges Gesicht zuckte. Er konnte Zinsdorff nicht leiden. Ulrich Zinsdorff stand ihm bei Proell im Wege, und Manfred, dieses Aas, spielte den Zinsdorff gern gegen ihn aus. Sobald er, Hannsjörg, frech wurde, lächelte Proell nur und war für zwei oder drei Tage ausschließlich für Zinsdorff zu sprechen; was blieb dann ihm, Hannsjörg, übrig, als reumütig wieder anzukriechen? Und ferner neidete Hannsjörg dem Zinsdorff sein Glück bei Frauen. Denn dem jungen Zinsdorff flogen die Frauen noch begehrlicher zu als dem Oskar, alle verliebten sie sich in sein schönes, stolzes, grausames Gesicht, und daß der Geruch manchen Mordes um ihn war, machte sie nur wilder auf ihn. Jetzt also wagte dieser protzige Lausebengel von einem Aristokraten auch noch, ihn, Hannsjörg, dem Bruder als schofel und krämerhaft hinzustellen. Und Oskar, der Schafskopf, fiel natürlich darauf hinein. Es war zum Speien.

„Niemand weiß besser als du", erklärte er ihm mit mühsamer Geduld, „daß ich nicht kleinlich bin. Aber je mehr man dem Zinsdorff gibt, so mehr verlangt er. Und schofel heißt er einen immer. So was von protziger Verachtung, wie sie dieser Herr von und zu für unsereins hat, hab ich noch nie erlebt. Hast du ihm etwa Geld gegeben?" fragte er unvermittelt, trokken, scharf. „Ja", sagte herausfordernd Oskar. „Natürlich", antwortete bitter Hannsjörg, „einem Zinsdorff lehnt man nichts ab. Man bezahlt die Ehre, mit dem Gräflein verkehren zu dürfen." – „Ich hab nur wiedergutgemacht", verteidigte sich Oskar, „was du in schäbiger Rechenhaftigkeit verhunzt hast." – „Keinen Pfennig wirst du je zurückkriegen", wahrsagte Hannsjörg, „da kannst du Gift drauf nehmen. Hast du dir was Schriftliches geben lassen?" fragte er. Oskar, stolz auf seine Umsicht, bejahte. Aber: „Idiot", sagte Hannsjörg. „In der Welt des Grafen Zinsdorff gibt man Geld auf Treu und Glauben. Wiederkriegen tut man's nicht, das weiß man von vornherein. Einen Schuldschein von Ulrich Zinsdorff! Jetzt erklärt er dich doch nur für den stinkendsten Juden, der auf Gottes Erdboden herumläuft, jetzt bin doch ich noch ein Aristokrat und Verschwender gegen dich. Und was willst du anfangen mit deinem Schuldschein, du Kirchenlicht? Willst du dem Zinsdorff den Gerichtsvollzieher schicken? Da lachen doch die Hühner. Die Partei ist kein braves, bürgerliches Handelsunternehmen. Wir sind hier nicht in Deggenburg, wir sind hier im Urwald. Hier gelten keine Papiere, hier gelten die Gesetze des Dschungels. Mit dem Schuldschein kannst du dir den Arsch wischen."

Oskar war betreten. Im Innersten fürchtete er, der Kleine könnte recht haben. Es ging Gefahr aus von Zinsdorff, er witterte es. Ihm das Geld zu pumpen, das er selber so gut hätte brauchen können, war schiere Großmannssucht gewesen. Niedergeschlagen, mit dickem Kopf, hockte er da. „Nichts als Verdruß hat man den ganzen Tag", klagte er böse. „Ich hätte mich nicht von dir breitschlagen lassen sollen, ich hätte in München bleiben sollen." – „An dir ist Hopfen und Malz verloren", sagte Hannsjörg.

Käthe lebte mit ihrem Bruder, als wäre nichts geschehen. Manchmal wohl noch warb sie bei dem Bruder um Verständnis für ihre Beziehungen zu Oskar, um Teilnahme. Sie spürte, wie sehr er bestrebt war, ihr zu helfen, doch die Art, wie er sein Gefühl ausdrückte, tat ihr mehr weh, als daß es ihr geholfen hätte.

Sie erzählte ihm kleine Züge, die ihr Oskar liebenswert erscheinen ließen und sie mit seiner Großspurigkeit versöhnten, Anekdoten, die den kleinen, naiven Jungen zeigten, der sich hinter dem gespreizten Komödianten Lautensack verbarg. Allein dafür hatte Paul wenig Sinn. Zuletzt gar tat er eine dieser Erzählungen ab mit seiner Lieblingswendung: „Das ist nicht interessant."

Von da an erwähnte Käthe den Namen Oskars nicht mehr in Pauls Gegenwart. In dieser Sache mußte sie sich ohne Pauls Hilfe zurechtfinden.

Paul seinesteils litt mit Käthe. Doch er merkte, wie ungeschickt er sie anfaßte, und gab, auch er, endgültig die Versuche auf, ihr „die Raupen abzusammeln". Er fürchtete, sie werde nur durch sehr böse Erfahrungen von ihrem Wahn geheilt werden.

Beide also hüteten sie sich, ein Wort verlauten zu lassen von dem, was ihnen immer im Sinn war. Sie kannten einander, sie waren beide jähzornig, eigensinnig, und sie fürchteten, es könne bei einer Aussprache zu einem Bruch kommen, der sie für lange Zeit auseinanderriß. Das aber durfte nicht sein. Paul wollte Käthe nicht verlieren, und Käthe, so oft und so heftig sie sich über Paul ärgerte, empfand das Leben mit ihm als einen Halt. Sein ganzes Wesen war eine ständige Kritik an Oskar. Und sie brauchte diese Kritik. Sie wollte nicht hoffnungslos in ihre Neigung zu Oskar versinken.

Nicht nur zu Hause, überall jetzt stieß Paul auf die Nazis. Sie gaben einem mehr Ärger zu schlucken, als Fleisch und Blut vertrug. An jeder Ecke standen sie. Wo man hinspuckte, machten sie sich breit. Und nirgends war ein ernstlicher Wille, dem Unfug ein Ende zu bereiten. Alle wichen vor ihnen zurück, machten Konzessionen. Es war zum Knochenkotzen. Immer mehr Verleger und Zeitungen scheuten sich, die mächtigen Gegner zu reizen, und erklärten Paul, sie müßten auf seine Mitarbeit verzichten, wenn er seine Angriffe auf die Nazis nicht einstelle.

Er attackierte das Gesindel nur um so heftiger. Kannte keine Furcht und keine Vorsicht. Besuchte Hitler-Versammlungen, machte Zwischenrufe, ließ sich auf Schlägereien ein. Einmal brachte man ihn ziemlich übel zugerichtet nach Hause. Als ihn Käthe erschreckt befragte, wich er aus; erst von andern erfuhr sie, wie er zu seinen Verletzungen gekommen war.

Paul und Herr Kiepenrath, sein Verleger, saßen in der Halle des Eden-Hotels in einer Nische; es war um die Teestunde. Herr Kiepenrath erklärte Paul, warum er, leider, die Veröffentlichung des „Richard Wagner“ ablehnen müsse.

Sie sprachen noch dies und jenes, Gleichgültiges, als Paul die Schwester kommen sah mit diesem Lautensack. Paul selber, in seiner Nische, konnte nicht sogleich gesehen werden. Wohl aber konnte er gut beobachten, wie sich die beiden einen Tisch an der ausgesparten Tanzfläche aussuchten, wie sie sich setzten, bestellten. Sie paßten gut zusammen, sie wirkten sehr zusammengehörig. Mit schmerzlicher Sachlichkeit konstatierte Paul, daß der Bursche gut aussah, daß er am besten aussah unter denen hier in der Halle.

Herr Kiepenrath, froh, daß er es hinter sich hatte, dem andern die unangenehme Mitteilung zu machen, erklärte, er müsse gehen. Paul blieb. In seiner Nische saß er, allein, die langen, braunen Augen starrten erbittert auf die Schwester und den Feind.

Oskar spürte, daß etwas Feindseliges im Raume war. Suchte es. Entdeckte den Mann in der Nische, den hagern Herrn mit der hohen Stirn, den starken Jochbogen, der hökkerigen Nase. Er kannte Paul nicht. Aber: „Ist das nicht der Herr Stiefbruder?" fragte er Käthe lässig, beiläufig.

Käthe errötete. „Findest du es eigentlich nicht frech", fragte nach einer kleinen Weile Oskar, „wie er uns anstarrt?" Käthe erwiderte trotzig: „Schließlich hat auch Paul das Recht, hier im Eden zu sitzen." Aber es war eine läppische Situation für alle. Paul saß da und starrte hinüber, wandte den Blick ab, starrte von neuem. Fand, daß sich Oskar viel sicherer verhalte als er selber. Schwitzte. Wütete über seine Unbeholfenheit. Mit einem solchen Taps, wie er einer war, wurde ein Bursche wie dieser Oskar im Handumdrehen fertig.

Oskar gab sich unbeteiligt, schwatzte vergnügt. Aber er war nicht unbeteiligt. Mitten in einem belanglosen Satz unterbrach er sich und sagte mit einem kleinen, bösartigen Lächeln: „Er soll mir seine Frechheit bezahlen müssen." Und da sie erschreckte Augen machte, fügte er, noch bösartiger, hinzu: „Keine Angst. Ich mache keinen Skandal. Es wird auch nicht weiter schlimm sein. Aber ich will auch meinen Spaß haben."

So saßen sie, Oskar und Käthe an ihrem Tisch neben der ausgesparten Tanzfläche, Paul in seiner Nische, eine lange Weile. Keiner wollte das Feld räumen. Oskar und Käthe tanzten, gingen an ihren Tisch zurück, schwatzten. Paul saß in seiner Nische, las eine Zeitung, eine zweite, eine dritte, wieder die erste.

Endlich, nach einer Ewigkeit, rief er den Kellner, zahlte. Von diesem Augenblick an ließ ihn Oskar nicht aus den Augen. Er heftete seinen Blick an Pauls Gesicht zunächst, dann an seine Seite, dann an seinen Rücken. So begleiteten seine Augen aufmerksam, gesammelt, den Feind auf seinem Weg von seiner Nische bis zum Ausgang, und das war ein ziemlich langer Weg. Paul begann steifer zu gehen, beinahe wie eine Marionette. Oskar, immer den Blick auf ihn, sagte zu Käthe zwischen den Zähnen mit einem grimmigen Vergnügen: „Jetzt laß ich ihn tanzen, den Herrn Bruder, paß auf." Mit ängstlicher Spannung schaute Käthe auf Paul, wie der seinen Weg machte, um den Raum zu verlassen. Sonderbar gezogen ging er, sonderbar blicklos. Jetzt war er an der Drehtür, sie atmete auf. Jetzt war er in der Drehtür. Doch seltsam, er fand nicht hinaus. Er drehte sich mit der Drehtür, im Kreis, es war ein erbärmlicher Anblick, jämmerlich, lächerlich. Er dauerte nicht lange, dieser Tanz in der Drehtür, sicher keine Minute. Doch für Käthe und wohl auch für Paul war es eine Ewigkeit, bis endlich der Türsteher die Tür anhielt und Paul aus seiner seltsamen Lage befreite.

Beigemischt von da an war allen Gefühlen Käthes für Oskar, und wenn sie einander noch so nahe waren, ein Quentchen Furcht vor dem Unheimlichen.

Jener Herr Joachim Tischler, dem Oskar für eine nahe Zukunft einen verwitterten Grabstein prophezeit und der daraufhin nähere Einzelheiten hatte wissen wollen, hatte es nicht leicht gehabt, Zugang zu Oskar zu finden. Zunächst hatte man ihm im Büro des „Vereins zur Verbreitung Deutscher Weltanschauung" ein atemraubend hohes Honorar abverlangt; dann hatte er eine ganze Reihe von Verpflichtungen unterschreiben müssen: er werde nicht versuchen, den Meister hinters Licht zu führen, er werde nicht in der Öffentlichkeit über die Konsultation berichten, er werde Lautensack nicht haftbar machen für Schaden, der ihm aus der Befolgung der Ratschläge erwachsen könnte.

Schließlich aber kam eine Konsultation zustande, und eine zweite und eine dritte. Oskar gab Herrn Tischler Ratschläge, sehr präzise, gemäß gewissen Instruktionen Hannsjörgs. Herrn Tischlers wirtschaftliche Interessen waren ähnliche wie die Dr. Kadereits. Doch Dr. Kadereit hatte einen langen Atem, er konnte auf weite Sicht arbeiten, und was ihm erlaubt war, war zu gefährlich für Herrn Tischler. Herrn Tischlers Unternehmungen wankten, es erwies sich, daß Dr. Kadereit Rechtstitel besaß, die ihm Einfluß auf Herrn Tischlers Unternehmungen einräumten, Herr Tischler sah sich hilflos eingekreist von Gesellschaften, die dem Konzern Dr. Kadereits angehörten.

Herr Tischler wurde immer grauer von Gesicht. Er richtete seine Wut gegen Oskar, redete von Betrug, schimpfte maßlos. Einige Zeitungen nahmen die Angelegenheit auf.

Oskar tat die Ausbrüche Herrn Tischlers mit hochmütigem Achselzucken ab. Auch Hannsjörg nahm sie nicht ernst. Gegen Schadenersatzansprüche war man durch Herrn Tischlers Unterschrift gesichert; den Reportern erzählte Hannsjörg, vermutlich habe Herr Tischler den Hellseher mißverstanden. Alles in allem, fand Hannsjörg, mache die Sache für Oskar lediglich Reklame; die Leute sagten sich, hinter einem Manne, bei dem sich die Großen der Wirtschaft Rats erholten, müsse was stecken.

Am Ende erschoß sich Herr Tischler.

Oskar war kalt angerührt. Im Grunde hatte er sich, als er dem Manne sein nahes Ende prophezeite, nur einen Witz machen wollen. War das noch Zufall? War es nicht vielmehr so, daß Worte von ihm, selbst wenn er sie nur hinwarf, vom Schicksal verwirklicht wurden? Ja, bis ins topographische Detail traf seine Weissagung ein. Denn Herrn Tischlers Erben, verärgert durch den Mangel an Masse, erfüllten nicht seinen kostspieligen Wunsch, die Leiche in die Heimat zu transportieren, sondern ließen ihn auf dem Berliner Waldfriedhof beerdigen.

Da verschwand denn bald Oskars Bestürzung, und statt des Schauders vor dem Fatum spürte er etwas wie Befriedigung, ja etwas wie Bewunderung für sich selber. Mit kühlem, sachlichem Interesse betrachtete er das Bild Herrn Tischlers in den Zeitungen, las er die Andeutungen über das Eintreffen seiner Voraussagen. Wenn Finsternis von ihm ausstrahlte, dann war es zumindest keine graue, langweilige Finsternis, sondern eine faszinierende.

Käthe indes empfand offenbar anders. Sie war, als er sie das nächste Mal traf, zugesperrt, angefrostet. Er kannte sie zur Genüge und ließ sich nicht auf eine Auseinandersetzung ein. Statt dessen diktierte er ihr einen Artikel für „Deutschlands

Stern". Erging sich in dunkeln Redensarten über das Zeitalter der Schwäche und Sentimentalität, das sich nicht mehr zu bekennen wage zu den heilsamen Urkräften der Zerstörung. Ohne Sterben kein Werden, ohne Töten kein Erschaffen. Ernsthafte, zu den Müttern hinuntersteigende geistige Betätigung wie die des Telepathen könne keine Rücksicht nehmen auf die banalen Einwände schwächlicher Humanitätsduselei. Der schöpferische Mensch habe in keiner Epoche Anstand getragen, über Leichen zu gehen.

Er unterbrach sich, suchte ihr Gesicht. Es war beinahe häßlich, so hatte es sich verzerrt in einem Lächeln bösartiger Ironie. „Meine Gedankengänge scheinen dir nicht zu gefallen", forderte er sie heraus, bösartig auch er. „Ich finde deine Haltung widerwärtig", sagte sie. „Das läßt an Deutlichkeit nichts zu wünschen übrig", höhnte er. Sie überwand sich, baute ihm eine Brücke. „Hattest du", fragte sie, „bei den Konsultationen mit diesem Herrn Tischler überlegt, welche Folgen deine Worte haben könnten?" – „Ich mache das Schicksal nicht", entgegnete er hochfahrend, „ich spreche es nur aus." – „Und nimmst du gar keine Rücksicht", fragte Käthe weiter, betreten von seiner Kaltherzigkeit, „auf die Leute, die dich befragen?" – „Sie sind gewarnt", erwiderte Oskar, „sie haben die Verantwortung. Übrigens, wer ist schon Herr Tischler?" fügte er hinzu, verächtlich.

Diesmal „sah" Käthe. Sie sah geradezu leibhaft, wie er Herrn Tischler, den toten und den lebendigen, für immer aus seinem Bewußtsein wegwischte. Er aber, der Hellseher, der Blinde, merkte nicht, daß er durch seine Haltung Käthes Neigung mehr erschütterte, als es alle klugen Analysen Paul Cramers hatten tun können.

Wie immer, Oskars Weissagung war eingetroffen, das stand fest. Und wenn Herr Tischler durch seine Flüche und die Bezichtigung, Oskar Lautensack sei an seinem Unglück schuld, dazu beigetragen hatte, Oskars Popularität zu steigern, so machte sein Tod erst recht Propaganda für den Seher. Nicht viele fühlten sich wie Käthe abgestoßen; vielmehr waren die Männer und vor allem die Frauen der führenden Schichten jenes Berlin von 1932 gelockt von dem leisen Blutgeruch, der jetzt ähnlich wie um den Grafen Zinsdorff auch um Oskar war.

Oskar fand in seiner Post eine Einladung zu Kadereits. Vermerkt war: „Man erwartet den Führer", und Ilse Kadereit hatte in ihrer festen, zierlichen Schrift hinzugefügt: „Wir brauchen ein wenig Erheiterung." Sie hatte es offengelassen, ob sich diese Worte auf den Führer oder auf den Seher bezögen.

Wiewohl also Oskar darauf gefaßt sein mußte, er werde von Ilse spitze Reden zu hören bekommen, war er, als er sich zu Kadereits begab, voll angenehmer Erwartung. Er hatte Ilse seit jenem Abend nicht wiedergesehen, sie gefiel ihm sehr, und – er kannte seine großkopfigen Frauen – in ihren Augen mußte ihm der Selbstmord Herrn Tischlers nicht weniger gut stehen als der neue Frack, den ihm die Meisterhand des Schneiders Waisz gebaut hatte.

Diesmal war es Dr. Kadereit selber, der ihm mit allerlei Sticheleien zusetzte. „Ihre Voraussagen, mein lieber Lautensack", meinte der blonde Riese, „haben was von Roßkuren an sich. Dem robusten Patienten schlagen sie an, aber der Schwache geht drauf." Er ließ diesem Spaß noch ähnliche folgen. Oskar nahm seine Scherze mit gutem Anstand hin.

Der Führer kam früh an diesem Abend und blieb lange. Das bedeutete etwas; man war mitten in der Wahlkampagne, und der Kampf war heiß. Allein man mußte sich den wichtigsten Geldgeber warmhalten; darauf hatte Manfred Proell bestanden.

Hitler war übrigens nicht schlecht in Form heute, man sah ihm kaum an, wie abgehetzt und überarbeitet er war. Und wieder zeichnete er Oskar aus. „Was ist Ihr Gefühl, Parteigenosse Lautensack?" fragte er. „Wie werden diese Wahlen ausgehen? Ist Ihre Vorahnung eine gute?" Oskar tauchte seine Augen in die des Führers, und während alle gespannt zuhörten, ohne Übereilung, ohne die Stimme zu heben, verkündete er mit ruhiger Bestimmtheit: „Es wird eine Niederlage sein, aber eine deutsche, eine ehrenvolle Niederlage."

Niemand sprach. Der Führer schwieg eine Weile finster und bedeutend. Dann sagte er: „Ich danke Ihnen für Ihre Aufrichtigkeit. Sie können ja schließlich nichts dafür, Herr Lautensack. Es ist das Schicksal, welches mir die Selbsterniedrigung durch Zufügung dieser Wahlprostitution auferlegt." – „Weni„stens sind Sie ein mutiger Clown", flüsterte mit spitzer Zunge Ilse Kadereit Oskar zu. Hitler aber tat einige Schritte, brütend, dann kehrte er zu Oskar zurück. „Bleiben Sie aufrichtig, Parteigenosse", sagte er, ihm tief ins Auge blickend, „und ich werde Sie die Verkündigung von Tücken des Schicksals nicht entgelten lassen. Sowie wir an der Macht sind", versprach er, „werde ich eine Hochschule jener dunkeln Wissenschaften stiften, von denen Sie sich als ein so heller Vertreter bewährt haben."

Oskar dankte mit starken Worten.

Dann brach Hitler auf. „Es tut mir leid", sagte er, „daß meine Anwesenheit in diesem interessanten Kreise eine so kurze sein mußte. Sieg Heil!" Und: „Heil, Herr Hitler!" antwortete wieder Dr. Kadereit.

Als sich Oskar verabschiedete, teilte ihm Ilse mit, Dr. Kadereit werde in der nächsten Woche ins Ruhrgebiet reisen müssen, um dort nach dem Rechten zu sehen in einer neu übernommenen Fabrik des seligen Herrn Tischler. Es wäre nett von Oskar, wenn er sie während der Abwesenheit Dr. Kadereits einmal auf seine bewährte Art unterhalten wollte.

Oskar beschaute sich die gestern eröffnete Ausstellung von Werken der Bildhauerin Anna Tirschenreuth in der Galerie Tomasini. Noch nie hatte Berlin eine so umfassende Ausstellung der Künstlerin gesehen. Die Rezensionen waren höchsten Preises voll.

Langsam ging Oskar von Werk zu Werk. Er kannte das meiste. Da war „Die Näherin", da war „Der Zeitungsjunge", da war das kühne Relief „Gerechtigkeit", da war „Der Philosoph". Da war auch jene Plastik, welche Oskar immer nur mit Widerwillen und einer gewissen Scheu betrachtet hatte, die Darstellung seiner Hände, seiner geschickten, plumpen, gepflegten, brutalen Hände. „Hände eines Artisten“ hieß das Werk im Katalog.

Ein zweites Mal ging er durch die Räume. Ja, nun hatte er alles gesehen. Aber *eines* hat er nicht gefunden: die Maske. Es ist ihm schon in den Zeitungsberichten aufgefallen, daß die Maske nicht erwähnt war. Zweimal hat die Alte die Maske gemacht; eines der beiden Werke hat sie ihm überlassen, eines für sich behalten. In dieser Ausstellung ist die Maske nicht.

Ist das die Antwort auf seinen Brief, auf seinen aufrichtigen Versuch, sich zu rechtfertigen? Verleugnet sie die Maske, jenes Werk, an das sie so viel Kunst, Liebe, Intensität gehängt hat, und läßt sie nur mehr die Hände gelten, diese widerwärtige Bildnerei, diese Hände, die so tot und anklägerisch daliegen?

Verdrossen ging er nach Hause. Auf seinem Schreibtisch fand er die Bogen der neuen Nummer von „Deutschlands Stern“. Da war ein kleiner Aufsatz von ihm, sehr weit gedruckt, sichtlich gestreckt, er hatte sich der Aufforderung Hannsjörgs zum Trotz nicht sehr angestrengt. Und hier, was war das? Ein Bericht über die Ausstellung der Tirschenreuth. Er las, rötete sich, las von neuem. Das Werk der Tirschenreuth, hieß es da, atme jenes billige Mitleid mit den Unterdrückten, wie es in der vorigen Generation zum guten Ton der Intelligenz gehört habe. Die „Kunst“ dieser Frau sei schwächlicher Kulturbolschewismus. Sie sei eine jener Erscheinungen, welche das Neue Deutschland zum Müll werfe. Der ganze Artikel war ein einziger dummer, hämischer Angriff.

Zornige Scham stieg in Oskar hoch. Wenn die Alte das zu Gesicht bekommt, in seiner Zeitschrift, dann muß sie glauben, der Artikel sei seine Rache dafür, daß sie ihn und die Maske verleugnet hat. Nein, auf eine so lausbübisch dreckige Art rächt sich Oskar Lautensack nicht.

Grimmig rief er Hannsjörg an. Verlangte, daß man den Aufsatz streiche. Hannsjörg wunderte sich, daß Oskar sich wegen einer solchen Lappalie dermaßen errege. „Ich bestehe darauf, daß der Artikel entfernt wird“, stürmte Oskar. Hannsjörg erwiderte: „Selbst wenn ich wollte, könnte ich deinen sentimentalen Anwandlungen nicht mehr Rechnung tragen. Die Nummer ist ausgedruckt. Den Bogen neu zu drukken ist ein verdammt kostspieliger Spaß." – „Ich trage die Kosten", erwiderte großartig Oskar. „Ich an deiner Stelle würde nicht so mit Märkern und Pfennigen um mich schmeißen", riet ihm Hannsjörg. „Die ‚Deutsche Weltanschauung' rückt vor dem Ersten mit nichts mehr heraus, nimm das gefälligst zur Kenntnis. Ich frage in einer Stunde zurück, ob du im Ernst die Kosten tragen willst." Er hängte ein.

Die vollen Lippen verpreßt, saß Oskar da. „Verbinden Sie mich mit Frau Tirschenreuth", herrschte er Petermann an. „Frau Tirschenreuth ist nicht zu sprechen", gab nach einer Weile der Sekretär Bescheid. „Haben Sie gefragt, wann sie zu sprechen ist?" erkundigte sich Oskar. „Es hieß, Frau Tirschenreuth ist für Herrn Lautensack nicht zu sprechen", erwiderte Petermann. Seine Stimme, wie stets, war leise und so, als ob sie um Entschuldigung bäte; dennoch hörte Oskar aus dieser Stimme alle Niedertracht und Schadenfreude der Welt heraus. Allein er beherrschte sich und schlug dem hinterfotzigen Kerl keine ins Gefrieß.

Bitteren Gefühles voll, fuhr er ins Hotel Bellevue. Frau Tirschenreuth war zu Hause. Oskar ließ sich melden. Der Angestellte, nach einigem Telefonieren, teilte ihm höflich unbewegten Gesichtes mit, Frau Tirschenreuth sei zur Zeit nicht zu sprechen. „Für niemand?" fragte beinahe gegen seinen Willen Oskar. Einen winzigen Augenblick zögerte der Mann. „Ich denke, für niemand", antwortete er dann.

Als Oskar das Hotel verließ, traf er am Eingang die alte Theres, die Haushälterin der Tirschenreuth. Er nickte ihr zu, mit einem lässigen Nicken. Sie erwiderte nicht, sie schaute ihn an, fremd, herausfordernd, als sagte sie: Du hast ausgespielt, du kommst uns nicht mehr ins Haus.

Nach einer Stunde, wie er es angekündigt, rief Hannsjörg an, ob also Oskar wirklich die Kosten für die Änderung der Nummer tragen wolle. „Ja, natürlich", antwortete barsch Oskar. Dann, später, ließ er durch Petermann anfragen, wie hoch die Sache wohl kommen werde. Es war ein Betrag, der sein Budget für diesen und den nächsten Monat umwarf.

Grimmig telefonierte er mit dem Juwelier Posener und bat, er möge die beiden nächsten Monatsraten für den Ring stunden.

Die Wahlen zur Reichspräsidentschaft hatten den Nazis die erwartete Niederlage gebracht. Der Rückschlag war erfolgt, die Privatarmee der Partei war verboten, es war Ebbe in den Kassen. Man hatte das in Rechnung gezogen, aber jetzt galt es, sich anzupassen, sich einzuschränken.

Alle Organisationen der Partei bekamen das zu spüren, in erster Linie die „Deutsche Weltanschauung".

Hannsjörg mußte Oskar mitteilen, er sehe sich nicht länger imstande, seine uferlosen Forderungen zu bewilligen, man müsse den Lebensstandard der Landgrafenstraße aufgeben.

Oskar hatte geglaubt, es werde weiter aufwärtsgehen wie bisher. Seine Pläne waren immer ausschweifender geworden. Er spielte mit der Idee, sich ein Haus zu bauen, die ideale Wohn- und Werkstätte des führenden Okkultisten der Epoche. In seiner Klause hatte er das Haus schon fertiggebaut, auf einer kleinen Anhöhe erhob es sich, schlicht vornehm von außen, das Innere aber erfüllt von Geheimnis und schwerem, bedeutungsvollem Prunk, Klingsors Zauberschloß.

Und jetzt stand da vor ihm dieser Hannsjörg und teilte ihm trocken mit: „Aus. Deine Träume sind geplatzt."

„Zweitausend Mark monatlich", eröffnete ihm jetzt der Kleine klar und bündig, „kann ich dir bis auf weiteres zusagen. Aber keinen Pfennig mehr." – „Zweitausend Mark", erwiderte grimmig und verächtlich Oskar. „Da sieht man, was man von deinen Versprechungen zu halten hat." – „Du bist das undankbarste Stück Dreck, das mir je vorgekommen ist", sagte Hannsjörg. „Zweitausend Mark sind das Gehalt eines Reichsministers. Wenn dir einer in Deggenburg oder in München erzählt hätte, ich würde dir eine Monatsapanage von zweitausend Mark aussetzen, dann hättest du den Mann reif für Eglfing erklärt." Das konnte Oskar nicht wohl bestreiten. Er gab die fruchtlose Debatte auf und begnügte sich, die Sachlage zusammenzufassen in die Worte: „Beschissen wie eine Hühnerleiter." Trüb und geschlagen hockte er da.

So weit wollte ihn Hannsjörg haben. „Vielleicht", fing er nach einem Schweigen behutsam an, „weiß ich dir einen Weg, deinen Finanzen aufzuhelfen." Hoffnungsvoll schaute Oskar hoch. „Dein Vertrag mit der ‚Deutschen Weltanschauung'", legte Hannsjörg dar, „sieht vor, daß du ausschließlich dieser Vereinigung zur Verfügung stehst. In Anbetracht der Umstände und treu, bieder und anständig, wie sie nun einmal ist, würde vielleicht die ‚Deutsche Weltanschauung' über diese Klausel mit sich reden lassen." – „Du meinst ...?" fragte freudig erregt Oskar. „Garantieren kann ich natürlich für nichts", grinste Hannsjörg. Aber: „Natürlich kannst du", ereiferte sich Oskar. „Die ‚Deutsche Weltanschauung', das bist doch du." – „Gut", erwiderte geschmeichelt und großartig Hannsjörg. „Wenn du öffentlich auftreten willst, dann steht dem von seiten der ‚Deutschen Weltanschauung' nichts mehr im Wege. Freilich müßte die ‚Deutsche Weltanschauung', nachdem sie so kolossale Propaganda für dich gemacht hat, Provision beanspruchen, Gewinnbeteiligung. Dafür könnten wir dir den Weg ebnen. Wir haben Verbindungen, wir können einen Vertrag mit der ‚Scala' herausschlagen."

In Oskars Innerem war Aufruhr. Wenn ihm Alois davon gesprochen hatte, eine Nummer mit ihm zu machen, dann hatte man an mittelgroße Städte gedacht, bestenfalls an München. Jetzt sah Oskar vor sich die „Scala", die größte Varieté-Bühne des Reichs, er sah Leuchtschrift, Riesenplakate, die Masse der Zuschauer, hängend an seinem Munde, an seinen Händen, an diesen von der Tirschenreuth so grausam zweideutig dargestellten Händen. Ja, wie dem Führer, so wird auch ihm die innere Bereitschaft der Masse Auftrieb geben, es wird ihm Kraft daraus zuströmen.

Freilich, seine Darbietungen werden noch sensationeller werden müssen, seine Tricks noch gröber; die Maske wird noch höher und ferner von ihm hängen, es wird ihm noch schwerer fallen, zu ihr aufzuleben.

Er wäre ein Narr, wenn er sich länger von solchen Rücksichten hindern ließe. Er wird auftreten. Natürlich wird er. Er hat ja nur gewartet auf Hannsjörgs Angebot. Da erweisen sich also die ökonomischen Schwierigkeiten noch als Segen.

„Gut“, sagte er märtyrerhaft. „Wenn es für dich keinen andern Ausweg gibt, dann trete ich auf.“

Auch der Alois war begeistert, als er von dem Projekt hörte. Die Aussicht, statt der „Zimmerarbeit“ richtige Kunst auf einer richtigen Bühne zeigen zu dürfen, belebte ihn wie einen Strauch, der nach langer Dürre Regen bekommt.

Dann aber zeigte sich, daß die „Deutsche Weltanschauung“ ihre Hand im Spiel hatte. Hannsjörg trat in Erscheinung, verlangte dies, verlangte jenes. Des Alois gute Laune verdampfte. Er wehrte sich. Begehrte mächtig auf.

„Ich lasse mich nicht länger zum politischen Agenten erniedrigen“, schimpfte er mit seiner rostigen Stimme auf Hannsjörg ein. „Ich bin Künstler. Ich bin kein Handlanger, weder der Partei noch des Oskar. Ich bin gleichberechtigter Mitarbeiter. Ich lasse mich kein zweites Mal von euch bescheißen. Meinen Vertrag mit der ‚Scala‘ macht der Mantz und niemand sonst. Euch Herren kennt man.“ – „Brechen Sie sich mal keine Verzierung ab, Herr Pranner“, sagte Hannsjörg, und sein bayrisch gefärbtes Berlinisch brachte den Alois vollends zum Rasen. „Es ist pure Gefälligkeit, wenn die ‚Deutsche Weltanschauung‘ Ihnen ein Auftreten in der ‚Scala‘ gestattet.“ – „Eure puren Gefälligkeiten kennt man“, sagte der Alois. „Fünfundzwanzig Prozent Beteiligung, das heißt in euerm Neudeutsch pure Gefälligkeit. Ich sag nicht einmal was dagegen; gehören schon euch, die fünfundzwanzig Prozent. Ausgebeutet zu werden, das bin ich gewohnt. Aber woran der Alois Pranner, genannt Cagliostro, nicht rühren läßt, das ist seine künstlerische Ehre. Da kenn ich nichts. Da ruf ich den Mantz zu Hilfe. Da muß der Mantz mit der Lupe nachschauen, daß ihr mir keinen Fleck auf meine Künstlerehre macht. Der Mantz ist euch gewachsen. Zweiundzwanzig Zentimeter hoch müssen die Buchstaben meines Namens sein auf den Plakaten. Da kenn ich nichts.“

Der Agent Joseph Mantz war nicht entzückt, in diesem Falle den Künstler Cagliostro zu vertreten. Man kam da um die „Deutsche Weltanschauung“ nicht herum, sie hatte nun einmal vertragliche Ansprüche an den Cagliostro, und wenn es um die Nazis ging, hatte er, der Mantz, keine glückliche

Hand. Immer mehr drückte es ihn, daß er damals dem Schauspielschüler Hitler keine Anstellung verschafft hatte. Dieser Adolf Hitler ist keiner, der vergißt. Wenn er am Ende Reichskanzler wird oder Reichspräsident, dann kriegt er, der Mantz, es zu spüren, daß der Hitler seinethalb die Schauspielerei hat aufgeben und in die Politik hat gehen müssen.

Die Verhandlungen zwischen dem Mantz und dem Hannsjörg waren denn auch schwierig. Hannsjörg war nicht kleinlich in Gelddingen, aber er wollte den Alois – das hatte der richtig vorausgesehen – durchaus zu einem Nebenspieler herunterdrücken. Der kleine, scharfe Hannsjörg und der fette, phlegmatische Mantz waren einander gewachsen. Hannsjörg war zäh, Mantz war beharrlich. Wenn Hannsjörg seine Klauseln noch so harmlos verkleidete, die hurtigen Augen des Agenten entdeckten alles, was seinem Cagliostro abträglich sein konnte. „Nein, nein, Herr Nachbar", sagte er und ließ sein hohes, fettes Lachen ertönen, „das machen wir lieber nicht." Der Hannsjörg war kein Guter, die phlegmatische, hartnäckige Schlauheit des Mantz reizte ihn bis aufs Blut, oft war er in Versuchung, den frechen, fetten Burschen auf die Kirchweih zu laden. Doch er war auf den andern angewiesen, er bezwang sich, der Tag wird kommen, da er es dem Hundsknochen wird heimzahlen können, er verhandelte weiter.

Man kam schließlich zu einem Kompromiß. „Na also, Herr Nachbar", sagte mit bajuvarisch umständlicher Höflichkeit der Mantz, „da hätten wir es am Ende doch noch geschafft." Auch Hannsjörg gab sich friedlich und grinste, daß alle seine kleinen, spitzen Raubtierzähne sichtbar wurden. Aber der Mantz kannte seine Pappenheimer, und trotz der Freundlichkeit des Rotzbuben wußte er, daß er diesem Hansl Lautensack in Zukunft besser aus dem Wege blieb.

Oskar und Alois hatten sich häufig mit der Ausarbeitung einer solchen Nummer beschäftigt, wie sie nun von ihnen erwartet wurde; von neuem prüften sie jede Einzelheit. Begutachteten, nahmen an, verwarfen. Rühmten einer den andern, nannten ihn den gottverlassensten Esel, waren ein Herz und eine Seele, warfen sich bösartige Charakteranalysen an den

Kopf, waren hingerissen einer von den Ideen des andern, zerstritten sich, sagten einander endgültig auf, versöhnten sich.

Man einigte sich auf folgendes. Die Nummer sollte heißen „Dichtung und Wahrheit". Zunächst sollte Alois seine besten Zauberkünste vorführen. Es sollten aber diese Tricks als Tricks gekennzeichnet werden; auf diese Art wurde die Echtheit der darauffolgenden Manifestationen Oskars um so dikker unterstrichen. Oskar selber wollte im Anfang mehrere telepathische und hypnotische Experimente zeigen, voraussetzungslos, ohne Anwendung von Tricks. Krönen wollte er die Nummer mit einer „schlagend sensationellen" Darbietung, einer Totenbeschwörung, verbunden mit einer Prophezeiung.

Nachdem man viele Tote geprüft und verworfen hatte, beschloß man, den toten Seehelden Brittling aus seinem nassen Grabe zu beschwören. Alois wollte, wenn schon nicht den Geist selber, so doch gewisse seiner Attribute sichtbar machen; in solchen Künsten war er groß. Doch Oskar lehnte scharf ab. Er baute auf seine Suggestionskraft. Wenn er innerlich gut vorbereitet ist, dann wird der Tote so aus ihm sprechen, daß ein jeder ihn sieht.

Er bereitete sich innerlich vor. Alois schleppte Bilder des Toten an und Grammophonplatten, welche seine Stimme wiedergaben. Eingeschlossen, durch schalldichte Türen und Wände gesichert, übte Oskar mit Alois. Die Stimme des Toten mußte so klingen, daß sie diejenigen erschreckte, die diese Stimme gekannt hatten, anderenteils mußte ihr etwas leicht Makabres beigemischt sein. Oskar traf das zuletzt so gut, daß er an sich halten mußte, um nicht manchmal auch bei unpassenden Anlässen mit der Stimme des toten Seehelden zu reden.

So weit, so gut. Allein was sollte der Tote verkünden? Man konnte ihn nicht wohl aus den Tiefen des Ozeans bemühen, um ihn dann mit leicht scholleriger Stimme Banalitäten vorbringen zu lassen. Oskar zerbrach sich den Kopf. Sperrte sich in seine Klause, starrte auf das edle, stolze Gesicht König Ludwigs, auf die Maske, auf die Bilder des toten Seehelden, Keine Erleuchtung kam, Oskars Brust blieb stumm und tot.

In seiner Not vertraute er sich Hannsjörg an. Der kratzte sich hinterm Ohr. Die Verhältnisse jener einzelnen auszukunden, deren Zukunft Oskar bisher „gesehen“ hatte, war relativ einfach gewesen. Diesmal aber mußte Hannsjörg ein Ereignis liefern, das jedermann anging, ein großes, politisches Ereignis. Er wollte schon sagen: „Mach dir deinen Mist alleine.“ Aber er sah das Vertrauen in Oskars Augen, es schmeichelte ihm, daß der Bruder in seiner Not wieder einmal gezwungen war, sich an ihn zu wenden, und: „M. w.“, sagte er. „Ich schaff dir ein Ereignis, das du prophezeien kannst.“

Der Abend kam näher. Jedes kleinste technische Detail war ausprobiert, doch schwerer und schwerer aufs Herz fiel es Oskar, daß er noch immer nicht wußte, welche Sensation er seinen Toten verkünden lassen solle.

Da, zwei Tage vor der Premiere, erschien hastig und erregt Hannsjörg bei dem Bruder. „Ich hab's“, verkündete er strahlend. In seinem Innern atmete Oskar tief auf. Aber: „So?“ fragte er nur und tat unbeteiligt. Hannsjörg indes hielt sich nicht erst lange damit auf, Oskar für seine dreiste, gespielte Gleichgültigkeit eins aufs Dach zu geben, er war zu sehr erfüllt von seiner Botschaft. Durch ein umständliches Spiel von Intrigen, setzte er dem Bruder auseinander, habe man Hindenburg so weit, daß er den Reichswehrminister, den schlimmsten Feind der Partei, entlassen werde. Der neu zu ernennende Minister werde dann das Verbot der Privatarmee der Partei aufheben. Es könne noch eine Weile dauern, bis das eintrete, aber es sei beschlossen und besiegelt. Es wisse davon nur ein winziger Kreis von Leuten.

Oskar sann vor sich hin. Dann, beiläufig, gönnerhaft, sagte er: „Es ist nett, daß du dich bemüht hast, mir diese Nachricht zu bringen. Sie bestätigt, was mir meine innere Stimme gesagt hat.“

Für einen kleinen Augenblick war Hannsjörg benommen von dieser maßlosen Unverschämtheit. Aber wieder bezwang er sich. Er klopfte dem Bruder auf die Schulter. „Du bist schon ein Goldjunge“, sagte er. „Ja, wir Brüder Lautensack, wir sind zwei Feine.“

Oskar, im Scheinwerferlicht der Bühne, spürte kein Lampenfieber. Im Gegenteil, aus dem Atem der Masse, der da von unten zu ihm drang, wuchs ihm Kraft zu, fröhliche Beschwingtheit, Glück.

Seine muntere Sicherheit unterwarf ihm sogleich das Publikum. Man hatte erwartet, einen finster pathetischen Grübler zu sehen; statt dessen stand da vor einem ein gut aussehender Herr mit einem zwar bedeutenden, doch eher schalkhaften Gesicht, geneigt, einen seine Überlegenheit spüren zu lassen, aber gleichzeitig allerlei Schabernack zu treiben.

Oskar erriet nicht nur die Gedanken seiner Opfer, er verbrämte auch das Gefundene mit bösartig witzigen Anmerkungen. Wenn er an Hand von Gegenständen den Eignern Geschehnisse mitteilte, die sie nur selber wissen konnten, dann verweilte er vor allem bei kleinen, intimen, etwas lächerlichen Vorfällen.

Am dreistesten amüsierte er sich und das Publikum bei den hypnotischen Experimenten. Besonders übel spielte er dem Stadtrat Reitberger mit, einer populären Persönlichkeit. Der Stadtrat selbst hatte von Oskar Lautensack kaum gehört, er war auf Betreiben seiner Frau ins Theater gegangen, der er eine Geburtstagsfreude bereiten wollte. Als Oskar einlud, es möchten sich ihm Herrschaften aus dem Publikum für hypnotische Experimente zur Verfügung stellen, da, wieder auf Betreiben seiner Frau, meldete sich gleich auch Stadtrat Reitberger. Er galt als ein lustiger alter Knabe und war für jeden Spaß zu haben. Oskar konnte dem Manne vom Gesicht die spießbürgerliche Behaglichkeit ablesen, die Aufgeblasenheit, die Überzeugtheit, er, der Stadtrat Reitberger, mache es sich, Gott und der Welt in jeder Situation recht. Überdies hatte Alois dem Oskar mittels ihres Codes einen Wink gegeben, wer der Mann sei. Oskar also beschloß, den eingebildeten, lachsbäuchigen Bonzen ein wenig schwitzen zu machen. Fett und behaglich saß der Mann im Stuhl, schnell ließ er sich einschläfern. Oskar suggerierte ihm, es sei heiß, sehr heiß. Stadtrat Reitberger lief rot an vor Hitze, prustete, wischte sich den Schweiß ab. Oskar suggerierte ihm, man sei auf dem Weg ins Freibad Wannsee. Man war in Wannsee. Stadtrat Reitberger zog sich aus, stand in Unterhosen, das Publikum johlte, kreischte, quietschte vor Vergnügen. Jetzt war er im Begriff, ins Wasser zu steigen, ins Orchester. Im letzten Augenblick hielt ihn Oskar. Benommen zog sich der Stadtrat wieder an, benommen kehrte er zu seiner Frau zurück, nicht dankbar für die Anregung, den Abend im Theater zu verbringen; bald denn auch entfernten sie sich.

Keinen Augenblick kam Oskar der Gedanke, seine Scherze möchten zu billig sein. Vielmehr hob ihn das Gefühl, Macht über Menschen zu haben, ihre Schwäche auszukosten, ihre Leichtgläubigkeit, ihre Lust am Gehorchen. Er nutzte diese Lust, spielte mit ihr. Tastete sein Publikum ab. Es war gefügig, er hatte es in der Hand.

Ohne weiteres folgten sie ihm, als er zu Ernsthafterem überging. Gerade noch hatten sie gelacht und gewiehert und sich die Bäuche gehalten; jetzt saßen sie gespannt da, wie er es wollte, mit ernsthaften Gesichtern. Es habe ihn, erzählte er ihnen, in letzter Zeit mehrmals der Korvettenkapitän Brittling heimgesucht, ja, der tote Brittling, der Seeheld. Freilich sei das bisher nur geschehen, wenn Oskar allein gewesen sei, oder doch nur in sehr kleinem Kreise. Er wisse also nicht, ob der Tote aus ihm zu einer so großen Versammlung werde sprechen wollen. Andernteils spüre Oskar, daß hier im Saal Menschen seien voll guten Willens und ehrlich um Erkenntnis bemüht; vielleicht habe der Tote diesen Menschen etwas mitzuteilen. Er wolle versuchen, ihn zu rufen. Er bitte aber, man möge ihm da unten im Publikum keinen Widerstand entgegensetzen, man möge ohne Skepsis warten. „Bitte, leisten Sie mir keinen Widerstand“, bat er, „bitte, entspannen Sie sich.“

Er war jetzt nicht mehr der muntere Herr von soeben. Einen kleinen, schwarzen Tisch hatte man vor ihn hingestellt, darauf eine Pyramide aus Kristall und einen Kranz aus Holzperlen. So saß er im fahlen Licht des Scheinwerfers, nichts war sichtbar als sein Antlitz. Aber war dies sein Antlitz? Die dunkelblauen Augen unter den dichten Augenbrauen waren heftiger, die Stirn unter dem üppigen, tief hereingewachsenen Haar breiter, die Nase kühner. Und jetzt erstarrte dieses finster strahlende Gesicht, die Haut spannte sich, die Pupillen verengten sich, die Lider zogen sich hinauf. In wilder Sammlung starrte Oskar auf die Spitze der Pyramide. Selbst Zweifelsüchtige konnten schwerlich noch dieses steinerne, maskenhafte, cäsarische Gesicht lächerlich finden. Gerade weil man vorher mit entwaffnender Offenheit gezeigt hatte, wie verblüffend einfach man „Übernatürliches" künstlich herstellen konnte, gerade weil sich Oskar Lautensack vorher so lustig und derb koboldhaft gegeben hatte, war man geneigt, ihm jetzt auch seinen Ernst zu glauben, das Wunder, das er versprach.

Oskar selber hatte völlig das Gefühl verloren, eine einstudierte Rolle zu spielen. Wiewohl er doch jedes Detail sorgfältig vorbedacht und arrangiert hatte, wartete er jetzt darauf, daß der Tote kommen, von ihm Besitz ergreifen, ihn als Sprachrohr benutzen werde. Er wurde eins mit dem ängstlich gespannten Publikum. Das Dämmer, welches den Raum erfüllte, wurde ihm zum Dämmer des Jenseits, in seinem Innern hörte er die wilde Musik des Gespensterschiffs aus dem „Fliegenden Holländer", auf dieser wilden Musik segelte er hinüber in die Welt der Schatten. Aufgewühlt war er, aufgewühlt waren die Zuschauer, die Erregung des Mannes auf der Bühne übertrug sich auf sie, die ihre zurück auf ihn, ineinander verschmolzen der Wundermann und seine Gläubigen. Und als jetzt die Augen des Mannes auf der Bühne ihr übersteigertes Leben verloren, als sein Gesicht erschlaffte, wie sie es vorher gesehen hatten an jenen, die er eingeschläfert, da erlebten sie es alle mit: jetzt ist dieser Mensch nicht mehr in unserer Welt, jetzt ist er drüben, jetzt „sieht" er. Jetzt, jetzt gleich wird der Tote dasein.

Aus der Brust einer Frau kam ein Seufzer der äußersten Erwartung, er kam aus der Brust aller.

„Zur Stelle", meldete es sich auf einmal von der Bühne her. Gerade noch hat doch dieser Oskar Lautensack mit einer Stimme zu uns gesprochen, die schön war, dunkel tenorhaft, biegsam schmeichelnd; jetzt aber ist da diese heisere Stimme, militärisch, gewohnt ans Befehlen. Wer je ein Bild des toten Brittling gesehen hat, des Seehelden, eines der großen Kriegshelden der Nation, dem wurde es frisch und deutlich, als er diese Stimme hörte.

Ein drückendes Schweigen war in dem dunkeln Zuschauerraum. Dann, auf die Aufforderung, ob jemand eine Frage zu stellen habe, meldete sich einer, und, gut einstudiert, gepreßt, fragte er: „Was wird die nächste Zukunft dem Neuen Deutschland bringen?" – „Na ja", antwortete die wüste, heisere, militärische Stimme auf der Bühne, „da ist dieser Friedensengel, der uns unsere Waffen nehmen möchte. Aber diese Hochzeit findet am Zweiunddreißigsten statt. Mit dem Herrn wird nicht lange gefackelt. Der wird abserviert." Und weiter erging sich die Stimme in rüden, etwas allgemeinen Wendungen. Trotzdem wurde klar, was sie meinte: daß nämlich der feindselige Minister, der bei Hindenburg das Verbot der SA-Leute durchgesetzt hatte, fallen und daß die Partei ihre Privatarmee, die SA-Abteilungen, zurückerhalten werde. Da war in dem dunkeln Saal keiner, der das nicht verstanden hätte.

Schweigen war, gepreßtes Atmen. In das Schweigen hinein, unerwartet, erschreckend, mit seiner natürlichen Stimme, brüllte Lautensack: „Lachen Sie nicht. Ich verbiete Ihnen zu lachen. Lachen Sie, wenn seine Worte nicht eintreffen." Aber niemand hatte gelacht.

Und wieder war Schweigen. Dann aber kam aus dem Dunkel ein dünner, zaghafter, doch auch bösartig herausfordernder Zuruf: „Und wann wird das sein? Wann werden Ihre Worte eintreffen? Wann wird der Reichswehrminister entlassen werden?" Darüber wußte Oskar nichts; es könne noch eine Weile dauern, war alles, was ihm Hannsjörg darüber gesagt hatte. Einen Augenblick also schwieg er. Und gleich fragte die dünne Stimme höhnisch weiter: „Wird es in einem Jahr sein, oder in fünf Jahren, oder in zehn?"

Oskar mußte dem unverschämten Frager antworten, sofort und unzweideutig, sonst war alles in Frage gestellt. Er schloß die Augen, ging in Trance und, mit seiner gewohnten Stimme jetzt, fragte er ins Jenseits: „Wann wird der Wehrminister gestürzt werden?" Er lauschte in sich hinein, dann, nach einem langen Schweigen, die Worte mühsam, mit Pausen, aus sich herausgrabend, verkündete er: „Er sagt, es wird sein binnen achtundzwanzig Tagen." Das war eine Terminsetzung, von der auch der bösartigste Nörgler nicht behaupten konnte, sie sei vag und lasse dem Propheten zuviel Spielraum.

Benommenheit lag über den Zuschauern. Es war vielleicht ein wenig seltsam gewesen, ja, grotesk, den Toten so wüst daherreden zu hören. Doch im Grunde hatte wohl gerade diese natürliche Redeweise die Zuschauer überzeugt.

Der Vorhang fiel, es wurde wieder Licht im Saal. Einen Augenblick noch saßen sie versunken. Dann aber erwachten sie, und dann kam Beifall, spärlich erst, denn viele waren noch zu benommen, immer stärker dann, und zuletzt war es jener prasselnde, betäubende Applaus, den Oskar in seinen Träumen gehört hatte.

Er hatte diese Zweitausend bezwungen. Sie wollten glauben. Sie glaubten.

Oskar hätte nicht angeben können, warum er gesagt hatte: „Binnen achtundzwanzig Tagen." Er hätte ebensogut sagen können: „Binnen zwanzig Tagen" oder: „Binnen sechzig." Es war in Wahrheit seine innere Stimme gewesen, die da gesprochen hatte.

Hannsjörg war sehr unruhig. „Ich habe dir etwas weitergegeben", sagte er, „was hundertprozentig sicher war. Du, mit deinem genauen Termin, hast pures Hasardspiel daraus gemacht."

Die Zeitungen berichteten über Oskars Prophezeiung als über ein Kuriosum. Als dann vierzehn Tage vergingen, zwanzig, ohne daß sich seine Voraussage erfüllt hätte, machten sie sich, teils plump, teils fein, über ihn lustig. Doch Oskar selber duldete nicht den leisesten Zweifel, weder in sich noch in andern. Er ging herum immer mit der gleichen Sicherheit, der gleichen heitern Überlegenheit.

Am dreiundzwanzigsten Tag nach der Prophezeiung kam überraschend die Nachricht, der Reichswehrminister sei zurückgetreten. Es war ein läppisches Komplott, das ihn zu Fall gebracht hatte, gleichzeitig unglaubhaft simpel und überaus raffiniert, aber es hatte gewirkt.

Zweitausend Menschen hatten mit eigenen Ohren die Prophezeiung Oskar Lautensacks gehört, die jetzt so glorreich in Erfüllung gegangen war. Sie verbreiteten seinen Ruhm. Aus den zweitausend Anhängern wurden zwanzig-, aus den zwanzig- zweihunderttausend. Hannsjörg, mit Hilfe der Propagandamaschine der Partei, steigerte die Sensation. Aus den zweihunderttausend Anhängern wurden zwei Millionen.

Die Auflage von „Deutschlands Stern" stieg auf über vierhunderttausend. Unzählige, die im Büro des „Vereins zur Verbreitung Deutscher Weltanschauung" eine Konsultation buchen wollten, mußten abgewiesen werden. Nacht um Nacht konnte Oskar baden in Applaus. Alle Varieté-Bühnen des deutschen Sprachgebiets bemühten sich um die Nummer „Dichtung und Wahrheit".

Kein Gedanke war mehr daran, den Lebensstandard der Landgrafenstraße einzuschränken. „Der Fink hat wieder Samen", sagte vergnügt Hannsjörg und ermunterte selber den Bruder zu verschwenden, „Fettlebe zu machen", wie er sich ausdrückte. Und Oskar sagte sich: „Wer nicht zuviel hat, hat zuwenig" und machte Fettlebe, lebte in Saus und Braus.

Immer mehr von seinen Träumen erfüllten sich. Er war bei dem Juwelier Posener ständiger Kunde. Er liebte Farben, er liebte Steine. Auf dem Schreibtisch seiner Klause hatte er jetzt eine Schüssel aus kostbarem Holz stehen, gefüllt mit Halbedelsteinen, und gerne ließ er die großen, weißen Hände durch das bunte Geglitzer gleiten. Aus der Galerie Bernheimer in München erwarb er den Gobelin „Werkstatt des Alchimisten". Statt mit dem vulgären Piloty-Bild, das den Astrologen Seni an der Leiche Wallensteins darstellte, war jetzt die Wand der prunkvollen Bibliothek bedeckt mit der düstern Farbenpracht des altflandrischen Gewebes.

Auch den Bau einer feudalen Jacht gab Oskar in Auftrag. Den simpeln Namen „Möwe" sollte sie tragen, doch war sie bestimmt zum Schauplatz üppiger Feste und sollte ein Fahrzeug werden, luxuriös, wie man auf den Gewässern rings um Berlin kein zweites sah.

Genug war nicht genug, es trieb Oskar weiter. Es war ihm in der Nähe Potsdams ein Landsitz aufgefallen, ein altes, kleines Schloß, Sophienburg hieß es, es stand auf einer grasigen Anhöhe, und seine schlichte, vornehme Fassade entsprach der Vorstellung, die er sich von der Front seiner zukünftigen Wohn- und Werkstätte machte. Das Innere des Hauses war altmodisch, baufällig, das ganze Gebäude bedurfte einer gründlichen Umgestaltung, doch gerade das war es, was er wollte. Er kaufte Schloß Sophienburg und übernahm die hohe Hypothek, die darauf lag.

An den Umbau freilich, der ihm vorschwebte, konnte er noch nicht denken, es wird noch eine lange Weile dauern, ehe er Sophienburg mit dem Geheimnis und dem schweren Prunk wird anfüllen können, der Klingsors Zauberschloß ansteht. Vorläufig mußte er sich begnügen, Pläne zu entwerfen. Der Besitz von Sophienburg wurde ihm zum Ansporn, Sophienburg war jetzt seine leere Wand. Er war sicher, er wird auch diese leere Wand bedecken können. Wie er sich vom Schicksal den Ring erzwungen hat und den Glauben der Millionen und die „Werkstatt des Alchimisten", so wird er dem Schicksal auch Klingsors Zauberschloß entreißen.

Beglückt und voll Zuversicht schwamm er in der Welle seines Erfolges. Erfreute sich des Applauses, der täglich auf ihn hereinprasselte, schleckte seinen Zeitungsruhm, schmiß sein Geld um sich, kostete aus die Zärtlichkeit und Bewunderung der Frauen. Der Erfolg bekam ihm. Er sah blühend aus und sehr jung. Er schlief gut. Oft auch sagte er sich, jetzt sei seine innere Bedeutung vom Schicksal bestätigt; denn der äußere Erfolg war natürlich nur ein Gleichnis des innern. Der bestand darin, daß er dem Glauben an das Geistige ungezählte neue Anhänger gewonnen hatte. Hunderttausende, die sonst ihr Leben hindurch verurteilt geblieben wären, nur das derbst Materielle zu begreifen, hatten jetzt durch ihn, Oskar Lautensack, erkannt, daß es zwischen Himmel und Erde mehr Dinge gibt, als unsere Schulweisheit sich träumen läßt.

Im Gefühl seiner Bedeutung wurde er bestärkt durch Alois Pranner. Der nämlich, wiewohl er doch selber die Maschinerie des Sehers ersonnen hatte, glaubte nach wie vor an Oskars Gabe. Der Agent Mantz war skeptisch gewesen. Aber er, Alois, hatte geglaubt und er glaubte, und es war dieser sein

Glaube, der den großen äußern Erfolg herbeigezwungen hatte. Denn es war ein großer persönlicher Erfolg auch für Alois. Die technische Aufmachung der Nummer war tadellos, das Publikum freute sich an der Leistung des Alois und rühmte ihn, sein Name erschien zweiundzwanzig Zentimeter hoch auf den Plakaten. Der Agent Mantz allerdings blieb mißtrauisch. „Auf die Dauer", sagte er, „können Sie keine Geschäfte machen mit dem Schauspielschüler Hitler und seinen Leuten, die Teufelsklaue wird schon noch herauskommen." Doch das war eitel Raunzerei. Alois war glücklich, und kaum je verging eine der vielen Streitereien, die er nach wie vor mit Oskar hatte, ohne daß er ein paar knurrige, doch echte Worte gläubiger Bewunderung eingeflochten hätte.

Trotzdem sah es um die innere Landschaft Oskars nicht ganz so erfreulich aus wie um seine äußere. Er brauchte mehr als die Bewunderung der Massen, mehr als den Glauben des Alois und des Hannsjörg. Die Tirschenreuth und der Hravliczek mußten unrecht gehabt haben, sie mußten. Oskar brannte nach Bestätigung, jeder neue, noch so geringe Beweis war ihm willkommen, je naiver, um so mehr.

Um jene Zeit hatte zu ihrem freudigen Erstaunen die kleine Alma, die Schneiderin, immer öfter den Besuch ihres großen Freundes. Sie hatte bewundernd zu ihm aufgeschaut, als er noch verkannt und ganz gering auf Erden herumgegangen war, sie hatte ihm nach besten Kräften geholfen, sie hatte nie etwas von ihm gewollt, und wenn er ihr eine kleine Aufmerksamkeit erwies, dann nahm sie das voll dankbaren Staunens hin. An ihrer echten Anerkennung wärmte er sich gern. Auch konnte er in ihrer kleinen, dummen, hübschen und zärtlichen Seele zu jeder Zeit und ohne Mühe lesen wie in einem aufgeschlagenen Buch, und was er da fand, war erfreulich.

Aber der Glaube der kleinen Alma genügte ihm nicht, er ist eine zu schwache Medizin für seine inneren Beschwerden, er braucht Stärkeres. „Was hülfe es dem Menschen, so er die ganze Welt gewönne und nähme doch Schaden an seiner Seele." Noch immer plärrt dann und wann der Bibelvers in ihm auf in dem harten, ungelenken Schriftdeutsch der Großmutter. Gewiß, der Vers trifft ihn nicht, seine Seele ist besser in Form als je, aber im Grunde hat er sich doch mit all seiner Kunst, seinem Erfolg und seiner Begabung seit ewiger Zeit keinen neuen Menschen gefischt.

Käthe, wenn er ehrlich sein will, ist noch immer nicht in seinem Netz. Er hat seit jener Auseinandersetzung nach dem Selbstmord Tischlers keine ernsthafte Aussprache mit ihr gehabt. Sie ist umgänglich, ist immer für ihn da, nimmt seine Launen hin, erfreut ihn durch kleine Aufmerksamkeiten, quält ihn nicht mit Vorwürfen oder mit Eifersüchteleien, sie liebt ihn, sie ist eine schöne, freundliche, liebenswerte Geliebte. Er aber möchte gern, daß sie mehr wäre. Er möchte mit ihr zusammen leben, möchte sie heiraten. Doch bei all seiner innern Dreistigkeit bringt er's nicht über sich, ihr davon zu sprechen. Er wartet darauf, daß sie ihm entgegenkomme, daß sie eine Andeutung mache. Und gerade das tut sie nicht. Ihr genügt offenbar ihre Verbindung mit ihm, so wie sie ist. Sie liebt ihn, aber sie gehört ihm nicht. Hinter all ihrer Freundlichkeit und Liebenswürdigkeit spürt er Unglauben, Mißtrauen. Sie zweifelt seine Begabung an, sein ganzes Wesen.

Eines Tages ertrug er's nicht länger. „Glaubst du eigentlich", fragte er herausfordernd, „daß ich es noch schaffen werde, daß ich noch aufleben werde zu meiner Maske? Glaubst du, daß ich ihn habe, den Anspruch?" Glaub mir, bat er in seinem Innern, bettelte er inbrünstig, befahl er, glaube mir, und er schaute sie an, heftig, gesammelt, richtete alles, was an Willen in ihm war, darauf, sie zu bezwingen.

Käthe hatte diese Frage gefürchtet. Sie wußte nicht, was sie darauf antworten sollte. Sie glaubte nicht, und sie glaubte dennoch. Seltsamerweise dachte sie in letzter Zeit oft an ihre Mutter. Käthe war zu klein gewesen und zu kindlich, um etwas von den Konflikten ihrer Mutter zu verstehen, aber Gebärden der Mutter, einzelne Worte, ein Gesichtsausdruck waren ihr haftengeblieben, und was ihr damals unverständlich gewesen war, gewann ihr jetzt auf einmal Sinn. Paul und sie hatten es nie begriffen, warum sich die Mutter so tief verloren hatte an den harten, gewalttätigen, dem Verstand so oft unzugänglichen Vater Severin. Hatte die Mutter seine Härte nicht gesehen? Hatte sie nicht vorausgesehen, daß sie das Zusammenleben mit ihm nicht werde ertragen können? Natürlich hatte sie. Natürlich hatte sie ihn beizeiten erkannt. Aber da war die Lockung. Da war jenes vielleicht Winzige, aber doch Zwingende, das keiner hatte außer ihm. Und davon war sie nicht losgekommen. Und dafür hatte sie alles andere auf sich genommen, wissend. Jetzt erst verstand Käthe das alles.

„Glaubst du, daß ich den Anspruch habe?“ fragte nochmals Oskar. Er wartete. Er hörte sein eigenes Herz. Eine gespannte halbe Minute wartete er. Dann, endlich, öffneten sich ihre Lippen, ein kleines, trübes Lächeln erschien auf ihrem klaren, wahrhaftigen Gesicht. „Ich weiß es nicht“, sagte sie mit ihrer spröden Stimme, zögernd, und die Art, wie sie diese vier Worte sprach, angestrengt, ablehnend und zugleich schonungsvoll, verurteilte ihn tiefer, als es eine lange Anklagerede hätte tun können.

Aber nein. So schnell fügte er sich nicht. Er machte einen neuen, verzweifelten Ansturm. „Du hast es doch erlebt“, bedrängte er sie, „daß ich dein Inneres gesehen habe. Du hast es doch erlebt, daß ich die Zeit vorausgesagt habe, zu der der Minister hat gehen müssen und die keiner wissen konnte. Du weißt es doch, daß ich die Kraft habe.“ Aber: „Das ist es nicht“, wehrte sie ab. „Darauf kommt es nicht an. Das ist nicht interessant“, schloß sie, entschiedener, und es kam ihr nicht zu Bewußtsein, daß sie mit diesen letzten Worten eine Lieblingswendung Paul Cramers gebrauchte.

Gegen dieses Urteil gab es keinen Appell. Oskar ließ ab.

Sie aber sagte, mit einem kleinen Versuch zu scherzen: „Mach kein so furchtbares Gesicht, Oskar. Laß es dir genügen, daß ich dich liebe, so wie du bist.“ Und, fast ohne Bitterkeit, fügte sie hinzu: „Ich muß es mir auch genügen lassen.“

Auf seinem Schreibtisch fand Oskar in einer vornehmen, doch wenig gelesenen Zeitschrift einen Aufsatz, den ihm Petermann angestrichen hatte. Betitelt war der Aufsatz: „Die Gaukler“, und zum Verfasser hatte er Paul Cramer.

Oskar las. Es war ein langer, gründlicher Essay, Herr Dr. Cramer hatte sich angestrengt. Er verbreitete sich zunächst über die symptomatische Bedeutung des Erfolges, der, immer anschwellend, die Tätigkeit des Scharlatans Oskar Lautensack begleitete. Wies hin auf die politischen und ökonomischen Ursachen dieses Erfolges. Verglich die Wirksamkeit des Redners und Wundertäters Lautensack mit der des Redners und Wundermannes Adolf Hitler. Versuchte zu beweisen, daß gerade der deutsche Volkscharakter solchen Wundermännern entgegenkomme. Zog Beispiele aus der deutschen Vergangenheit an, den Doktor Eisenbart, Agrippa von Nettesheim, das Urbild des Doktors Faust. Oskar lächelte erbost und geschmeichelt. Das war ja die reinste Dissertation. Ernst nahm ihn der Bursche, darüber konnte er sich nicht beklagen, und die Reihe, in die er ihn stellte, war nicht die schlechteste.

In seinem Verlauf dann ging Paul Cramers Essay ein auf Einzelheiten aus Oskars Leben, auf psychologische Details. Sehr genau Bescheid wußte der Herr Doktor um Oskars Biographie, sehr genau auch um das Technische des Hellsehens, er hatte seinen Hravliczek gut studiert, und auf hinterhältige Art verknüpfte er Oskars Kunst mit seinem Leben, mit seinem Milieu.

Jetzt wußte Oskar, warum ihm der hinterfotzige Petermann den Artikel angestrichen hatte. Immer finsterer wurde er. Mit einer Sachlichkeit, die in ihrer trockenen Aggressivität doppelt gemein wirkte, stocherte dieser Herr Cramer in Oskars Vergangenheit herum. Wo hatte er nur all das Material aufgetrieben? Jetzt gar befaßte er sich mit Oskars Deggenburger Schulzeit. Erzählte, sie bösartig kommentierend, eine Anekdote.

Hatte da der vierzehnjährige Oskar in einer Schulaufgabe, um eine gewagte These zu beweisen, eine Äußerung Goethes zitiert; die Äußerung war aber gar nicht von Goethe, sie war von Oskar. Der Lehrer, ein wenig mißtrauisch, fragte denn auch, aus welchem Werk das Zitat sei. Doch unser Oskar, unverlegen, log frisch und fröhlich darauf los: „Aus dem ‚Wilhelm Meister'." Er dachte sich, in dem weitläufigen Buch werde manches stehen, was ebensogut von ihm, Oskar, sein könnte, und bestimmt nicht werde der Lehrer den ganzen, langen Roman nach dem Zitat durchsuchen.

Soweit mochte dieser Paul Cramer seine Geschichte erzählen, das kümmerte Oskar nicht, er selber hatte sie mehrmals erzählt. Aber weiter berichtete Paul Cramer, Oskar habe, während er so log, den Lehrer dringlich angeschaut und sich heftig gewünscht: Du mußt mir glauben, du mußt, du mußt. Und daß er diesen kleinen Zug jetzt gedruckt lesen mußte, vorgetragen in der stillen, scharfen, innerlich erheiterten Manier Paul Cramers, das machte dem Oskar den Kopf rauchen vor Wut.

Sosehr er es nämlich gewohnt war, sein Inneres zu schminken, es anzupreisen, es jedem zu zeigen, der es sehen wollte und der nicht, gerade diesen kleinen Zug hatte er eifersüchtig in sich verschlossen. Es war das erstemal gewesen, daß er sich seiner Macht über Menschen bewußt geworden war, es war das erste innere Erlebnis dieser Art gewesen, etwas ganz Großes, ein Geheimnis. Er hätte keine rechten Gründe für seine Scheu angeben können, aber er hatte sie nun einmal. Er hatte auch von der kleinen Geschichte immer nur den ersten Teil erzählt, die freche, amüsante Schwindelei, aber den Schluß, die innere Erfahrung, das eigentliche Erlebnis, das hatte er mit niemand teilen wollen, hatte er mit niemand geteilt.

Nur mit einem. Käthe hatte er davon erzählt, in einer vertrauten Stunde.

Und jetzt hat Käthe dieses sein Geheimnis, eines seiner kostbarsten Besitztümer, entweiht, hat es als erstem einem Feinde verraten, *dem* Feinde.

Oskar hat ein Schuldgefühl vor Käthe gespürt seit jener Unterredung, seit jenem „Ich weiß es nicht". Sie liebt ihn, obwohl sie ihn nicht achtet, sie liebt ihn nicht um seiner Begabung, sondern um seiner selbst willen, darum ist er in ihrer Schuld. Jetzt aber hat sie das, was er ihr in einer guten Stunde der Freundschaft anvertraut hat, verraten an seinen schlimmsten Feind. Sie sind quitt, Käthe und er. Die niederträchtige Attacke dieses Paul Cramer hat auch ihre gute Seite. Oskar ist erfüllt von einer scharfen Lust, daß er jetzt eine Waffe gegen Käthe besitzt.

Noch am selben Tag gab er ihr den Aufsatz, bat sie, ihn sogleich, in seiner Gegenwart, zu lesen. Er, während sie las, beschaute ihr schönes, großes, hageres Gesicht und sah mit Genugtuung, wie in dieses Gesicht eine immer stärkere Röte stieg, Röte des Zornes, der Scham. Beigemischt aber war dem Zorn und der Scham die Erinnerung an jene Stunde, da Oskar ihr das kleine, kindische, merkwürdige Erlebnis erzählt hatte. Er war sehr liebenswert gewesen, als er es ihr erzählte, bescheiden und doch voll naiven Selbstbewußtseins, der ganze Oskar mit allem, was gut an ihm ist, und mit all seinen Schwächen. Stolz wie ein Pferd war er gewesen, daß er schon als Junge einem Erwachsenen seinen Willen hatte aufzwingen können. Ja, sie hatte ihn geliebt damals, sehr geliebt, so wie er war, genau wissend um seine Grenzen und um seine Schwächen.

Aus einer solchen Stimmung heraus, guten Glaubens, hat sie Paul die kleine Geschichte erzählt bei einer jener seltenen Gelegenheiten, da sie mit ihm über Oskar gesprochen. Paul aber hat ihre Vertrauensseligkeit mißbraucht. Es ist einfach eine Gemeinheit von ihm, daß er das, was sie ihm eifervoll und zu Oskars Rechtfertigung erzählt hat, jetzt hat drucken lassen, versehen mit gemeinen Anmerkungen. So ist er, rücksichtslos, rechthaberisch; vor keiner Gemeinheit schrickt er zurück, wenn er nur recht behält. Das ist es, was sich immer wieder zwischen sie stellt und ihren Bruder Paul. Das ist es, was sie an ihm abstößt. Das Fremde. Das Jüdische.

Oskar saß da, schweigend, und schaute zu, wie sie las, und spürte, was sie dachte, und war klug genug, sich kein Wort des Triumphes zu gönnen. Auch sie, nachdem sie zu Ende war, schwieg eine lange Weile. Dann sagte sie: „Oskar, er hat dir unrecht getan“, und ihre Stimme klang noch spröder als sonst. Auch war es seit langer Zeit das erstemal, daß sie ihn wieder beim Namen nannte.

Er war voll einer tiefen Genugtuung. Und das schönste war, daß der Feind selber, über die eigene Tücke stolpernd, ihm diesen Glückstag bereitet hatte.

Früher hatte Paul beinahe täglich mit Käthe gearbeitet, ihr diktiert. Es war ein Ansporn für ihn gewesen, sich dabei mit ihr herumzuzanken, ihren Widerspruch zu entkräften oder manchmal auch gelten zu lassen, sich über sie zu mokieren.

Auch sie, so oft sie sich über ihn ärgerte, hatte an dieser Arbeit Freude gehabt. In letzter Zeit indes hatte er es vorgezogen, selber zu tippen. Alles, was er schrieb, klang, als wäre es gegen sie gerichtet.

Das Zusammenleben der Geschwister war unerfreulich geworden. Zwischen ihnen, beinahe körperlich und immer gegenwärtig, stand das, worüber sie niemals sprachen und was sie doch am meisten beschäftigte, Käthes Beziehungen zu Oskar. Pauls Gesicht, sein ganzes Wesen, was er tat und sagte und vor allem was er nicht sagte, war ihr ein ständiger Vorwurf. Mehrmals schon hatte sie mit dem Gedanken gespielt, aus der Nürnberger Straße fortzuziehen. Doch wieder und wieder war ihr die Erinnerung gekommen an jene groteske Demütigung, die Paul damals in der Drehtür des Eden-Hotels ihrethalb hatte auf sich nehmen müssen, und sie hatte es nicht über sich gebracht, ihm auch noch diesen Schlag zu versetzen.

Jetzt aber, nach seinem Vertrauensbruch, nach dem heimtückischen Angriff auf Oskar, ist sie jeder Verpflichtung ledig. Es ist zu viel Fremdes in ihm. Alles in ihm, was nicht von ihrer Mutter stammt, widersteht ihr. Sie hält das nicht länger aus. Sie gehört nicht zu ihm, sie gehört zu Oskar. Sie wird von ihm wegziehen und ihm in klaren Worten sagen, warum.

Noch am gleichen Abend, noch bevor sie zu Ende gegessen hatten, sprach sie. Warf ihm jenen Aufsatz vor, nannte ihn gemein, niederträchtig. Ihre langen, braunen Augen schauten zornig, ihr lebendiges Gesicht spiegelte Erregung.

Paul saß da, in Hausjacke und Hausschuhen, er hatte gegessen, geschwatzt, Zeitungen überflogen, bequem, wie das seine Art war. Wie Käthe zu sprechen begonnen, hatte er hochgeschaut. Er unterbrach sie nicht, und auch als sie zu Ende war, schwieg er gegen seine Gewohnheit eine ganze Weile. Aufmerksam hatte er zugehört, aufmerksam jetzt beschaute er sie. Sie war schön in ihrem Zorn, sie war eine schöne, liebe Schwester. Sie hatte viel von ihrem harten, stürmischen Vater; wenn sie zornig war, redete sie Quatsch wie dieser. Aber Paul liebte sie am meisten, wenn die finstern, senkrechten Falten in die gut gegliederte, leicht gebuckelte Stirn zackten.

Gleichzeitig aber sammelte sich in ihm Empörung. Was hat er denn groß getan? Seinen Aufsatz, diesen abgewogenen, ruhigen Aufsatz gemein zu nennen, das ist ein bißchen stark. Unvermittelt ist in ihm die Erinnerung an jene Begegnung in der Halle des Eden-Hotels. Er weiß nicht, wie er damals aus der Halle herauskam, er will es nicht wissen, er will die Schwester nicht fragen. Etwas Peinvolles, Schmähliches muß ihm der Kerl angetan haben, und auch jetzt, wie er an jene Begegnung denkt, ist in ihm eine maßlose, sinnlose Wut gegen den Menschen und gegen die Schwester.

Doch zugleich ist in ihm ein tiefes Mitleid mit Käthe, ein Mitleid, das er all die Zeit her gespürt hat; und sicher hat sie unter jener Begegnung nicht viel weniger gelitten als er selber.

Neben dem mitleidenden Paul aber und neben dem zornigen ist da noch ein dritter Paul, einer, der amüsiert, ja ein wenig ironisch zuschaut und bedauert, daß er die wohlgeratenen Pfannkuchen nun nicht in Ruhe und mit der ihnen gebührenden Würdigung zu Ende essen könne.

Die Oberhand behielt der zornige Paul. „Hattest du wirklich erwartet", fragte er, „ich würde diesen Lautensack schonen, weil du dich in ihn verschaut hast?" Seine tiefe Stimme kletterte höher. „Hattest du wirklich erwartet, ich würde ‚ritterlich' gegen ihn sein? Ich denke gar nicht daran. Ich bin kein Kavalier. Ich bin Schriftsteller." Er stand da, in seiner verflickten Hausjacke und in seinen abgetragenen Pantoffeln; er lispelte ein wenig vor Erregung, auf seinem Gesicht war ehrlicher, kämpferischer Zorn.

„Kavalier. Schriftsteller", höhnte Käthe. „Mit deinen Haarspaltereien kannst du mir nicht imponieren. Du hast einen Vertrauensbruch begangen, eine schofle Handlung, das kannst du nicht wegdisputieren. Und überhaupt hast du ihn nur angegriffen, weil ich mit ihm befreundet bin. Sonst wär er dir viel zu gering gewesen. Du bist ja so abstoßend hochmütig."

„Es tut mir leid", antwortete er mit steigender Erbitterung, „daß du dich mit ihm eingelassen hast, das stimmt. Und auch das stimmt, daß dein Oskar Lautensack kein sehr würdiger Gegenstand ist. Ich weiß schon, er hat das berühmte Fluidum. Fluidum sagt man immer, wenn man sich selber was vormachen will. Sein ganzes Fluidum besteht darin, daß er einen mit seinen Redensarten besoffen macht. Aber ich hätte ihm sein Fluidum gelassen, sein Fluidum ist nicht interessant. Ich hab ihn angegriffen, weil die Kerle um ihn herum seine traurigen Kunststücke zu lauter abgründiger politischer Schurkerei benutzen und weil er sich dazu benutzen läßt. Das Ganze ist ein raffiniert geknüpftes Netz von Gemeinheit und Schwindel. Ich bin Schriftsteller. Heiß mich blöd und eingebildet, wenn es dir Spaß macht, aber ich fühle mich dazu eingesetzt, den Leuten das Netz zu zeigen, in dem sie gefangen werden sollen. Er ist kein gewöhnlicher Gauner, dein Oskar Lautensack, er ist gefährlich. Und man muß es sagen. Und man muß ihn zertreten. Und ich muß es sagen."

Mit haßerfüllten Augen standen sie einander gegenüber. Daß in Pauls maßloser Beschimpfung ein Kern Wahrheit stak, erzürnte Käthe doppelt. Sie ließ sich Oskar nicht beschmutzen und erniedrigen. Sie ließ sich Oskar nicht nehmen. Durch ihn hatte sie gespürt, was Größe ist, Schwung, Traum, Erhebung.

„Du pöbelst ihn also nur aus sachlichen Gründen an?" erwiderte sie, und ihre spröde Stimme war gespannt von Empörung. „Das sagst du mir ins Gesicht? Das wagst du?" – „Ja", sagte er ihr ins Gesicht, und nochmals: „Ja." Gewiß, er hatte ihr die Raupen ablesen wollen, auch das, aber das war nicht sein wichtigster Grund gewesen. „Ich will ihn totmachen, weil er eine Gefahr ist für alle", sagte er, nicht mehr laut, doch entfesselte Wildheit über dem fleischlosen Antlitz.

Und sie, ganz Abwehr und wütende Verachtung, erwiderte: „Das war das Beste an dir, daß du bisher wenigstens nicht gelogen hast. Aber jetzt lügst du auch noch." Und sich hineinsteigernd, mit kleinem Anlauf, erklärte sie: „Es hat keinen Sinn mehr, daß ich noch länger hier wohne. Ich gehöre zu ihm, damit du es nur weißt. Ich gehöre nicht zu dir. Du bist mir" – „zu jüdisch" wollte sie sagen, aber – „zu fremd", sagte sie nach einer winzigen Pause.

Auch unter den abgeschwächten Worten litt sie. Sie hoffte, er werde sie nicht in ihrer ganzen bösen Meinung erfassen. Sie hoffte, er werde leidenschaftlich und ungerecht erwidern. Dann hätte sie sich leichter gefühlt.

Doch er erfaßte natürlich den bösen Sinn ihrer Worte, und er dachte gar nicht daran, leidenschaftlich und ungerecht zu erwidern. Vielmehr war ihm plötzlich aller Zorn verraucht, der dritte Paul Cramer, der nachdenkliche, war Herr geworden über die beiden andern. Langsam, etwas schleppend, ging er zum Tisch, merkwürdig gealtert und weise sah er aus, mechanisch nahm er einen Löffel auf, beschaute ihn, und mit schwerer Stimme, betrachtsam, sagte er: „Nietzsche hat einmal in einem ähnlichen Fall seiner Schwester geschrieben: ‚Armes Lama' – wenn er sie nämlich besonders gern hatte, nannte er sie Lama –, ‚armes Lama, jetzt bist du bis zum Antisemitismus hinuntergesunken.'" Und, immer den Löffel betrachtend, sagte er: „Schade", und: „Arme Käthe", sagte er.

Sie ging zur Tür, müde. „Adieu, Paul", sagte sie. „Willst du denn heute schon gehen?" fragte er. „Ja, ich packe jetzt und gehe", sagte sie. Und er, immer den Löffel in der Hand, sagte nochmals: „Schade. Sehr schade."

Allein, will er sich zur Ruhe zwingen. Ach was, sagt er sich, das ist eine augenblickliche Wallung. Im Ernst kann sie sich nicht für diesen finstern Hanswurst entscheiden gegen mich. Morgen wird sie mich zum Frühstück rufen wie immer. An die Tür des Badezimmers wird sie klopfen und sagen: „Paul, du sollst doch nicht so lang im heißen Wasser bleiben", und ich werde erwidern: „Schön, Käthe, dir zu Ehren steig ich raus."

Nein, entschließt er sich, ich bin kein Narr, ich mache mir nicht länger den Kopf schwer mit dieser albernen Geschichte. Sie kommt bestimmt von selber zurück. Schade, daß die Pfannkuchen kalt geworden sind. Und er macht sich wieder übers Essen her.

Aus dem Nebenzimmer hört er Käthe telefonieren. Er kann nicht hören, was sie sagt. Sollte sie ein Taxi bestellen? Sollte sie wirklich ...? Unsinn, sie wird schon nicht.

Er versinkt in Grübelei. Ruft sich zurück. Zwingt sich, weiterzuessen. Ein paar fettige Krümel fallen auf seine Hose. Ich muß mir einen neuen Anzug machen lassen, denkt er. Ich werde Käthe damit überraschen. Aber sie wird schimpfen, daß ich mich von dem Waisz zu etwas habe überreden lassen, was mir nicht steht.

Es läutet. Wahrhaftig, es ist der Chauffeur, der die Koffer holen will. Es zieht Paul zur Tür. Er muß Käthe halten, das ist doch Kinderei, er kann sie doch nicht so gehen lassen. Aber er weiß auf einmal ganz genau, daß er sie nicht halten kann und daß es etwas viel Tieferes ist als der Streit von heute, was sie von ihm forttreibt und zu diesem Lautensack.

Er sitzt da, lang und schlaksig, vorgeneigt, und wartet. Quatsch. Sie kann keinen solchen Mist machen. Sie ist ein vernünftiger, ausgewachsener Mensch. Sie wird bleiben. Bestimmt wird sie bleiben. Jetzt, jetzt gleich wird sie hereinkommen und tun, als wäre gar nichts gewesen. Er wartet gespannt. Aber er hört nur die polternde Stimme des Chauffeurs und die leise, spröde Käthes, und niemand kommt herein, und jetzt gehen sie, und jetzt, jetzt fällt die Tür ins Schloß.

Es fährt ihm doch in die Knochen. Einen Augenblick sitzt er bewegungslos. Dann, eine winzige Weile, ist er voll von Mitleid. „Hüte dich, armes Blümelein", ist der alte Vers in ihm. Dann aber, plötzlich, durchschwemmt ihn eine neue, ungeheure Wut, treibt ihn vom Sessel hoch. Sein Herz pumpt, er hört es pumpen, er atmet schwer.

„Gemein" hat sie seinen Aufsatz genannt. Das Gegenteil ist wahr. Tausendmal zu vornehm ist er gewesen für einen solchen Gegner. Eine so düstere Erscheinung wie diesen Lautensack darf man nicht abtun wollen mit Versuchen, sie in Kategorien einzureihen. So was versteht nur eine andere Sprache. Ein Glück, daß er, Paul, auch diese andere Sprache handhabt, wenn es not tut. Käthe hat ihn herausgefordert. Er wird ihr und diesem Herrn Lautensack beweisen, daß er auch anders kann.

Auf einmal ist wieder der andere Paul da, der dritte, der betrachtsam danebenstehende, und mahnt ihn: Da siehst du, wie recht Käthe gehabt hat. Von Anfang an hast du dir was vorgelogen. An sich ist dir dieser Lautensack schnurzegal, niemals hättest du Zeit und Kraft an einen so nichtigen Gegenstand gewandt. Ihr und ihm willst du es zeigen, das ist alles.

Und ganz klar und mit Scham erkannte er, was das Motiv seines Artikels gewesen war. Er kann einfach die Vorstellung nicht ertragen, daß seine Schwester Käthe mit diesem Burschen schläft.

Er schämte sich, analysierte sich, rief sich zur Ordnung. Und formte bereits an dem neuen Aufsatz gegen Oskar Lautensack, einem überaus scharfen, populären Artikel, den er in einer großen Tageszeitung zu veröffentlichen gedachte.

Zwei Tage später, nach vielem inneren Hin und Her, schrieb er den Artikel. Schrieb mit Kunst, mit Haß, mit giftiger Berechnung. Warb um die Massen mit den gleichen Mitteln wie der Gegner. Oh, Paul Cramer konnte derb und wirksam sein, wenn er nur wollte. Und jetzt wollte er. Mit ihrem ganzen Gestank malte er die schillernde Pfütze, die Oskar Lautensacks Welt war. Beschränkte sich nicht auf diskrete Andeutungen. Machte genaue Angaben, nannte Ziffern. Beschrieb den Salon der Baronin Trettnow mit seiner ganzen Menagerie von Snobs, Abenteurern, karrierebeflissenen Politikern, Landsknechten. Beschrieb das Büro des „Vereins zur Verbreitung Deutscher Weltanschauung". Nannte die Beträge, die man dort den Patienten als Honorare für Oskars Konsultationen abnahm. Zeigte, wie gewinnbringend sich Dinge aus dem Jenseits materialisieren ließen, nämlich in einem dicken Bankkonto. Nein, diesmal war Paul Cramer keineswegs mehr vornehm, er zahlte dem Gegner mit gleicher Münze, und wenn Oskar Lautensack den toten Korvettenkapitän Brittling beschworen hatte, so beschwor Paul von den Toten den Maler Wiedtke herauf. Aufsteigen ließ er die Mordaffäre Hannsjörgs, aufsteigen den Liebesbetrieb der Karfunkel-Lissy. Mit Nachdruck wies er darauf hin, welche Rolle der gute, alte, ehrliche Zauberkünstler Cagliostro bei den Manifestationen Lautensacks spielte. Unumwunden beim Namen nannte er die Dinge, er nannte eine schielende Katze eine schielende Katze und Oskar Lautensack einen karrierehungrigen Schwindler und Scharlatan, gefährlich durch seine politischen Beziehungen.

Eine große Reihe von Zeitungen griff den Artikel auf. Ein neues, wildes Gejohle entstand um den Hellseher.

Oskar wußte nicht, wie er sich verhalten sollte. Es schmeichelte ihm, daß er hingestellt wurde als ein Mächtiger, andernteils gab es da Hiebe, die saßen, Angriffe, die schwer zu parieren waren. Wie sollte er sie parieren?

Hannsjörg beruhigte ihn. Er hatte wie alle nationalsozialistischen Führer für die Massen eine abgründige Verachtung. Was die Zeitungen über ihn schrieben, meinte er, sei gleichgültig; das Wesentliche sei, *daß* sie über einen schrieben. Einzige Wirkung der Attacken sei, daß sich die Sensation um Oskar erhöhe, und bleiben werde den Lesern von dem ganzen Gelärm nur der Name Lautensack. Man dürfe sich nur nicht provozieren lassen, man dürfe unter keinen Umständen auf Einzelheiten eingehen. Gar nicht, ignorieren, das sei die Losung.

Dem Oskar kam dieser Rat zupaß. Ein ersehnter Sommer lag vor ihm, er hatte den Alois in sein geliebtes München ziehen lassen und selber Ferien gemacht, er wollte nicht kämpfen, er wollte genießen, er wollte in diesen Sommermonaten endlich einmal einstreichen, was er sich durch so lange, harte Mühe erworben hatte. Er vergaß also die Angriffe Paul Cramers und füllte seinen Sommer mit wildem Genußbetrieb.

Sowohl Hildegard Trettnow wie Ilse Kadereit hatten Landhäuser in der Umgebung, Hildegard im Mecklenburgischen, Ilse in Kladow, und beide Damen verbrachten gegen ihre Gewohnheit die heiße Jahreszeit in der Nähe von Berlin, seinethalb, wie sich Oskar schmeichelte. Er besuchte häufig die eine, häufig die andere. Auch sonst fuhr er wild herum von einem seiner Freunde zum andern.

Er hetzte die Reederei, die seine Jacht baute; in sehr kurzer Zeit sollte sie fertig sein, er fuhr jeden zweiten Tag hinaus, um zu sehen, wie es um die Arbeit stehe.

Der Weg zur Reederei führte ihn vorbei an Sophienburg. Häufig machte er halt und erging sich auf seinem zukünftigen

Landsitz, im Geiste weiterarbeitend an den Plänen für den Umbau.

Dieser Umbau machte, auch abgesehen von den aufzubringenden Geldern, Schwierigkeiten. Oskar hatte wie viele Bayern Sinn fürs Bauen und Sinn für Prunk. Er hatte sich in den Kopf gesetzt, Klingsors Zauberschloß solle von keinem andern errichtet werden als von dem Architekten Sanders. Dem aber imponierten Oskars Pläne nicht, sie waren ihm zu barock, er sprach derb und geradezu von unmöglichem Stilmischmasch. Oskar aber ging weder ab von seinem Projekt noch von seinem Architekten. Das machte Kopfzerbrechen.

Im übrigen fand Oskar, wenn er so auf dem Gelände von Sophienburg herumging, er habe mit dem Erwerb des Grundstücks eine ausgezeichnete Wahl getroffen. Nicht nur, weil die Lage und die Fassade das kleine Schloß so geeignet für seine Pläne machten, es wehte ihm dort auch Geschichte entgegen. Manchmal auf einem Rundgang blieb er plötzlich stehen und sagte bedeutend zu seinem Begleiter, dem Architekten oder wer sonst es sein mochte: „Halt. Hier, gerade an dieser Stelle sind wilde Dinge vor sich gegangen. Ich spüre Blut, ich spüre Unheil." Haus und Grund waren ihm voll von vielverschlungenen, abgelebten und ihm trotzdem lebendigen Schicksalen. Seine überzarten Sinnesorgane spürten, daß sich hier Verbrechen jeder Art ereignet haben mußten, Untreue und Zusammenbruch, Haß, Verrat, Mord und wenig Glück.

Er gab Petermann Auftrag, der Geschichte des Hauses nachzuspüren. Der Sekretär stellte trocken und gewissenhaft eine Chronik des Landsitzes Sophienburg und seiner bisherigen Bewohner zusammen.

Der Hofkonfiseur König Friedrich Wilhelms des Dritten hatte das Haus bauen lassen, er hatte gehofft, dort nach einem arbeitsamen Leben ein gemächliches Alter zu verbringen. Das war ihm nicht vergönnt gewesen, er hatte nicht viel Freude an dem Haus erlebt, er hatte sich davon trennen müssen, bevor er starb. Und die ganzen hundertzwanzig Jahre seines Bestehens hindurch war das Haus, genau wie es Oskar gespürt hatte, voll gewesen von düsterbunten Schicksalen. Freilich mußte Oskar die Fakten, die säuberlich und nüchtern in

Petermanns Denkschrift niedergelegt waren, vielfach umdeuten und umbiegen, um sie seinen Gesichten anzupassen.

Im übrigen war auch dieser Sommer erfüllt von Politik. Wieder einmal war das Kabinett gestürzt worden. Wieder stand man inmitten eines Wahlkampfs, in den sich die Nazis mit Elan geworfen hatten. Mit der gleichen Sicherheit, mit welcher Oskar bei den Präsidentenwahlen eine Niederlage vorausgesagt, prophezeite er für diese Reichstagswahlen den Sieg.

Einmal in dieser Zeit traf er auch den Führer. Auch ihm verkündete er mit inniger Überzeugung, daß die Wahlen zu einem ungeheuern, alle Erwartung überflügelnden Triumph führen würden. Hitler antwortete befriedigt, auch er sei überzeugt, daß die Welle der Bewegung nach kurzem Atemholen wieder eine mächtig ansteigende sei. Es war dieses Gespräch mit Hitler und die Überzeugung, daß er auf die Gründung der Akademie der Okkulten Wissenschaften nicht mehr lange werde warten müssen, die Oskar veranlaßten, jetzt ernsthaft an den Umbau von Sophienburg heranzugehen.

Ein letztes Mal setzte er sich zusammen mit dem Architekten Sanders. Der sträubte sich heftig. Er war bekannt für seine Grobheit, er sagte dem Oskar geradezu, was der sich da hinstellen wolle, das werde ein okkulter Rummelplatz, und es sei schade, die edle, einfache Fassade des Hauses zu verderben durch den Jahrmarkt, den Oskar dahinter aufstellen wolle. Doch Oskar blieb fest. „Wer nicht zuviel hat, hat zuwenig", erklärte er, und: „Was mir vorschwebt, mein lieber Sanders", gab er zu, „mag barbarisch sein. Aber es ist die barbarische Größe Richard Wagners. Verstehen Sie mich doch", bat er. „Der Führer hat mir eine Akademie der Okkulten Wissenschaften versprochen. Das Haus des Präsidenten dieser Akademie muß etwas Repräsentatives werden, ein Symbol. So wie sich in dem rechten Seher hinter der gelassenen Miene wüste und großartige Gesichte bergen, so soll hinter der ruhigen Fassade von Sophienburg der große Kampf wüten zwischen dem Apollinischen und dem Dionysischen." – „Quatsch", sagte Sanders. „Ich baue anständig, oder ich baue gar nicht."

Oskar wollte schon sein cäsarisches Gesicht aufsetzen.

Aber er mußte Sanders haben. Klingsors Zauberschloß konnte nur geraten, wenn Sanders es baute. Er bat also und beschwor, er sprach von den ungeheuern Bauplänen des Führers, er schmeichelte und er drohte, und schließlich gelang es ihm, den Architekten zu überreden. Mürrisch erklärte der sich bereit zur Übernahme des Baues, und das schien Oskar unter seinen Siegen nicht der geringste.

Von neuem jetzt, tagelang, saß er mit Sanders zusammen. Plante, verwarf, stritt sich herum, machte und erzwang Zugeständnisse. Am Ende nahm Klingsors Zauberschloß die Form an, von der Oskar geträumt hatte. Freilich auch stand unter dem Endstrich des Voranschlages eine Summe, so hoch, daß sie Oskar den Atem verschlug.

Er erbat sich vierundzwanzig Stunden Bedenkzeit. Zeigte Hannsjörg den Voranschlag. Der schüttelte den Kopf. „Dich hat wohl eine wilde Kuh gebissen?" sagte er. Aber: „Ich sehe", erwiderte Oskar. „Ich glaube."

Er sprach nicht laut, doch eine so starke, wilde Hoffart klang aus seinen Worten, daß Hannsjörg die schnoddrigen Bemerkungen verschluckte, die er hatte machen wollen, und beinahe bestürzt zurückwich. „Ich rate ab", sagte er trocken.

Oskar unterzeichnete den Vertrag über den Umbau von Sophienburg.

Zwei Tage vor den Wahlen rief Ilse Kadereit an aus ihrem Landhaus in Kladow. „Sagen Sie, Oskar", fragte sie, „wird das übermorgen einer der üblichen, nichtssagenden Siege werden oder ein großer, wirklicher?" Er erwiderte: „Es wird ein ungeheurer, überwältigender Triumph sein von entscheidenden Folgen." – „Sind Sie ganz sicher?" fragte sie mit ihrer spöttischen Jungmädchenstimme. „Unser Sieg", antwortete er mit Schwung, „ist so sicher wie meine Verehrung für Sie." – „Schön", sagte sie, „dann schlag ich Ihnen eine Wette vor. Wenn es ein solcher Sieg wird, dann kriegen Sie die schwarze Perle, die Sie einmal so bewundert haben. Wenn nicht, dann krieg ich von Ihnen den Opal aus Ihrer Schüssel." Beinahe erschrak Oskar. War das einer ihrer Witze? Ihre schwarze Perle war außerordentlich kostbar; es war ein ungeheures Geschenk, was sie ihm da anbot. Er verstand sie nicht ganz. So also liebte sie ihn? Da legst du dich nieder, sagte es in ihm auf bayrisch. „Das kann ich nicht annehmen“, sagte er, etwas unsicher. „Natürlich können Sie“, sagte Ilse, „und Sie werden sich eine Nadel zum Frack daraus machen lassen.“ – „Es kränkt mich“, sagte er, „daß Sie noch immer nicht an mich glauben.“ – „Ich glaube und ich glaube nicht“, sagte Ilse, und jetzt war es ihre Vogelstimme, die durchs Telefon kam. „Ich glaube nicht, darum habe ich die Wette mit Ihnen gemacht, und ich glaube, darum werde ich heute schon Gäste für den Abend des Wahltags einladen, um den Sieg zu feiern. Sie kommen selbstverständlich auch.“ – „Mit Freuden“, antwortete er. „Und die Wette gilt“, schloß sie das Gespräch, „ich freu mich schon auf Ihren Opal.“

Die schwarze Perle. Ilse. Sophienburg. Die Wahlen. Die Akademie. Besitz. Ruhm. Macht. Oskars Träume erfüllten sich so, daß ihn beinahe schwindelte.

Dann kam der Tag der Wahl. Oskars Programm sah für diesen Tag nur angenehme Dinge vor. Für den Vormittag hatte er den Architekten Sanders bestellt und den Juwelier Posener. Mittags wollte er mit der kleinen Alma nach Spandau hinausfahren, dort zu Mittag essen und seine Jacht „Möwe“ beschauen, die so gut wie fertig war. Abends dann fährt er nach Kladow zu Ilse.

Im Laufe des Vormittags indes, und zwar als er nach der Stimmabgabe nach Hause kam, überfiel ihn plötzlich ohne äußern Grund eine lähmende Niedergeschlagenheit. Alles und alle waren ihm zuwider. Er war angefüllt von wilder, finsterer Menschenfeindschaft. Nicht einmal absagen ließ er Sanders und Posener; er gab Auftrag, man solle die Herren einfach nicht hereinlassen.

In seine Klause schloß er sich. Aus der Schublade nahm er das vergilbte Photo des Vaters; starren, strengen Auges sah ihn der Herr Magistratssekretär an, buschig und steif stand der Seehundsbart über den zugesperrten Lippen. Aber mit all seiner Würde konnte er ihm nicht mehr imponieren, der Herr Vater. Höhnisch beschaute Oskar das Bild. Ausgerutscht, Hochwürden. Keineswegs ist der Saubub Oskar auf dem Mist verreckt. Seinen Weg hat er gemacht, und was für einen! Deggenburg hat der Knabe Oskar erobern wollen, der Jüngling München, der Mann Berlin. Er hat es geschafft. Jetzt, gerade jetzt, in hunderttausend Wahllokalen, sind sie dabei, der Partei den Sieg zu sichern, der Partei und ihm. Und dann wird ihm die große Dame, die seine Geliebte ist, die schwarze Perle schicken.

Und nicht mit äußern Mitteln hat er den Sieg erfochten, sondern durch innere Kraft, durch sein Wesen. Er hat den Widerstand Käthes gebrochen, hat sich diesen Menschen gefischt. Sie hat sich getrennt von ihrem Bruder, dem Feinde, sie hat sich zu ihm bekannt, zu Oskar, und tief und beglückend ist in ihm die Erinnerung an ihr Gesicht, an ihren Mund, an ihre Stimme, da sie zu ihm gesagt hat: „Oskar, er hat dir unrecht getan." Und bald wird er Käthe einführen in sein neues Haus, in Klingsors Zauberschloß, als Herrin, als „Fraue". Sie wird kommen, wird sich überwinden, wird ihm nahelegen, endlich ihre Bindung fester zu machen.

Aber wenn sie's nicht tut? Wenn sie nicht spricht? Sie ist sehr deutsch, sehr scheu, sehr stolz. Trotzdem wird sie es über sich bringen. Auch Senta bringt Opfer, auch Elisabeth bringt Opfer. Und er hat ein Recht, Opfer zu verlangen.

Er wird das Opfer nicht verlangen. Er ist großmütig. Glück macht großmütig. Wenn sie zu spröd ist, dann wird er als erster sprechen. Er stellt sich vor, was sie für ein Gesicht machen wird, wenn er sie nach Sophienburg einlädt und ihr vorschlägt, dort mit ihm zu hausen als seine Frau.

Doch seltsamerweise glückt es ihm nicht, er kann es sich nicht vorstellen, wie sie ausschauen, was sie auf seine großherzigen Worte erwidern wird. Er taucht seine Hände in die Holzschüssel mit den Halbedelsteinen, läßt sie durch das bunte Geglitzer gleiten, langsam, mit gleichmäßiger Bewegung. Versucht, zu „sehen". Doch kein Bild Käthes steigt ihm auf.

Jetzt aber, jetzt hört er ihre Stimme. Allein es ist keine Stimme der Zukunft, mit der sie zu ihm spricht, es ist eine Stimme der Vergangenheit, einer leider nicht abgelebten Vergangenheit. Es ist jene Antwort auf seine Frage, ob sie an ihn glaube, es ist jenes trübe und schonende „Ich weiß es nicht".

Sein großer Triumph hat ein Loch, es ist ein winziges Loch, aber alle Freude an seinem Triumph rinnt ihm fort durch dieses winzige Loch. „Was hülfe es dem Menschen, so er die ganze Welt gewönne ...", geradezu körperhaft füllt die plärrende Stimme der Großmutter in ihrem mühsamen Schriftdeutsch den Raum. Und auf einmal ist der Menschenhaß und der böse Trübsinn wieder da, der ihn in die Klause getrieben hat, ja, dieser Trübsinn füllt ihn ganz aus, wird unerträglich. Und er richtet sich gegen ihn selber.

Sie hat recht, die Stimme Käthes, und sie hat recht, die plärrende Stimme mit dem Bibelvers, und er, Oskar, hat es satt, satt, satt. Die Wahlen werden ein überwältigender Triumph sein, und die Kadereit wird ihm die Perle schenken, und es wird ein Tag sein, da kann er sich einen womöglich noch kostbareren Schmuck vor die Brust stecken, und es wird ein Tag sein, da kann er sich zu seinem Schloß Sophienburg noch einen Besitz an der Côte d'Azur hinstellen, ein Château „Mon repos" oder wie sie dort ihr Geraffel heißen, und kann seiner Sammlung von Trettnows und Kadereits eine weitere hochbetitelte Ziege zufügen, vielleicht eine Duchesse oder eine Archiduchesse. Am Arsch sollen sie ihn lecken, alle und alles zusammen. „Und nähme doch Schaden an seiner Seele."

Der Sekretär Petermann stahl sich herein. Mit seiner Löschblattstimme berichtete er, Herr Hannsjörg Lautensack habe angeläutet, die bisher eingelaufenen Wahlresultate seien über Erwarten gut.

„Und deshalb stören Sie mich?" herrschte Oskar ihn an. Er gab einen Laut grimmigen Hohnes von sich. Ja, sie kamen, die Schätze dieser Welt, sie schwammen an. Jetzt hatte er sie also, die Perle. Das heißt, er hatte sie noch nicht. Er mußte sie sich erst holen. Mußte dafür bezahlen. Wahrscheinlich wird sie ihn hänseln, die Kadereit, ihn derblecken. Wahrscheinlich wird sie verlangen, daß er Kunststückchen machen soll. Er mag nicht. Er ist kein Hund, der Pfötchen gibt, bevor er seinen Zucker kriegt.

„Rufen Sie bei Kadereits an", befahl er Petermann, „und

sagen Sie, ich werde heut abend nicht kommen." Petermann, so gut erzogen er war, sah überrascht hoch. „Darf ich einen Grund angeben?" fragte er. „Wenn ich einen Grund hätte angeben wollen", sagte grob Oskar, „dann hätte ich's Ihnen schon gesagt."

Ein kleiner, böser Blick des bescheiden dastehenden Sekretärs traf Oskars Rücken. Dann entfernte sich Petermann. „Blöder Kerl, blöder", schimpfte Oskar hinter ihm her, „verdruckter, hinterfotziger." Allein er war den Petermann noch nicht los. Vielmehr kam der nach wenigen Minuten mit leiser, doch sichtlicher Schadenfreude zurück. „Frau Dr. Kadereit möchte Herrn Lautensack selber sprechen", berichtete er. „Sagen Sie, ich sei krank", gab ihm zornmütig Oskar Weisung. „Oder nein", korrigierte er sich, „ich muß sie schon selber abfertigen."

„Ich kann leider heut abend nicht kommen", sagte er am Telefon, schlicht, böse und bestimmt. Er erwartete, sie werde ihn drängen. Doch sie tat nichts dergleichen. Nur: „So? Schade", sagte sie, und, nach einer kleinen Weile, in ihrer gewohnten spöttischen Art: „Und was für einen Vorwand haben Sie sich ausgedacht? Gehen die Wahlen nicht gemäß Verkündigung?" – „Die Wahlen gehen über Erwarten gut", erwiderte er hochfahrend. „Wenn ich heut abend nicht komme", sprach er unverschämt weiter, „dann ist es einfach meine innere Stimme, die mich abhält." Da hast du es, du Ziege, dachte er. Ich mag nicht, da hast du ganz recht. Wieder war ein ganz kleines Schweigen, dann, besonders liebenswürdig, erwiderte sie: „Ja, das ist natürlich ein Grund, gegen den man nicht ankann." In seinem Innern mußte er zugeben, daß ihre lockere Ironie vorteilhaft abstach von seiner massigen Deggenburger Grobheit. Sie mittlerweile, immer ganz leicht und liebenswürdig, fuhr fort: „Also auf ein andermal. Es ist schade, daß Sie sich Ihre Perle nicht selber holen wollen. Na, dann schick ich sie Ihnen", und sie hängte ein.

Er saß an seinem Ende der Leitung, ein wenig begossen. Das Herz war ihm aufgegangen, wie er es dieser großkopfigen Dame gegeben hatte. Wir können uns das leisten. Wir sind Wir und schreiben uns Uns. Für ihre Scheißperle mach ich ihr noch lange nicht den Hanswurst., Heimgeigen lassen soll sie sich. So hat er gespürt während des Gesprächs. Jetzt aber, unmittelbar hernach, verging ihm das Behagen an seiner Rebelliererei. Sie war zu liebenswürdig gewesen. Sie ist eine mächtige Dame, das hat ihm der Hannsjörg oft genug hingerieben, er hat sie gekränkt, und das steckt sie nicht ein, und es wird nicht gut ausgehen. „Der Ober sticht den Unter", pflegte der Vater in solchen Fällen zu sagen. Vielleicht ist es am gescheitesten, klein beizugeben, bei ihr anzuläuten, zu erklären, das Ganze sei ein Irrtum gewesen, ein Spaß, und natürlich werde er kommen.

Einen Schmarren wird er. Es ist die ererbte Demut vor den feinen Leuten, die sich da in ihm regt. Er ist nicht wie der Herr Vater, der sich geschmeichelt fühlte, wenn er von Herrn Kommerzienrat Ehrental eingeladen war.

Grantig und moros hockte er den ganzen Tag in seiner Wohnung herum, uneins mit sich und mit der Welt. Des Abends aß er allein, ohne Appetit. Machte Krach, die Sauce sei zu scharf. Aber auch das half ihm nicht. Er ging hinüber in die Bibliothek. Griff sich ein Buch heraus, ein zweites, ein drittes. Las nicht. Mehrmals wurde er am Telefon verlangt; er ging nicht hin. Er fühlte sich müd und verärgert, aber zu Bett wollte er auch noch nicht. Er stellte sich vor, wie angenehm es wäre, jetzt draußen in Kladow zu sein bei Ilse Kadereit inmitten einer großen, animierten Gesellschaft. Er hockte herum voll Zorn gegen sich selber, voll Mitleid mit sich selber.

Spät am Abend schlich sich noch einmal der Sekretär Petermann herein. „Verzeihen Sie, wenn ich störe", entschuldigte er sich, „aber ich habe noch Licht bei Ihnen gesehen. Und das muß ich Ihnen doch sagen: das Wahlresultat ist da. Es ist ein viel größerer Sieg, als wir alle erwarteten. Dieser Reichstag wird 586 Sitze haben, und wir haben davon 230. Die nächsten, die Sozen, haben nur 133. Es ist ein ungeheurer, beispielloser Sieg."

„Danke", sagte Oskar. Die Perle hätten wir, dachte er. Der Ober sticht den Unter, dachte er.

Ilse Kadereit saß auf der Terrasse ihres Landhauses in Kladow bei einem Band Proust. Es war heiß. Von der Terrasse sah man über den kleinen See in eine freundliche, anspruchslose, märkische Landschaft. Über dem See die Luft glitzerte, nicht weit von der Frau mit dem Buch surrte ein Mückenschwarm. Ilse Kadereit liebte Sommer und Hitze, sie liebte Proust, sie liebte es, zuweilen keine andere Gesellschaft zu haben als ihre eigene. Aber heute genoß sie nichts von alledem. Sie zwang sich zu lesen; doch schon nach wenigen Minuten ließ sie ihren Proust wieder sinken und warf unmutig den bräunlichblassen Kopf zurück. Sie war voll von Unrast und Ärger. Sie war unzufrieden mit sich selber.

Dabei war alles erledigt. Und gerade daß Oskar nicht so bald daraufkommen wird, das ist das Gute an dem Witz, mit dem sie die Geschichte erledigt hat. Sie selber würde die beiden Perlen nicht voneinander kennen, die echte im Safe und die falsche, die Oskar bewundert hat. Mag er also glücklich werden mit der falschen.

Ist sie eigentlich mit dem falschen Oskar glücklich gewesen? Sie hat von Anfang an gewußt, was an ihm ist und was nicht. Selbst während sie mit ihm im Bett lag, hat sie gewußt, daß sie einen Schwindler umarmt. Sie hat es ihm ins Gesicht gesagt: „Was mir an Ihnen gefällt, das sind Ihre dummen, brutalen Hände und nicht Ihr dummes, bedeutendes Gesicht."

Er hat sich das von ihr sagen lassen, das und tausend andere freche, spitze Dinge. Er hat damit gerechnet, daß sie ihn am Ende bezahlen wird für den Spaß, den sie an ihm hat. Darum hat er sich's gefallen lassen und sich beherrscht. Aber zuletzt hat er seine eingeborene kleinbürgerliche Frechheit und Unmanier eben doch nicht bezähmen können.

Sie zahlt ihre Rechnungen. Sie ist willens gewesen, auch ihm zu zahlen, ihm die Perle zu schenken. Aber er hat nicht durchgehalten, er hat seine Leistung nicht erfüllt. Sie freut sich an der Vorstellung, was für ein Gesicht er machen wird, wenn er erfährt, daß die Perle falsch ist.

Falsch wie die tiefen, dämonischen Blicke, mit denen er sie angeschaut hat.

Der Witz mit der Perle ist nicht schlecht. Aber er genügt nicht. Der Bursche ist zu unverschämt gewesen. Sie sitzt seinethalb hier in Kladow statt in Venedig oder in Ostende, und er sagt ihr frech ins Gesicht: „Ich komme nicht zu dir, ich mag nicht, bei dir ist's mir zu fad."

Was hat sie eigentlich, daß sie die Unmanierlichkeit dieses Oskar so aufwühlt? Sie hat ihn doch immer nur als Hofnarren betrachtet, niemals als Liebhaber. Das hat sie ihm gezeigt. Darüber herrschte Einverständnis.

Darüber herrschte offenbar kein Einverständnis. Er hat aufbegehrt, der Hofnarr. Das ist es, was sie so kratzt, das Aufbegehren, die Meuterei.

Sie ist mit daran schuld gewesen, daß man sich so tief mit den Nazis eingelassen hat, ihr Mann und die andern, daß man sich die Banditen gemietet hat, um mit den Roten fertig zu werden. Vielleicht war es ein arger Irrtum. Wir glauben, mit ihnen zu spielen, und sie spielen mit uns. Man sieht es ja an diesem Oskar: sowie sie denken, daß sie oben sind, geben sie uns den Fußtritt.

Man muß es Oskar durch deftigere Mittel als durch den Witz mit der Perle beibringen, daß bislang noch wir die Herren sind. Man muß das tun aus kühl sachlicher Überlegung, aus prinzipiellen Gründen.

Prinzipielle Gründe. Quatsch. Mach dir nichts vor, Ilse. Es sind sehr persönliche Gründe, sehr weibliche. Und das ist das Beunruhigende. Sollte dieser Mann ihr doch mehr gewesen sein als der Hofnarr? Das wäre scheußlich. Mr. Kingsley, der Psycholog, hat ihr einmal erklärt: „Sehen Sie, Darling, meine ganze Wissenschaft läßt sich in *einen* Satz zusammenfassen: Es gibt zwei Sorten von Frauen: warme Kühe und kalte Ziegen." Das hat ihr eingeleuchtet, und im Grund ist sie immer stolz darauf gewesen, zu den kalten Ziegen zu gehören, zu jenen vitalen und gleichwohl kalten Frauen, die gerne genießen und sich dennoch immer in der Hand behalten. Es wäre scheußlich, wenn sie sich geirrt haben, wenn doch was von einer warmen Kuh in ihr stecken sollte.

Nein, nein, er ist der Hofnarr gewesen, nicht der Geliebte. Es macht ihr einfach Spaß zu sehen, wie der aufgeblasene

Bursche klein wird und zusammensackt. Damit er sie amüsiere, nur zu diesem Zweck hat sie sich mit ihm eingelassen. Und es wird unterhaltsam sein, wenn er angekrochen kommt und winselt. Sie wird es ihm geben mit seiner „inneren Stimme".

Ein kleines, böses Lächeln ist um ihren Mund. Er ist leichtsinnig, der gute Oskar. Da sind seine Schwindeleien, da sind diese mannigfachen Angriffe auf ihn. Er hat nicht *eine* Achillesferse, er hat eine ganze Menge. Ein Mann mit so vielen Achillesfersen sollte sich's gut überlegen, bevor er einer Ilse Kadereit einen Korb gibt um seiner innern Stimme willen.

Nein, die Sache mit der Perle ist nicht genug. Sie trifft ihn nicht; er ist gemein, aber geldgierig ist er nicht. Der Zuhälter ist der andere, der Bruder, nicht er. Ihn muß sie mit was anderm treffen.

Sie weiß auch, womit.

Ja, sie weiß es, sie hat sich entschlossen, sie hat einen Plan, sie ist befriedigt. Es ist ein schöner, heißer Tag, wie sie ihn liebt. Über dem See glitzert die Luft vor Hitze, in der Sonne tanzt der surrende Mückenschwarm. Ilse kehrt zu ihrem Band Proust zurück, und jetzt liest sie mit Teilnahme und Genuß.

Am Tag darauf, in einem Gespräch mit Fritz Kadereit, meinte sie beiläufig: „Wenn eure Nazis nur nicht so gottverlassen wären in allen Fragen des Geschmacks. Da ihr euch einmal mit ihnen eingelassen habt, solltet ihr gegen gewisse Schönheitsfehler nicht gar so tolerant sein."

Man saß auf der Terrasse beim Essen. Fritz Kadereit schaute behutsam aus seinen schlauen, schläfrigen Augen hinüber zu seiner Frau. Eure Nazis? Was rollte da an? Man konnte bei Ilse nie wissen, ob es Unangenehmes war oder Erfreuliches. „Ich bin wieder einmal langsam von Begriff, Liebste", sagte er freundlich. „Wahrscheinlich macht es die Hitze. Möchtest du dich nicht etwas deutlicher ausdrücken?" – „Da sind zum Beispiel", antwortete sie, ungewohnt träg, „diese hanebüchenen Angriffe auf unsern Oskar in den roten Zeitungen. Sie sind nicht vag, sie gehen ins Detail. Ich finde, es ist dem Ansehen der Partei nicht förderlich, wenn sich ein prominentes Mitglied dauernd als ordinärer Schwindler beschimpfen läßt. Ich finde, er müßte sich wehren."

Fritz Kadereit hob langsam das Weinglas, es war gekühlt und leicht betaut, und betrachtete angelegentlich den Wein, Moselwein, der in dem besonnten Glas grüngelb leuchtete. Dann, immer sehr langsam, trank er. Er wollte Zeit gewinnen, über seine Antwort nachzudenken. In seinem Innern lächelte er. Was da anrollte, schien erfreulich.

Fritz Kadereit liebte Ilse. Er log sich nicht vor, daß er unter ihren Liebschaften nicht leide. Er hatte begriffen, daß Oskars populäre Romantik auf sie wirkte, manchmal nannte er sie seinen kleinen Snob; aber es hatte ihn gekratzt, daß sie sich gerade diesen Lautensack ausgesucht, und er hatte mit wachsender Sorge zugesehen, wie sie sich immer tiefer in dieses Spiel verstrickte. Jetzt nahm er mit Erleichterung war, daß sie dem frechen Burschen eins aufs Dach geben wollte. Die Geschichte schien ihrem Ende zuzugehen.

Er durfte ihr nicht sogleich zustimmen; es war klüger, ihr behutsam zu widersprechen. „Hältst du es wirklich für notwendig, Liebste", fragte er, ebenso phlegmatisch wie sie, „gegen diese Angriffe etwas zu unternehmen?" Sie erwiderte genau, wie er's wollte. „Ich habe euch immer gesagt", log sie kühl und naiv, „ihr macht aus unserm Oskar zuviel her. Er ist amüsant, gewiß, aber er ist eine starke Belastungsprobe. Oder was meinst du?"

Fritz Kadereit unterdrückte das aufsteigende Lächeln. „Weißt du, Ilse", antwortete er, „wenn unsereinem nachgesagt wird, er sei ein Schwindler, ein Lump, mit Gründen, die stichhaltig sein mögen oder auch nicht, dann halten wir's für nötig, zurückzuschlagen. So haben wir's gelernt. Aber diese Leute, diese Hitler und Lautensack, das ist doch ein anderes Milieu. Die haben nun einmal keinen Sinn für Anstand und Würde. Ich weiß nicht, ob unser Herr Lautensack es als Beleidigung empfindet, wenn man ihn einen Schwindler nennt. Enfin, il n'est pas de notre monde."

Das waren klug gesetzte Worte, und auch diesmal reagierte Ilse nach Wunsch. „Es geht nicht um Oskars Ansichten", meinte sie nach einer kleinen Überlegung und schaute ihn voll an, „es geht um die Partei, hinter welcher Fritz Kadereit steht. Oskar darf die Beschimpfungen nicht auf sich sitzen lassen, um unsertwillen.“ Das waren ungewöhnlich entschiedene Worte für Ilse. Um unsertwillen, dachte Dr. Kadereit, das mag stimmen. Aber wieder verbiß er sich das Lächeln. „Schön“, erwiderte er, und gefällig, in seinem gutmütigen Bärenton, versprach er ihr: „Da du es für richtig hältst, werde ich das Notwendige in die Wege leiten.“

Dr. Fritz Kadereit gab der Partei bares Geld und hatte einzelne ihrer Führer an seinen Werken beteiligt. Er war also ein Mann, auf dessen Wort man hörte und dem man gerne kleine Gefälligkeiten erwies.

„Hör einmal“, sagte also bald nach dem Gespräch des Ehepaares Kadereit Manfred Proell zu Hannsjörg, „eine dicke Haut ist eine gute Sache, aber gar zu dick darf sie nicht sein.“ Er hatte ihm die weiche, fleischige Hand auf die Schulter gelegt, und Hannsjörg merkte gleich, daß seine Jovialität nichts Gutes bedeutete. „Sie belieben dunkel zu sein, Parteigenosse“, scherzte er. „Ich bin nicht mein Bruder, ich sehe nicht im Dunkeln.“ – „Gerade um deinen Bruder geht es, Liebling“, antwortete Proell. „Er ist der Mann mit der dicken Haut. Man hat uns da Zeitungsausschnitte geschickt, eine ganze Menge, du weißt ja davon. Man nennt ihn glatt einen Scharlatan, einen Schwindler. Es gibt Leute, die es ihm verdenken, daß er sich so nennen läßt.“

Hannsjörg war bestürzt. Wen hatte sich Oskar da wieder zum Feinde gemacht? „Die Roten wünschen sich doch nur den Skandal“, sagte er. „Ich selber habe Oskar geraten, sich tot zu stellen.“ – „Ich weiß, daß du gesunden Menschenverstand hast“, gab freundlich Proell zu. „Aber im Fall des Herrn Bruders befiehlt leider höhere Gewalt, den Rat des gesunden Menschenverstands in den Wind zu schlagen.“ – „Darf man fragen, wie diese höhere Gewalt heißt?“ erkundigte sich Hannsjörg. „Sie heißt Fritz Kadereit“, erwiderte Proell. Jetzt war Hannsjörg im Bilde. Petermann hatte damals nicht verfehlt, ihm Mitteilung zu machen von der seltsamen Laune Oskars, von der Unverschämtheit, mit der er Frau Kadereit im letzten Augenblick hatte sitzenlassen. Dann freilich hatte ihm Oskar die schwarze Perle gezeigt, ein Ding nicht von Pappe, einen handfesten Beweis guter Beziehungen. Aber Frauen bleiben Sphinxe, manchmal geben sie einem mit der rechten Hand ein Geschenk und mit der linken einen Watschen. Er hatte da selber seine Erfahrungen, von der Karfunkel-Lissy her. Jetzt sollte also Oskar ähnliches erleben. Das tat Hannsjörg leid, aber er gönnte es ihm.

„Ich kenne die Gründe nicht", sagte mittlerweile Proell, „warum Kadereit gerade in diesem Fall so viel daran liegt, den Ehrenschild der Partei rein zu halten. Aber es ist nun einmal so, und der Herr Bruder wird ersucht, sich gegen die gemeinen Angriffe der Roten zu wehren." – „Du meinst wirklich, Manfred", fragte unbehaglich Hannsjörg, „wir müssen auf Beleidigung klagen?" – „Ich fürchte", antwortete Proell, „ihr werdet nicht darum herumkommen. Ein paar Meineide müssen geschworen werden, das seid ihr der Ehre der Partei schuldig. Aber vielleicht", schlug er vor, „setzt sich der Herr Bruder direkt mit Ilse Kadereit ins Benehmen."

Als Hannsjörg allein war, stieg in ihm eine ungeheure Wut hoch gegen den Bruder. Dieser geselchte Hammel. Dieses gußeiserne Rindvieh. Da macht sich er, Hannsjörg, das Leben sauer. Macht seine jungen Tage zu einer einzigen Fassadenkletterei. *Ein* falscher Griff, *ein* falscher Tritt, und man stürzt ab. Und schleppt dabei immer brav den Oskar auf den Schultern. Und der, dieser Haufen Dreck und Undank, kümmert sich um ihn einen Schmarren und strampelt noch um sich.

Es ist nur gut, wenn sie ihm jetzt das Grobe abräumen. Da erlebt er's einmal an der eigenen Haut, wie es tut, wenn man im Mauseloch sitzt und draußen wartet auf einen die große Katze.

Von Anfang an, wie er das nächste Mal mit Oskar zusammenkam, war er scharf und grimmig. Ohne lange Umschweife teilte er ihm mit, Dr. Kadereit wundere sich, daß ein so hervorragendes Parteimitglied wie Oskar Lautensack die Anwürfe der roten Zeitungen auf sich sitzen lasse. Die Partei teile diese Verwunderung. Sie wünsche, daß Oskar diese Angelegenheit bereinige.

Oskar spürte, daß Unangenehmes im Anzug war, er durchschaute nicht die Zusammenhänge. Natürlich dachte er an jenes unselige Telefongespräch mit Ilse. Aber das war doch wieder in Ordnung gebracht, mild und dunkel glänzte in seinem Frackhemd die schwarze Perle. Was wollte Hannsjörg eigentlich?

Er setzte sein cäsarisches Gesicht auf. „Die Angelegenheit bereinigen?" fragte er mit hohen Augenbrauen. „Da ist nichts zu bereinigen. Oskar Lautensack schlägt sich nicht mit diesem Pack herum. Du selber hast erklärt, das sei die einzig richtige Methode." – „Das war die einzig richtige Methode", erwiderte Hannsjörg und betonte scharf das „war". „Aber inzwischen hast du offenbar wieder was angestellt." Und da Oskar immer noch nicht recht zu verstehen schien, führte er aus: „Ich hab dir's oft genug gesagt: du kannst die Trettnow oder gar die Kadereit nicht behandeln wie deinen Ali oder den Petermann oder mich. Das geht nun einmal nicht. Dr. Kadereit ist der Mann, der das Geld hat, und wer zahlt, schafft an. Das hat dir der Professor Lanzinger schon in Deggenburg einzubleuen versucht." Und wie zu sich selber, leise, hämisch, sprach er weiter: „So was Hirnrissiges. Stößt dieser Hornochs die Kadereit vor den Hintern, statt Gott täglich auf den Knien zu danken, daß er mit ihr schlafen darf."

In ungeheurer Betretenheit hockte Oskar da. Der Ober sticht den Unter, hatte er sich selber warnend gesagt. Aber wie ist das? Sie hat ihm doch die Perle geschenkt. Gesehen freilich hat er Ilse nicht mehr seit jenem dummen Gespräch, irgendwie hat es sich nicht gefügt, nie, wenn er kommen wollte, hat sie Zeit gehabt. Aber plausible Gründe hat sie gehabt, telefoniert hat er mit ihr drei- oder viermal, und scheißfreundlich ist sie gewesen. Ein kleiner, spöttischer Unterton war da, gewiß, aber den hat sie immer.

Doch in seinem Heimlichsten, während er das alles erwog, wußte er, daß Hannsjörg recht hatte, und eigentlich hatte er seit dem dummen Gespräch die ganze Zeit über gewußt, daß die Geschichte nicht gut ausgehen werde.

Und auf einmal war in ihm eine wilde Empörung über diese Ilse. So was Gemeines. So was hundsföttisch Verlogenes. Eine

Woche ist jetzt das Ganze her, und immer hat sie nur Höflichkeiten für ihn gehabt, zierlich gepiepst hat sie mit ihrem Spatzenstimmchen, und immer süß und zuckerig. So sind sie, diese großen Damen. Was hat er denn verbrochen? Ehrlich ist er gewesen und hat's ihr gradheraus gesagt, wie er schlechter Laune war; sie aber, statt ihm ebenso grad zu sagen, daß es ihr raucht, hat tückisch damit hintangehalten, und jetzt, lang hinterher, besinnt sie sich auf ihre Frauenwürde und will ihn sekkieren. Aber da ist sie aufgeschmissen.

„Ich denke gar nicht daran", sagte er entschieden, „vor Gericht zu gehen. Ich klage nicht." Hannsjörg zwang sich zur Ruhe, tat einen Zug aus seiner Zigarette. „Du hast eine ungewöhnlich lange Leitung", antwortete er. „Die Partei hat beschlossen, daß du klagst. Es ist kein Rat, es ist eine Order." Aber: „Ich gehe nicht vor Gericht", stürmte Oskar los. „Soll ich Juristen, staubtrockenen Bürokraten, erklären, was Seele ist?" Der Hofschauspieler Karl Bischoff hätte Freude gehabt an seinem Elan. In seinem Innern aber war schreckhaft die Vorstellung, wie vor Gericht die Tirschenreuth auftritt mit ihrem Stock, und wie der Hravliczek, der tückische Zwerg, gegen ihn Zeugnis ablegt vor hunderttausend Menschen. Und mit plötzlichem Übergang, lächelnd, bittend, beinahe schmeichelnd, als ob Hannsjörg die höchste Parteiinstanz wäre, redete er auf ihn ein: „‚Gar nicht, ignorieren', das hast du doch damals selber gesagt." – „Das hab ich", erwiderte ruhig Hannsjörg, „vor drei Wochen. Und heute sag ich, immer wieder wie unser alter Lehrer Lanzinger: ‚Wärst du nicht hinaufgestiegen, dann wärst du nicht heruntergefallen.' Es tut mir leid, mein Lieber", fuhr er fort, gelassen, rauchend, „aber wenn du glaubst, du könntest dir die Folgen deiner unbeherrschten Launen ersparen, dann bist du schiefgewickelt. Jetzt mußt du schon die Suppe auslöffeln, die du dir eingebrockt hast."

Oskar erkannte, wie hilflos eingekreist er war. Hannsjörg, schmächtig in seinem gewaltigen Sessel sitzend, schaute ihm zu, wie er knirschend auf und ab ging. So, genau so hat er sich's vorgestellt. Sowie der Oskar einmal mit dem Kopf daraufgestoßen wird, was für überdimensionale Blödheiten er macht und was für Schlamassel er durch seine zügellosen Launen anrichtet, dann schlägt er um sich wie ein kleines Kind. Grimmig weidete sich Hannsjörg an dem Gezappel des Bruders, an dessen ungebärdiger Ohnmacht. Ganz aus kostete er das Schauspiel, seine kleinen Augen glitzerten böse. Die Wolfslichter, dachte Oskar. Seine Hilflosigkeit und die Schadenfreude des andern kamen ihm ganz zu Bewußtsein. Am meisten erbitterte ihn, daß ihn der andere mit berlinischen Redensarten verhöhnt hatte, „lange Leitung", „schiefgewickelt".

„Ich gehe nicht vor Gericht", brach er aus, von neuem, „ich bin kein Narr." – „Doch", antwortete Hannsjörg, „du bist ein Narr, und ein sechzehnkarätiger. Du hältst dir krampfhaft die Augen zu. Glaubst du, davon wird's besser? Du spinnst nicht nur, du bist auch ein Scheißer."

Erschöpft ließ sich Oskar in einen Sessel fallen. Trüb hockte er da in seinem weiten, mächtigen, violetten Schlafrock inmitten der prunkenden Bibliothek vor der dunkeln Farbenpracht des altflandrischen Originals. Ein Pfündchen Elend, dachte Hannsjörg, und langsam schlich sich Mitleid in seinen Triumph. Schließlich gehörten sie zusammen, Oskar und er. „Weißt du mir keinen Rat?" fragte jetzt denn auch Oskar, bittend, jämmerlich.

Ach, dachte Hannsjörg, so sollten uns zwei beide einmal die Weiber sehen, den großmächtigen Oskar und den kleinen, armen Hannsjörg. Aber das hülfe mir auch nichts. Am gleichen Abend, wenn er auf der Bühne steht mit seinem blöden, bedeutenden Gefrieß, dann fielen sie trotzdem wieder auf ihn herein und ließen mich links liegen. Das ist nun einmal so.

„Es gibt vielleicht noch einen Ausweg", sagte er. „Geh zu deiner Ilse. Sprich dich mit ihr aus. Am besten im Bett. Red ihr gut zu, daß sie von ihrem Blödsinn abläßt. Vielleicht wird sie weich, und du brauchst den Herrn Schwager nicht zu verklagen."

Oskar schüttelte still und ausdrucksvoll den Kopf. „Ich gehe nicht zu Frau Kadereit", verkündete er. „Ich demütige mich nicht vor ihr. Ich gehe nicht nach Canossa." – „Mach keine Krämpfe", sagte gelassen Hannsjörg. Er drückte die Zigarette aus. „Ich gebe dir drei Tage Zeit", beschied er den

Bruder, und es war Kommando in seiner hellen Stimme. „Wenn du dir's bis dahin nicht mit deiner Ilse gerichtet hast, dann komm ich wieder. Mit dem Anwalt. Und dann wird die Klage aufgesetzt."

Oskar schaute ihn haßerfüllt an und widersprach nicht länger.

Telefonisch meldete er sich bei Frau Kadereit an. In jenem schwebenden Ton, der nicht erkennen ließ, ob sie im Ernst sprach oder im Spaß, fragte sie: „Ist es etwas Besonderes?" und fügte hinzu: „Nicht als ob Sie mir nicht auch ohne besondern Anlaß willkommen wären. Aber ich bin in diesen Tagen sehr beschäftigt." Ihn treibe, meinte er, sowohl der allgemeine Wunsch, sie zu sehen, wie auch ein besonderes Anliegen.

„Da sind Sie ja wieder", begrüßte sie ihn, sie war angeregt, damenhaft liebenswürdig. Er bedankte sich zunächst noch einmal überschwenglich für die Perle. Dann, voll gut gespielter Reue, sprach er von jenem Telefongespräch. Er sei überreizt gewesen, die Nerven seien ihm durchgegangen. Es sei nicht leicht, die Anforderungen seiner wahren Berufung und die zahlreichen Geschäfte, die ihm Partei und äußerer Betrieb aufbürdeten, unter *einen* Hut zu bringen. Da lasse man sich denn leicht gehen, gerade vor Leuten, von denen man glaube, sie seien einem nahe und hätten Verständnis.

„Fahren Sie fort, Hofnarr", sagte Ilse. Sie lächelte. Das war die alte Ilse. Eine kleine Hoffnung glänzte vor ihm auf. Er redete weiter, kam in Schwung, begeisterte sich. Wurde der alte Oskar, fühlte sich männlich, gab sich männlich. „Und jetzt lassen wir das alberne Mißverständnis begraben sein", sagte er sieghaft, kam auf sie zu, griff nach ihr.

Sie entzog sich ihm, leicht, geschickt. „Bemühen Sie sich nicht", sagte sie, und ihrem Spott war keinerlei Koketterie beigemischt, nur freundliche Gleichgültigkeit. Er mußte wohl oder übel von ihr ablassen. Dabei hatte er ernstlich Lust auf sie.

„Wollen wir nicht zum zweiten Teil Ihres Besuches übergehen", schlug sie vor, „und von dem Geschäft sprechen, dessenthalb Sie gekommen sind?" Oskar, resigniert, sprach zur

Sache. Mächtige Kreise der Partei, führte er aus, legten ihm nahe, er solle gegen die Angriffe der roten Presse vorgehen. Sein Gefühl spreche dagegen. Sein Bestes würde entweiht, wenn er's ausbreiten müßte vor den profanen Augen feindseliger Verstandesmenschen. Er bitte um ihren Rat.

Soviel Freude sie an der Demütigung des Mannes hatte, sie zeigte ihren Spaß nicht mit dem kleinsten Lächeln. „Ich", meinte sie nachdenklich, ernsthaft, „bin der Meinung, Sie sollten sich gegen die Angriffe der Roten wehren, so albern sie sind. Schließlich sind Sie nicht Herr Meier oder Müller, Sie sind der Seher der Partei. Sie haben sogar die Auszeichnung gehabt, von dem Führer um Rat befragt zu werden. Noblesse oblige, mein Freund. Eine schmutzige Seherbinde, das geht nicht. Ich finde, ein Sehermantel sollte immer ausschauen wie frisch aus der Reinigungsanstalt." Wenn sie wenigstens gelächelt hätte; daß sie sich so naiv und sachlich gab, erfüllte ihn mit hilfloser Wut. „Ich hätte nicht gedacht", sagte er gekränkt, „daß Ihnen Äußerlichkeiten solcher Art den Blick auf das Innere verstellen." Doch sie hatte für seine Klagen nichts als ein Achselzucken. „Äußerlich, innerlich", erwiderte sie. „Ich kann Ihnen nur raten von meinem unbefangenen Frauenstandpunkt aus. Und da bin ich, wie gesagt, für Sauberkeit, für Klarheit. Sie müssen wissen, was Sie sich selber schuldig sind, und Sie müssen zeigen, daß Sie es wissen." Noch immer verzog sie keine Miene. „Sie wünschen also, daß ich klage?" fragte plump und geradezu Oskar. „Sie wünschen, daß ich mich vor Gericht prostituiere?" – „Ich wünsche gar nichts, mein Freund", wies sie ihn sanft zurecht. „Nur wenn man mich um Rat fragt, wie es mein Mann zuweilen tut und wie Sie es jetzt tun, dann rede ich keinem zum Munde, sondern so, wie es mir ums Herz und um den Sinn ist." Sie kostete den Spaß aus, sie fühlte sich leben. Jetzt war sie eine jener Frauen, die genießen konnten und sich gleichzeitig in der Hand hatten. Jetzt behaupte einer, sie sei eine warme Kuh.

Da er brütend schwieg, erklärte sie ihm freundlich mit ihrer angenehmsten Vogelstimme: „Ich selber, ich gesteh es Ihnen ganz offen, freue mich auf die Gerichtsverhandlung. Denken Sie doch, was für eine gigantische Bühne Ihnen da zur Verfügung steht. Ganz Deutschland werden Sie zum Auditorium haben. Eine bessere Gelegenheit, Ihre Gabe zu bewähren, können Sie sich gar nicht wünschen."

„Das ist natürlich auch ein Standpunkt", sagte Oskar; es sollte ironisch klingen, aber Ilse hörte gut die bittere Hilflosigkeit heraus, und sie klang lieblich in ihren Ohren.

Ja, Oskars Herz war voll von Bitterkeit. Doch jäh verwandelte sich diese Bitterkeit in ein anderes Gefühl. Nun er einmal gekommen war, wollte er von seinem Canossagang wenigstens was haben. Seine heftigen, blauen Augen schleierten sich, wurden gewalttätig. Grimm und Begier machten ihm heiß. „So", sagte er, „und jetzt möchte ich mich bedanken für Ihren Rat", und von neuem kam er auf sie zu und packte sie mit seinen großen, weißen, brutalen Händen. Sie aber, mit der gleichen geschmeidigen Bewegung wie das erstemal, entwand sich ihm. „Sind Sie eigentlich verrückt geworden?" fragte sie kühl erstaunt und erheitert, als wäre nie etwas zwischen ihnen gewesen. Doch er war jetzt zornig entschlossen, er begehrte sie sehr, er fiel über sie her, es kostete sie Mühe, sich loszureißen, schließlich gelang es ihr. Beide waren sie erhitzt, abgekämpft. „Sie irren sich gründlich, mein Lieber", sagte sie, als sie wieder ruhig atmen konnte. „Ich habe Sie zur Prüfung zugelassen, aber Sie haben nicht bestanden. Das Spiel ist aus."

Ihr Gesicht war hart und lustig, sie war sehr schön. Erst jetzt begriff Oskar ganz, was für Freuden er sich mit jenem Telefongespräch verscherzt und was für Fährnisse er sich zugezogen hatte.

Er ließ von ihr ab, ungeheuer gedemütigt.

Keinen Scheiß wert war sein ganzer Triumph. Die andern hatten recht gehabt, der Herr Vater, der Professor Lanzinger, Hannsjörg. Der Ober stach den Unter, und er war der Unter und saß wieder einmal mitten im Dreck.

Sein Leben war nicht arm an Erniedrigungen. Besoffene Arbeiter hatten ihn verhöhnt, wie er in der Schaubude auftrat. Gezüchtigt war er dagestanden vor der Tirschenreuth, vor dem Hravliczek, gedemütigt vor Käthe, vor sich selber. Aber seine neuen Erfolge hatten die Wunden vernarben lassen.

Jetzt, unter dem bösen Spott dieser Ilse, waren sie neu aufgebrochen. Wie ein geprügelter Hund kam er sich vor. Ein Satz wollte ihm nicht aus dem Sinn, den ihm der Alois einmal in einer ähnlichen Situation gesagt hatte: „Dir hängt ja die Unterlippe herunter, daß man drauftreten möchte."

An diesem Tag, einem 13. August, erwartete Reichspräsident Hindenburg den Führer der Nationalsozialistischen Partei, Adolf Hitler.

Der Feldmarschall freute sich auf die Begegnung; sie wird einiges wettmachen.

Hindenburg hatte schon mehrere Zusammenkünfte mit diesem Herrn Hitler über sich ergehen lassen müssen, der Mann hatte keinen guten Eindruck auf ihn gemacht, es war ein Bursche ohne Disziplin und ohne Respekt. Mit Widerwillen erinnerte sich der alte Herr der ersten „Unterredung" mit diesem Hitler. Da hatte der so gut wie allein gesprochen, beinahe eine ganze Stunde, geschwollen und begeistert, wie er in seinen Versammlungen zu reden pflegte. Er aber, der alte Marschall, war gewohnt, daß seine Umgebung mit militärischer Knappheit und Bestimmtheit zu ihm sprach, Hitlers Pathos und hemmungsloser Redestrom hatte ihn erschreckt, überdies hatte er vieles infolge des scheußlichen Dialekts, den der Kerl sprach, nicht verstanden. Er hatte lange gebraucht, um sich von seiner unbehaglichen Verwunderung zu erholen, und seither, wenn von dem Manne die Rede war, bezeichnete er ihn nur als den „böhmischen Gefreiten". Leider aber war ziemlich viel von dem Burschen die Rede, leider hatte er ihn noch mehrere Male sehen müssen, einmal sogar hatte man ihm nahegelegt, ihn mit einem Posten im Kabinett zu betrauen, er aber, der Marschall, hatte gemurrt: „Diesen Herrn Hitler würde ich nicht einmal zum Postminister machen."

Jetzt hatte man ihm von neuem erklärt, er müsse den Herrn Hitler empfangen, ja, er müsse ihm die Kanzlerschaft anbieten und die Regierungsbildung; das verlange der parlamentarische Usus, denn, leider, hätten die Nazis von 586 Reichstagsmandaten 230 erobert. Mißmutig, knurrend, hatte sich der Alte das angehört, sehr zufrieden war er, als man ihm sagte, er könne den Empfang hinauszögern, und überaus zufrieden, als man ihm erklärte, die Verhandlungen, die man in seinem Auftrag mit dem Herrn Hitler führe, würden immer schwieriger, der Herr beanspruche die ganze Macht, die aber brauche er, der Herr Reichspräsident, ihm nicht zu überantworten, es genüge, wenn er ihm eine zweite Stelle anbiete, und die werde der Herr Hitler niemals annehmen.

So also standen die Dinge, und der Alte, voll böser, greisenhafter Rachsucht, hatte sich einen Plan zurechtgelegt, wie er diesen Empfang dazu benutzen könne, dem Kerl, dem Hitler, eine Lektion zu erteilen. Hindenburg ist gewitzt durch die früheren Zusammenkünfte, er ist nicht gewillt, den rednerischen Darbietungen des böhmischen Gefreiten ein weiteres Mal stumm zu assistieren, und er hat sich einen genauen Feldzugsplan ausgedacht. Er ist nicht sehr begabt, der alte Herr, er hat sich nicht viele Kenntnisse angeeignet, er ist stolz darauf, seit seiner Schulzeit kein Buch mehr aufgeschlagen zu haben. Zwei Dinge aber hat er in der Praxis seiner langen militärischen Laufbahn gelernt, ein bißchen Strategie und sehr viel Stehen. Diese seine beiden Künste jetzt bei dem Empfang des Herrn Hitler rücksichtslos anzuwenden, ist er fest entschlossen.

Da steht er also, der alte Feldmarschall, sehr groß und verwittert, und durch sein verbrauchtes Gehirn gehen zwei Losungen: erstens, den Herrn Hitler nicht zum Sitzen kommen lassen, zweitens, den Herrn Hitler nicht zum Reden kommen lassen. So steht er also, in der Hand hält er einen Zettel, auf dem er sich in sehr großen Buchstaben aufgeschrieben hat, was er dem böhmischen Gefreiten zu sagen gedenkt, und vor sich hin, während seine Herren erwartungsvoll um ihn herumstehen, murmelt er: „Erstens, den Mann nicht zum Sitzen kommen lassen, zweitens, den Mann nicht zum Reden kommen lassen."

Der Mann indes, der Herr Hitler, der böhmische Gefreite, der Führer, fährt, begleitet von einigen seiner Herren, in seinem grauen Auto ins Palais des Reichspräsidenten. Der Führer hat sich für diese Zusammenkunft einen neuen Rock anfertigen lassen, wieder einen langen, schwarzen, einen sogenannten Gehrock. Der Schneider Waisz hat ihm zaghaft von dem altmodischen Kleidungsstück abgeraten; doch ihm, dem Führer, schien der strenge, zugeknöpfte Rock, halb Offiziersuniform, halb Priestergewand, etwas für das Vollziehen großer staatsmännischer Aktionen geziemend Geeignetes.

Ach, er hätte heute besser seinen abgetragensten, geprüftesten Rock angezogen. Aber er wußte nicht, was ihm bevorstand, wußte nicht, was sich gegen ihn zusammengebraut hatte. Jene, die ihm in jeder Hinsicht Kredit geschaffen hatten, die Militärs, die Schwerindustriellen und die Großagrarier, hatten sich, erschreckt durch den Wahlsieg der Nazis, entschlossen, die Burschen auf eine Weile kaltzustellen. Sie, Hitlers Gegner und Gönner, „die feinen Leute", wie man sie in der Partei zu nennen pflegte, glaubten, ein paar Monate lang mit einer Art Militärdiktatur unter Hindenburgs Autorität durchkommen zu können; sie wollten nicht die Macht der gemieteten Banditen, der Nazis, zu groß werden lassen, sie fürchteten, die Banditen könnten ihnen über den Kopf wachsen und, nachdem sie ihre Arbeit getan, selber die Macht halten wollen. Sie hatten also beschlossen, dem Herrn Hitler eins aufs Dach zu geben, und der alte Reichspräsident hatte sich mit grimmigem Vergnügen bereit erklärt, das zu besorgen. Demzufolge hatten die selber getäuschten Vertrauensleute der Partei Hitler dahin informiert, Hindenburg habe aus den Verhandlungen kein klares Bild gewinnen können und seine Entscheidung abhängig gemacht von der bevorstehenden Unterredung. Hitler hatte Grund anzunehmen, es hänge lediglich von seiner Überredungsgabe ab, wieweit er an der Regierung beteiligt werde, es liege jetzt an ihm, sich endlich die volle Macht zu erreden, und seiner Gewalt, durch Rede zu überzeugen, war er gewiß.

Voll Zuversicht also, in seinem schwarzen Gehrock, Zylinder und Handschuhe auf dem Schoß, fuhr er dahin, in steifer heldischer Haltung; starr und kühn, eine große, umgelegte Fleischpyramide, stach über dem Schnurrbart die Nase in die Sommerluft.

So betritt er das Palais, so den Empfangssaal, so reißt er zackig seine Verbeugung.

Aber da steht der tückische Alte. Nicht zum Sitzen kommen lassen, nicht zum Reden kommen lassen, sagt er sich vor, und genau nach Plan bringt er schon im ersten Augenblick den Gegner in eine ungünstige Situation. Bietet ihm keinen Stuhl an, bleibt stehen, zwingt den Gegner zu stehen.

Der hat nicht, wie der Marschall, gelernt zu stehen. Unsicher von Natur, ist er infolge des überraschenden Empfangs doppelt linkisch. Er schwitzt beträchtlich in der Hülle seines schweren Gehrocks, die Haartolle klebt ihm an der Stirn, er tritt von einem Bein aufs andere. Der Uralte aber steht ihm gewaltig gegenüber, auf den Krückstock gestützt, eine mächtige Eiche, nur leicht verwittert. Hitler wartet auf die Gelegenheit, eine Rede zu halten. Dann ist er im Vorteil. Dann wird er sich an seinen eigenen Worten wieder aufrichten und dem groß dastehenden, feindseligen Alten über den Kopf wachsen. Doch gerade das Reden erlaubt ihm der Marschall nicht. Diesmal redet nicht Hitler, diesmal redet er, der Alte.

Einen Zettel läßt er sich von einem seiner Herren reichen, und davon liest er ab, wie er sich die Bildung einer nationalen Regierung vorstellt. Und es ist kein Kabinett Hitler, es ist ein Kabinett, in dem er, der siegreiche Volksführer, nur die zweite Geige, nur eine lächerliche Rolle spielen soll.

Betrogen. Hitler ist betrogen. Schwitzend steht er da und ist betrogen. Der Usus, der Brauch, der Empfang war nur ein Vorwand. Man hat ihn hergelockt, nur damit ihm der Alte mit seiner eisernen Hand diese niederträchtige Ohrfeige von hinten versetzen kann.

Mächtig aus seiner Höhe herunter knarrt der riesengroße Greis den aufgewühlten Parteiführer an: „Wie ist das, Herr Hitler? Wollen Sie in einer solchen nationalen Regierung mitarbeiten?" Der hilflose, betrogene Hitler, flau, die Worte suchend, erwidert, er habe ja Hindenburgs Herren schon auseinandergesetzt, er könne nur eintreten in ein Kabinett, in dem er Verantwortung habe. „Meine Stellung müßte eine führende sein", sagt er.

„Das heißt, Sie beanspruchen die ganze Macht, Herr Hitler?" fragt drohend mit seiner großen, brüchigen Stimme der Alte. Hitler versucht zu erklären. Vielleicht kann er jetzt doch noch seine Rede halten, den Marschall doch noch überzeugen, doch noch die Macht gewinnen. „Das Aufgeben einer revolutionären Ausgestaltung“, setzt er an, voller Erwartung, „das Ihre Herren Unterhändler von mir verlangt haben, ist ein teils schwerer, teils hoffnungsvoller Verzicht. Getragen von dem Verantwortungsbewußtsein des sieg-, aber doch entsagungsreichen Volksführers, habe ich mich entschlossen, weitgehende Zugeständnisse zu machen. Und versprochen ist versprochen. Anderntteils kann ich als Führer der stärksten Partei des Reichs das Herunterdrängen in eine zweite Geige nicht in Einklang bringen mit meiner deutschen und politischen sittlichen Forderung. Ich muß in dieser Eigenschaft ...“ Schon richtet er sich auf an seinen Worten, schon fühlt er wieder Flut, aber: Nicht zum Sitzen kommen lassen, nicht zum Reden kommen lassen, hat sich während der Worte Hitlers der Alte befohlen, und: „Ich sehe schon, Herr Hitler“, unterbricht er ihn, „Sie bestehen darauf, die ganze Macht zu erhalten.“ Und, nach einem Blick auf seinen Memorierzettel, streng und groß, verkündet er: „Das kann ich vor meinem Gewissen nicht verantworten; denn Sie werden diese Macht einseitig anwenden.“

Der Führer will erwidern. Er darf nicht. Von neuem, gleich nach Beginn, schneidet ihm Hindenburg das Wort ab. „Ich empfehle Ihnen, Herr Hitler“, verwarnt er ihn, „den Kampf wenigstens ritterlich zu führen.“ Und, mit Hilfe seines Zettels, spielt er seinen Trumpf aus: „Ich bedaure übrigens, Herr Hitler“, sagt er, „daß Sie ein von meinem Vertrauen getragenes nationales Kabinett nicht unterstützen wollen, wie Sie mir das vor den Wahlen in die Hand versprochen haben.“ Groß, auf den Krückstock gestützt, die Monument gewordene empörte Redlichkeit, steht der Alte da.

Vor Hitler aber, wie er sich so des Wortbruchs zeihen und zusammenstauchen lassen muß, steigt das Bild des Herrn Vaters auf, des Zollinspektors. Es ist eine seiner dunkelsten Stunden.

Wortlos verbeugt er sich. Noch glückt ihm die zackige Verbeugung, die er bei dem Schauspieler Bischoff gelernt hat, aber sein Gang, wie er jetzt zur Tür geht, ist hölzern, linkisch und sein Rücken gekrümmt.

Vor genau neun Minuten hat er diesen Saal betreten, hoffend, ihn als Kanzler des Deutschen Reiches zu verlassen. Jetzt schleicht er hinaus, beschimpft, das Herz zerrissen von ohnmächtigem Groll, die Hände leer.

Endlich hab ich ihn soweit, jubelte es in Paul Cramer, als er Oskar Lautensacks Klage zugestellt erhielt. Endlich muß er sich stellen. Er bemühte sich, unpathetisch zu bleiben. „Wir werden uns betätigen, den werden wir erledigen", summte er vor sich hin. Aber es gelang ihm nicht, das „Donnerstägliche" festzuhalten. Er war beschwingt. Seine langen, braunen Augen leuchteten, die Freude machte sein hageres Gesicht schön.

Dieser sein Streit mit dem Manne Lautensack ist ein guter Streit. Selbst wenn er ihn angefangen haben sollte mit dem Hintergedanken, Käthe die Raupen abzulesen, es bleibt ein Kampf weit übers Persönliche hinaus, ein Kampf der Wissenschaft, des gesunden Menschenverstands gegen den Aberglauben.

Immer in diesen Tagen lag ein Lächeln über Paul Cramers Gesicht, bald verschmitzt, bald ernsthaft heiter. Er leistete sich noch mehr gute und schlechte Witze als sonst. Er hatte seine Freundin Marianne seit dem Bruch mit Käthe arg vernachlässigt, sie hatte schon daran gedacht, sich von ihm zu trennen. Jetzt fand sie ihn so gutmütig und frech und aufgekratzt und liebenswürdig, daß sie seine vielen Untugenden seufzend und lächelnd wieder in Kauf nahm. Selbst seine Aufwartefrau konstatierte, daß der Herr Doktor immer wonniger Laune sei und daß sie noch nie einen Platz gehabt habe, wo so viele Mutterwitze gerissen würden.

Auch den neuen Anzug, von dem ihm Käthe so oft gesprochen, gab er jetzt in Auftrag. Er konnte sich wirklich bei dem Prozeß nicht mehr in dem schäbigen braunen präsentieren, da stank er ja von vornherein gegen den prächtigen Oskar ab. Er ging also zu dem Schneider Waisz. Der führte ihm unter vielen muntern Reden seine Stoffe vor. Es war auch etwas Hechtgraues darunter, ein hechtgrauer Kammgarnstoff, natürlich ungefähr das Teuerste, was da war. „Aber in diesem

Anzug", versicherte der Schneider Waisz, „da werden der Herr Doktor auch was gleichsehen, da stellt der Herr Doktor was vor, da werden Sie sich präsentieren. Und das ist ein Stöffchen, das durchhält; das trägt sich bis Methusalem nicht ab. Das ist ein Anzug, den der Herr Doktor bis an sein spätes, seliges Ende tragen und sich freundlich an den Schneider Waisz erinnern wird."

Wenn sich Paul Cramer mit dem Prozeß beschäftigte, und das tat er die meiste Zeit, dann sah er im Geiste nicht allein den Schwindler Oskar Lautensack, sondern die dunkle, böse, zerstörerische Welt von betrogenen Betrügern um ihn und hinter ihm. Und daß er, Paul, dazu ausersehen war, sich mit dieser Welt zu messen, erfüllte ihn mit grimmiger Freude.

Es war in diesen Tagen, daß Paul Cramer den Artikel über den Schriftsteller Hitler schrieb, jenen Aufsatz, der so viel dazu beigetragen hat, das Bild Hitlers zu zeichnen, wie wir Späteren es sehen. Tief überzeugt, daß sich das Wesen eines Menschen unter allen Umständen spiegle in seinem Stil, zeigte Paul Cramer an Hitlers trüben Sätzen seine trübe Seele auf. Mit klaren Strichen zeichnete er diesen armen Affen Napoleons, Nietzsches und Wagners, diese wildgewordene Null, die, empört über die eigene Minderwertigkeit, sich aufmacht, das eigene Nichts zu rächen an der ganzen Welt.

Es las den Aufsatz Thomas Hravliczek, und er lächelte zustimmend in seinen blonden Bart. Der hat's ihm gegeben, dachte er auf tschechisch. Er las den Aufsatz Manfred Proell; er schmunzelte über die mannigfachen, ausgezeichneten Wendungen und sagte sich: Gut, daß unsere Leute nichts davon verstehen. Viele gescheite Leute lasen den Aufsatz, sie freuten sich, sie sagten: „Eine großartige Analyse", und: „Jetzt ist der Mann erledigt." Hannsjörg las den Aufsatz, und er dachte und beschloß: Bald soll, bald wird diese ganze Saublase von Intellektuellen das Maul für immer zu halten haben. Es las den Aufsatz Oskar Lautensack, er dachte an die Maske, zu der aufzuleben ihm nicht vergönnt war, und er war voll von Wut und Trauer.

Auch der Graf Zinsdorff mit dem schönen, lasterhaften,

grausamen Gesicht las den Aufsatz. Er las ihn sehr aufmerksam, lächelte. Legte ihn beiseit. Suchte sich eine gewisse Liste hervor. Notierte sich den Namen Paul Cramer. Unterstrich den Namen Paul Cramer.

Dem Führer gab man den Aufsatz nicht zu lesen. Manchmal nach der Lektüre solcher Artikel hatten ihn unberechenbare Launen angewandelt; er war dann aus jähen Zornesausbrüchen unvermittelt in tiefe Depressionen gefallen und besonders schwer zu haben. Man zog es vor, ihn mit dergleichen Zeug zu verschonen.

Solange Paul Cramer an dem Aufsatz schrieb, hatte er sich erhoben gefühlt, glücklich. Kaum hatte er das kleine Werk vollendet, als seine Freude aus ihm rann; er fühlte sich leer, müde.

Da hat er also einen guten Aufsatz geschrieben. Ein paar tausend Leute werden ihn lesen, und ein paar hundert werden schmunzeln und mit den gescheiten Köpfen nicken. Und was weiter? Nichts weiter. Ein Dreck. Die Emotion, welche Hitler und sein Lautensack hervorrufen, kann man nicht mit dem Verstand bekämpfen, sondern wieder nur mit Emotion. Mit ihren eigenen Mitteln müßte man gegen die dumme Schlauheit dieser Leute angehen. Aber das bringen wir nicht über uns. Das können wir nicht. Darum haben wir keine Wirkung auf die Massen. Darum kommen wir nicht auf gegen die Hitler und Lautensack. Sie werden sich betätigen, sie werden uns erledigen.

„Jetzt lügst du auch noch", hat Käthe ihm gesagt. Deutlich noch sieht er ihr großes, schönes, heftiges Gesicht vor sich, und die gleichen Empfindungen füllen ihn wie damals, Wut, Mitleid, Rechthaberei. Dabei hat sie recht, und er lügt sich was vor. Es geht ihm nicht um das Prinzip, es geht ihm um Käthe.

Immer noch manchmal, beinahe gegen seinen Willen, muß er an jenes Zusammentreffen im Eden-Hotel denken. Und gerade weil er nicht weiß, was eigentlich damals geschah, steigt ihm dann eine dumpfe Wut auf, ein tierischer Haß gegen Lautensack.

Und trotz dieses Hasses bleibt es ein guter Kampf. Oskar und die um ihn verpesten das Land. Sie verbreiten Lüge und Schmutz. Man kann nicht leben in *einer* Luft mit ihnen. „Das sag ich nicht nur, das ist so", pflegt sich in solchen Fällen Marianne auszudrücken.

Es ist wirklich so, und Käthe hat unrecht. Unvermittelt, einem plötzlichen Antrieb gehorchend, setzt er sich hin und beginnt einen Brief an Käthe.

„Ich hab mir also doch einen Anzug machen lassen", schreibt er, „einen hechtgrauen, bei dem Waisz. Einen, den ich nach der Versicherung dieses Klassikers bis an mein Ende tragen werde." So schreibt er eine Weile weiter, schlicht, donnerstäglich, es ist wirklich, als ob er sich mit Käthe unterhielte, und plötzlich ist er bei Lautensack, und er läßt sich aus über Lautensack, und er zitiert Goethe. „‚Am furchtbarsten'", zitiert er, „‚erscheint das Dämonische, wenn es in irgendeinem Menschen überwiegend hervortritt. Es sind nicht immer die vorzüglichsten Menschen, weder an Geist noch an Talent. Aber eine ungeheure Kraft geht von ihnen aus, und sie üben eine unglaubliche Gewalt über alle Geschöpfe. Vergebens, daß der hellere Teil der Menschen sie als Betrogene oder als Betrüger verdächtig machen will, die Masse wird von ihnen angezogen.'" – „Ich gönne dir jeden Spaß, Käthe", beschwört er sie, „aber ich kann mir nicht denken, daß dir dieser finstere Hanswurst auf die Dauer Spaß macht. Laß dich doch nicht für dumm verkaufen. Kehre zurück, Käthe, alles vergeben."

Er hält inne. Gerade hat er sich gesagt, man könne gegen Emotionen nicht mit Argumenten der Vernunft vorgehen. Er stellt sich Oskars metallisches Gesicht vor, die romantische Männlichkeit, die von diesem Gesicht ausstrahlt. Und gegen so was will er mit einem Goethezitat aufkommen? Er gehört ja selber in die Zwangsjacke.

Er zerreißt den Brief in kleine Schnitzel. Ein paar fliegen auf den Boden. Er hebt sie sorgfältig auf und wirft alles in den Papierkorb.

Verbissen machte er sich daran, den Prozeß vorzubereiten. Fuhr nach München. Suchte den Professor Hravliczek auf.

Fragte ihn, ob er ihn als Sachverständigen in dem Prozeß des Lautensack laden lassen dürfe.

Der Gnom war nicht sehr erbaut. Einen Schwindler zu entlarven, das sei Sache der Polizei, nicht Sache der Wissenschaft, meinte er, quäkend, in böhmischem Dialekt. Es klinge wenig menschenfreundlich, aber die menschliche Seite seiner Medien interessiere ihn nun einmal nicht. Mit den kleinen, hellen Augen musterte er Paul Cramer. Und da ihm der junge Mann nicht übel gefiel und da er die Enttäuschung auf seinem entfleischten Gesicht wahrnahm, ging er mehr aus sich heraus. „Die weitaus meisten Menschen", erklärte er, sich mit den Händchen den rötlichblonden Bart strähnend, „sind leider von Natur dazu bestimmt, im Dunkel zu leben, das heißt in unheilbarer Ignoranz. Dieses Deutschland von heute ist aus Gründen, die hier nicht näher zu erörtern sind, in seiner Erkenntnisfähigkeit besonders beschränkt und infolgedessen den Beschwörungsformeln gewisser Medizinmänner doppelt zugänglich. Glauben Sie, mein junger Herr, daran werden Sie und ich etwas ändern, wenn wir schlüssig erweisen, Herr Oskar Lautensack bediene sich bei seinen Vorführungen unlauterer Mittel? Da kennen Sie die menschliche Seele schlecht, Herr" – er schaute nach der Visitenkarte des Besuchers –, „Herr Cramer."

Paul gefiel die scharfe, grimmige Art des Zwergs. „Ich weiß", antwortete er, „daß der Streit zwischen mir und Lautensack Sie nicht interessiert. Aber durch den Lärm, den die Geschichte erregt hat, wird der Prozeß von vielen als eine generelle Kraftprobe genommen zwischen Wissenschaft und Aberglauben. Nur weil das so ist, hab ich gewagt, mich an Sie zu wenden."

Thomas Hravliczek hatte ein ganz kleines, beinahe wohlwollendes Schmunzeln. Wahrscheinlich glaubte der junge Mensch an die großen, edlen Motive, die er da vorbrachte; in Wahrheit war er natürlich getrieben von vulgären Affekten, von Wald-und-Wiesen-Affekten. Aber Professor Hravliczek gab sich zu, daß es ihm selber ein kleines, lausbübisches Vergnügen machen würde, dem frechen Lautensack eins auf die Nase zu geben. „Hören Sie, mein Lieber", sagte er, und das

Schmunzeln auf seinem rosighäutigen Gesicht vertiefte sich, „ich sage nicht gerade nein. Lassen Sie mich die Sache überdenken. Ich gebe Ihnen in den nächsten Tagen Bescheid." Paul bedankte sich eifrig. Der alternde Professor und der junge Journalist trennten sich, einander wohlgesinnt, in einem stummen, beinahe verschmitzten Einverständnis über ihre große Aufgabe und ihre kleinen Schwächen.

War Paul der Besuch bei Hravliczek nicht leichtgefallen, so überkam ihn ein doppelt peinliches Gefühl, als er vor der Tür Anna Tirschenreuths stand. Er konnte sich gut vorstellen, wie diese Frau jetzt hin- und hergerissen wurde zwischen Liebe und Haß. Sie hatte ihr Herz an Lautensack gehängt, hatte sich von ihm fangen lassen, wie er so viele gefangen, war übel enttäuscht worden. Wenn er, Paul, sich jetzt anschickte, ihre Verwirrung zu seinen Zwecken auszunutzen, war das nicht schäbig, kleinlich?

In ihrer Gegenwart dann, als er ihr in das große, hartfaltige, kummervolle Gesicht sah, entfiel ihm vollends der Mut. Er hatte sich zurechtgelegt, was er ihr sagen wollte; aber das ernsthafte, bedeutende Antlitz der Frau, ihre müden, grauen, wissenden Augen drückten eine so schwere Trübsal aus, daß er sich scheute, ihr mit seinen platten Argumenten zu kommen. Mühsam nur, etwas stockend, sprach er.

Mehr und mehr, setzte er ihr auseinander, sei Oskar Lautensack zu einer öffentlichen Gefahr geworden. Sicher kenne niemand besser die Verführung, die von dem Manne ausgehe, als die Schöpferin der Maske. Offenbar sei sie sich aber mittlerweile auch des Unfugs bewußt geworden, des Bösen und Schlechten, das der Mensch stifte. Sonst hätte sie nicht ein Kunstwerk vom Range der Maske aus ihrer Ausstellung ausgeschlossen. Darum bitte er sie, gegen den Mann zu zeugen.

Anna Tirschenreuth hörte ihm zu. Mit ihren wissenden Bildhaueraugen sah sie ihn an. Erkannte seine große Wahrhaftigkeit, sein bißchen Lüge, seinen tiefen Haß. Als er sich bei ihr gemeldet, hatte sie natürlich von Anfang an gewußt, weshalb er kam. Sie hatte sehen wollen, was für ein Mensch er war, dieser Feind ihres Oskar.

Mit Kummer und steigender Enttäuschung hatte sie erlebt, wie Oskar endgültig zum gemeinen Taschenspieler abgesunken war. Als er dann Klage erhoben hatte gegen die Leute, die ihn seines doch offenkundigen Schwindels ziehen, war sie empört gewesen über seine Dreistigkeit und bekümmert über die Leiden und Niederlagen, die er sich bestimmt holen wird. Gleichzeitig war in ihr eine leise Hoffnung wach geworden, es werde vielleicht die Niederlage, die ihm bevorstehe, ihn zurückführen auf den wahren Weg.

Alles das wellte in ihr auf und ab, während Paul Cramer redete. Sie hörte nur mit halbem Ohr hin. Ach, was dieser junge Mensch vorbrachte, wußte sie viel besser und viel tiefer als er.

Was wollte er eigentlich? Ja, natürlich, daß sie öffentlich Zeugnis ablege gegen Oskar. Sie hätte ihn nicht empfangen sollen. Denn wenn sie auch, verwundet und zornig, gespielt hatte mit dem Gedanken, aufzustehen gegen Oskar und, ihm zum Heil, vor allen Menschen auszusagen, wie leer und gemein und niedrig er geworden war, sie hatte doch von Anfang an gewußt, daß sie das niemals über sich bringen werde.

Leise mit dem Stock stieß sie den Boden, während Paul Cramer sprach. Wie empört er war, wie zornig. Warum der? Welchen Grund hatte der? Was wußte der schon, wie tief und niederträchtig Oskar diejenigen betrog, die ihm vertrauten und ihm Wohltaten erwiesen. Ihn öffentlich anklagen solle sie, schlug er vor, ihren Zorn vor aller Welt heraussagen. Damit war nichts gewonnen, gar nichts, nichts für Oskar, nichts für die andern, nichts für sie selber.

Paul hatte zu reden aufgehört. Er wagte nicht, auf Antwort zu drängen, er wagte kaum, ihr großes Gesicht anzuschauen, das so müde war vom Leid. Endlich wurde sie des Schweigens inne, das im Raum war. Mit ihrer schweren, etwas heisern Stimme, behindert durch Atemnot, sagte sie: „Ich danke Ihnen, daß Sie offen zu mir gesprochen haben. Vielleicht haben Sie recht, vielleicht ist es gut, wenn alle erkennen, wer er ist. Aber brauchen Sie wirklich mich dazu? Sie wissen ja von allein alles, was gegen ihn zu sagen ist. Es ist vieles. Die ganze

Welt ist voll von Beweisen gegen ihn. Und ich bin eine alte, müde Frau. Nein, es ist besser, Sie kommen ohne mich aus."

Die Nachricht, Oskar habe die Leute, die an ihm zu zweifeln wagten, verklagt, hatte die Sensation um ihn gesteigert. Die Partei stellte sich „voll und ganz" hinter ihn. Sooft und wo immer er auftrat, feierte man ihn lärmend. Er nahm die Ovationen mit dreister Überlegenheit hin. Nun es feststand, daß er sich mit seinem Gegner vor Gericht werde messen müssen, zeigte er freche Zuversicht.

Er machte viel von sich reden in diesem Spätsommer und Herbst 1932, in den Monaten vor seinem Prozeß. Man flüsterte sich aufregende Berichte zu über die wilden Feste, die auf seiner Jacht „Möwe" gefeiert würden. Graf Zinsdorff war jetzt ständig in seiner Umgebung; dem Hannsjörg zum Trotz legte es Oskar darauf an, zu zeigen, wie befreundet er mit dem Grafen sei. Ein billiger Freund freilich war Ulrich Zinsdorff nicht.

Viel die Rede war auch von einer berühmt schönen Varietékünstlerin, in die sich nach den Gerüchten Oskar und Zinsdorff teilten. Die Dame fehlte niemals bei den Festen auf der Jacht. Einmal, hieß es, habe ihr Oskar vor einem Dutzend Zuschauern in der Hypnose suggeriert, sie befinde sich in der Umarmung eines Mannes; die Zuschauer berichteten später wispernd und angeregt von dem Verhalten der Dame.

Am meisten Gerede aber war um den Neubau von Landhaus Sophienburg. Der Architekt Sanders erzählte geheimnisvoll und geschüttelt von innerem Lachen über die seltsamen Launen seines Bauherrn. „Total meschugge" nannte er ihn und „eine dolle Artischocke". Da er aber, von Oskar darum ersucht, keine Einzelheiten erzählte, sondern sich auf Andeutungen beschränkte, wurden die Gerüchte um das, was Oskar da baute, immer wilder. Oskar selbst ließ keinen Menschen auf den Bauplatz; wenn man ihn um sein neues Heim befragte, lächelte er nur tief und sehr hochmütig. Er fuhr sehr oft hinaus nach Sophienburg, und der Bau des Hauses kümmerte ihn weit mehr als der bevorstehende Prozeß.

Die Sorge um den Prozeß überließ er dem Hannsjörg. Es

war eine schwere, drückende Sorge. Der Ausgang des Verfahrens, darüber gab es keinen Zweifel, hing ab von der Machtstellung der Partei zur Zeit der Verhandlung. Der Termin durfte nur stattfinden zu einer Zeit, da die Partei Flut hatte.

Doch es war wie verhext: während der ganzen zweiten Hälfte dieses Jahres 1932 hatte die Partei Ebbe. Die feinen Herren, verängstigt durch den großen nationalsozialistischen Wahlsieg im Juli, führten ihr Programm durch. Regierten, sich lediglich auf die Autorität Hindenburgs und der Reichswehr stützend, und stellten die Partei kalt. Die Geldgeber wurden schwierig. Die Wähler verkrümelten sich. Im Innern der Partei entstand Streit; eine ganze Reihe von Persönlichkeiten und Gruppen kehrten der Partei den Rücken. In den neuen Wahlen, nur wenige Monate nach dem großen Sieg, verloren die Nazis den sechsten Teil ihrer Mandate.

Nein, unter solchen Auspizien durfte der Prozeß nicht stattfinden. Allein Hannsjörg und seine Anwälte hatten bereits dreimal vertagen lassen. Das Gericht ließ eine vierte Vertagung nicht zu.

Proell, als ihm Hannsjörg nahelegte, er möge seinen Einfluß einsetzen, war ungnädig. Launisch und grausam spielerisch bevorzugte er in der letzten Zeit den schönen, wilden, noblen und skrupellosen Zinsdorff. Er könne sich zur Zeit nicht um Nebensächlichkeiten kümmern, beschied er Hannsjörg. Es gehe jetzt um die Wurst, da könne er sich nicht verplempern. „Diesmal müßt ihr euern Mist schon alleine fahren", erklärte er.

In seiner Not wandte sich Hannsjörg an Hildegard Trettnow. Viel Hoffnung hatte er nicht. Der gewissenlose Oskar hatte die Dame gegen seinen, Hannsjörgs, Rat behandelt, als wäre sie ein Häuflein Dreck. Andernteils sagte sich Hannsjörg, eine Frau wie die Trettnow lasse schon aus Eigenliebe schwerlich jemand fallen, dem sie einmal einen Dienst erwiesen.

Ihr scharfes Gesicht zeigte Erstaunen und Ablehnung, als er von Oskar zu sprechen anhub. Er aber nahm all seinen Witz zusammen, spielte klug auf ihren Empfindungen, schmeichelte ihrer Eitelkeit. Hatte Hildegard Trettnow nicht hervorragenden Anteil an Oskars Inspiration? Stammte nicht die Idee, Oskar hierher nach Berlin zu verpflanzen, von ihr? Wenn es Oskar auch im verwirrenden Ansturm der ihm nicht vertrauten äußern Dinge zuweilen vergaß, blieb er nicht trotzdem Hildegard Trettnows Geschöpf?

Hannsjörg beschaute die große, elegante Dame ehrerbietig und frech zugleich. Er sah ihr hübsches, rötlichblondes Haar, die kühne Hakennase, die angenehm irren Augen. Oskar war verbrecherisch verwöhnt, sonst würde er so was nicht links liegenlassen. Da wäre er, Hannsjörg, ein ganz anderer. Schade, daß die Frauen nicht Instinkt genug hatten, um zu merken, was für ein Kavalier in ihm stak.

Das Wohlgefallen, das Hannsjörg an Hildegard fand, gab seinen Worten Schwung. Immer mehr vergaß die Trettnow, wie übel ihr Oskar gelohnt, wie gröblich er sie vernachlässigt hatte. Hannsjörg erzählte ihr von „unserm Oskar", „unserm Sorgenkind", und durch dieses „unser" stellte er zwischen der Trettnow und sich selber eine Verbindung her, welche die Fortsetzung des Gesprächs beträchtlich erleichterte. Unser Oskar, führte er aus, habe Grund zur Trübnis und zur Bitterkeit über die Art, wie er jetzt verkannt werde, nachdem man ihm zuerst so viel Verständnis gezeigt habe. Es sei, als konzentriere sich die feindselige Stimmung gegen die Partei ganz auf unsern Oskar. Bestimmt würden die Richter in dem bevorstehenden Prozeß dem Propheten mit Vergnügen eins auswischen.

Hildegard hörte träumerisch und gerührt zu. Es war richtig, sie hatte viel Geld, Zeit, Mühe, Leben in diesen Oskar Lautensack investiert. Soll sie das alles verloren geben? Soll sie nicht lieber noch mehr investieren? Wie die Dinge nun einmal lägen, führte Hannsjörg aus, sei sie die einzige, die helfen könne. Oskars Sache sei die ihre. Sie dürfe nicht zulassen, daß der Prozeß in einer so feindseligen Atmosphäre stattfinde. Sie, durch ihre Verbindungen, müsse eine Vertagung erwirken.

Immer frecher, immer ehrerbietiger und immer begehrlicher schaute er sie an. Hildegard ließ es sich nicht ungern gefallen. Sie erinnerte sich der Unterredungen, die sie mit ihm gehabt hatte in Moabit, wie das Gitter sich erhoben hatte zwischen ihm und ihr, und der leise, wilde Geruch des Blutes, des Abenteuers, der gewalttätigen Vaterlandsliebe, der von ihm ausging, belebte sie. Gewiß, Hannsjörg fehlte der Funke Oskars, aber etwas Gemeinsames hatten die Brüder Lautensack im Blick, in der Art, wie sie sich einem näherten. „Mein lieber Hannsjörg", sagte sie, „ich verstehe nicht, daß ein so gescheiter und weltkundiger Mann wie Sie über einer solchen Sache schlaflose Nächte zubringt. Warum sind Sie denn damit nicht gleich zu Ihrer Hildegard gekommen?"

Sie machte sich eine Notiz in ihrem Büchlein. „Die Vertagung regle ich", erklärte sie, resolut. „Verlassen Sie sich darauf, mein Lieber. Keine schlaflosen Nächte mehr."

Sie hatte sich nicht vermessen. Der Prozeß wurde vertagt, und zwar auf einen so späten Termin, wie ihn Hannsjörg in seinen kühnsten Träumen nicht erhofft hatte. Wenn die Partei bis dahin nicht an der Macht war, dann wird sie niemals hinaufgelangen.

In die Ahornallee fuhr er. Glühend bedankte er sich bei der freundlichen, rötlichblonden Norne, die dieses Garn gesponnen hatte. Noch dringlicher schaute er sie an, noch mehr Ähnlichkeit fand sie zwischen den Brüdern. Immer tiefer vereinte die Sorge um den geliebten, abwesenden, weltunkundigen Seher Hannsjörg und die Dame Trettnow. Fest gewillt war Hannsjörg, gutzumachen, was der leichtsinnige Oskar um ein Haar verdorben hätte. Unter keinen Umständen wird er, Hannsjörg, die neu hergestellte Verbindung mit dieser großen und angenehmen Dame wieder abreißen lassen.

Die Pechsträhne der Partei hielt an. Doch der Führer ließ sich das nicht anfechten. Sein Weg lag klar vorgezeichnet vor ihm, teils links, teils rechts. Vor seinen Vertrauten schloß er die Schublade seines Schreibtisches auf. Darin lag einsam ein Revolver. „Die eiserne Entschlossenheit zu Sieg oder Tod läßt den Glauben an die deutsche Zukunft auch im abschüssigsten Moment nicht wanken", erklärte er.

Unter den Gegnern der Partei, unter den feinen Leuten, waren mittlerweile Zwistigkeiten entstanden. Die Militärs, die Großagrarier, die Bankleute, die Schwerindustriellen vertrugen sich nicht und zettelten gegeneinander. Und jeder Gruppe, die gerade einen Schlag erhalten hatte, brachten sich die Nazis in Erinnerung, und jede Gruppe, um sich gegen die andern stark zu machen, liebäugelte mit dem Gedanken, die Banditen, die man gerade demonstrativ entlassen hatte, wieder anzuheuern.

Der Mann, der Kanzler und Wehrminister war, trug sich mit dem Plan, mit dem Unfug der Nazis ein für allemal Schluß zu machen. Der alte Hindenburg war nicht abgeneigt, ihm freie Hand zu lassen; sein Herz hing an der preußischen Militärtradition, an Ehre, Treue und Gewalt. Andernteils aber hatte der Greis, seitdem ihm kluge großagrarische Freunde als Dank der Nation das Gut Neudeck geschenkt hatten, sein Herz auch der Landwirtschaft zugewandt, und der Wehrminister, um die widerspenstigen Großagrarier gefügig zu machen, drohte mit Enthüllungen, wie schlecht diese Herren wirtschafteten und wie sehr sie die Hilfe des Staats und seine Kassen in Anspruch nahmen. Nur ein wenig lüftete der Wehrminister den Topf, und schon stieg peinlicher Gestank heraus, bedrohend die Großagrarier und, das hatte der Herr nicht bedacht, auch Hindenburgs Gut Neudeck.

Da sah sich denn der greise Feldmarschall in einem neuen Konflikt der Pflichten. Wem sollte er die Treue halten, dem Wehrstand oder dem Nährstand? Sollte er sich für das deutsche Schwert entscheiden oder für das deutsche Brot?

Kluge Freunde schlugen ein Kompromiß vor. Der Bandit, der böhmische Gefreite, hatte sein Ehrenwort gegeben, wenn man ihn zum Kanzler mache, dann werde er den Deckel des übelriechenden Topfes so fest und endgültig zudrücken, daß auch die feinste Nase nichts mehr von dem Geruch spüren könne. Auch war er bereit, diesmal auf gewisse Klauseln einzugehen, die ihn daran hindern sollten, die Macht zu mißbrauchen. Es könnten auf diese Art sowohl die Interessen des Militärs wie die der Landwirtschaft gewahrt werden, und der

Ehrenrock des alten Marschalls bliebe verschont von den Spritzern, mit denen der undisziplinierte Vertreter der Wehrmacht ihn bedrohte.

Ganz verstand der nun fünfundachtzigjährige Marschall die Zusammenhänge nicht, aber sie leuchteten ihm ein. Er suchte sich zurechtzufinden in dem Konflikt der Pflichten und kam zu dem Ergebnis, die Verhältnisse hätten sich geändert, und jetzt könne er es doch vor seinem Gewissen verantworten, dem Herrn Hitler die Macht anzuvertrauen, insbesondere wenn man diese Macht durch sorgfältige Klauseln abgrenze und der böhmische Gefreite ihm in die Hand verspreche, sich auch an die Klauseln zu halten.

Auf dieser Grundlage verständigt man sich, und von neuem begibt sich der Führer zu dem greisen Feldmarschall. Noch kein halbes Jahr ist verstrichen, seitdem ihm der tückische Alte den Dolchstoß von hinten versetzt hat. Diesmal aber hat sich Hitler gesichert. Diesmal ist alles bis ins kleinste festgelegt. Diesmal ist sein Gehrock am Platze.

„Ich höre, Herr Hitler", sagt der Marschall, „daß Sie sich entschlossen haben, auf die ganze Macht zu verzichten, und gewillt sind, sich an gewisse Klauseln zu halten, die meine Herren mit Ihnen besprochen haben. Wollen Sie das wirklich? Können Sie mir das in die Hand versprechen?" – „Und ob", erwidert der Führer. „So wahr mir Gott helfe. Da geb ich Ihnen mein Ehrenwort, Herr Reichspräsident. Mein Ja ist Ja. Versprochen ist versprochen."

Der Reichspräsident steht knorrig da, eine alte Eiche. „In Gottes Namen", sagt er mit seiner großen, brüchigen Stimme und schaut dem Mann im Gehrock stumm und feierlich ins Auge. Der nimmt ebenso feierlich die Handschuhe aus der rechten in die linke Hand, legt die Rechte in die des Alten und sagt ernst und samtig: „Ich schwöre."

Am Abend dieses Tages marschiert die Armee der Partei, die SA, in Parade an der Reichskanzlei vorüber. An einem Fenster steht Hindenburg, Hitler am andern. Der Feldmarschall, mechanisch, schlägt in greisenhafter Fröhlichkeit mit seinem Stock den Takt zur Marschmusik. Hitler aber, nun er den Gipfel erreicht hat, ist nervös, zittert, muß sich krampfhaft zur Ruhe zwingen, muß immer wieder auf kurze Zeit vom Fenster verschwinden.

Doch in seinem Innern jubelt es: Hoiotoho! und: So schneidet Siegfrieds Schwert!

Jetzt also ist der Ausgang des Prozesses entschieden. Hat es Oskar nicht vorausgesagt? Was die Gegner ihm zum Bösen geplant haben, kehrt sich ihm zum Heil; die Tücke der Großkopfigen ist zuschanden geworden an seiner Begabung und an seinem Glück.

Eine kleine Woche noch ist es bis zum Termin. Etwas Unangenehmes hat Oskar zu erledigen in dieser erwartungsfrohen Woche. Er muß ein Gespräch führen, vor dem er sich bisher gedrückt hat, er muß mit dem Alois reden. Der soll in dem Prozeß als Zeuge vernommen werden, die Gegner bestehen darauf. Und wie der Alois nun einmal ist, wird er sich, wenn man ihn nicht lange und gut vorbereitet, sicher blöd anstellen. Ihn von den Anwälten instruieren zu lassen hat keinen Zweck; da wird er nur bockig. Oskar muß die Geschichte selber übernehmen.

Alois hatte sich während seines Münchener Sommeraufenthalts gut erholt. Die Berührung mit dem Heimatboden hatte ihm neue Kraft gegeben, und er hatte auch für Herbst und Winter eine Lösung gefunden, seine Liebe zu dem Freund und seine Liebe zur Heimat unter *einen* Hut zu bringen. Er schaute einfach das Geld nicht an und flog, wann immer es seine Zeit erlaubte, und wäre es auch nur für *eine* Nacht, nach München; dort stand die Wohnung in der Gabelsbergerstraße immer bereit, dazu die Haushälterin Kathi, der alte Schlafrock und die vertragenen Pantoffeln. Die richtige königlich bayrische Ruh war eine solche Hetzjagd freilich nicht; aber ein absolutes Glück gibt es nicht, und für den Alois Pranner brät das Schicksal keine Extrawurst.

Im ganzen war der Alois leichter zu haben als früher; die derben, herzhaften Debatten, die auch jetzt zwischen den Freunden stattfanden, hatten an Schärfe verloren. Aber es kostete Oskar trotzdem Überwindung, mit Alois über den Prozeß zu reden.

Alois wollte denn auch durchaus nicht begreifen. „Warum soll ich es nicht sagen, wie es ist?" entrüstete er sich. „Wir sind halt einmal Zauberkünstler, du und ich. Ist das vielleicht eine Schande?" Und wie nach vielem Hin und Her Oskar in klaren Worten verlangte, Alois dürfe unter keinen Umständen zugeben, daß bei gewissen Vorführungen Tricks angewandt würden, fragte Alois empört zurück: „Wie stellst du dir das eigentlich vor? Ich muß doch schwören. Soll ich vielleicht einen Meineid schwören? Soll ich noch ins Zuchthaus auf meine alten Tage für dich?" Und da Oskar vielsagend schwieg, brach auf einmal seine ganze gestaute Wut heraus über alles das, was er um Oskars willen die vielen Jahre hindurch hatte erdulden müssen. „Jetzt wird's mir zu dumm", schimpfte er los mit seiner dumpfen, rostigen Stimme. „Ich laß nicht länger Schindluder treiben mit mir. Glaubst du, ich bin dein Putzlumpen? Himmelhund, elendiger."

Oskar wollte aufbrausen. Wollte dem Alois zu schmecken geben, was für ein hoffnungsloser Spießbürger ein Mensch sei, dem es bei dem Wort Meineid gleich in die Hosen gehe. Aber der Alois war hinterfotzig; es war ihm zuzutrauen, daß er sich vor Gericht durch eine zweideutige Aussage rächen werde. Dies bedenkend, hielt Oskar an sich und beschränkte sich auf die ernste Mahnung: „Ich hoffe, du wirst dich auf dein besseres Selbst besinnen und der höheren Wahrheit die Ehre geben vor der nur aktenmäßigen."

Alois schaute ihn grimmig an. „Leck mich am Arsch mit deiner höhern Wahrheit", sagte er mürrisch.

Käthe, in diesen Tagen, saß viel allein herum in ihrer kleinen Wohnung in der Keithstraße.

Die Meldung, Oskar und Paul würden ihren Streit vor Gericht austragen, hatte sie tief erschreckt. Für sie war der bevorstehende Prozeß ein höchst persönlicher Kampf, ein Streit zwischen den beiden Männern, die ihr die nächsten waren. Für sie stand vor Gericht nicht die Frage, ob einer dem andern zu nahe getreten war, sondern das Wesen der beiden Männer. Und klar war ihr, daß jeder dem andern tiefe, vielleicht tödliche Wunden schlagen werde. Denn sie waren einander gewachsen. Wenn Paul seinen scharfen, leuchtend klaren Verstand hatte und dem Gegner an Urteil überlegen war, so ging von Oskar eine dumpfe, wilde, maßlose Kraft aus, welche die Menschen bezwang.

Sie jedenfalls konnte sich nicht wehren gegen diese Bezauberung. Oskars Stimme schwemmte alle Vernunft fort wie Musik, die einen aufwühlt und hochträgt. Wenn er seine heftigen, blauen Augen unter den schwarzen, dicken Brauen auf sie richtete, wenn sie seine großen, weißen Hände spürte, dann zitterten ihr die Knie. Ihr ganzes Wesen flog ihm zu, zerschmolz.

In den letzten Tagen gar genügte der Gedanke an Oskar, es bedurfte nicht erst seiner Gegenwart, um sie bis in ihr Tiefstes zu verwirren. Sie glaubte, schwanger zu sein; in der allernächsten Zeit wird sie Sicherheit haben.

Es trieb sie, Oskar von ihren Hoffnungen, Ängsten, Zweifeln zu sprechen. Sie wußte, er wird sie heiraten wollen, sie bräuchte nur den Mund aufzutun, und er wird es ihr vorschlagen. Aber alles, was noch an Verstand in ihr war, sträubte sich dagegen. Sie will sich nicht noch fester an ihn binden, sie hat Angst davor, sie will nicht mit ihm zusammen leben. Sie will ihn aber auch nicht verlieren. Vielleicht ist er Gift, aber sie kann sich ein Leben ohne ihn nicht mehr vorstellen.

Sie ist ohne Rat und ohne Hilfe. Sie sollte ihren albernen, bösen Zank vergessen, zu Paul gehen und offen und klar mit ihm reden. Aber gerade jetzt, vor diesem unseligen Prozeß, geht das nicht. Sie kann sich nicht gerade jetzt mit ihm versöhnen. Oskar hätte recht, wenn er das für Verrat erklärte.

Mitten in diesen Zweifeln und Nöten erhielt sie Nachricht aus ihrer Heimatstadt Liegnitz, ihr Vater habe eine Herzattacke gehabt; unmittelbare Gefahr bestehe nicht, aber es wäre gut, wenn sie sich nach ihm umschaute.

Noch während sie das Telegramm las, beschloß sie, nach Liegnitz zu fahren. So wird sie sich's sparen, Oskar während des Prozesses zu begegnen, in sein übermütiges, triumphierendes Gesicht zu schauen und dabei zu wissen, daß es ihr Bruder ist, auf den er einschlägt. Da sie schon ihre Dinge nicht mit Paul besprechen kann, soll wenigstens Oskar sie nicht durch seine Gegenwart in ihren Entschlüssen beirren. Fern von Berlin, allein mit sich selber, in der kleinen Stadt ihrer Kindheit, wird sie besser mit ihren Zweifeln fertig werden. Sie wird nach Liegnitz fahren, und sogleich.

Sie rief Oskar an. Teilte ihm ihren Entschluß mit.

Oskar hatte es bisher vermieden, mit Käthe über den Prozeß zu sprechen. Seines Sieges über Paul war er sicher, doch nicht sicher war er, ob nicht der Kampf mit Paul den innern Abstand zwischen Käthe und ihm erweitern werde. Im Grunde kam es ihm gelegen, daß sie von Berlin fort mußte. Zwei, drei Wochen, rechnet sie, wird sie bei ihrem Vater bleiben. So wird sie zwar nicht Zeugin seines Triumphes sein, aber er wird auch nicht in den Tagen des Prozesses ihr prüfendes, mißtrauisches Auge auf sich fühlen.

Allein da ist noch eines. Hat er sich nicht entschlossen, ihr die Heirat vorzuschlagen, bevor er in sein neues Haus einzieht? In der allernächsten Zeit, also während sie in Liegnitz ist, wird Landhaus Sophienburg fertig sein. Soll er jetzt mit ihr reden, bevor sie geht? Soll er abwarten, bis sie zurückkommt, bis sein Sieg in dem Prozeß errungen ist, bis Klingsors Zauberschloß für sie bereitsteht?

Auf alle Fälle muß er sie noch sehen, bevor sie geht. Ihre Miene, ihr Verhalten soll entscheiden, ob er ihr die Heirat vorschlagen wird.

Stürmisch erklärte er, wenn sie schon wegfahre, so müsse sie wenigstens diesen letzten Abend mit ihm verbringen. Wenn sie zurückkomme, werde sie ihn nicht mehr in der Landgrafenstraße finden, sondern bereits in Sophienburg. Sie müßten Abschied feiern, den Abschied vor einem Neubeginn. Sie zögerte, er drängte, sie sagte ja.

Er war voller Erwartung. Er wird sie prüfen, sie einer Liebesprobe unterwerfen. Als Schloßherrin in Sophienburg einziehen darf nur jemand, der bedingungslos an ihn glaubt, der ihm ganz gehört. Sie muß sich entscheiden zwischen ihrem Bruder, ihrer bisherigen Welt und dem neuen Leben, dem er, Oskar, sie zuführen will. Er wird mit ihr über den Prozeß sprechen. Wenn sie ihm sagt: „Oskar, mein Bruder hat dir unrecht getan“, dann hat sie die Probe bestanden und er schlägt ihr die Heirat vor. Wenn sie sagt: „Ich weiß es nicht“, dann schweigt er.

An diesem Abend also zum erstenmal sprach er ihr von seiner Streitsache mit Paul Cramer. Erklärte ihr, warum das höhere Recht auf seiner, Oskars, Seite sei. „Im Buchstabensinn“, setzte er ihr auseinander, „hat dein Bruder recht, wenn er mich einen Gaukler schimpft. Ein Stückchen Taschenspieler steckt in jedem Magier, in jedem Religionsstifter, in jedem Schöpfer eines neuen Weltbilds. Wenn Adolf Hitler nur der Führer wäre, wenn er nicht auch ein Schauspieler wäre, ein Stück Komödiant, dann wäre er niemals hinaufgelangt.“ Und er wiederholte ihr die Arie auf den Schwindel, die ihm seinerzeit Hannsjörg vorgesungen hatte. In seinem Munde aber klang sie farbiger, glühender. Seine schöne Stimme übertrug gehorsam alles, was er glaubte und glauben machen wollte. Er hielt eine Rede, und es war eine Rede, zugeschnitten auf sie, Käthe.

In ihr war jenes Gefühl, das sie hingerissen hatte, als er ihr zum erstenmal diktierte damals in dem Büro „Käthe Severin, Schreibmaschinenarbeiten jeder Art“. Sie hörte gierig auf die Musik seiner Worte, glücklich schaukelte sie auf seinen Sätzen. Aber dann, plötzlich, war ihr, als schaute ihr das hagere, gescheite Gesicht ihres Bruders über die Schulter, und in die schönen Sätze Oskars hinein schnitt ihr die ungeduldige, hochkletternde Stimme Pauls: „Das ist nicht interessant.“ Ihr Verstand wurde wach. Sie entzog sich der Musik Oskars.

„Verzeih“, sagte sie, „ist das nicht im Grunde genau das, was Paul dir vorwirft? Warum dann, da es stimmt, hast du ihn verklagt?“

Den Oskar trafen ihre Worte wie ein Schlag. Er hatte schon geglaubt, er habe sie gewonnen. „Es stimmt eben nicht, so wie er es sagt“, erwiderte er gereizt, tief verwundet. „Es ist der Ton, der die Musik macht. Er verdreht alles ins Gegenteil mit seiner rabulistischen Wertung.“

Käthe, scheinbar ohne Zusammenhang, sagte: „Aber ich liebe dich ja, Oskar.“ Es klang traurig, ergeben.

Oskar spürte die Echtheit ihrer Worte und war beglückt. Aber gleich wieder überkam ihn Unmut. Ist das Liebe, wenn man nicht an einen glaubt? Besteht nicht Liebe darin, daß man glaubt, auch wenn man Schwächen wahrnimmt? Bitterkeit stieg in ihm hoch. Er hat kein Glück bei denen, die ihn lieben. Sie sehen seine Schwächen überdeutlich, sie verzeihen sie nicht. Anna Tirschenreuth. Käthe. Er hat keine bessern Freunde. Er hat keine schlimmern Feinde.

„Aber ich liebe dich ja, Oskar", das ist die lautere Wahrheit. Die innere Bereitschaft Käthes ist da, ihr Wille zu glauben. Es liegt an ihm. Er muß ihr helfen. Er kann faszinieren, er kann suggerieren, als Hypnotiseur hat er nicht seinesgleichen, das streitet ihm keiner ab. Er muß Käthe zwingen, die Zweifel zu überwinden, die Bösartige ihr eingesenkt haben. Er muß ihrem Glauben ans Licht helfen. Er kann es.

Er bereitet sie vor, lockert sie auf. Er wird ihr zunächst einfache Leistungen suggerieren, um sie für das Größere gefügig zu machen. Er nimmt ihre Hand, behutsam. „Das ist also unser letzter Abend in der Landgrafenstraße", sagt er. In seinem Innern weist er sie an, den großen Saal zu verlassen, ihm näher zu kommen, fort aus der feierlichen Bibliothek, in die Klause. Er sieht mit Befriedigung, wie ihr Gesicht nachdenklich wird, wie sie sich bemüht, in sich selber sucht. „Darf ich noch einmal die Maske sehen?" fragt sie dann. „Nicht die hier, sondern die für dich."

Der erste Versuch ist geglückt: sie gehorcht ihm. Im stillen lächelt er über den Vorwand, den sie sich zurechtgemacht hat, um ihrem tieferen Willen, seinem Willen zu folgen.

Sie gehen in die Klause. Er heißt sie sitzen. Da sitzt sie vor dem schäbigen Schreibtisch aus Deggenburg, immer mit dem gleichen nachdenklichen, suchenden Gesicht, und ihre schönen, großen, fleischlosen Hände gleiten, wie er's ihr in seinem Innern befiehlt, durch das bunte Geglitzer der Halbedelsteine.

Jetzt ist es soweit, jetzt ist sie in Bereitschaft. Jetzt darf er's wagen, ihr das Größere zu suggerieren.

Er spricht weiter, spricht von Gleichgültigem. Welchen Zug sie nehmen wird, ob sie in Liegnitz im Hotel wohnen wird oder im Hause des Vaters. Sie hört, sie erwidert. Aber ihr Gesicht hält den suchenden, bemühten Ausdruck fest. Er mittlerweile, immer Belangloses schwatzend, nimmt alle Kraft seines Innern zusammen, bittet sie, beschwört sie, befiehlt ihr: Reiß sie aus, die Wurzeln deines Unglaubens, reiß sie aus, die dummen Zweifel. Glaub mir, glaube mir. Ich hab sie, die Kraft. Glaub es mir.

Ihre Hände gleiten weiter durch die Steine, gleichmäßig, geschäftig, als habe sie eine Aufgabe zu verrichten, ihr Gesicht wird angestrengter, sie versinkt noch tiefer in sich. Sie will gehorchen, er sieht es, sie trachtet danach mit ihrem ganzen Willen. Glaub mir, glaube mir, befiehlt er ihr, immer stärker, immer brünstiger. Ihr Gesicht erstarrt, wird scharf, gequält. Es sind die Widerstände in ihr, es ist der Teufel des Intellektualismus, er muß, er wird ihn austreiben. Glaub mir, glaube mir, fleht er sie an, befiehlt er ihr.

Sie macht eine letzte, verzweifelte Anstrengung. Ihre Hände gleiten, greifen, ihre Finger sind bestrebt, etwas zu halten, was ihr immer wieder entrinnt. Ich muß es doch halten, ich will es doch halten, ich muß es doch sagen, warum sag ich es denn nicht? arbeitet es in ihr. Und da, jetzt hat sie es. Da ist es, das Wort. Sie sieht es. Schon öffnet sie die Lippen.

Er wartet, beglückt. Seine großen, weißen Hände machen eine Bewegung, als wollten sie ihr helfen zu heben, etwas aus sich herauszuheben. Alles an ihm ist freudige Spannung.

Doch das Wort kommt nicht aus ihren geöffneten Lippen. Für den Bruchteil eines Augenblicks war es da, aber jetzt ist es versunken, ganz tief, niemand wird es mehr hochgraben können. Ein neues Bild ist da und hat das Wort überdeckt, ein neues, klares Bild. Sie hat es nicht gerufen, niemand hat es gerufen, aber es ist da, überdeutlich, und füllt sie ganz aus. Es ist das Bild ihres Bruders Paul in der Tür des Hotels, wie er sich mit der Tür dreht und nicht herausfindet.

Auf einmal ist sie ganz wach. Sie sieht ihre Hände, wie sie sinnlos mit den farbigen Steinen spielen, und sie fragt sich: Was tu ich denn da?, und ihre Hände tauchen heraus aus den Steinen.

Sie streicht sich über die Stirn, sie räuspert sich. „Es ist spät geworden“, sagt sie mit ihrer spröden Stimme. „Ich muß gehen. Ich muß morgen ganz früh auf. Es war gut, diesen Abend mit dir zusammen zu sein."

Er hält sie nicht. Er weiß, er hat verloren.

Er gibt Ali Weisung, den Wagen vorzufahren. Höflich bringt er Käthe bis an die Haustür. Sie stehen noch eine Weile herum, dann kommt der Wagen. Oskar bleibt vor der Tür, sieht dem Wagen nach, bis er verschwindet.

„Es ist ihr Schade", sagt er dann ganz laut, grimmig, „ihr Schade." Er kehrt zurück in die Wohnung. „So eine blöde Gans, so eine blöde", flucht er. Er geht an den Eisschrank, holt sich eine Flasche Bier, schüttet sie hinunter. „So eine blöde Gans", flucht er nochmals.

Einsam sitzt er in der prunkvollen Bibliothek; auf dem stolzen Schreibtisch steht gemein die Bierflasche und das gemeine Glas.

Käthe liebt ihn, das ist keine Frage. Selbst die Frau, die ihn liebt, entzieht sich ihm, nicht einmal über sie hat er Gewalt. Nicht einmal ihren Willen mehr kann er frei machen, er, der Menschenfischer. Es ist aus mit ihm. Er hat seine Kraft verzettelt mit seinen Tricks.

Er holt sich eine zweite Flasche Bier. Er sitzt in der Bibliothek, sitzt und säuft und denkt und flucht. Hypnotisieren kann jeder Schulbub. So was wie den Versuch mit Käthe hat er früher mit dem kleinen Finger der linken Hand gemacht. Sie haben also recht, die Tirschenreuth und der Hravliczek, der tückische Zwerg. Seine Begabung ist hin, er hat sie vertan.

Er geht nochmals an den Eisschrank, es ist kein Bier mehr da. Er weckt seine Leute, er macht furchtbaren Krach. Ali fragt ihn, ob er nichts anderes haben wolle. Es sei Kognak da und Whisky und Sekt und was immer; Bier sei kaum verlangt worden in der letzten Zeit, höchstens von Herrn Cagliostro. Aber Oskar flucht weiter. Was soll er mit dem Scheiß-Champagner? Bier will er haben. Bier muß her. Und Richard, der zweite Diener, muß fort, mitten in der Nacht, und Bier auftreiben.

Er kommt zurück mit fünf Flaschen. Und wieder sitzt Oskar in der prunkvollen Bibliothek an dem mächtigen Schreibtisch, und die Flaschen stehen vor ihm. Er schaltet die Lampen aus bis auf eine, er sitzt im Halbdunkel; die Maske verdämmert, die „Werkstatt des Alchimisten" verdämmert, er sitzt und säuft.

Champagner, ja, Champagner kann er haben, soviel er will. Aber zahlen hat er müssen dafür. Dafür hat er seine Seele verkauft, für den Scheiß-Champagner. Und dabei schmeckt ihm das Gesöff nicht einmal. Bier schmeckt ihm viel besser. Er hat es gewußt von Anfang an, daß sie recht hat, die Tirschenreuth. Aber er hat sich hereinlegen lassen von dem Hansl. Der Hansl hat ihn angeschmiert, und er ist die Wurzen. Der Hansl hat die Schätze der Welt vor ihm ausgebreitet. Da sind sie, die Schätze der Welt: Champagner statt Bier. Und nähme doch Schaden an seiner Seele.

Er rülpst. Er ist stark betrunken. Seele, Schmarren. Aber Champagner ist auch Schmarren. Alles ist Schmarren. Er hätte Käthe nicht gehen lassen sollen. Wenigstens schlafen hätte er mit ihr sollen. Was hat sie in Liegnitz zu suchen? Sie gehört zu ihm.

Hansl ist an allem schuld, der Hundsbub, der dreckige.

Nein, nicht der Hansl. Der Hravliczek.

Mühsam geht er an die Büchergestelle, mühsam greift er sich den dicken Band mit dem blaugrauen Papierumschlag heraus: „Thomas Hravliczek, Handbuch der Parapsychologie". Mit unsichern Händen, doch zielbewußt, reißt er Seiten heraus, eine nach der andern, und wirft sie in den Papierkorb. „Hin muß er werden", sagt er und weiß nicht, ob er den Hansl meint oder den Hravliczek. Dann überschüttet er die Seiten mit Bier, er ertränkt sie in Bier. Er beschaut den Ring an seinem Finger, er beschaut die biergetränkten, aufweichenden Blätter, gießt langsam noch mehr Bier darauf, ein blödes, genießerisches Lächeln auf dem fleischigen Gesicht.

„Schmarren", sagt er. „Es ist alles sauwurst." Er trinkt weiter. Er fühlt sich zum Heulen einsam.

Paul Cramer fuhr zu Gericht. In dem neuen, hechtgrauen Kammgarnanzug saß er in einem Waggon der Stadtbahn, jung, hager, gut ausgeschlafen, kampfbereit.

Er wußte mit mathematischer Sicherheit, daß er jetzt, nach dem Sieg der Nazis, verurteilt werden wird. Nicht mehr um Wahrheitsfindung wird es in diesem Prozeß gehen, nicht mehr um die Eruierung von Tatsachen, sondern das Ganze wird todsicher nichts sein als eine große, amüsante, tragische, erbärmliche, groteske Farce, in der jedem seine Rolle zugewiesen ist, den Richtern, den Zeugen, den Sachverständigen, den Anwälten, dem Lautensack. Und ihm selber die undankbarste.

Allein das sichere Wissen um die bevorstehende Niederlage drückte Paul nicht. Er wird sehr viel Geld zu bezahlen haben, er wird auf Jahre hinaus in der elendesten Armut leben müssen, vielleicht wird er auf einige Zeit eingesperrt werden, und das wird unter der Herrschaft der Nazis kein Spaß sein. Trotzdem fuhr er erhobenen Herzens zu Gericht. Er war ein unpathetischer Mensch, aber er konnte sich nicht helfen, er fühlte sich als Träger einer Sendung. *Einer* muß da sein, der den Späteren zeigt, daß es auch in diesem Deutschland der Hitler und der Lautensack Leute gegeben hat, die inmitten der allgemeinen Dummheit und Feigheit aufstanden und erklärten: Das ist ja alles Lüge und Unsinn.

Weit über die Grenzen des Reichs hinaus hatte man wahrgenommen, daß skrupellose Abenteurer diesen Telepathen Lautensack und seine zweifelhafte Wissenschaft für ihre politischen Zwecke verwerteten und daß sich der Mann mit Begeisterung dafür verwenden ließ. Es war kein Zufall, daß der Aufstieg dieses Gauklers und seiner „deutschen Mystik" zusammenfiel mit dem Aufstieg Adolf Hitlers und seines Tausendjährigen Reichs. Paul Cramer hatte guten Grund anzunehmen, daß nicht nur er das Gleichnishafte seines Streites mit Lautensack erkannte.

Freilich ist dieser Streit, wie die Dinge nun einmal liegen, aussichtslos. Ein einzelner Mann, der, angetan mit nichts als seinem guten Recht, gegen die hirnlose Materie angeht, ist ein Don Quichotte. Eine Handvoll Gewalt ist nützlicher als ein Sack voll Recht, sagt sehr richtig ein deutsches Sprichwort. Trotzdem bereute Paul nichts. Trotzdem lächelte er still und vergnügt, wenn er an Lautensack dachte, den sichern „Sieger". Es war besser, der Don Quichotte zu sein als die für den Riesen gehaltene Windmühle.

Wie dann Paul Cramer vor den Richtern stand, mager und gelenkig, mit seinem gescheiten, lebendigen Gesicht und seinen schönen, heftigen, braunen Augen, flogen ihm denn auch viele Sympathien zu, und er freute sich dieser Teilnahme. Es war aber neben dem streitbaren Paul Cramer natürlich auch der betrachtende im Saal, und dem entging nicht, daß diese Sympathien von Anfang an etwas Gönnerhaftes hatten. Denn es war eben eine verlorene Sache, für die er stand, und darum war die Teilnahme selbst seiner Freunde gefärbt von jener kleinen Verachtung, die Unglück und Mißerfolg nun einmal hervorzurufen pflegen.

Die einleitenden Formalitäten dauerten lange; Paul hatte Muße, seinen Gegner zu beschauen. Er hatte ihn auf der Bühne gesehen und damals im Eden-Hotel, jetzt sah er ihn aus nächster Nähe, er roch ihn geradezu, er spürte die Ausdünstung dieses fleischigen, animalisch gierigen, bis in sein Tiefstes hinein komödiantisch aufgeputzten Mannes, und alles an ihm war Paul zuwider. Er haßte ihn mit ganzer Seele und spürte Mitleid mit Käthe; er schämte sich für sie dieses sich spreizenden Hahnes.

Endlich waren die Formalitäten vorbei, und man sprach zur Sache.

Man sprach nicht zur Sache. Von Anfang an vernebelten die Richter das Grundproblem, die Frage, ob Lautensack falsche Tatsachen vorspiegele und sich unerlaubter Kunstgriffe bediene. Statt dessen halfen sie ihm nach Kräften, mit Künsten zu glänzen, die ihm kein Mensch abstritt, und der Erörterung des wahren Streitgegenstandes aus dem Wege zu gehen. Sie taten, diese Richter, ernsthaft bemüht, als suchten sie die Wahrheit, und wichen ihr doch in weitem Bogen aus. Paul kam nicht heraus aus einer zornigen Verwunderung darüber, daß es das wirklich gab, daß sich würdige, gelehrte, in Ehren ergraute Männer hinsetzten in ihren feierlichen Roben und sich hergaben zu dieser albernen Komödie. Schämten sie sich denn nicht?

Und alle diese Menschen im Saal, waren sie denn überhaupt nicht interessiert an den Fakten? War ihnen denn die ganze Verhandlung nichts anderes als ein großes, sensationelles Theaterspiel? Der kämpferische Paul, der beleidigte Gerechte, empörte sich. Jedermann mußte doch sehen, wie hier die Wahrheit verschleiert und das Recht gebeugt wurde. Stand nicht endlich einmal einer auf und schrie: Das ist doch alles freche, dumme Komödie?

Der betrachtende Paul Cramer aber schaute die ganze Zeit hindurch dem streitbaren über die Schulter, kritisch, ironisch, weise. Er, der betrachtende, verstand die Menschen, die sich achselzuckend auf den Boden der Tatsachen stellten und wenigstens ihre Freude haben wollten an dem bißchen Zirkus. Er verstand auch diese Richter; sie spielten ihre verlogene Posse um des lieben Brotes willen, um ihrer Familie, um ihrer Pension willen. Er, der betrachtende Paul, beschimpfte den streitbaren, daß er nach so vielen Erfahrungen noch immer entrüstet war über den Lauf der Welt und das Wesen der Menschen.

Alles in allem war der Beklagte Paul Cramer recht behindert durch das Komödiantische der Veranstaltung, sowohl durch seine Empörung darüber wie durch seine sachlich kritischen Betrachtungen.

Dem Kläger Oskar Lautensack aber half gerade dieses Theaterhafte. Das Gefühl, auf einer Bühne zu stehen, auf welche die Augen der ganzen Welt gerichtet waren, gab ihm Schwung. Es ging für ihn erhöhtes Leben aus von der Idee, daß jedes Wort, das er sprach, jede Geste, die er tat, hinausgedrahtet wurde in die Welt. Er nutzte alle Möglichkeiten, die dieses grandiose Theater ihm bot. War frech und sicher und höflich und tief und höhnisch und geheimnisvoll und scharmant und cäsarisch und geschmeidig und stark und überlegen.

Mit souveräner Dreistigkeit gab er zu, daß er manchmal das Publikum durch „Geschicklichkeitsspiele" unterhalten habe. Von früher Jugend an habe er Freude daran gehabt, durch seltsame Kunststücke zu verblüffen. Es gehöre zum Wesen des Künstlers, daß er es liebe, aus der Wahrheit in die Dichtung abzuschweifen, Ernst und Tiefe mit bizarren

Schnörkeln zu versehen. Er habe nie ein Hehl daraus gemacht, daß er seriöse Versuche mische mit allerlei Till-Eulenspiegeleien, schon die Bezeichnung, die er für seine Vorführung gewählt, „Dichtung und Wahrheit", habe jeden, der guten Willens sei, darüber aufklären müssen, daß er sich nicht auf stur sachliche Experimente habe beschränken wollen. Wenn es indes um Wesentliches gegangen sei, versicherte er mit Nachdruck, dann habe er niemals gespielt oder gelogen. Niemals sei der Zauberkünstler Lautensack dem Seher Lautensack in die Quere gekommen oder habe ihn gar ersetzt.

Für einen Augenblick außer Fassung geriet er, als Paul Cramers Verteidiger fragte, ob nicht ein Manuskript existiere, in welchem Oskar selber der Telepathie deutliche Grenzen gesteckt habe. Habe nicht Herr Lautensack in einer handschriftlich vorliegenden Abhandlung wörtlich erklärt, gewisse Experimente seien Schwindel, gerade solche, wie er sie jetzt selber vornehme? Oskar hatte sich auf diese Frage vorbereitet. Doch als sie gestellt wurde, spürte er ein kleines, peinliches Gefühl im Magen. Er fürchtete, die Gegner hielten Anna Tirschenreuth im Hinterhalt, die Alte, und gleich werde sie erscheinen mit ihrem großen, kummervollen Gesicht und mit ihrem Stock. Während er auf alle andern Fragen ohne Zögern geantwortet hatte, blieb er diesmal einige Sekunden stumm. Dann aber riß er sich zusammen und antwortete frech, ja, er erinnere sich eines solchen Manuskripts. Darin aber habe er ausschließlich von Telepathie gehandelt, und die Telepathie sei nur *ein* Zweig am Baume der okkulten Künste und Wissenschaften. Was ihr unerlangbar sei, sei deshalb andern dunkeln Kräften der Seele noch lange nicht unerreichbar. „Mir selber sind", schloß er bedeutungsvoll, „mit zunehmenden Jahren Kräften zugewachsen, die jenseits aller Telepathie liegen und von denen ich mir früher nichts habe träumen lassen." Es gelang ihm, den Hinweis der Gegner auf seine eigene schriftlich niedergelegte Erklärung als Wortklauberei abzutun.

Paul Cramers Verteidiger hatten vier Zeugen aufgetrieben, die aussagten, daß sich die Ratschläge und Voraussagen, die ihnen Oskar gegen teures Geld erteilt, als objektiv falsch erwiesen hätten. Groß und anklägerisch erhob sich hinter diesen Zeugen der Schatten des Selbstmörders Tischler. Allein der Sekretär Petermann wies Dokumente vor, unterschriftliche Erklärungen dieser Zeugen. Ein jeder war vor der Konsultation darauf aufmerksam gemacht worden, daß der Meister nicht wie ein Uhrwerk funktioniere, wer also seine Ratschläge befolge, tue es auf eigene Gefahr. Die Stimmen aus der Tiefe, erläuterte mit ironischer Dreistigkeit Oskar, sprachen nun einmal nicht mit der Präzision eines juristischen Aktenstückes. Wenn die Herrschaften diese Stimmen mißverstanden hätten, so sei das ihre Schuld, nicht die seine. Ein bißchen Grütze, meinte er lächelnd, müsse derjenige haben, der sich auf etwas so Gefährliches einlasse wie auf Unterhaltungen mit den Stimmen aus der Tiefe.

Allein einer der vier Zeugen, der alte Herr Edmund Wernicke, Oberfinanzrat im Ruhestand, wollte sich mit derartigen Allgemeinheiten durchaus nicht abspeisen lassen. Eingehend berichtete er, wie er Lautensack wegen einer Magenoperation befragt habe, welche die Ärzte ihm dringlich nahegelegt hätten. Lautensack habe abgeraten, habe erklärt, eine Operation werde einen schlechten Ausgang nehmen. „Auf seine gläserne Pyramide hat er geschaut", bekundete zänkisch und beharrlich der Alte, „und drei-, viermal hat er mir verordnet: ‚Hüten Sie sich vor dem Messer.' Da ist doch kein Mißverständnis möglich, meine Herren. Vor was für einem Messer sollte ich mich denn hüten? Doch nicht vor einem Tischbesteck, sondern natürlich vor dem Messer des Chirurgen." Der Oberfinanzrat hatte sich also gehütet, doch darauf war es mit seinem Magenleiden immer schlimmer geworden, die Ärzte hatten erklärt, es sei schon fast zu spät zur Operation, und wenn er sie jetzt nicht vornehmen lasse, dann sei er bestimmt verloren, dann habe er keine drei Monate mehr zu leben. Er hatte schließlich, immer gegen Lautensacks Rat, dem Drängen der Chirurgen nachgegeben, die Operation war gemacht worden, sie war geglückt. „Hier stehe ich", erklärte fanatisch der Oberfinanzrat, „frisch und gesund, wie Sie alle zugeben werden, meine Herren, pudelwohl sozusagen, und erkläre als alter Beamter und aufmerksam gemacht auf die Bedeutung des Eides: Dieser Mann hier hätte mich mit seiner gläsernen Pyramide beinahe ins Grab gebracht. ‚Hüten Sie sich vor dem Messer.' Gott sei Dank hab ich mich nicht gehütet. Ich frage Sie, meine Herren, wenn ein Mann auf eine gläserne Pyramide schaut und einem mit Nachdruck Ratschläge erteilt, die sich hinterher als objektiv falsch erweisen und einen um ein Haar ins Grab bringen, wie nennt man so einen Mann auf deutsch, meine Herren? So einen nennt man einen Kurpfuscher und Quacksalber. Ich sage Ihnen, meine Herren, die Polizeiverordnungen, die für die Kurpfuscher lediglich Anmeldezwang vorsehen, reichen nicht aus zum Schutz der öffentlichen Wohlfahrt. Ich bin, nachdem ich mich von meiner Operation erholt hatte, der ‚Deutschen Gesellschaft zur Bekämpfung der Kurpfuscherei' beigetreten, und ich kann Sie nur auffordern: Tun Sie das alle, wenn Sie es gut mit sich selber meinen. Menschen wie dieser Lautensack müssen ausgerottet werden. Die dürfen im Neuen Deutschland keine Stätte haben. Ich weiß, was ich sage, meine Herren. Ich bin ein alter Beamter, ich habe viele Zehntausende von Steuererklärungen nachgeprüft, ich weiß, was Schwindel ist, und ich bin mir der Bedeutung des Eides bewußt." Wiewohl Oskar die Komik dieser Begründung unterstrich und die Zuhörer mehrmals zum Lachen brachte, blieb der kämpferische Fanatismus des Alten nicht ohne Wirkung.

Auch die Vernehmung des Alois Pranner, genannt Cagliostro, war für Oskar keine reine Freude. Alois durfte, das war vereinbart, der Wahrheit gemäß aussagen, sie beide, Oskar und er, hätten sich praktisch und theoretisch häufig mit Geschicklichkeitsspielen abgegeben. Unter keinen Umständen hingegen durfte Alois zugestehen, daß er seinen Partner bei dessen Prophezeiungen und Totenbeschwörungen mit Tricks unterstützt habe. Natürlich verweilten die Gegner gerade auf diesem Punkt. Alois antwortete brav mit den festgelegten Formulierungen. Als ihn aber die Gegner bedeutsam darauf hinwiesen, daß er unter Eid aussage, schwitzte und stotterte er; er wand und drehte sich und machte, der bizarre Mensch mit dem langen, kahlen Schädel über der krausen Nase, einen wenig günstigen Eindruck.

Oskar indes vermochte derlei taktische Niederlagen schnell auszugleichen. Er arbeitete nicht mit Argumenten der Logik, er verließ sich auf seine Kunst, emotional zu wirken. Es war ihm ins Blut übergegangen, daß es bei einer öffentlichen Vorführung niemals auf die Sache ankommt, immer nur auf den Ton, in dem sie vorgebracht wird. Paul hingegen, wenn er merkte, daß sich Richter und Zuhörer durch unsachliche, geschwollene Reden Oskars irreführen ließen, zappelte sich ab, die Unlogik des Gegners darzutun. Rief ihn zur Sache, wieder und wieder. Wirkte rechthaberisch, störrisch. Verärgerte das Gericht und die Zuhörer.

Oskar meinte dann wohl mit freundlichem Hohn: „Die meisten hier im Saal begreifen meine einfachen Worte. Herr Dr. Cramer, der Philolog, der gelehrte Herr, begreift sie nicht. Wenn ich es so schwer habe", erklärte er den Richtern, „mich der zünftigen Wissenschaft verständlich zu machen, so liegt das daran, daß wir, die Wissenschaftler und ich, an Erkenntnissen interessiert sind, die nichts miteinander zu tun haben. Der Chemieprofessor erklärt, die Stoffe, aus denen sich der Mensch zusammensetzt, seien Salz, Kalk, Eiweiß und dergleichen. Shakespeare meint, wir seien gemacht ‚aus solchem Stoff, wie der zu Träumen ist'. Finden Sie", wandte er sich liebenswürdig an Paul, „daß man Shakespeare deshalb einen Schwindler nennen kann?" – „Das ist nicht interessant", lehnte Paul ab, „das gehört nicht zur Sache." Auch der Vorsitzende erklärte mit sanftem Tadel, das gehöre nicht zur Sache, aber den weitaus meisten leuchtete Oskars Argumentation ein.

Noch viel schlechter als Paul selber schnitt sein erster Sachverständiger ab, Professor Thomas Hravliczek. Der Zwerg befremdete die Zuhörer durch sein Aussehen; seine nüchterne, wissenschaftlich umständliche Ausdrucksweise erregte Heiterkeit, sein böhmischer Dialekt Gelächter. Oskar nützte die Stimmung des Publikums aus. Ging so weit, das, was Hravliczek vorbrachte, mit spöttischer Hilfsbereitschaft in ein dem Laien verständliches Deutsch zu übersetzen. Erklärte etwa: „Der Herr Sachverständige will sagen", und gab des Professors Sätze glatt, einfach, nur mit ganz leiser Ironie verbrämt, wieder. Steigerte durch freundliche Anmerkungen die Fröhlichkeit des Publikums so, daß der Vorsitzende drohte, den Saal räumen zu lassen.

Bis zuletzt hatte Oskar gefürchtet, die Gegner würden Anna Tirschenreuth aufrufen lassen. Bei einer Vernehmung der Tirschenreuth hätte niemand gelacht, und er hätte nicht gewußt, wie er ihre Aussage hätte entkräften sollen. Doch keine Anna Tirschenreuth wurde aufgerufen, Oskar atmete auf.

Nein, die Gegner hatten zur Beweisaufnahme nichts mehr vorzubringen. Wohl aber Oskar. Die Richter, ersuchte er dringlich, müßten ihm erlauben, ihnen seine von dem Beklagten angezweifelten Fähigkeiten durch Augenschein darzutun.

Wenn er hier Tote beschwören und Zukünftiges prophezeien wolle, erklärte der Gegenanwalt, habe sein Mandant nichts einzuwenden. Protestieren aber müsse er gegen eine Vorführung telepathischer Experimente; denn nicht diese, sondern lediglich jenes andere bezeichne Herr Dr. Cramer als Humbug.

Natürlich dachte Oskar gar nicht daran, Tote sprechen zu lassen oder Zukünftiges zu verkünden. Aber unter keinen Umständen wollte er auf die großartige Gelegenheit verzichten, der ganzen Welt auf dem Umweg über dieses Gericht seine telepathische Kunst zu zeigen. Sein Anwalt führte aus, das, was mit Oskar Lautensack vorgehe, wenn einmal sein Ingenium arbeite, entziehe sich seinem Willen. Ob dann in ihm die Gedanken Lebender oder Toter wach würden, ob er Aussagen machen werde über Gegenwart oder Vergangenheit oder Zukunft, das könne er vorher nicht sagen. Auch der begabteste Komponist könne nicht dafür einstehen, daß ihm zu einer vorgeschriebenen Zeit und an einem vorgeschriebenem Ort eine Melodie zu einem vorgeschriebenen Text einfallen werde. Mehrmals aber, oftmals, habe der Meister, wenn einmal jene geheimnisvolle Kraft in ihm wach geworden sei, die Gedanken Toter wiedergegeben und Hinweise auf die Zukunft gemacht, verblüffend durch ihre später erwiesene Richtigkeit. Es gehe nicht an, ihm von vornherein unter einem durchsichtigen Vorwand die Möglichkeit abzuschneiden, vor Gericht diese seine Fähigkeit zu zeigen.

Die Richter folgten den Ausführungen des Anwalts und ließen zu, daß Oskar vor ihnen experimentierte.

Oskar holte tief Atem. Jetzt hatte er, was er wollte, die größte Chance seines Lebens. Nicht nur die hier im Saal schauten jetzt auf ihn, sondern die ganze Welt; der Planet war seine Bühne. Und der Erfolg hing ab allein von seiner Leistung. Der Gedanke beschwingte ihn, erhöhte seine Kraft. Ihm war, als schwinde jetzt schon Fleisch und Bein der Menschen ringsum, als werde ihr Leib zu Glas und könne er ihre Gedanken und Gefühle lesen wie von einer Leuchtschrift.

Er begann zu experimentieren. Zunächst führte er seine üblichen kleinen Künste vor. Bat die Richter oder auch den Gegenanwalt, irgendwelche Personen zu bezeichnen, die ihm in verschlossenen Umschlägen Botschaften übermitteln sollten; er dann, aus den verschlossenen Umschlägen, verkündete diese Botschaften. Sogleich wirkte sein Mut und seine Sicherheit auf alle. Er ging weiter. Wieder ließ er sich von den Richtern oder vom Anwalt des Gegners Personen bezeichnen, und er las ihre Gedanken. Er arbeitete wie in der Vorstellung, er spielte mit seinen Partnern, er erriet und er suggerierte. „Bin ich richtig? Bin ich richtig?“ fragte er, und kaum je gab es einen Versager.

Dies geschah am hellsten Tag, in einem Berliner Gerichtssaal. Tausend Menschen schauten zu, mit steigender Teilnahme betrachteten sie den arbeitenden Mann. Alles vollzog sich werktäglich, es war, als lese jemand Briefe vor, aber diese Briefe waren nicht geschrieben, sie standen nur im Hirn der Befragten, und dennoch las sie dieser Mensch, als stünden sie vor ihm schwarz auf weiß. Mit einem gespannten, beklommenen Lächeln schauten Richter und Hörer auf ihn, vergessen hatte man, daß es darum nicht ging, hingerissen war man von dem seltsamen Phänomen. Mehrmals versuchte Pauls Anwalt einzugreifen, aber man wehrte sich gegen den Störer, er kam kaum zu Wort. Und: „Bin ich richtig? Bin ich richtig?“ fragte Oskar Lautensack, und er war richtig, immer wieder. Es fehlte wenig, und man hätte nach jedem Treffer jubelnd applaudiert wie in der Vorstellung.

Benommen schaute Hannsjörg auf den großen Bruder. Er selber hatte mit viel List und Raffinement den Trank zusammengebraut, den Oskar da servierte, er selber hatte Oskar den Kredit geschaffen, der die Voraussetzung seines Triumphes war. Aber was Oskar da vorne darbot, das war eben doch viel mehr als kunstvoll ausgeklügeltes Theater und hatte nicht das geringste zu tun mit der Wirkung des Schauspielers. Der Strom, der von Oskar ausging, stammte aus andern Quellen, stammte „von den Müttern her, von Gewässern der Tiefe her". Hannsjörg kannte den Bruder bis ins kleinste, mit Augen des Hasses hatte er seine Schwächen ausgespäht, wußte, wie maßlos eitel Oskar war, wie hemmungslos unterworfen all seinen Begierden, wie faul, wie lächerlich: und trotzdem, als er jetzt das massige, besessene Gesicht des arbeitenden Mannes sah, schlug, wie so oft, sein kritischer Haß in liebende Bewunderung um, er begriff, daß der Bruder von Jugend an seine Umgebung hingerissen hatte, die Eltern, die Lehrer, die Weiber, ihn selber, er ließ sich gerne hinreißen wie die andern, er war stolz, der Bruder dieses großen, jawohl, dieses genialen Menschen zu sein.

Nicht einmal Paul Cramer konnte sich der Wirkung Oskars entziehen. Gespannt schaute er ihm zu, und er ertappte sich dabei, daß er selber wünschte, Lautensacks Experimente möchten gelingen. Ja, der betrachtende Paul wußte, daß jetzt jeder in diesem Saal sich von der Spannung und dem Glauben eines jeden anstecken ließ. Jeder war ein Teil des Experimentierenden, es war der Erfolg eines jeden, wenn das Experiment gelang. Man wünschte, selbst die Gegner wünschten, es möge gelingen. Sie wünschten, herausgehoben zu sein aus ihrem Alltag, sie wollten das Übernatürliche, sie wollten das Wunder, sie trugen dazu bei, daß es entstand.

Oskar arbeitete weiter, glücklich. Bezaubert bis zum Ende hielt er seine Hörer, diese skeptischen Leute aus dem skeptischen Berlin. Angezogen und mit Scheu schauten sie auf ihn und wünschten sich mehr, immer mehr.

Alle bedauerten es, als er seine Vorführungen beendete. Er

hatte seinen Zweck erreicht. In die vier Winde hinaus meldeten die Berichterstatter: „Oskar Lautensacks Hellsehen kein Schwindel, bestätigt deutsches Gericht."

In der Urteilsbegründung wurde festgestellt, der Kläger Oskar Lautensack habe vollen Beweis erbracht dafür, daß er über jene Kräfte verfüge, welche ihm der Beklagte Paul Cramer habe abstreiten wollen. Cramer wurde zur Höchststrafe verurteilt, zur Zahlung von zehntausend Mark und zu einem Jahr Gefängnis.

Inmitten der blitzenden Apparate der Kinoleute und Reporter, umbraust von Beifall, angestaunt mit Scheu und Bewunderung, stand Oskar Lautensack, Repräsentant des neuen deutschen Geistes, auf der Treppe, die vom Gerichtsgebäude hinein in die Stadt Berlin führte.

Dritter Teil
Sophienburg

Geschwellt von Glück ging Oskar in diesen Tagen nach seinem Prozeß herum. Was die Feinde, die großkopfigen, ihm zum Verderben geplant haben, ist ihm zum Segen ausgeschlagen. Ilse Kadereit hat den Ausgang des Prozesses, den sie bösartig angezettelt, nicht erst abgewartet. Sie ist verduftet, sie treibt sich irgendwo im Ausland herum, sie vermeidet es, ihn zu sehen, ihn, dessen Ingenium jetzt anerkannt ist für immer.

Denn obwohl Oskar genau wußte, wie die Entscheidung des Gerichtes zustande gekommen war, empfand er das Urteil als eine Bestätigung durch das Schicksal, durch den Geist. Schwarz auf weiß hat er es jetzt, verbrieft und besiegelt, daß ihm übernatürliche Kräfte eignen. Ausgestrichen aus seinem Gedächtnis ist jener Abend, da seine Kunst an Käthe so kläglich gescheitert war. Die nüchterne Mäkelei des Hravliczek kostete ihn jetzt nur mehr einen Lacher; der hat versungen und vertan, der Beckmesser, der böhmische. Und die Tirschenreuth, mein Gott, sie hat ihre Chance gehabt, sie hat sie nicht wahrgenommen, das ist ihre Sache. Er prüfte sich; nein, der Gedanke an ihr großes, kummervolles Gesicht kratzt ihn nicht mehr. Die Einwände der Zweifler sind erledigt. Das Schicksal hat gesprochen, hat ihn auserwählt.

Es gibt Männer, denen, gerade weil sie zur Größe geboren sind, Unglück bestimmt ist. Er gehört nicht zu diesen. Er ist ausersehen, innere Größe mit äußerm Glanz zu vereinen, und er ist gewillt, das volle Maß seines Glückes zu genießen. Nur wenige verstehen es, glücklich zu sein; das selige Pathos pflegt schnell zu verrauchen, nach Stunden, nach Minuten. Er hat die Kraft, sein Glück auszukosten, es wissend festzuhalten durch Tage, durch Wochen.

Was jetzt die Menschen überzeugte, war mehr noch sein Ruhm als seine Leistung. Seine Leistung wurde verhundertfacht durch seinen Ruhm. So wie die Massen begeistert waren, wenn der Führer nur erschien, weil eben seine Führerschaft bestätigt war durch seinen Ruhm und sein Glück, so brauchte Oskar Lautensack nur zu erscheinen, und die Luft wurde schwer von Scheu; sein bloßer Name löste dunkle, verlangende Ahnung des Übernatürlichen aus, „Religion". Vor allem die Frauen drängten sich um ihn, wollüstig atmeten sie seinen Dunstkreis, sie waren glücklich, wenn er ihnen einen Blick schenkte. Er war der Prophet, der Verkünder eines neuen Gottes, einer neuen Welt.

Mit vollen Zügen trank er seinen Erfolg. Sein Glück war kein Zufall, er hatte es herbeigezwungen, es war sein Werk.

Für „Deutschlands Stern" schrieb er einen Aufsatz über das Glück. Glück, führte er aus, sei nichts durch äußere Umstände Bedingtes, sondern eine Eigenschaft. Es gehöre Willenskraft dazu, dem einmal erkannten Stern zu folgen auch zu den Zeiten, da er nicht sichtbar sei. Er bekenne sich zum Übermut, zu jener Hybris, welche nach der Meinung der Alten die Rache der Götter auf das Haupt des Sterblichen herunterrufe. Das sei der Unterschied des deutschen Menschen vom antiken: der deutsche Mensch sei übermütig, er stehe dem Schicksal, er lasse nur *einen* Gott gelten, den in der eigenen Brust, er habe nur *einen* Glauben, den an sich selber, an die eigene Kraft, an den eigenen Stern.

Er sang dieses dunkle, freche Lied des Triumphs. Er fühlte sich auf der Höhe seiner Kraft. Ein neuer Oskar Lautensack war da; versunken in tiefste Vergessenheit war jener, der, noch als der gleiche Mond am Himmel gewesen, an einem Abend der Erniedrigung seine Schmach und sein Versagen in Bier zu ersäufen versucht hatte.

Manfred Proell, in seinem Büro im Columbia-Haus, hatte sich das einfache Mittagessen der Kantine auf seinen Schreibtisch stellen lassen und Weisung gegeben, ihn eine halbe

Stunde lang nicht zu stören. Er muß jetzt die Geschichte noch einmal allein und in Ruhe überdenken und dann endlich einen Entschluß fassen.

Es geht um folgendes. Die bisherigen Herren Deutschlands, das Pack um Hindenburg, die feinen Leute, haben natürlich der Partei die Macht nur unter hundert Kautelen überantwortet und sich selber entscheidende Kontrollstellen vorbehalten. Die Partei hatte das nicht anders erwartet und hielt seit langem einen Plan bereit, die lästigen Fesseln loszuwerden. Man war entschlossen, einen Staatsstreich von links zu inszenieren und dann außergesetzliche Vollmachten in Anspruch zu nehmen, um ihn niederzuschlagen. Auf diese Weise wird man elegant und für immer die unbequeme Legalität durch die absolute Herrschaft der Partei ersetzen.

Mit der Fabrizierung des „bolschewistischen Staatsstreichs" hat nun der Führer ihn, Manfred Proell, beauftragt. Man ist sich klar darüber, daß der Linksputsch über die Anfänge, über die „Signale", nicht hinauszugelangen braucht. Allerdings müssen es sehr handgreifliche „Signale" sein.

Proell führt einen Bissen Gulasch zum Mund, mechanisch, nicht wissend, was er ißt. In engere Wahl kommen von den vorgeschlagenen Signalen drei. Da könnten erstens die Roten ein Attentat auf Hitler versuchen. Zweitens könnten sie das Parteihaus in München in die Luft sprengen. Drittens könnte man das Signal hier in Berlin „aufflammen" lassen, indem man ein großes öffentliches Gebäude in Brand steckt, Börse oder Reichstag oder Zeughaus.

Soweit ist Proell schon seit zwei Tagen. Doch gegen seine Gewohnheit zögert er, den endgültigen Entschluß zu fassen. Es bleibt reine Glückssache, welches von den drei Signalen man wählt: das Attentat auf Adolf, die Explosion des Münchener Parteihauses, den Brand hier in Berlin. Dämlich sind sie alle drei, diese „Signale", aber vielleicht, höchstwahrscheinlich, wirken sie, gerade weil sie dämlich sind.

Proell stellt den Teller mit den Resten des Gulaschs zur Seite, holt sich die Nachspeise heran, es ist Schokoladentorte mit Schlagsahne, schiebt sich ein Stückchen in den Mund, spült mit einem Schluck Kaffee nach. Jetzt wenden wir mal eine Zeitlang unsere Gedanken ab von diesen albernen „Signalen", Manfred, jetzt lassen wir sie spazierengehen, und dann, mit erfrischtem Gehirn, ohne länger zu fackeln, entscheiden wir uns. Er nimmt von den Zeitungen und Zeitschriften, die den Tisch überdecken, eine zur Hand, es ist „Deutschlands Stern". Das ist gerade das Richtige. Er liest das Inhaltsverzeichnis. „Oskar Lautensack, Das Wesen des Glücks." Schön, beaugapfeln wir es einmal, das Wesen des Glücks. „Glück ist eine Eigenschaft . . . Ich bekenne mich zu jener Hybris, welche nach der Meinung der Alten . . ." So siehst du aus. Wozu du dich bekennst, das ist die Meinung der Alten, daß die Dummen nicht alle werden.

Ein gewiegter Bursche, dieser Oskar Lautensack. Ist nichts, kann nichts, hat sich einfach ein Schild umgehängt: „Ich bin das Delphische Orakel", und jetzt ist er's.

„Das Wesen des Glücks." Es bleibt Glückssache, welches von den drei Signalen man wählt. Glück ist eine Eigenschaft. Das klingt nach was; wenn man aber näher hinlinst, dann ist es Tiefschwatz, Bockmist. Immerhin, es gibt Fälle, es gibt Fälle. Bei der Entscheidung über die Signale zum Beispiel kommt man mit dem Verstand nicht weiter. Für jedes der drei spricht genausoviel wie dagegen. Es ist schon so: es gibt Fälle, in denen auch ein Manfred Proell mit dem Verstand nicht weiterkommt und sich auf sein kindliches Gemüt verlassen muß. Leider aber bleibt diesmal auch das kindliche Gemüt, der Instinkt, stumm wie eine Auster.

„Das Wesen des Glücks." Wozu eigentlich leistet man sich den kostspieligen Seher? Der bringt doch professionell den stummen Instinkt zum Reden. Proell selber hat es mehrmals miterlebt; mehrmals haben Freunde von ihm erklärt, was dieser Lautensack während seiner Experimente aus ihnen herausgeholt habe, sei genau das, was sie gespürt hätten, aber nicht recht hätten ausdrücken können. Wie wäre es, wenn er den Lautensack in Marsch setzte? Soll sich der mal an ihm betätigen, an Proell, soll der mal den Hund hinterm Ofen vorlocken. Los, mein Junge. Hinunter zu den Müttern. Marsch, marsch.

Für den Abend sagte sich Proell bei Lautensack zum Essen an.

Der Stabschef gab sich aufgeräumt, doch er war erregt. Er liebte großes Spiel. Es war frech, es war Spiel von Format, eine so außerordentliche Sache, vielleicht das Schicksal der Partei, abhängig zu machen von dem, was der dumpfe Mund dieses besessenen Mannes aus Deggenburg stammeln wird.

Es war das erstemal, daß Oskar mit dem Stabschef allein war. Hinter dem leichten, muntern Geschwätz Proells spürte er jene Benommenheit, jene nervöse, befangene Spannung, welche diejenigen, die ihn um Rat angingen, so häufig hinter einer skeptisch beiläufigen Redeweise zu verstecken suchten. Er selber war erregt. Er hatte sich lange danach gesehnt, gerade diesem Mächtigen, diesem gefährlichen, zynischen Spötter Proell zu zeigen, was er kann.

„Ich nehme an, mein Lieber", begann Proell nach dem Abendessen, „Ihre innere Stimme hat Ihnen bereits geflüstert, warum ich da bin. Die Partei spielt mal wieder Lotterie. Ganz groß. Na, und was tut da Manfred Proell? Er geht zu unserm geschätzten Kalchas und läßt sozusagen ihn in des Schicksals Schoß greifen."

Der forsch banalisierende Ton des Stabschefs vermochte Oskar nicht irrezuführen. Der Mann war so, wie ihn sich Oskar nicht besser vorbereitet wünschen konnte. Der Mann fühlte sich vor ihm wie der Patient vor dem Arzt. Der Mann wartete darauf, von ihm ein Wort zu hören, das Wort, das ihm die Richtung geben soll.

„Wenn Sie wünschen, Parteigenosse", sagte Oskar höflich, „dann bin ich gerne bereit, mit Ihnen zu experimentieren." – „Schon ein Treffer", antwortete Proell. „Genau darum wollte ich Sie bitten. Linsen Sie mir mal ins Innere. Meine Intuition funktioniert nicht nach Wunsch. Scheint da ein bißchen Kurzschluß gegeben zu haben. Versuchen Sie mal, ob Sie herauskriegen können, was sich da in mir und um mich zusammenbraut." – „Ich denke, das kann ich", sagte Oskar und richtete die heftigen, dunkelblauen Augen voll auf den andern; sein starkes, massiges Gesicht, das noch jetzt tief in den Winter hinein seine Bräune bewahrt hatte, stach ab von dem fahlrosigen des andern. „Aber ich warne Sie", fuhr er fort. „Es ist manchmal nicht ungefährlich, in das eigene Innere hinunterzusteigen." – „Wird schon nur halb so schlimm sein", erwiderte mit seiner knarrenden Stimme Proell. „Machen Sie keine Zicken, Prophet. Kurbeln Sie es an, Ihr wertes Daimonion. Rin ins Vergnügen."

„Ich bin schon dabei, Herr Stabschef", antwortete Oskar. Je mehr der Mann daherschwadronierte, so deutlicher erkannte Oskar seine nervöse Beklommenheit, so ruhiger wurde er selber. „Wollen Sie sich, bitte, entspannen", forderte er ihn auf, „sich ganz gehenlassen, sich nicht sperren und nicht sträuben." – „Was?" wunderte sich Proell. „Kein mystisches Kabinett? Keine gläserne Pyramide? Einfach so im Straßenanzug, wie am Postschalter?" – „Ich bin heute gut in Form", antwortete Oskar, „ich brauche keine Hilfsmittel", und er schaute ihn unverwandt an. „Machen Sie doch ein bißchen Kaleika, Mensch", sagte mit krampfiger Schnoddrigkeit Proell, „wie soll man Ihnen denn sonst glauben?" – „Bitte, geben Sie mir Ihre Hand", war alles, was Oskar antwortete. „Wenn Sie sich was davon versprechen", sagte Proell, und er legte seine weiße, fleischige Hand in die große, brutale des andern.

Er schwatzte weiter, doch Oskar hörte nicht mehr auf ihn. Allmählich verstummte auch Proell. Oskar schaute ihn an, immer nur an, und von seinem Aug und von seiner Hand ging etwas sonderbar Erregendes hinüber zu Proell. Es zwang einen, zog einen. Zog an und stieß ab. Es schläferte einen ein und machte einen doch wacher, heller. Es war süßlich widerwärtig, man wehrte sich dagegen und sehnte sich doch, daß es stärker werde, immer stärker.

Oskars Hand hielt die des andern nur ganz leise, doch seine Augen ließen ihn nicht los, klammerten sich an ihn, sogen sich an ihm fest. Oskar wartete. Und siehe, jetzt näherte es sich, siehe, jetzt war es da. Oskar verspürte jenes kleine, feine Reißen, die Dinge um ihn versanken, sein Gesicht wurde leer, der Kiefer fiel ein wenig herunter. Er ließ die Hand des andern fahren. Fühlte sich aus sich selber herausgehoben. „Sah."

Was er aber sah, war quälend und beglückend in einem und stellte eine erschreckende Verbindung her zwischen ihm und dem Manne Proell.

Von jeher nämlich hatte Oskar Lautensack das Feuer geliebt. Schon als kleiner Junge hatte er „gezündelt", wie man das in Deggenburg nannte. Er hatte mit seinen Schulkameraden den Kaiser Nero und den Brand von Rom gespielt. Auf die Mauern einiger Häuser am Rande der Stadt hatten sie mit gestohlener schwarzer Farbe das Wort „Rom" hingemalt, dann hatten sie eine verfallene Mühle angesteckt, und er, Oskar, war mit seiner Geige auf eine Leiter gestiegen und hatte, während es zu züngeln begann, gesungen: „Mein Herz, das ist ein Bienenhaus." Um ein Haar wäre wirklich Feuer ausgebrochen, erschrockene Leute waren zugerannt, und am Schluß hatte Hannsjörg furchtbare Haue gekriegt. Es war schon damals mehr als ein kindisches Spiel gewesen, und auch weiter, alle die Jahre hindurch, sein ganzes Leben hindurch, hatte Oskar am Feuer seine Freude gehabt. Wenn es irgendwo einen Brand gab, scheute er keinen Umweg, um in die Nähe zu kommen und den Flammen begierig zuzuschauen. Und erst jetzt, in diesen Tagen, hatte er sich zweimal einen Film Cecil de Milles angeschaut, in welchem Rom gewaltig brannte, und er wird ihn sich ein drittes Mal anschauen. Sie war wohl etwas sehr Deutsches, diese seine Liebe zum Feuer. „Herauf, wabernde Lohe." Auch das Gewaltigste, was Wagner geschaffen hatte, war ein Lied zum Feuer.

Mit freudigem Schreck also nahm er wahr, daß es in der Seele des Parteigenossen Proell ähnlich aussah. Es brannte in Proell, es waren Bilder eines Brandes im Gehirn des Proell. Kleine Flammen zuerst sah Oskar, Flämmchen, Flämmlein, dachte er wohlgefällig, „Flämmlein", sagte er wider Willen laut, den Klang des Wortes schmeckend, Flämmlein, die aber immer wilder züngelten und tanzten, Flämmlein, die rasch in die Höhe kletterten und zu einem ungeheuern Feuer wurden.

Langsam, die Worte suchend, doch mit Bestimmtheit, sprach er Proell von seiner Vision. „Nicht schlecht, nicht schlecht", sagte Proell. Es gelang ihm nicht, die gewohnte ironische Jovialität festzuhalten, der Mund war ihm trocken.

Von dem Brandprojekt wußte noch kein halbes Dutzend Menschen. Man konnte es kaum ein Projekt nennen, man hatte eigentlich nur gleichnishaft davon gesprochen. Wenn die bolschewistische Revolution aufflammt, hatte einer nachdenklich gesagt, dann hätte man willkommene Gelegenheit, den Brand gründlich zu löschen, und: „Aufflammen, aufflammen", hatte der dicke Hermann ebenso nachdenklich erwidert, „dazu bräuchte es doch nur ein Zündholz." Das Ganze war vag gewesen, unmöglich hatten die Brüder Lautensack davon erfahren können. Und das merkwürdigste war, daß er, Proell, wenn er's recht überlegte, das „Aufflammen" der bolschewistischen Revolution von Anfang an für das beste Signal gehalten hatte; jetzt, nach den Worten dieses Lautensack, wurde ihm das sonnenklar. Es war wirklich sonderbar, mehr als sonderbar, daß der Mensch hier an die innersten Geschehnisse und Gedanken des andern so nahe herankam; es war tief beunruhigend, ekelhaft und unheimlich anziehend zugleich.

„Nicht schlecht, nicht schlecht", wiederholte also Proell, die knarrende Stimme ein wenig verschleiert, und: „Weiter, weiter", drängte er. Er räusperte sich, suchte seinen gewohnten Ton anzuschlagen. „Flammen, Feuer", sagte er, „das klingt so allgemein, geradezu symbolisch. Wenn Sie schon sehen, dann sehen Sie gefälligst ein bißchen tatsächlicher. Wer oder was brennt? Wo brennt's? Äußern Sie sich."

„Sie sind ungeduldig, Parteigenosse", sagte, ihn beinahe hänselnd, Oskar. „Wenn Sie sich mehr entspannen und gelassener abwarten wollten, dann würden Sie es sich und mir leichter machen." Er zog die Lider über die heftigen Augen, so tief, daß sie beinahe geschlossen waren. In ihm klang der Feuerzauber. Mit langsamer, suchender Stimme berichtete er: „Ich sehe. Ich sehe immer deutlicher. Was da brennt, ist ein großes öffentliches Gebäude. Es hat eine goldene Kuppel. Wir kennen es beide. Es ist der Reichstag." Proell atmete schwerer als sonst. „Nicht schlecht, nicht schlecht", bestätigte er, fast wider Willen. „Das Feuer", berichtete Oskar weiter, „ist nicht durch Zufall entstanden. Es ist ein verbrecherisches Feuer. Doch auch ein gutes, reinigendes." – „Möglich, möglich", gab Proell zu. Er riß sich zusammen. „Aber Wertungen sind nicht erwünscht", erklärte er knapp und knarrend. „Erwünscht sind Tatsachen."

„Es gibt weiter keine Tatsachen in Ihnen, Parteigenosse", erklärte höflich, doch autoritativ Oskar. „Es gibt in Ihnen nur mehr Wertungen." – „Ein Blatt vor den Mund nehmen Sie sich nicht", stellte Proell fest. Aber: „Bin ich richtig?" fragte ruhig Oskar. „Sie haben es nicht schlecht gemacht", anerkannte Proell. „Ich danke Ihnen." Oskar strich sich über die Stirn, als wischte er etwas fort oder als nähme er eine Binde weg. „Ich freue mich, Herr Stabschef", sagte er, „daß Sie auf Ihre Rechnung gekommen sind."

Die beiden Männer saßen einander gegenüber. Proell, nachdenklich, mühte sich, den Blick des andern zu vermeiden, versuchte skeptisch zu lächeln. Es gelang ihm nicht.

Er wartete darauf, daß Oskar seine Rechnung präsentiere. Er nahm an, es werde eine hohe Rechnung werden. Er wünschte es fast. Er wollte dem Burschen nichts schuldig sein.

Allein Oskar dachte gar nicht daran, eine Rechnung zu präsentieren. Er wollte seine Verkündigung nicht entwerten dadurch, daß er sich dafür bezahlen ließ. Er übte seine Kunst um der Kunst willen. Er war reich genug, auch einen sehr reichen und sehr mächtigen Mann zu beschenken, und es machte ihn stolz, gerade diesem Proell ein unbezahlbares Geschenk gemacht zu haben.

Der also wartete darauf, daß endlich Lautensack mit der Rechnung herauskomme. Wartete vergeblich. Das verdroß ihn. Der Mann hatte ihm und der Partei einen Dienst geleistet. Manfred Proell wollte keine Geschenke. Er wollte bezahlen, er liebte glatte Konten. Aber dieser Oskar Lautensack war offenbar ein ziemlich schwieriger Zeitgenosse. Ein unangenehmer Zeitgenosse, alles in allem. Proell weiß jetzt, welches Signal er anstecken wird, und das ist gut. Aber verdammt ungemütlich ist es, daß da einer herumläuft und in einen hineinlinsen kann wie ein Röntgenapparat. So sauber hält kein Mensch sein Inneres, daß er einen Fremden in alle Winkel hineinschauen lassen kann. Nee, nee, das ist nichts für Onkel Proell. Interessant war das Erlebnis, aber auf diesen Stuhl setzt er sich kein zweites Mal.

Es scheint wirklich, daß dieser Visionsfritze sich nichts zahlen lassen will. Hat seinen Stolz, der Herr Prophet. „Na also", verabschiedete sich schließlich Proell, „heißen Dank, Parteigenosse. Zu Gegendiensten gern bereit." Und er verließ Oskar Lautensack als sein Feind.

Glück und Stolz ließen Oskar in dieser Nacht nicht schlafen. Gewiß, der Entschluß, den großen Brand zu stiften, war von vornherein in Proells Gehirn gewesen; aber ohne ihn, Oskar, hätte er dort wahrscheinlich für immer geschlummert. Er, Oskar, gehörte zu dem halben Dutzend Menschen, welche die Weichen stellten, den Lauf der Welt zu regeln. Das Bild gefiel ihm: er war ein Weichensteller des Schicksals.

Als er am nächsten Morgen aufstand, war in ihm gewaltig die Lockung, seine Zeitgenossen von dieser seiner Bedeutung zu unterrichten. Doch ein Rest gemeinen Deggenburgischen Menschenverstandes sagte ihm, daß er das schwerlich tun könne, ohne es mit dem Stabschef Proell zu verderben.

Völlig stumm zu bleiben aber vermag er auch nicht. Wenigstens seinen Nächsten muß er von seinem Glück erzählen. Schade, daß Käthe nicht da ist. Sie ist spröd von Wesen, aber das risse auch sie hin. Auch Hannsjörg, trotz seiner spöttischen Art, verstünde es, was es heißt, einen eiskalten Skeptiker wie den Proell zu bezwingen. Doch Hannsjörg ist nicht in Berlin. Er hat was erreicht, der Kleine, seitdem die Partei an der Macht ist, er ist Reichspressechef geworden, er hat den Titel Staatsrat, und jetzt ist er in amtlicher Eigenschaft auf einige Zeit nach Rom gefahren; wahrscheinlich hat er dort eine Sondermission. Bleibt von zuverlässigen Freunden höchstens der Alois.

Alois indes war seit dem Prozeß wieder besonders schwer zu haben. Zwar hatte ihn, den Fachmann, die große Nummer, die Oskar im Gerichtssaal geboten, hingerissen, und er war seither dem Zauber, der von dem Freunde ausging, noch tiefer verfallen. Allein der Hochmut Oskars war ihm ein ständiger Verdruß, auch kratzte ihn der Meineid, den er für seinen Spießgesellen hatte schwören müssen. Er war noch grantiger als früher, besonders wenn von Politik die Rede war, und Oskar sah voraus, daß Alois für seine Begegnung mit Proell nur mürrischen Hohn haben werde. Doch er konnte sich nicht helfen, er mußte ihm davon sprechen. Es kam, wie es Oskar erwartet hatte. „Fahr ab mit deiner damischen Politik, eingebildeter Hammel", war alles, was Alois zu Oskars schicksalsträchtiger Rolle anzumerken hatte.

Oskar, da er sich vor irgendwem die Brust freireden mußte, fuhr zu der Schneiderin Alma. Der ging es gut, das Atelier, das ihr Oskar in Berlin eingerichtet, blühte, sie war voll von Dankbarkeit für ihren großen Freund, der noch immer zwei-, dreimal des Monats zu ihr kam.

Ihr also erzählte er. Nach außenhin stünden andere vornean; in Wahrheit aber stelle er die Weichen der Partei und des Reichs. Er sprach von einem großen Plan, den er mit Proell ersonnen, von dem Brand, von dem Signal, von der Zerschmetterung der Gegner. Auf und ab ging er und berichtete. Alma hörte ehrfürchtig zu, bemitleidete ihn um der schweren Bürde willen, die er zu tragen habe, bewunderte seine Größe, war sanft und zärtlich und verehrungsvoll, genau wie er sich's vorgestellt hatte. Er war ihr sehr zugetan. Gewiß, sie war keine bedeutende Frau, aber Goethe hatte schon gewußt, warum er sich zeitlebens an kleine Mädchen hielt.

Auch der Zauberkünstler Cagliostro schätzte die Schneiderin Alma. Er kam jetzt oft zu ihr, bevor er in die Vorstellung ging. Ihr Dunstkreis, ihre ruhige, langsame Art, ihr breiter, gelassener Dialekt gab ihm Heimatgefühl. Sie setzte ihm Bier vor, Weißwürste, einen großen, kunstvoll in Scheiben geschnittenen und gesalzenen Rettich, und er ließ sich vor ihr über den Oskar aus. So wie jetzt bei ihr pflegte er, wenn er in München war, seinen Dämmerschoppen abzuhalten in dem rauchigen, lärmenden, finstern Restaurant „Franziskaner", schimpfend über die Zeitläufte.

Seitdem ihm Oskar von Proell und dem großen Feuer erzählt hatte, zog Alois besonders grimmig über den Freund her. Daß der immer tiefer in die Politik der Nazis hineingeriet, verstimmte ihn mächtig; er sah darin die Hand des Hannsjörg, dieses Bazi, dieses elendigen, auf den er besonders geladen war. Tief in den weißlichgrauen Maßkrug senkte er den breiten, schmallippigen Mund, dann wischte er sich mit der großen, weißen Hand die Feuchtigkeit ab, zerkaute geräuschvoll eine Scheibe seines Rettichs zwischen den weiß und goldenen Zähnen, und: „Ich sag es Ihnen, Fräulein Alma", ließ er sich vernehmen, „der Oskar gehört nicht in die Politik, er begreift nichts davon. Der Künstler hat nun einmal über den Zinnen der Partei zu stehen, das weiß er genausogut wie ich. Aber seit dem Prozeß ist er ja nicht mehr zu halten. Er steigt wie der Gockel im Hanf und bildet sich ein, er versteht alles. Ich sage Ihnen, daß er sich mit den Nazis eingelassen hat, das ist eine mordsgroße Dummheit. Ich, wenn ich der Oskar wäre, möchte nicht meine Hand drin haben in den Geschäften dieser Saubande. Das sind brenzliche Geschäfte, glauben Sie mir's."

„Sie haben immer schwarzgesehen, Herr Alois", sagte gemütlich Alma und nahm, auch sie, einen Schluck Bier. „Schwarzsehen, das ist Ihre Spezialität." Der Alois beschaute sie düster, allmählich aber, wie er sie so dasitzen sah, mit angenehmen Rundungen vorn und hinten, wurden seine Augen freundlicher. Er griff seinesteils wieder zum Krug, trank tief, stellte den Krug zurück, und siehe da, auf einmal war der weißlichgraue Krug schwarz geworden. „Sehen Sie, Fräulein Alma", sagte er, „auch andere Leute können allerhand." Und: „Sie sind einer, Herr Alois", sagte anerkennend die Schneiderin Alma.

Aber bald wurde der Alois wieder grantig. Zwar war er stolz, der Freund des genialen Oskar zu sein, aber er war zerfressen von Neid, und wenn er sehen mußte, wie kritiklos zum Beispiel dieses Mädel, die Alma, den protzigen Hund bewunderte, da rauchte er ihm gewaltig. „Politik frißt das Gemüt an", erklärte er grimmig, „Politik verdirbt den Charakter. In seinem Innersten ist der Oskar sowieso ein Schlawiner. Er beutet seine Umwelt seelisch aus. Mich hat er arg ausgebeutet." – „So was dürfen Sie nicht sagen, Herr Alois", wies ihn streng die Alma zurecht. „So was will ich gar nicht hören, auch nicht im Spaß." Aber der Alois war in Schwung geraten, er beharrte. „Passen Sie auf, Fräulein Alma", sagte er mit seiner rostigen Stimme. „Es erwischt Sie auch noch, das sag ich

Ihnen. Sie werden noch Ihr blaues Wunder an unserm Oskar erleben. Der hat einen Verschleiß an Menschen, das ist gar nicht zu glauben. Und wenn er genug von einem hat, dann läßt er einen einfach liegen. Passen Sie auf, eines Tages liegen auch Sie da wie eine leergegessene Wursthaut."

Aber jetzt wurde es der Alma ernstlich zuviel. Sie wurde böse; es fehlte wenig, und sie hätte ihm das Haus verboten. Es kostete ihn viel Mühe, sie zu versöhnen.

Landhaus Sophienburg war fertig geworden. Oskar wäre gern zusammen mit Käthe dort eingezogen. Aber sie war nach wie vor in Liegnitz; der Zustand ihres Vaters verbiete ihre Rückkehr, teilte sie mit. Auch Hannsjörg war noch nicht in Berlin. Doch Oskar brachte es nicht über sich, länger zu warten. Er nahm Sophienburg allein in Besitz.

Er hatte Sinn für Formen und Feiern und gestaltete seinen einsamen Einzug zu einem Fest.

Da sich das Haus mit seiner streng heitern Fassade am besten vom Wasser aus präsentierte, fuhr er an eine Stelle des Seeufers, von der aus er nicht gesehen werden konnte. Dort bestieg er seine Jacht. Allzu schnell fast fuhr sie dahin im Wind des heitern Vorfrühlingstags. Jetzt segelte sie um die Landzunge. Dort hob sich sein Haus. Schlicht und vornehm stand es auf dem leicht ansteigenden Rasen der kleinen Halbinsel, trefflich fügten sich die angesetzten Flügel zum ursprünglichen Bau und in die Landschaft.

Er erstieg die Treppe, die zwischen den Auffahrtsrampen hinaufführte. Ali, der braune Diener, jetzt zum Kastellan avanciert, erwartete ihn. Die Flügeltür öffnete sich, er stand in der Halle, die den größten Teil des untern Geschosses einnahm. Weit und streng lag sie da. Ein Fries mit geheimnisvollen ägyptischen und chaldäischen Emblemen lief rings um die Wand.

Es war vor allem der leere Sockel in der Mitte, der die Halle so kahl wirken ließ. Oskar lächelte. Man wird ihn fragen, was es mit diesem leeren Sockel für eine Bewandtnis habe; er aber wird es niemand verraten. Es ist nämlich dieser leere Sockel eine letzte leere Wand. Das Kunstwerk, für das ihn Oskar bestimmt hat, scheint, vorläufig, unerreichbar. Es steht bei Herrn von Obrist, einem Freunde der Kadereits, und ist eine antike Statue, eine Frau mit einem starken, wilden, beinahe männlichen Kopf, der Oskar an die Tirschenreuth erinnert. Er, Oskar, hält dafür, daß die Statue eine Sibylle ist. Herr von Obrist freilich will diese Deutung nicht gelten lassen; für ihn ist die Statue eine Kriegerin, und er beweist mit vielen Gründen, daß sie keine Sibylle sein kann. Herr von Obrist ist überhaupt ein zuwiderer Bursche. Wie ihn Oskar gefragt hat, ob er sich vielleicht von der Statue trennen könne, hat er erwidert: „In diesem Haus, mein lieber Herr Lautensack, sind Grundsätze und Kunstwerke unveräußerlich" – der Herr ist nämlich obendrein ein Gegner der Nazis –, und er hat seinen frechen Satz mit einem Lächeln begleitet, mit jenem kleinen, dreist verwunderten Lächeln, das Oskar manchmal auf den Gesichtern der feinen Leute wahrnehmen muß und das ihn immer besonders kränkt. Es war dieses Lächeln des Herrn von Obrist, das Oskar zu dem Vorsatz bewogen hat, sich der Sibylle zu bemächtigen, koste es, was es wolle. Mit Zuversicht beschaut er den leeren Sockel.

Er verließ die Halle. Er nahm das untere Stockwerk in Besitz. Es war bestimmt für die Betrachtung, die Vertiefung, das intime Studium, für Arbeit, die er ungestört, allein mit sich selber, verrichten wollte. Hier war die Bibliothek mit dem Wandteppich „Werkstatt des Alchimisten"; auch die Klause fehlte nicht. Dann ging er ins Laboratorium, in den kleinen Sitzungssaal, wo er Konsultationen abzuhalten gedachte. Überall gab es da Aufnahmeapparate für Filme und Schallplatten, damit jede seiner Gesten, jedes seiner Worte der Nachwelt bewahrt werden könne. Da waren weiter Apparate, durch die er zu hören vermochte, was in jedem Winkel des Hauses gesprochen wurde, und zahlreiche andere merkwürdige Hebel und Schalter, die nur er selber zu handhaben verstand. Er beschaute sie mit Genugtuung, ließ sie spielen.

Sodann erstieg er die große Treppe, die hinauf zu den Gesellschaftssälen führte. Er betrat den Raum, den er sich für Experimente mit Vorgeschrittenen ausgedacht hatte. Betrachtete lang und zufrieden den großen, seltsamen, gläsernen

Rundtisch, der die Mitte einnahm. Er war ausgestattet mit den Zeichen des Tierkreises und mit Vorrichtungen, die es ermöglichten, ihn von innen her auf verschiedenste Art zu erleuchten; er sollte dazu dienen, Botschaften einzelner aus der Tafelrunde mystisch zu empfangen und mystisch weiterzugeben. Auch die übrigen Dinge, mit denen er den Raum belebt hatte, fanden Gefallen vor seinen Augen. Lange stand er vor dem Aquarium mit den vielfarbig schillernden Fischen, die er gesammelt; er schritt ab die Käfige mit Schlangen und anderm sonderbaren Getier, das er sich von überallher hatte kommen lassen.

Dann begab er sich in den Empfangs- und Vortragssaal, in den „Saal der Erhebung". Wiewohl er allein war, ging er feierlichen Schrittes, ja, er schritt, wie er es bei dem Schauspieler Karl Bischoff erlernt hatte. Dieser Saal war Prunk und Krone des Landhauses Sophienburg. Er wirkte leer, kirchenartig, es waren nur Betstühle da. Sehr erhöht aber stand der Seherstuhl, den er sich hatte erbauen lassen. Er begab sich hinauf, er „besaß" den Stuhl. Von ihm aus konnte er, ähnlich wie es der Führer in seinen Versammlungen tat, die Beleuchtung regulieren, das Licht herstellen, in dem er seinen Gästen erscheinen wollte.

Der Saal hatte keinerlei Fenster, er lag auch bei Tag in Finsternis. Oskar belichtete die Decke. Ja, die Wirkung war die gewünschte. Man glaubte, unterm bestirnten Himmel zu stehen. Er war stolz auf die Idee, aus der heraus er diesen Saal geschaffen hatte. Die Betstühle und die Sterne: mußte nicht auch der Stumpfste das Gleichnis erfassen? „Zwei Dinge erfüllen mein Gemüt mit immer neuer Bewunderung und Ehrfurcht: der bestirnte Himmel über mir und das moralische Gesetz in mir." Hier in Sophienburg, in der „Halle der Erhebung", hat er, Oskar Lautensack, diese Fundamente Kantschen Weltgefühls allen sichtbar materialisiert. Wenn er hier auf diesem Stuhle seines Amtes waltet, dann muß ein jeder erkennen: für diese Generation, für das Dritte Reich, ist der Vertreter der praktischen Vernunft, der Intuition, er, Oskar Lautensack.

Allein saß er da unter dem künstlichen Himmel, seine

Schöpfung genießend. Er hat dieses sein Haus durchgesetzt gegen alle Widerstände, hat es dem Schicksal abgetrotzt. Der Architekt Sanders hat sich gesträubt gegen seine Vision. Von okkultem Rummelplatz, von unmöglichem Stilmischmasch hat er gesprochen, der Banause. Aber er, Oskar, hat sich nicht irremachen lassen. Er hat es geschaffen, Klingsors Zauberschloß, seine Welt, und er sah jetzt, daß sie gut war. Der Pfarrer Ruppert hätte es sicher ein Sakrileg genannt, daß ein Sterblicher diese Worte der Bibel auf sich selber anwandte. Ein ganz kleiner Schauer überrann Oskar, aber schnell schüttelte er das kindische Gefühl wieder ab.

Er verbrachte den ganzen Tag, wie er sich's vorgenommen, allein in Sophienburg, niemand durfte ihn stören. Des Abends dann zog er sich in die Klause zurück.

Da saß er in seiner violetten Hausjacke. Auf ihn herunter schaute der Bayernkönig in seiner silbernen Rüstung und mit seinem Schwan. Oskar erinnerte sich, wie einmal der Vater mit ihm und Hannsjörg, als sie noch Knaben waren, eine Ferienreise unternommen hatte zu den Märchenschlössern dieses Königs. Er erinnerte sich, wie sie die Pracht von Schloß Herrenchiemsee bestaunt hatten, wie ihnen Schreck und Bewunderung den Mund aufgerissen hatten, als man ihnen die astronomischen Ziffern nannte, die das alles gekostet. Jetzt waren jene Schlösser leere Kulissen, sein, Oskars, Haus lebte. Das Bild des Königs war keine Herausforderung mehr für ihn.

Auch die Maske schreckte ihn nicht mehr. Er war im vollen Besitz seines Ingeniums, niemals war ihm ein Experiment besser geglückt als das mit Proell. Die Tirschenreuth hatte unrecht, sein Glanz, sein Erfolg beeinträchtigte nicht die Schau, er förderte sie.

Er dachte an Käthes Hände, wie sie mit den Steinen gespielt hatten, die da in der Holzschüssel vor ihm lagen. Jetzt kann ihn kein Mißerfolg mehr stören. Jetzt weiß er, ein Mißerfolg ist ein seltener Zufall. Jetzt braucht er keine Bestätigung mehr.

Trotzdem ist es schade, daß Käthe nicht da ist. Sie fehlt ihm. Er vermißt sie sehr. Er vermißt sie brennend. Die ganze

Freude an seinem Haus ist ihm vergällt dadurch, daß sie nicht da ist.

Und auf einmal erkennt er: alles, was er sich da zurechtgemacht hat von Bestätigung und Menschenfischen, ist Selbstbetrug gewesen von Anfang an. Auf einmal erkennt er: er liebt Käthe.

Er sitzt da, ein wenig blöd. Er schämt sich. Vierundvierzig Jahre ist er alt, viele Frauen hat er begehrt, viele Frauen hat er gehabt, höchst begehrenswerte, und da sitzt er und sehnt sich nach einem kleinen Mädchen wie ein Gymnasiast. Nein, es gibt für seinen Zustand keine andere Bezeichnung als die dumme, läppische, gymnasiastenhafte: er liebt Käthe.

Er schüttelt den Kopf, er ärgert sich über sich selber. Aber dann, ganz plötzlich, verwehen Scham und Ärger. Schlagen ins Gegenteil um. Jetzt also ist ihm auch noch dieses Erlebnis vergönnt. Er hat immer geglaubt, selbstlose Liebe, das sei albernes Gefasel, das gebe es nicht, das sei eine kindische Erfindung dummer Dichter, im Grunde könne man niemand lieben außer sich selber. Und jetzt sitzt er da und zersehnt sich nach diesem Mädchen Käthe. Kann sie nicht wegdenken aus seinem Leben. Spürt: sein ganzes Leben ist ein einziger Sockel, der auf diese Frau wartet. Liebt sie.

Er wird sie kriegen. Wird sie sich erobern wie alles andere. Wenn sie sich so lang in Liegnitz herumdrückt, so besagt das gar nichts. Sie will sich eben nicht beugen, will nicht eingestehen, daß sie an ihn glaubt. Eher beißt sie sich die Lippen ab. Sie ist sehr stolz. Sie ist sehr deutsch. Gerade darum liebt er sie.

Eine dünne Gestalt schleicht herein. Niemals bis jetzt hat Petermann es gewagt, ihn in der Klause zu stören. Was sind das für neue Sitten? Was maßt sich der Kerl an?

Doch Petermann entschuldigt sich gar nicht erst, so erfüllt ist er von der Nachricht, die er bringt.

Der Reichstag brennt.

Den Kopf hoch reißt es Oskar. Jetzt hat es sich erfüllt. Jetzt hat er, Oskar Lautensack, die Weiche des Schicksals gestellt, die Zukunft Deutschlands bestimmt. Ein ungeheures Glück wächst in ihm, füllt ihn an bis in die Poren, muß heraus, muß sich Luft machen. Breit verzieht sich sein Gesicht. Er schlägt Petermann auf die Schulter. „Was sagen Sie, Petermann?" fragt er. „Was sagen Sie jetzt?" Und in ihm ist der Feuerzauber und das „Hoho, hahei", mit dem Siegfried das Feuer durchschreitet. „Hoho, hahei", bricht es aus ihm heraus, er hält sich nicht mehr, und der verblüffte Petermann sieht, wie sein Herr einen Sprung macht und sich auf die Schenkel haut, lachend, schallend.

Käthe hatte in Liegnitz den Vater erholt vorgefunden, doch sehr gealtert. Stachelig, mürrisch hockte er herum; er ärgerte sich, daß er vorzeitig in den Ruhestand getreten war, er fühlte sich noch voll Tatkraft; überdies reichte seine Pension nicht für seine Ansprüche. Sein Mißmut hatte ihn zum bornierten Anhänger der Partei gemacht. Den ganzen Tag schwatzte er von der Größe der Partei.

Es kamen die Berichte über den Prozeß. Es war gut, in diesen Tagen nicht Oskars Antlitz vor sich zu haben, aber es blieb eine Qual, die haßvollen, triumphierenden Kommentare des Vaters anzuhören über die Niederlage des Verleumders Paul Cramer.

Nichts fand Käthe in ihrer Heimatstadt von der Ruhe, die sie erhofft hatte. Es stand nun endgültig fest, daß sie schwanger war, und ihre Lage schien ihr mit jedem Tag verworrener. Verloren hatte sie die naive Sicherheit ihrer frühen Jugend, und in der alten Umgebung empfand sie ihre Ratlosigkeit noch schlimmer als in Berlin. Sie ging durch die wohlvertrauten Straßen, sie sagten ihr nichts. Die Johanniskirche und das Schloß, das alte Rathaus, die Ritterakademie, die Gebäude der Jesuiten, die Schule, in die sie gegangen war, die Häuser ihrer Freunde und Freundinnen, alles hatte seinen Sinn verloren, war klein, fern und verschollen.

Einsam wie ein Stein fühlte sie sich in Liegnitz. Trotzdem schob sie ihre Rückkehr immer von neuem hinaus. Sie hatte Angst davor, Oskars massiges, knabenhaft begehrliches, gewalttätiges Gesicht wiederzusehen. Sie fühlte sich tiefer angezogen von ihm als je, sie fürchtete sich vor sich selber.

Dann, eines Tages, schämte sie sich ihrer Feigheit. Sie entschloß sich, offen mit ihm zu reden. Depeschierte ihm. Fuhr zurück nach Berlin.

Alles, was jemals an Ärger über sie in ihm gewesen war, verwehte, als er ihr Telegramm erhielt. Er holte sie von der Bahn ab. Gespannt wartete er, was für eine Käthe kommen werde. Es kam eine ernste, etwas müde Käthe, aber sie schien ihm begehrenswerter als je. Sie trug ein braunes, schlichtes Kostüm; dunkelblond, ein wenig zerzaust, kam das dichte Haar unterm Hut vor. Er war erfüllt von Zärtlichkeit, er liebte sie, er liebte alles an ihr.

Sie sah ihn dastehen, stattlich, raumfüllend, der Wind wehte durch seinen weitläufigen Überzieher. Sie sah die unverstellte Freude auf seinem starken, männlichen Gesicht. Sah seinen sehr roten Mund, hörte sein knabenhaftes, frohes Lachen, spürte die kräftigen Hände, mit denen er nach ihr griff. Alle Zweifel fielen von ihr ab. Sie war voll von Verlangen nach ihm. Sie gehörten zusammen.

Er erlaubte nicht, daß sie erst nach Hause gehe. Sogleich mußte sie mit ihm nach Sophienburg. Am Seeufer erwartete sie die Jacht. Sie fuhren die kurze Strecke das Ufer entlang. Da war die kleine Halbinsel. Da stand auf der Höhe des Rasens, weiß, schlicht und erlesen, das schöne Landhaus. „Sophienburg", stellte er vor, stolz, lachend. Sie lachte zurück, sie war froh wie lange nicht mehr. Was waren das für dumme, verquerte Sachen, die sie sich die ganze Zeit über eingeredet hat?

Sie langten an. Sie betraten das Haus.

Auf einmal, als hätten sie darauf gewartet, fielen die früheren Zweifel wieder über sie her. Der wüste Prunk drang auf sie ein, erdrückend, legte sich über sie, legte sich um sie, lächerlich und gleichzeitig wie ein Sarg. Sie kam sich verloren vor. Was suchte sie hier? Konnte sie, Käthe Severin, hier leben?

Sie zwang sich, zu sprechen wie bisher, zwang sich freundliche Worte ab, erstaunte, bewundernde; doch er merkte, daß es gezwungene Worte waren. Er hatte sich's ausgemalt, wie sie voll froher Bewunderung zu ihm aufblicken und wie er sich daran erfreuen wird, und dann, aus dieser Freude heraus, wollte er sie auffordern, sein Leben zu teilen. Jetzt geht da statt der neuen, heiter einverstandenen Käthe, die er vom Schlesischen Bahnhof abgeholt, eine ablehnende, widerspenstige Käthe neben ihm her, ihm noch fremder als in der Zeit des schlimmsten Abstands.

Was ist dieses Neue, das sie von ihm trennt? Ist es doch der Prozeß? Nein, es ist etwas anderes. Aber was? Nach einer Weile fragt er sie geradezu.

Jetzt müßte sie es ihm sagen, daß sie schwanger ist. Sie ist doch hergekommen mit dem festen Entschluß, es ihm zu sagen. Einen bessern Moment findet sie nicht. Leichter, als daß er sie fragt, kann er's ihr nicht machen. Ja, jetzt wird sie sprechen.

Aber: „Es ist nichts, ich weiß von nichts", sagt sie. Und ist das sie, die das sagt? Es ist eine sonderbar fremd klingende Stimme, noch spröder als sonst.

Er zuckt die Achseln. Da ist Sophienburg. Da ist die Frau, die er liebt. Warum sagt er ihr denn nicht endlich, wie er sich's vorgenommen hat, daß er sie heiraten will? Sie wartet doch nur darauf.

Aber nein. Sie hat ihm die Lust verdorben. Sie versteht es, einem jede Freude zu verderben. Er wird nicht reden. Jetzt gerade nicht. Und wenn sie enttäuscht ist, geschieht es ihr recht. Warum ist sie so bockbeinig?

Sie bleiben noch eine halbe Stunde zusammen und wechseln gleichgültige, gequälte Sätze. Dann geht sie, und er hält sie nicht.

Sie fühlt sich todmüde, wie sie in ihrer Wohnung in der Keithstraße ankommt. Trotzdem hat sie keine Lust, zu Bett zu gehen. Auf dem kleinen Stuhl sitzt sie vor dem mächtigen Flügel, den er ihr geschenkt hat. Die Ellbogen hat sie auf den Deckel gestützt, das Gesicht in die Hände. So sitzt sie und denkt, unablässig das gleiche. Warum hat sie es ihm nicht gesagt? Sie war doch so fest entschlossen. Sie erlebt den Rundgang durch Sophienburg nochmals, ein drittes Mal, ein fünftes. Und immer wieder stößt sie auf den Moment, da es aus ihr herausquillt: Nein, nein. Sie kann nicht leben mit dem Manne, der sich dieses greuliche Haus ausgedacht hat, dieses wüste Spukhaus. Sie hat nichts gemein mit ihm.

Und er, gegen seinen eigenen Glauben, hat nichts gemein mit ihr. Da rätselt er an ihr herum und findet, der Seher, nicht einmal aus, daß sie schwanger ist. Lächerlich ist er mit dem mächtigen Ring an der großen, weißen, brutalen Hand. Lächerlich ist er mit seinem Spuk- und Zauberschloß. Lächerlich ist er mit dem niederträchtigen Prozeß, den er da zusammen mit seinem verlumpten Bruder geschoben hat. Lächerlich und böse und gefährlich.

Aber das hat sie doch alles vorher gewußt, und trotzdem hat sie sich entschlossen, mit ihm zu reden. Es nutzt ihr gar nichts, daß sie weiß, daß er lächerlich ist und ein Lump. Sie kommt nicht los von ihm. Heiß vor Glück hat sie sich gefühlt, als sie ihn auf dem Bahnsteig hat stehen sehen. Gezittert hat sie, wie er ihr nur den Arm um die Schulter legte.

Unvermittelt muß sie daran denken, wie da eines Tages Männer heraufstapften, schwitzend, schwer atmend, und ihr zu ihrer Überraschung den gewaltigen Flügel ins Zimmer stellten. Es hat sie bedrückt, daß er ihr den Flügel geschenkt hat gegen ihren Willen, aber gefreut hat es sie doch. Da steht jetzt das schöne Instrument und läßt beinahe keinen Raum mehr für anderes.

Sie steht auf, geht in ihr Schlafzimmer. Langsam zieht sie sich aus, bereitet sich noch eine Tasse Tee, trinkt ihn nicht, sitzt untätig im Pyjama herum, legt sich schließlich zu Bett, aber sie weiß, sie kann so bald nicht schlafen.

Ist es nicht doch das klügste, sie läßt sich das Kind wegnehmen? Sie darf nicht mit Oskar sprechen, sie darf nicht. Wenn sie's tut, dann wird er in sie dringen, ihn zu heiraten und das Kind zur Welt zu bringen, und sie wird sich überreden lassen, und dann geht alles weiter wie bisher, und dann ist sie ihr Leben lang gebunden an ihn und an sein Zauberschloß.

Das klügste ist, sie geht morgen zum Arzt. Sie hat eine Adresse.

Sie weiß genau, daß sie morgen nicht zum Arzt gehen wird. Paul hat ihr immer wieder klarzumachen versucht, wie wenig

Einfluß die Vernunft auf die Handlungen der Menschen hat. Beinahe alles, was der Mensch tut, wird vom Trieb regiert.

Soll sie zu Paul gehen? Aber wenn sie das tut, bedeutet das nicht den endgültigen Bruch mit Oskar? Was immer sie tut, es wird falsch sein.

Zwei Tage später feierte Oskar das erste große Fest in seinem neuen Haus. Ganz Berlin, wird es morgen in den Zeitungen heißen, war gekommen, Sophienburg einzuweihen.

Strotzend von Bedeutung und Triumph, strotzend von Leben, ging der Schloßherr zwischen seinen Gästen herum. Alle Lichtkünste spielten. Die Treppen hinauf, hinunter drängte es sich, Herren in weißen Hemdbrüsten, Damen mit tiefen Rükkenausschnitten, Uniformen der Reichswehr und der Partei, Exzellenz hier und Hoheit da. Und in der Mitte dieser Gäste wandelten, beschworen von der herausfordernden Erinnerung Oskars, der Magistratssekretär Ignaz Lautensack und die plärrende Großmutter und der Professor Lanzinger und der Pfarrer Ruppert und sonstige Honoratioren der Stadt Deggenburg, und viele, viele andere, Tote und Lebendige, solche, die nicht an ihn geglaubt, und solche, die ihn gar geschmäht und erniedrigt hatten, und jetzt zeigte er es ihnen allen.

Immer dichter füllte sich das Haus. Langsam, gedrängt, schob man sich durch die Räume, Hannsjörg und die Trettnow, Käthe, Alois, der Agent Mantz, Proell, Sanders und Petermann, Hunderte, wohl an die tausend mochten gekommen sein.

Graf Zinsdorff hielt sich an der Seite Dr. Kadereits; Zinsdorff trug die braune Parteiuniform, Kadereit war im Frack, ohne Orden und ohne Abzeichen. Ilse war, nachdem sie Oskar zu dem Prozeß gezwungen hatte, kurze Zeit mit Zinsdorff befreundet gewesen, und Zinsdorff war auch jetzt, da Ilse wild in der Welt herumreiste, ständiger Gast im Hause Dr. Kadereits geblieben. Auf gelassen freche Art hatte er angedeutet, daß er Dr. Kadereit vielleicht bald sehr nützlich werden könne. Die Beziehungen der Schwerindustrie zur Partei nämlich waren nicht gerade einfach. Die Herren hatten sich die Banditen gemietet, damit die ihnen die Arbeiter und Bauern vom Leibe hielten. Die Banditen hatten ihre Pflicht getan, sie waren abgelohnt, jetzt kam der Zeitpunkt, da sich zeigen mußte, ob sie sich wieder würden abschütteln lassen. Das unverschämte Manöver mit dem Reichstagsbrand war da kein gutes Zeichen. Die von den bisherigen Herren sorgfältig auskalkulierte Balance der alten und der neuen Mächte war ernstlich gefährdet. An allen Ecken und Enden wurde die legale Exekutive durch kaum verschleierten Terror ersetzt. Dr. Kadereit und die Seinen werden es nicht leicht haben, sich gegen die Barbaren zu behaupten, denen sie selber in den Sattel verholfen haben. Da konnte sich ein Mann wie Zinsdorff, der mit dreister Nonchalance in beiden Lagern verkehrte, nützlich erweisen.

Langsam jetzt ließen sich Kadereit und Zinsdorff durch die Räume treiben. Sophienburg war ein schöner, stiller Landsitz gewesen, einmal hatte Kadereit selber daran gedacht, ihn zu kaufen. Mit schlauen, verhängten Augen beschaute er sich die Zauberbude, die Oskar nun daraus gemacht hatte. Architekt Sanders stieß zu den beiden Herren. Er war durchaus nicht gekränkt, als Kadereit freundlich lächelnd mit seiner hohen, marklosen Stimme seinen Eindruck zusammenfaßte: „Sie haben da einen neuen Stil geschaffen, mein lieber Sanders: Deggenburger Barock.“ Vielmehr gab der Architekt seinen Bauherrn Lautensack ohne weiteres preis, und, geschüttelt von derbem Lachen, steuerte er kräftige Witze bei über das okkulte Panoptikum und den telepathischen Zoo.

Hannsjörg beschaute sich das Haus geteilten Gefühles. Oskar gibt es zu dick. Der märchenhafte Aufstieg der Brüder Lautensack hat ihnen unter den Parteibonzen Feinde genug gemacht; die unkluge Hemmungslosigkeit, mit der Oskar protzt, wird die Gegner vermehren. Oskar ist ein Genie, aber ein Dummkopf. Die Übelwollenden ringsum lauern ja nur darauf, daß er Mist macht. Wenn er sich nicht in acht nimmt, dann werden sie ihm den delphischen Orakelstuhl, den er sich so hoch dort oben aufgebaut hat, bald wieder unterm Arsch wegziehen.

Er selber, im Gegensatz zu Oskar, verzichtet auf den

Schein. Vorsicht ist die Mutter der Porzellankiste. Er hat sogar den Ministerposten abgelehnt, den man ihm angeboten, er begnügt sich mit der wirklichen Macht, die er als Reichspressechef besitzt. Überdies hat er in der Trettnow eine zuverlässige Gönnerin von starkem Einfluß. Er geht jetzt bei Hildchen ein und aus, sie tut keinen Schritt, ohne ihn zu befragen. Freilich macht er sich nichts vor; er weiß, daß er ihr immer nur Ersatz für Oskar bleiben wird.

Allein sie ist nicht dumm, sie vergleicht, und manchmal schneidet er nicht schlecht ab. Mit Genugtuung nimmt er wahr, daß auch sie zum Beispiel von Oskars neuem Heim mehr befremdet ist als geblendet, der Oskar der Rumfordstraße hat auf sie tiefern Eindruck gemacht als der Oskar des Landhauses Sophienburg.

Die Beziehungen des Kleinen zu dem Bruder waren noch schillernder geworden. Nachhaltig wirkte in ihm die Erinnerung, wie sich Oskars Genie im Prozeß überwältigend offenbart hatte, und daß Oskars Magie selbst den zynischen Proell angezogen, steigerte seine Bewunderung. Aber es verdroß ihn, daß Oskar, sowie er ihm von dieser Konsultation sprach, einen so unglaublichen, geradezu größenwahnsinnigen Schmarren daherredete. Ihm schien es eher, als ob gerade seit dem Besuch Manfred dem Oskar alles andere entgegenbrächte als Wohlwollen. Auch heute hatte sich der Stabschef nur für ein paar Minuten blicken lassen und nicht einmal den Führer abgewartet, dessen Erscheinen angekündigt war. Hannsjörg fürchtete, daß Oskar gerade bei Proells Besuch, statt die ungeheure Chance auszunützen, eine monumentale Dummheit gemacht hatte.

Gedanken solcher Art gingen ihm durch den Kopf, als er jetzt inmitten der andern Besucher durch das bizarre, knallprotzige Haus trieb, das sich Oskar da hingestellt hatte. Er beneidete den Bruder um den Mut, mit dem er seine Eitelkeit so unverhüllt an den Tag legte, aber er dachte mit Sorge an die Folgen, die dieses großspurige Gewese haben könnte.

In seinen Betrachtungen störte ihn der Zauberkünstler Cagliostro. Der segelte daher in Begleitung des Agenten Mantz und der Schneiderin Alma. „Ja, sagen Sie einmal, Herr Nachbar", sprach er den Hannsjörg an, „was haben denn nachher Sie für eine merkwürdige Uhrkette?" Hannsjörg griff nach der Westentasche und zuckte erschrocken zurück. Da hing ihm eine kleine Schlange heraus; der bösartige Hanswurst hatte sie ihm offenbar aus einem der Tierbehälter, die ringsherum angebracht waren, hingezaubert. Hoch, fett und behaglich lachte der Agent Mantz, laut und gemütlich die Schneiderin Alma, und breit grinsend stand der Alois daneben. Verdrießlich kehrte Hannsjörg sich ab. Er konnte die Burschen nicht ausstehen; schade, daß dieser Cagliostro dem Oskar unentbehrlich war.

Alois seinesteils kam an diesem Abend auf seine Rechnung. Ihm gefiel Klingsors Zauberschloß außerordentlich. „Ah, ah", sagte er immer wieder, und: „Da schaust her, mein lieber Schwan", und: „Da legst dich nieder." Ungeniert erkundigte er sich bei dem Architekten Sanders nach den Preisen, und anerkennend kommentierte er mit seiner rostigen Stimme: „Ja, ja, wer hat, der hat, und wer kann, der kann." Geraume Zeit dann stand er vor dem Buffet, lang und knochig, und ließ gierig große Bissen der guten Speisen zwischen seinen weiß und goldenen Zähnen verschwinden. Auch trank er ziemlich reichlich. Später dann, als er zusammen mit Alma ein ungestörtes Tischchen gefunden hatte, schlug seine Stimmung plötzlich um. Die Wut auf Oskar, die ständig in ihm schlummerte, wachte auf. „Jetzt sagen Sie mir einmal, Frau Nachbar", entrüstete er sich, „wozu braucht sich nachher so ein dreckiger Lausbub aus Deggenburg einen künstlichen Sternenhimmel hinhängen für zweiundvierzigtausend Mark?"

Die weitaus meisten unter Oskars Gästen machten schnoddrige Witze über Sophienburg. Aber im Grunde imponierte ihnen die gigantische, extravagante Zauberbude. „Kolossal", sagten sie und ließen sich von Oskars steingewordenem Erfolg beeindrucken, wie sie sich von Hitlers Ernennung zum Reichskanzler hatten beeindrucken lassen. Mit der Überzeugung, die nun einmal der Erfolg bewirkt, stellten sie sich auf den Boden der okkulten Tatsachen.

Keineswegs aber tat das Ulrich Zinsdorff. Ihn amüsierte es, wie sich der Prophet Lautensack dicketat; es regte ihn zu einem kleinen Spaß an. Unter den Arm nahm er Oskar, und mit seiner frechsten, liebenswürdigsten Stimme, vertraulich, sagte er: „Hören Sie mal, mein Lieber, was da so herumsteht an Edelmetall und sonstiger Pracht, da ist wohl das meiste ganz echt?" Oskar schaute verwundert hoch. „Ich verstehe Sie nicht recht, Ulrich", sagte er. Aber: „Ich meine", beharrte mit seinem dreisten Lächeln Zinsdorff, „ist das alles so echt wie, sagen wir mal, die Perle an Ihrem Hemd?" – „Was haben Sie gegen die Perle?" fragte etwas töricht Oskar. „Nichts, nichts", sagte freundlich Zinsdorff. „Auf der Bühne trägt man selten echte Perlen, und kluge Leute sperren ihren Schmuck in den Safe." – „Sie nehmen doch nicht im Ernst an", fragte Oskar, „daß ich heute eine falsche Perle trage?" Aber Zinsdorff, statt einer Antwort, lächelte nur weiter sein gemeines, hochmütiges Lächeln und trällerte: „Simili, Simila." Offenbar war der Junge besoffen. „Hören Sie, Oskar", sagte er jetzt, „ich bin kein Hellseher, aber mein kleiner Finger sagt mir: mit dieser Perle hat man Sie hereingelegt. Es ist heute abend bei Ihnen so gemütlich. Machen wir noch ein bißchen mehr Koks. Schließen wir eine Wette. Sie halten die Perle für echt, und ich, auf das Zeugnis meines kleinen Fingers hin, sage, mit der Perle ist was nicht koscher." – „Sie meinen ernstlich, Ulrich", sagte etwas schärfer Oskar, „die Perle ist falsch?" – „Ich meine nichts, ich weiß nichts", erwiderte Zinsdorff, „aber genau wie Sie vertraue ich meinem Instinkt. Seien Sie kein Spielverderber", drängte er. „Wetten wir. Wetten wir, sagen wir, zehntausend Mark. Wenn die Perle echt ist, schulde ich Ihnen zehntausend Mark mehr, und ich kriege zehntausend in bar, wenn meine innere Stimme recht hat." Er streckte ihm die Hand hin. „Aber es wäre glatter Raub", sträubte sich Oskar. „Die Perle ist hundertprozentig sicher. Die Quelle ist über allen Zweifel erhaben." – „Ich sehe schon, Sie wollen sich drücken", drängte Zinsdorff weiter. „Machen Sie kein so unglückliches Gesicht. Sagen Sie schon ja", und noch immer hielt er ihm die Hand hin.

Oskar dachte an die Warnung Hannsjörgs. Er dachte daran, daß ihm dieser Zinsdorff bereits 32 000 Emm schuldete, 32 297 waren es, seine Deggenburger Gründlichkeit in

Gelddingen hatte ihm die Summe genau ins Gedächtnis geprägt, und was hatte er davon, wenn das also 42 000 wurden? Hannsjörg hatte recht; bekommen wird er das Geld nie, und wenn Zinsdorff wieder nüchtern ist, wird er die Wette bloß bereuen, und sein Ärger wird sich gegen ihn kehren. Andernteils konnte es nicht schaden, dem Saububen von einem Grafen einmal eine Lektion zu erteilen. „Gemacht", sagte er.

Das arrogante Lächeln, mit welchem Zinsdorff ihn musterte, steigerte Oskars Unbehagen. Eine ferne Erinnerung war in ihm an den höhnischen Klang, den manchmal die Stimme Ilse Kadereits hatte, an die Stunde der bitteren Erniedrigung.

Er hatte keine Zeit, diesen Gedanken nachzuhängen. Der Führer langte an. Ja, Hitler, sosehr ihn die Geschäfte des Reichs in Anspruch nahmen, wollte dem Ehrentag seines Sehers nicht fernbleiben. Oskar eilte ans Portal, holte ihn ein. Von dem Schloßherrn geleitet, zwischen spalierbildenden, römischgrüßenden, heilrufenden Gästen, durchschritt der Kanzler die Gemächer.

Er zeigte tiefes Verständnis für das, was Oskar mit der Umgestaltung von Landhaus Sophienburg erstrebt und erreicht hatte. War er doch selber ein Stück von einem Architekten. Wie gerne hätte er Häuser gebaut, aber leider ließ ihm der Bau des Neuen Deutschland keine Zeit. „Ja, ja, Parteigenosse", sagte er, „hier in Ihrem Heim sieht man, wie die Romantik der deutschen Seele am Räderwerk der modernen Maschinenzeit spinnt und webt."

Dann erstieg er zusammen mit Oskar das Podium, auf dem sich der Seherstuhl des Meisters erhob. Da standen sie, der Führer und sein Prophet, unter dem künstlichen Sternenhimmel. Unter ihnen lag, ein Mittelding zwischen Kirche, Walhall und Laboratorium, die „Halle der Erhebung". In ihr, zwischen den Betschemeln, drängte sich die Menge und schaute ehrfürchtig zu ihnen empor. „Jetzt", sagte der Führer, „erleben die Leute da unten mit eigenen Augen erhebend das Dichterwort:

> Drum soll der Sänger mit dem König gehn,
> Sie stehen beide auf der Menschheit Höhn."

Und später, als er die Besichtigung beendet hatte und an der Seite Oskars dem Ausgang wieder zuschritt, sagte er: „Ja, wenn sich so wie in diesem Hause die Faust echten Stammesgefühls in den Traum alter Zeiten einprägt, das hab ich gern."

Oskar aber, die Gelegenheit kühn erfassend, sagte: „Wirklichkeit werden können meine Träume nur mit Ihrer Hilfe, mein Führer. Ein einzelner Mensch ist zu schwach, den Umfang der geheimen Lehren auszuschreiten, welche Ihrem gewaltigen Staatsgebilde den ideologischen Überbau geben." Der Führer erinnerte sich. „Aha", sagte er, „Sie meinen die Akademie der Okkulten Wissenschaften. Die stifte ich, da fehlt sich nichts. Versprochen ist versprochen."

Nachdem sich Hitler entfernt hatte, verlor die Stimmung das kirchenhaft Feierliche. Man aß und trank aus dem vollen an dem Buffet, das der Restaurateur Horcher üppig und kunstvoll aufgebaut hatte. Man schwatzte und witzelte und verleumdete zwischen den Käfigen mit den Schlangen und den seltsamen Vögeln. Man flirtete um den mystischen gläsernen Tisch herum. Man tanzte unter dem künstlichen Sternenhimmel.

Als Oskar, erschöpft und glücklich, die letzten seiner Gäste verabschiedete, spiegelte sich bereits ein neuer Tag im Wasser des Sees.

Paul Cramer fühlte sich nicht mehr sicher in Berlin.

Hitler hatte seit Jahren versprochen, es würden, sowie er an die Macht gelange, „Köpfe rollen". Jetzt, nach dem Reichstagsbrand, schickten sich Proells Landsknechte, die SA-Leute, an, diese Voraussage zu erfüllen. Ihnen war, darauf hatte die Partei bestanden, der Ordnungsdienst des Reichs übertragen worden. Sie drangen in die Häuser ein, nahmen „Haussuchungen" vor, Plünderungen, Verhaftungen. Die Verhafteten wurden in die Kasernen der Nazis gebracht. Über das, was dort mit ihnen geschah, gingen wüste Gerüchte um, manche verschwanden für immer.

Unter den Festgenommenen und Verschwundenen befanden sich Freunde Pauls. Er selber hatte den Zorn der Partei auf sich herabgezogen. Er mußte verschwinden, vorerst aus seiner Wohnung und so bald wie möglich aus dem Lande.

Er wäre gern geblieben. Er wollte helfen, das Pack wieder kleinzukriegen, das sich des Reichs bemächtigt hatte. Aber seine politischen Freunde hatten nur gelacht, als er von Bleiben sprach. Er habe auf seinem Gebiet gute Dienste geleistet, erklärten sie, aber bei dem, was jetzt zu tun sei, stehe er ihnen nur im Weg. Sie mochten ihn gern, diese Arbeiter und Gewerkschaftsleute und politischen Organisatoren, sie ließen ihn nicht das Mißtrauen spüren, das sie vor Intellektuellen hatten. Er sagte sich selber, er habe hier nichts mehr verloren. Hier regierte jetzt die schiere Gewalt, gegen die man vorläufig nur aufkommen konnte mit handfester Schlauheit, und die war seine Stärke nicht. Wenn er wirken konnte, dann nur mehr jenseits der Grenze. Seine Freunde hatten recht. Hier war dicke Luft, er hatte zu türmen, und dalli

„So leb denn wohl, du stilles Haus", summte er vor sich hin, während er unordentlich das, was er für das Wichtigste hielt, in einen Handkoffer stopfte. Heute wird er bei einem gewissen Willi übernachten in der Genthiner Straße, morgen bei einem gewissen Albert in der Großen Frankfurter. Er kennt beide nur flüchtig, aber er weiß, sie sind „Freunde" und zuverlässig. Übermorgen dann, spätestens am dritten Tag, wenn er das bißchen Geld zusammengekratzt hat, das ihm hier Verleger und Zeitungen noch schulden, wird er endgültig fortmachen.

Es ist kein schönes Land, das er verläßt. Es gibt schönere Städte als Berlin, und von der märkischen Landschaft hat einer gesagt, sie stehe da wie eine Kulisse des Bösen. Aber er liebt es nun einmal, dieses häßliche Berlin, ein Stück seines Herzens hängt an dieser „Kulisse des Bösen", er türmt mit Schmerzen. „So leb denn wohl, du stilles Haus."

Den hechtgrauen Kammgarnanzug hat er an, der Koffer ist gepackt, jetzt muß noch die Schreibmaschine in ihren Kasten. Aber zuvor muß er noch einen Brief schreiben, den letzten in dem kleinen, verwohnten, vertrauten Zimmer in der Nürnberger Straße. Denn er kann natürlich nicht fort aus Deutschland, ohne nochmals mit Käthe zusammen gewesen zu sein.

Ringsum geschah Schlimmes, besser wird es so bald nicht werden, niemand kann wissen, ob man sich je im Leben wieder begegnen wird, und das wäre ja gelacht, wenn er sich den teuern Hechtgrauen hätte machen lassen und sie sähe ihn nicht einmal. Und wenn er sich die niederträchtigste Abfuhr holt, er muß ihr schreiben, er muß versuchen, sie nochmals zu Gesicht zu kriegen.

Er hat sie kein einziges Mal mehr gesehen, seitdem sie damals töricht und bemitleidenswert im Zorn von ihm gegangen ist. Er weiß nichts von ihr, nicht, wie sie den Prozeß aufgenommen hat, nichts. Aber was ihm nicht geglückt ist, das haben mittlerweile bestimmt die Ereignisse besorgt. Die werden ihr sicherlich die Raupen abgelesen haben. Er hat Bilder gesehen von dem scheußlichen Kasten, den sich der Schwindler Lautensack da hingestellt hat. Käthe ist ein musikalischer Mensch; soviel falsche Töne hält sie auf die Dauer nicht aus.

Er begann zu schreiben. Schrieb, wie es ihm ums Herz war. Tippte sich das Herz frei. Ließ Fehler stehen, ließ die faulsten Witze stehen. Fröhlich begleitete das Rattern der Maschine sein krauses Geschwatz.

Wird sie den Brief noch zur Zeit kriegen? Wird sie ihn überhaupt kriegen? Bestimmt wird sie. Und bestimmt wird sie kommen. Was er da geschrieben hat, ist bereits der Anfang ihres Gesprächs gewesen.

Käthe sah die schlampig getippten Buchstaben; die Maschine hakte schon wieder, und Paul hatte sie natürlich nicht richten lassen. Sie hörte aus jedem winzigsten Wort den Tonfall des Bruders, seine gescheite, freche, beherzte Sprechweise. Sie verzog schmerzhaft und beglückt das Gesicht, wenn sie auf einen seiner faulen Witze stieß.

Ohne Zögern ging sie an den Apparat und wählte die Nummer, die er ihr angegeben. Seine Stimme war im Apparat. Ein tiefer, freudiger Schreck durchfuhr sie, und auch in seiner Stimme, als er antwortete, war ein solches Aufleuchten, daß sie nicht begriff, wieso sie nicht längst wieder zusammengekommen waren.

Er schlug ihr vor, sie sollten sich in einem Restaurant treffen, er nannte ein kleines, teures Restaurant. „Nobel geht die Welt zugrund", erläuterte er, und dann konnte er sich natürlich nicht enthalten, ihr noch schnell zu verkünden: „Einen neuen Anzug habe ich übrigens auch. Grün ist er."

Sie trafen beinahe gleichzeitig in dem Restaurant ein. Sie legten die Mäntel ab, wählten den Tisch, lasen die Speisekarte, bestellten. Schauten einander an, glücklich. Paul schwatzte von tausend Dingen, wie es seine Art war, und während er mit dem Oberkellner die Speisenfolge beriet, hielt er immerzu die schönen, braunen Augen auf Käthe. Er scheute sich auch nicht, vor den andern den Arm um ihre Schulter zu legen. „Ungewöhnlich doof sind wir gewesen, alle zwei beide", sagte er.

Sie konnten sich hier im Restaurant nur wenig mitteilen von dem vielen, was sie sich zu sagen hatten, aber Tonfall und Stimme verriet jedem, wie es um den andern stand.

Paul aß hastig, wie immer, unmanierlich, ließ wohl auch ein Stückchen Fisch auf den großartigen, neuen Anzug fallen. Dabei schwatzte er unaufhörlich. Der Keith, nach dem ihre Straße heiße, erzählte er, sei ein interessanter Herr gewesen, vorausgesetzt, daß es der sei, den er meine, es gebe da verschiedene Brüder, Schotten, von dem mit Unrecht so beliebten Alten Fritz ins Land gerufen. Ja, dieser böse alte Mann, der sogenannte „Große Friedrich", sei eigentlich die Keimzelle des ganzen heutigen Schlamassels, in Wahrheit der erste Nationalsozialist, nur eben, zum Unterschied von den heutigen, einer mit ein bißchen mehr Salz. Dann wollte er ihr Urteil haben über den Anzug, ihr zu Ehren grau und nicht grün, und ob sie auch gemerkt habe, was für ein prima Kammgarnstoff das sei, ein Stöffchen, nach der Aussage des Herrn Waisz, geeignet, vorzuhalten bis zu seinem hoffentlich späten und seligen Ende.

Käthe hörte glücklich seinem Geschwatz zu. Seine Nebensächlichkeiten waren ihr nicht nebensächlich. Sie liebte ihn, sie bewunderte ihn. Wie gut er aussah, schlank, mit seiner hohen Stirn, dem funkelnd gescheiten, leidenschaftlichen Gesicht und den strahlenden Augen. Sie war noch schmaler und hagerer als früher. „Prinzessinnenhaft" sehe sie aus, fand er, halb scherzhaft, halb im Ernst. Das schlichte, dunkelbraune Kostüm stand gut zu ihrem dunkelblonden Haar, und ihr Gesicht, das sich je nach ihrer Stimmung änderte wie eine Landschaft nach dem Wetter, war heute durch die glückliche Erregung des Wiedersehens noch heller und lebendiger als sonst. Sie war schön, nicht nur für Paul.

Sie fiel auf. Besonders interessiert betrachtete sie ein Herr in einer Parteiuniform mit einem jungen, grausamen, lasterhaften Gesicht. Er schien sie zu kennen, er suchte in seinem Gedächtnis, und jetzt offenbar hatte er gefunden, er grüßte. Grüßte höflich, doch mit einer gewissen kecken Vertraulichkeit. Auch Paul lächelte er zu, frech, herrenhaft, mit bösartiger, unverschämter Liebenswürdigkeit. Vielleicht kannte er sein Gesicht aus den Zeitungen. Es schien ihm sogar etwas einzufallen bei Pauls Anblick, er zog ein Notizbuch heraus und machte sich eine Anmerkung. „Wer ist der arrogante Bursche?“ erkundigte sich Paul. „Ein gewisser Zinsdorff“, antwortete etwas zögernd Käthe. Paul kannte den Namen, er verzog das Gesicht.

Käthe, ohne Übergang, fragte, ob sie die Andeutungen, die er in seinem Brief und am Telefon gemacht, richtig verstanden habe, ob er wirklich die Wohnung in der Nürnberger Straße aufgegeben habe und auf längere Zeit fort wolle. Er grinste. „Ja und nein“, antwortete er. „Nicht ich habe die Nürnberger Straße, Berlin hat mich aufgegeben. Berlin speit mich aus. Ja, Käthe, dein Bruder verläßt die Reichshauptstadt. Er geht auf Reisen. Es ist eine Fahrt ins Blaue. Zeit unbestimmt.“ Käthe war erblaßt. „Wirklich? Du mußt wirklich fort?“ fragte sie und schaute ihn groß an. „Ich möchte dir das gerne eingehender berichten“, antwortete er grimmig burschikos. „Aber wo? Kann man zu dir gehen? Das Restaurant hier ist ja sehr gemütlich, aber für einen solchen Bericht kaum der rechte Ort.“

Sie fuhren in ihre kleine Wohnung. Da stand zwischen den schlichten, ihm vertrauten Möbeln stolz und prunkend der Flügel. Paul konnte sich nicht helfen, seine Miene wurde finster, wie er Käthes Dunstkreis sich seltsam mischen sah mit der Aura des Feindes, Lautensacks.

Und dann also saß er und erzählte. Er bemühte sich, nüchtern zu berichten, donnerstäglich, er rauchte seine Pfeife, aber es riß ihn hin, wie er von den zahllosen Verhaftungen sprach, vom Verschwinden so vieler Menschen, von der Auflösung der Ordnung, vom Untergang des Rechts.

Käthe hörte zu, schweigend und erregt. Sie hatte von alledem nichts gewußt. Wenig Leute in Deutschland wußten zu jener Zeit von diesen Dingen, wiewohl sie sich doch um sie herum, häufig in ihrer nächsten Nachbarschaft, ereigneten. Nur die Betroffenen wußten davon, nur die Gegner der Partei, aber viele Millionen Deutsche ahnten nichts, und wenn man ihnen davon erzählte, wollten sie es nicht glauben.

Dann, sehr trocken, legte Paul dar, warum er selber in der Bredouille sei. Im besten Fall, erklärte er, werde man ihn zwingen, sein Jahr Gefängnis sofort abzusitzen, und so, wie die Dinge jetzt ausschauten, werde er da gerade nicht Polsterklasse sitzen. „So bleibt mir wohl nichts übrig", schloß er, „als den Staub dieses Landes von meinen Füßen zu schütteln. Morgen wird getürmt."

Da hat sie ihn heute wiedergefunden, und morgen geht er fort, wer weiß, auf wie lange, und sie wird in ihrer großen Not wieder allein sein. Sie muß mit Paul reden. Vielleicht sollte sie ihn nicht noch mehr belasten, gerade sie nicht; denn sie ist die letzte Ursache seiner erzwungenen Flucht. Aber sie muß mit ihm reden, jetzt muß sie mit ihm reden, morgen ist er nicht mehr da.

Sie nahm einen Anlauf. „Ich bin schuld", sagte sie. Sie ließ ihn, da er erwidern wollte, nicht zu Wort kommen. Vielmehr: „Du hast natürlich recht gehabt", fuhr sie fort, mit ihrer spröden Stimme, hart, ohne ihn anzusehen. „Er ist ein Lump, er ist durch und durch hohl. Ich war eine Närrin, ganz blind, daß ich mich mit ihm eingelassen habe. Aber so was kommt über einen, da nützt keine Vernunft und kein guter Rat. Ich habe nicht sehen wollen. Dann habe ich gesehen, damals, wie er über dich herfiel, und ich wollte weg von ihm. Ich hab es nicht gekonnt. Jetzt könnte ich es. Aber ich weiß nicht, was ich tun soll. Ich kriege ein Kind von ihm." Sie sprach vor sich hin, sachlich, tapfer, doch ohne ihn anzuschauen.

Paul hörte gespannt zu. Er regte sich nicht, solange sie sprach, erst ihre letzten Worte rissen ihn hoch. Vor sich hin fluchte er, durch die Zähne, die Stimme verzerrt: „Der Hund, dieser verfluchte Hund.“ Aber dann sah er sie dasitzen, das hagere Gesicht krampfhaft ruhig, und eine Welle ungeheuern Mitleids überflutete ihn. Er trat zu ihr und legte ihr ungelenk und zart den Arm um die Schulter. So stand er eine kleine Weile, schweigend.

Es war grotesk, daß dieser tiefschwatzende Affe, diese Spottgeburt aus viel Dreck und wenig Feuer, ihm, Paul Cramer, einen Neffen oder eine Nichte gemacht hatte. Er war empört über Käthe und noch mehr über den Hundehund, den sie da über sich gelassen. Dabei war das doch alter Schnee, und daß diese Liebschaft Folgen hatte, war kein Anlaß, den Lautensack mehr zu hassen als früher. Aber er haßte ihn mehr.

Das gescheiteste wäre es natürlich, wenn Käthe das Kind Lautensacks nicht zur Welt brächte; eine Menge Gründe sprechen für diese Lösung, äußere und innere. Aber er ist Partei, und er liebt seine Schwester Käthe, und er hat sie in dieser ganzen Geschichte von Anfang an falsch behandelt, und er möchte nicht einen neuen Fehler machen. Nur nichts überhasten. „Haarig, haarig“, war also alles, was er vorläufig zu sagen hatte, und: „Prost Mahlzeit“, und nochmals: „Haarig, haarig.“

Er ging ein paarmal durchs Zimmer, nahm die Pfeife, legte sie wieder hin. Kehrte zurück zu Käthe, streichelte ihre schöne, große, dünne Hand. Dann fragte er: „Und was sagt er selber dazu?“ – „Ich weiß es nicht“, antwortete sie. „Ich hab's ihm nicht gesagt. Und er selber hat nichts gemerkt“, fügte sie bitter hinzu.

Paul war überrascht. Es war ihm eine Genugtuung, es erhob ihn, ja, es überwältigte ihn, daß Käthe dem andern nichts gesagt, daß sie sich mit ihrer Not zu ihm geflüchtet hatte. Sie gehört eben nicht zu dem andern, sie gehört zu ihm. Und selbstverständlich wird er ihr helfen. Er weiß zwar nicht, wie, er ist nicht gerade ein praktischer Mensch, und in seiner augenblicklichen Lage kann er andern schwerlich Hilfe bringen. Aber: „Ich bleibe natürlich hier", verkündet er mit Elan, „bis ich dir da herausgeholfen habe."

„Quatsch", sagte Käthe, doch in ihrem Innern war sie stürmisch glücklich. „Gerade erst hast du mir erklärt", sagte sie, „daß du unter allen Umständen morgen türmen mußt. Es ist mir Trost und Erleichterung genug, daß ich es dir sagen konnte. Mehr wollte ich nicht, und ich sehe auch nicht, wie du mir weiter helfen könntest." – „Gewiß", erwiderte in seiner schnoddrigen Art Paul, „eine Hebamme bin ich nicht, und wenn ich dir vom Kind helfen wollte, würde ich vermutlich nur Unglück anrichten. Aber ich bleibe hier, und glaub mir: das Kind werden wir schon schaukeln." In seinem Innern hatte er übrigens diesem Kinde bereits einen Namen gegeben, und zwar aus dunkeln Gründen den Namen Emil.

Sie wollte erwidern. „Schnauze", sagte er heftig. „Das wäre ja noch schöner, wenn ich dich allein im Mist sitzenließe mit dem kleinen Emil." – „Mit wem?" fragte sie erstaunt. „Du kennst mich doch", antwortete er, „ich muß für die Dinge eine entschiedene, handliche Bezeichnung haben. Der Name Emil scheint mir angebracht. Und wenn ich jetzt noch einen Kognak haben könnte, dann wäre es großartig. Die Geschichte mit dem kleinen Emil ist mir in die Knochen gefahren."

Sie schenkte ihm den Kognak ein, er trank. „Donnerwetter", anerkannte er, „der ist aber alt. Darf ich sehen?", und er griff nach der Flasche. Es war ein sehr kostbarer Martell. „Stammt der auch von ihm?" fragte er grimmig, mit einem bösen Blick auf den Flügel, und da sie nicht antwortete, schenkte er sich einen neuen ein.

Er fuhr zurück in die Große Frankfurter Straße zu dem Freunde Albert, bei dem er für heute untergekrochen war. Kraus gingen ihm die Gedanken durch den Kopf. Es ist fein von ihr, daß sie ihm was gesagt hat und dem andern nicht. Ich will dem Holofernes keinen Sohn gebären. Es ist wahrscheinlich ein sträflicher Leichtsinn, wenn er noch hierbleibt, aber er kann Käthe nicht so sitzenlassen. Das hieße ja, sie dem Affenschwanz für immer in die Arme treiben, auf Gedeih und Verderb. Er summte ein altes Soldatenlied vor sich hin:

„Das Kind, das du gebäri-bärigen,
Das werd ich schon ernähri-nährigen,
Und auch der Vater sein, juchhe,
Und auch der Vater sein."

Ja, wir werden ihn schon schaukeln, den kleinen Emil.

Jetzt ist er in der Großen Frankfurter Straße, in Alberts Haus. Er ist das erstemal hier, er findet sich nicht zurecht. Albert wohnt im fünften Stock, aber für den Aufzug braucht man einen Schlüssel, und den Portier herauszuläuten scheint ihm zu gefährlich. Er beginnt also, die Treppen hinaufzusteigen. Wie er im dritten Stock ist, geht die automatische Treppenbeleuchtung aus, er findet den Druckknopf nicht, er hat Angst, es könnte die Flurglocke eines Mieters sein, er hat nur mehr zwei Zündhölzer. Schwitzend, ziemlich erschöpft, ist er schließlich in dem Stockwerk angelangt, das seiner Berechnung nach das fünfte ist. Aber da sind drei Wohnungstüren, und er weiß nicht mehr, wohnt Albert rechts, links oder in der Mitte. Er probiert den Schlüssel, immer in Angst, es könne die falsche Wohnung sein und er werde für einen Verbrecher oder für sonst was Verdächtiges gehalten werden, und er kann es durchaus nicht brauchen, jetzt mit der Polizei zu tun zu haben. Er riskiert das letzte Zündholz. Schließlich, schwitzend, steht er innerhalb einer Wohnung, und da ist auch Albert.

Albert führt ihn in sein Zimmer, wortkarg. Das Zimmer ist reichlich kalt, es ist nicht weit her mit der Heizung der oberen Stockwerke. Ja, und was fangen wir mit dem kleinen Emil an?

Da, auf einmal, er ist schon dabei, sich auszuziehen, kommt ihm eine Idee. *Die* Idee. „Hurra", sagt er. „Heureka." Er klopft an dem Zimmer, in dem er seinen wortkargen Gastgeber vermutet. „Was ist los?" fragt der. „Gibt es ein Telefon?" erkundigt sich Paul. „Ja", gibt mürrisch Albert Bescheid, „vorne im Korridor."

Paul ruft Käthe an. Ihre spröde Stimme meldet sich, verwundert, es ist geraume Zeit nach Mitternacht. Er habe die Lösung, verkündet er ihr, strahlend, sich verhaspelnd, ein wenig lispelnd, und wenn er dürfe, dann wolle er gleich zu ihr kommen.

Das ist leichter gesagt als getan. Zunächst muß er das gefährliche Treppenhaus nochmals hinunter. Auch ist es ein langer Weg, und ob er noch einen Autobus bekommt, ist fraglich. Aber schließlich, erschöpft und fröhlich, ist er wieder bei ihr in der Keithstraße.

Sogleich verkündet er ihr seine Lösung. In der Sache mit dem kleinen Emil, erklärt er, könne nur eine Frau einer Frau helfen. Und er wisse die Frau.

Er erzählt ihr von Anna Tirschenreuth. Von seiner Unterredung mit ihr. Sie hat ein Menschengesicht, sie ist eine große alte Frau, und sie hängt an diesem – er unterdrückt das Wort –, sie hängt an Lautensack wie eine Mutter an ihrem verlorenen Sohn, wiewohl sie ihn ganz durchschaut. Paul ist sicher, Anna Tirschenreuth wird für Käthe Verständnis haben, wird ihr den klügsten, menschlichsten Rat wissen.

Käthe hört zu, stillen Gesichtes. Sie antwortet nicht sogleich, das ist nicht ihre Art, sie muß Zeit haben, eine Sache zu überdenken, aber in ihrem Innern ist sie vom ersten Augenblick an entschlossen. Sie ist es so müde, alle diese Sorgen allein mit sich herumzutragen, dieses Für und Wider. Es ist eine Erlösung für sie, wenn ein erfahrener Mensch, der guten Willens ist, ihr die Entscheidung abnimmt. Ja, sie wird zu Anna Tirschenreuth fahren, sogleich, morgen.

Paul ist glücklich. Er ist eben doch ein Köpfchen. Man wirft eine Frage in den Automaten, drückt, und gleich kommt die Antwort heraus. Und war es nicht eine gute Idee, daß er noch in der Nacht hergekommen ist? So wird sie wenigstens gut schlafen können. „Aber den Fleck mußt du mir noch herausputzen aus dem Hechtgrauen“, verlangt er. „Die ganze Zeit hab ich gewußt, daß ich dich noch um was bitten wollte, endlich bin ich draufgekommen.“ Sie, während sie an dem Fleck herumreibt, meint, es sei tröstlich, zu wissen, daß er nicht länger durch sie aufgehalten ist, daß er jetzt fortgehen kann, verschwinden, morgen, am besten heute noch.

„Schick mir auf alle Fälle ein Telegramm", bittet er, „sowie du mit Anna Tirschenreuth gesprochen hast." Er gibt ihr die Adresse Alberts in der Großen Frankfurter. Auch ein Kennwort gibt er ihr, mit dem sie sich dort ausweisen kann. Davon möge sie aber nur im äußersten Fall Gebrauch machen. „Wenn du aus München zurück bist", versichert er, „liegt hier bei dir längst eine Nachricht, wo ich jenseits der Grenze zu erreichen bin."

Dann faßt er sie um die Schulter, große Gesten sind zwischen ihnen nicht üblich, und klopft ihr sacht und zärtlich den Rücken. Sie drückt ihm fest die Hand. „Es war schön", sagt sie, „wieder mit dir zusammen zu sein. Ich danke dir. Und alles, alles Gute. Auf Wiedersehen."

Er hält lang ihre Hand. „Dein Wort in Gottes Ohr", antwortet er, und: „Der Fleck ist richtig herausgegangen", sagt er anerkennend. Damit entfernt er sich.

Anna Tirschenreuth beschaute die junge Frau, die ihr gegenübersaß, das lange, schmale, ein bißchen scharfe Gesicht; es war ein sehr deutsches Gesicht, in sich gekehrt, sich nur langsam erschließend. Sie war voll Mißtrauen gewesen, als sich das fremde Mädchen mit einem Briefe Paul Cramers bei ihr gemeldet hatte. Was wollten die wieder von ihr? Sie hatte den Prozeß verfolgt, sie hatte mit zornigem Schmerz erlebt, wie Oskar mit Paul Cramer umgesprungen war. Sie war müde und voll von Kummer.

Und da saß jetzt also diese Frau vor ihr, und was sie stokkend und in halben Worten erzählte, war der Bericht einer großen Enttäuschung. Ach, sie, Anna Tirschenreuth, wußte besser als diese da, wie sich einem der Mensch ins Gemüt stehlen konnte, wie lange es dauerte, bis man ihn erkannte, und wie man immer wieder glaubte: Nein, nein, es ist nicht wahr, so kann ich mich nicht geirrt haben, und dann hatte er einen doch betrogen.

Was die aber zu erzählen hat, diese Junge, diese, wie heißt sie, Käthe Severin, das ist schlimmer und besser als das, was sie selber, Anna Tirschenreuth, an ihm erlebt hat. Mit ihren Bildhaueraugen betrachtet sie das sitzende Mädchen. Nein, die ist nicht schlecht. Die lügt nicht. Es ist gut, daß die ein Kind von Oskar in die Welt setzen soll.

Sie, Anna, hat Oskar aufgegeben. Wie der Unrat des Prozesses über sie hereinschlug, hat sie ihn aufgegeben und sich gesagt, daß sie fortan die Dinge ihren Weg muß gehen lassen. Und jetzt ist da diese große, neue Möglichkeit. Und was für ein unverhofftes Glück, daß die Junge zu ihr kommt.

Käthe hat schon eine geraume Weile zu sprechen aufgehört. Das große, massige Gesicht der Frau hat ihr nicht etwa bange gemacht, aber ganz leicht war es nicht, zu reden vor diesen müden, grauen, wissenden Augen. Und wie die Alte jetzt vor ihr sitzt, reglos, den Rücken rund, mit schlaffer Hand den Stock haltend, fängt die Stille allmählich an, Käthe zu beklemmen.

Endlich tut Anna Tirschenreuth den Mund auf. „Ich freue mich", sagt sie mit ihrer schweren, etwas heiseren Stimme, „daß Dr. Cramer Vertrauen genug gehabt hat, Sie zu mir zu schicken." Das klingt gut. Erwartungsvoll schaut ihr Käthe ins Gesicht. „Ich glaube, ich sehe einen Weg", sagt die Tirschenreuth, „aber ich möchte nicht vorschnell reden. Wollen Sie mir ein wenig Zeit lassen" — einen Augenblick sucht sie nach einer Anrede —, „meine liebe Käthe Severin? Ich denke, zwei, drei Tage sollten wir uns die Sache überlegen. Und ich würde mich freuen", setzt sie mit kleinem Anlauf hinzu, „wenn Sie während dieser Zeit mein Gast sein wollten." Käthe errötet vor Glück. Ein tiefes Vertrauen füllt sie zu dieser Frau.

Am übernächsten Tag dann, in ihrer langsamen, schweren Art, erörtert Anna Tirschenreuth, wie sie sich alles gedacht hat. Es könne natürlich keine Rede davon sein, daß sich Käthe das Kind sollte wegnehmen lassen. Aber es in diesem Deutschland zur Welt zu bringen sei auch nicht das Rechte. Sie selber, Anna, würde das Land verlassen, wenn sie nicht so alt wäre und behindert durch ihr Fußleiden und abhängig von ihrem Atelier. Käthe solle also das Kind zur Welt bringen, aber jenseits der Grenze.

Zwei Fragen hat Anna Tirschenreuth noch. Wo wohl jetzt Paul Cramer sei? Er habe noch nicht gewußt, erwiderte

Käthe, ob er in die Schweiz gehen werde oder nach Böhmen; sie denke, sie werde darüber in Berlin Nachricht vorfinden. Wenn irgend möglich, meinte Anna Tirschenreuth, solle Käthe den gleichen Aufenthalt wählen wie ihr Bruder. „Herr Dr. Cramer hat mir gefallen“, sagte sie. Und wie es ums Wirtschaftliche stehe, fragte sie weiter. Käthe, errötend, erwiderte, etwas Geld werde ihr Vater ihr geben können, und bestimmt werde Paul ihr helfen. Auch werde sie zu arbeiten versuchen. Alles das sei freilich unsicher.

„Wenn Sie mir erlauben“, sagte Anna Tirschenreuth, „dann werde ich Sie bald einmal besuchen. Und um das Wirtschaftliche“, schloß sie, ein wenig stockend, „machen Sie sich bitte keine Sorge.“

Käthe, wissend, daß sie in Anna Tirschenreuth eine Freundin hatte, fuhr zurück nach Berlin, um das Wichtigste zu ordnen und dann Paul aufzusuchen irgendwo jenseits der Grenze.

Die Perle war falsch. Ilse Kadereit hat ihm eine falsche Perle geschenkt.

So sind sie, die feinen Leute. Der Herr Vater hat recht gehabt. Der Herr Vater hat Bescheid gewußt. Der Ober sticht den Unter. Es ist nicht gut Kirschen essen mit den feinen Leuten. Er aber, Oskar, hat nicht auf die Weisheit des Volkes gehört, er hat Kirschen gegessen mit den Großkopfigen, und jetzt ist er geschlenkt. Sie haben sich zusammengesetzt, das Luder, die Kadereit, und Zinsdorff, der Hundsknochen, und haben gegrinst, und haben ihn, den Mann aus dem Volke, auf die gemeinste, hundsföttischste Art übers Ohr gehaut. Haben ihm die falsche Perle geschickt und ihn dann um die zehntausend begaunert, die Saubande, die dreckige.

Ein erstickender Grimm erfüllte Oskar. Er konnte sich genau vorstellen, wie alles zugegangen ist. Das blöde Telefongespräch ist an allem schuld. Sie ist ein Luder, aber knauserig ist sie nicht. Sie hat sich geärgert über das Telefongespräch, und dann ist ihr was eingefallen, so ein Spaß, so ein blöder, und sie hat dem falschen Tiroler die falsche Perle geschickt. Und dann ist sie zusammengehockt mit ihrem Zinsdorff und hat es ihm gesteckt, dem Lucki, was für einen witzigen Streich sie ihm gespielt hat, ihm, Oskar, dem Proleten. Und der Herr Graf, in der Erinnerung an seine Väter, die Herren Raubritter, ist dann natürlich gleich hingegangen und hat aus seiner Wissenschaft Kapital geschlagen. Hat sich hinter den Strauch gelegt und ihn ausgeplündert und ihm die zehntausend geklemmt. So sind sie, die feinen Leute.

Er setzte sich hin und schrieb: „Sehr geehrter Herr Graf, Sie haben die Wette bezüglich der Perle gewonnen. Den verfallenen Betrag von 10 000 Mark gestatte ich mir abzuziehen von der Summe von 32 297 Mark, die Sie mir laut Schein schuldeten. Jetzt also schulden Sie mir nur mehr 22 297 Mark. Da ich mich gehäuften Verpflichtungen gegenübersehe, wäre ich Ihnen verbunden, wenn Sie die Schuld bald begleichen wollten. Heil Hitler! In alter Treue Ihr Oskar Lautensack."

Im übrigen war Zinsdorff unter Oskars Feinden der einzige, der einen Sieg über ihn buchen konnte. Die andern alle mußten vor seiner steigenden Sonne jämmerlich in den Schatten.

Da war Thomas Hravliczek, der Aufklärer, der Nüchterling. Jetzt, da das Reich dem deutschen Geiste, der reinen Schau zurückgewonnen war, wurde dem tückischen Zwerg der Boden zu heiß. Er verdrückte sich in seine Tschechoslowakei. Dort mochte er böhmakeln, hier kümmerte sich keine Katz mehr um ihn.

Auch der Oberfinanzrat Edmund Wernicke, jener alte Herr, der im Prozeß mit seniler Hartnäckigkeit darauf bestanden hatte, Oskar sei ein Kurpfuscher, erlebte jetzt den verdienten Zusammenbruch. Damals war der rechthaberische Alte mit der Lächerlichkeit und mit einem blauen Auge davongekommen. Nun aber, da er weiter quengelte und sich zu der Behauptung verstieg, die Bücher des Neuen Deutschland und der Partei hielten der Nachprüfung durch einen gewissenhaften Finanzbeamten nicht stand, verfuhr man mit ihm weniger glimpflich. Man steckte ihn ein, man setzte ihn hinter schwedische Gardinen. Ausgekämpft, Herr Nachbar.

Es verschwand auch – und das war wieder ein besonders freundliches Geschenk, welches das Schicksal Oskar Lautensack darbot –, es verschwand auch Herr von Obrist, der Mann mit den unveräußerlichen Grundsätzen und Kunstwerken. Die Grundsätze mochte er mitnehmen; die Kunstwerke mitzunehmen hatte er nicht mehr die Zeit. Aus seiner vom Reich übernommenen Hinterlassenschaft erwarb, bevor ein anderer das konnte, Oskar die „Sibylle", jene Sibylle, der nun kein hochmütiger Aristokrat mehr Namen und Wesen streitig machte.

In Sophienburg stand sie jetzt, die Sibylle, auf dem bisher leeren Sockel, ihr starker, wilder, beinahe männlicher Kopf gab der Halle Mitte und Gesicht. Klingsors Zauberschloß war fertig.

Und noch nicht erschöpft war das Füllhorn des Glücks. Der Unterrichtsminister deutete Oskar an, eine sehr hohe Persönlichkeit interessiere sich für die Schaffung einer Akademie der Okkulten Wissenschaften, und der gegebene Präsident einer solchen Akademie sei natürlich Oskar. Bevor man ihm indes dieses Amt anbieten könne, müsse er gewisse akademische Würden innehaben. Es sei da einiges im Gange, eröffnete ihm der Minister mit schelmischem Lächeln.

Und richtig, es dauerte nicht lange, da erhielt Oskar ein Schreiben der Universität Heidelberg, die Philosophische Fakultät habe sich entschlossen, ihn in Anbetracht seiner Verdienste um die Wissenschaft von der Seelenkunde zum Ehrendoktor zu ernennen. Rektor und Senat würden ihm Vorschläge machen über Termin und sonstige Einzelheiten der Zeremonie der Hutverleihung; es solle diese Zeremonie auf besonders feierliche Weise vorgenommen werden.

Oskar mußte sich setzen. Der Professor Lanzinger hatte ihm erklärt, mit seinem Brett vor dem Schädel werde er niemals auch nur die Elementarregeln der lateinischen Grammatik begreifen, und jetzt, in edelstem Latein, rüsteten sich Rektor und Senat der altberühmten Hochschule, ihn um seiner wissenschaftlichen Verdienste willen mit Talar und Doktorhut zu bekleiden. Schon kostete er im Geist die große Feier aus. Burschenschaftler in Wichs, Banner, Fackelzüge, dahinter das Heidelberger Schloß. Ungeheures Glück füllte ihn. Ihm war, als flöge er.

Als Knabe hatte er einmal den schmalen Grat überschritten, der vom Herzogenstand hinüber zum Heimgarten führt. Beseligend war es gewesen, so vorwärts zu gehen auf steiler, schmaler Höhe. Aber von beiden Seiten gähnte der Abgrund, und ganz tief in seinem Innern war Angst gesessen, jetzt, jetzt gleich werde er abstürzen. Ihn hatte geschwindelt. Vielleicht hatte diese kleine Angst dazu beigetragen, sein Glück zu erhöhen.

So war ihm jetzt zumute, sehr glücklich und ein ganz, ganz klein wenig schwindelig.

Auch der Staatsrat und Reichspressechef Hannsjörg Lautensack hatte eine gute Zeit, eine bessere als je in seinem Leben.

Da war zunächst seine Freundschaft mit der Baronin Trettnow. Mehr und mehr lernte Hildegard ihn schätzen. Gewiß, er war nicht ansehnlich von Gestalt, ein „Krisperl" nannte ihn mit zärtlichem Mitleid der Meister. Aber er war sich seiner Grenzen wohl bewußt, er verstand, sich weise zu beschränken, und trachtete nicht nach Ehren, die dem großen Bruder vorbehalten waren. Dabei, fand Frau von Trettnow, hatte er letzten Endes doch viele Züge gemein mit Oskar. Sie waren, Hildegard und Hannsjörg, durch viele gemeinsame Erlebnisse gegangen seit der Zelle in Moabit. Sie trug nicht länger Anstand, sich noch inniger mit ihm zu verbinden.

Das war viel. Doch noch mehr erfreute es das gierige Herz des Hannsjörg, daß er jetzt den Durst langer Jahre stillen und sich rächen konnte an manchem alten Feind. „Wie wir vergeben unsern Schuldigern", hatte er in Deggenburg lernen müssen unter der Anleitung des Pfarrers Ruppert. Jetzt war der wehleidige jüdische Sittenkodex abgeschafft. Hannsjörg durfte zeigen, daß er echt, markig und neudeutsch war wie sein Name.

Es waren dem schmächtigen, unscheinbaren Mann in seiner langen Laufbahn viele begegnet, die ihn schief angeschaut und erniedrigt hatten. Als Unteroffizier, da er Klaviere aus Polen nach Deutschland verschoben, als Journalist, als er „Das Blitzlicht" herausgegeben, als „Agent", da er Geschäfte mit der Karfunkel-Lissy und dem Maler Wiedtke gemacht, hatte er sich manchen Feind und Neider geschaffen. Mancher hatte zu Recht oder zu Unrecht seinen Ärger an dem schmächtigen Burschen ausgelassen, Hannsjörg hatte Ohrfeigen und Fußtritte hinnehmen müssen. Jetzt konnte er zurückzahlen, und mit Zinsen.

Da war zum Beispiel der Agent Joseph Mantz. Der hatte nicht gut daran getan, daß er bei der Einweihung von Sophienburg über die Späße gelacht hatte, die sich der Zauberkünstler Cagliostro mit dem Reichspressechef erlaubte. Herr Mantz hätte besser den Hannsjörg nicht an sein hohes, fettes, amüsiertes Lachen erinnert; denn das hatte der Herr Staatsrat noch von früheren Gelgenheiten her schlecht im Ohr, und er war jetzt in der Lage, auch seinesteils unterhaltende Vorstellungen zu veranstalten.

Zwischen fünf und sechs pflegte Herr Mantz im Café des Westens hofzuhalten; viele seiner Freunde suchten ihn dort auf, in Geschäften sowohl wie um der Geselligkeit willen. Da also saß er eines Tages harmlos mit zwei Bekannten, als ein fremder Mann in brauner Uniform an seinen Tisch trat und ihn fragend anrief: „Herr Mantz, nicht wahr?" Herr Mantz musterte den Mann mit seinen kleinen Mausaugen, er erinnerte sich des Gesichtes nicht, auch gefiel es ihm nicht. „Kenne ich Sie?" fragte er, und: „Nein, ich kenne Sie nicht", beantwortete er selber seine Frage. „Aber ich kenne Sie, Herr Mantz", sagte der Fremde. „Ich weiß, daß Sie von Anfang an ein glühender Anhänger der Partei waren. Oder nicht?" Herrn Mantz wurde es unbehaglich. Ringsum waren mehrere braune Uniformen aufgetaucht; auch an andern Tischen war man auf sein Gespräch mit dem Fremden aufmerksam geworden, und seine beiden Bekannten machten verlegene Gesichter. „Kellner, zahlen", rief Herr Mantz. Aber: „Doch, doch", bestand der Fremde, „Sie sind ein alter Freund von uns, Sie müssen sich erinnern, Sie werden sich erinnern." — „Lassen Sie mich in Ruhe", sagte Herr Mantz. „Seien Sie doch nicht so unfreundlich", sagte der andere, „wenn man freundlich mit Ihnen spricht. Unsereins will auch einmal sein kleines Vergnügen haben. Sie haben so viele tanzen lassen und gut daran verdient. Jetzt tanzen einmal gefälligst Sie für uns, Herr." Herr Mantz wollte sich losreißen, wollte durchbrechen. Aber da waren die andern Braunen; auch an den Ausgängen des Cafés waren Braune postiert, und sie ließen keinen hinaus. „Auf den Tisch jetzt mit Ihnen", kommandierte scharf der Fremde, „und Sie tanzen. Auf eins schmeißen Sie den linken Fuß, auf zwei den rechten, auf drei rufen Sie: Heil Hitler! Wird's?" befahl er, und seine Augen und Hände waren nicht angenehm, und die andern Braunen waren Herrn Mantz auf den fetten Leib gerückt.

Etwas schwerfällig stieg Herr Mantz auf den Tisch. „Eins", kommandierte der Fremde, und Herr Mantz hob das linke Bein, „zwei", kommandierte er, und Herr Mantz hob das rechte Bein, „drei", und Herr Mantz rief: „Heil Hitler!" So ging das mehrere Male. Ein unwilliges, erbittertes Publikum schaute zu, einige schimpften, aber da waren Braune in ihrer Nähe, das Schimpfen hörte auf, es war ganz still in dem menschengefüllten Café, nur ein wenig Klappern von Gläsern und Tellern hörte man, und die scharfe, kommandierende Stimme: „Eins, zwei, drei." Da stand Herr Mantz auf dem nicht großen, weißen Marmortisch. Ein paar Gläser waren noch da; er stieß sie bei seinen Tanzversuchen herunter, so daß sie zerklirrten. „Keine Angst, Herr Ober", sagte der Fremde, „Herr Mantz zahlt, was er zerbricht." Und Herr Mantz schmiß das linke Bein, das rechte, er rief „Heil Hitler!" mit seiner hohen, fetten Stimme, und seine kleinen, schlauen Mausaugen schauten unglücklich, hilfesuchend aus dem spärlich behaarten Schädel, der jetzt gar nicht mehr gefährlich aussah. Und diese kleinen Mausaugen gewahrten gerade vor sich an der Wand des Cafés einen schmächtigen Herrn, der ihm freundlich zunickte, und es war Hannsjörg. Ja, Hannsjörg schaute zu, er grinste, daß seine kleinen, spitzen Raubtierzähne sichtbar wurden, und jetzt war es Herrn Mantz klar, wer ihn da tanzen ließ.

Ein Rindvieh ist er. Statt daß er schleunigst davon wäre, wie dieser Adolf Hitler Trumpf-As wurde, ist er eisern hokken geblieben. Dabei hat er doch seine Erfahrungen gemacht, dabei hat er's doch gewußt: nichts Rachsüchtigeres gibt es auf der Welt als einen verhinderten Schauspieler. Jetzt hat er's. Jetzt muß er vor einem vollbesetzten Haus eine blöde Nummer schmeißen, jetzt muß er sich blamieren und tanzen, wie die Burschen pfeifen, der Rotzbub dort, der „Staatsrat", und sein Herr, der Patzer, der Kanzler, der „Führer", der verkrachte Schauspieler. Eins, linkes Bein, zwei, rechtes Bein, drei, „Heil Hitler!".

Als Herr Mantz von dieser Produktion nach Hause kam, zerstört, aufgelöst, völlig zertätscht, legte er sich sogleich zu Bett. Andern Tages verließ er das Land, doch nicht, ohne seinen Freund Cagliostro von den Ursachen seiner Flucht verständigt zu haben.

Es kam zu wüsten Auseinandersetzungen zwischen Alois und Oskar. Diesmal begehrte Alois wirklich auf, er sagte die Vorstellung ab. Wer einen Meineid geschworen habe, erklärte er voll finsterer Rachsucht, dem komme es auch nicht darauf an, einen Kontrakt zu brechen. Oskar seinesteils machte dem Hannsjörg wilden Krach; freilich war er dabei ein wenig behindert durch die Erinnerung an einen in einer Drehtür tanzenden Paul Cramer. Schließlich erhielt der Agent Mantz ein Entschuldigungsschreiben, und zwei der Braunen wurden bestraft.

Allein Herr Mantz zog es vor, im Ausland zu bleiben. Alois war noch mehr vereinsamt als bisher, und die Bitterkeit, mit der er vor der Schneiderin Alma den Charakter seines Freundes Oskar analysierte, nahm zu.

Käthe, im Reisekostüm, schloß ihre kleine Wohnung in der Keithstraße auf. Sie war müde und tief befriedigt. Alles hatte sich auf eine gute Art gelöst. Jetzt braucht sie nur noch Pauls Adresse. Dann wird sie zu ihm ins Ausland fahren.

Einige ungeduldige Telegramme Oskars waren da, der vergeblich angerufen hatte, eine Menge anderer Post, aber nichts von Paul. Er wird vorsichtig sein, wird ihr Nachricht vermutlich nur durch Dritte schicken, wahrscheinlich auch werden Briefe zurückgehalten und zensuriert. So wird sie eben auf Nachricht von ihm noch ein oder zwei Tage warten müssen. Ob er in der Schweiz ist oder in der Tschechoslowakei? Auf alle Fälle wird sie morgen packen und auflösen. Mit Oskar wird sie nicht mehr zusammenkommen. Sie wird ihm von jenseits der Grenze mitteilen, daß sie es für besser halte, sie sähen einander nicht mehr, aber nichts sagen wird sie ihm von dem Kinde.

Sie ging zu Bett. Das Schlimmste lag hinter ihr. Sie war ruhig, sie war glücklich. Sie schlief bald ein, sie schlief gut in dieser Nacht.

Am andern Tag packte sie. Sie hob ihr kleines Bankkonto ab. Sie kam zurück. Post war da, aber nichts von Paul. Das Telefon ging, es war ein gleichgültiger Anruf. Des Mittags ging sie aus. Für den Abend kaufte sie sich eine Kleinigkeit zum Essen, sie wollte einen Anruf Pauls nicht versäumen. Wer anrief, war Oskar. Herrisch fragte er, wo sie denn gesteckt habe. Sie log, sie sei nach Liegnitz gerufen worden zu ihrem Vater. Es war ein unbehagliches Telefongespräch. Aber es wird ja wohl das letzte gewesen sein; morgen, längstens übermorgen wird Botschaft dasein, und sie wird reisen können.

Sie setzte sich an den Flügel, schlug den Deckel hoch. Aber sie spielte nicht. Immer war sie geteilten Gefühles vor diesem Flügel gesessen. Sie wird ihn hierlassen. Sie scheidet nicht im bösen von Oskar, aber den Flügel läßt sie hier.

Auch in dieser Nacht schlief sie gut. Am andern Tag rief Marianne an und fragte, ob sie was von Paul gehört habe. Marianne selber hatte seit einer Woche keine Nachricht. Sie nahm an, Paul sei jenseits der Grenze, immerhin hätte er einem eine Meldung schicken können.

In dieser Nacht schlief Käthe schlecht, und sie beschloß, am nächsten Morgen in die Große Frankfurter Straße zu gehen, zu jenem Albert. Paul hatte ihr gesagt, nur äußersten Falles solle sie sich an Albert wenden, aber wenn bis zum Morgen keine Nachricht da ist, wird sie hingehen. Der Morgen kam. Sie wird noch bis zwei Uhr warten, dann geht sie. Es wurde zwei Uhr. Sie wird bis vier Uhr warten.

Um fünf war sie in der Großen Frankfurter Straße.

Sie wagt es nicht, den Portier herauszuläuten für den Lift, lieber steigt sie die fünf Treppen. Ein hagerer, unbeteiligt aussehender Mann öffnet ihr. Sie nennt das Kennwort, sie ist etwas außer Atem. Der Mann mustert sie kühl, eher ablehnend. „Versteh ich nicht", sagt er. „Aber Sie sind doch Herr Albert", sagt sie. „Daß hier ein Albert Schneider wohnt, kann man bei jedem im Haus erfahren", sagt er, eine dicke Mauer von Mißtrauen ist um ihn. „Aber es geht um Paul", sagt sie, dringlich, „um Paul Cramer." – „Kenn ich nicht", erwidert er kurz.

Was soll sie tun? Er traut ihr nicht, das ist klar. Sie darf sich jetzt nicht dumm anstellen, sonst ist alles verloren. „Doch, doch, Sie müssen ihn kennen", beharrt sie, verzweifelt, und: „Ich bin seine Schwester", fügt sie hinzu, in Hast, „er muß Ihnen von mir erzählt haben, ich heiße Käthe Severin, ich lüge Sie nicht an, bei Gott nicht, hier, sehen Sie", und sie zeigt ihm ihren Reisepaß. Der Mann mustert sie nach wie vor argwöhnisch. Doch schließlich sagt er: „Kommen Sie herein." Er führt sie in ein ungemütliches Zimmer. „Aber das sag ich Ihnen gleich, ich kenne keinen Paul Cramer oder von wem sonst Sie da geredet haben. Ich lasse Sie nur herein, weil Sie so verstört ausschauen."

Sie erzählt, gehetzt. Gibt Einzelheiten, die ihr beweiskräftig erscheinen. Sie ist verreist gewesen, gewissermaßen im Auftrag Pauls, sie ist in München gewesen, sie hat mit Paul verabredet, sie solle ihm depeschieren, hierher, in die Große Frankfurter Straße. Das hat sie auch getan, aber es ist keine Nachricht gekommen von Paul, er hat ihr gesagt, nur im äußersten Fall solle sie in die Große Frankfurter gehen, aber dieser äußerste Fall ist da; denn wenn ihm nichts zugestoßen wäre, müßte sie Nachricht haben.

Was sie sagt, klingt vertrauenswürdig. Albert erinnert sich auch, daß ihm Paul von der Schwester gesprochen hat; er hat zwei linke Füße, dieser Paul, ein bißchen klarer hätte er sich ausdrücken können. Albert bleibt mißtrauisch, wortkarg, man kann in dieser Zeit nicht vorsichtig genug sein. „Es ist hier kein Paul Cramer gewesen", erklärt er, „seit Tagen nicht. Sie können mir's schon glauben, Fräulein, ob Sie nun von der Polizei kommen oder von wem immer." Er sieht ihre hilflosen, verzweifelten Augen. „Wenn er Ihnen kein Telgramm geschickt hat, Ihr Paul", setzt er behutsam auseinander, „dann haben sie ihn vielleicht geschnappt; denn offenbar hat er doch Ursache, sich zu verstecken.“ Er spricht unverbindlich, nachdenklich und doch autoritativ.

Käthe sitzt da, schwer von Angst und Ratlosigkeit. „Bleiben Sie noch eine Weile sitzen, Fräulein“, sagt Albert, „und ruhen Sie sich aus. Die auf der Polizei“, überlegt er, immer unverbindlich, „werden vielleicht ausfindig machen können, wo er steckt, Ihr Paul Cramer oder wie er heißt. Aber ich kann mir nicht denken, daß es viel Zweck hätte, da nachzufragen; die haben in diesen Tagen wahrscheinlich viel zuviel zu tun.“ Käthe erkennt, daß dieser Albert, dem man die Worte herausziehen muß, ein Freund ist, aber daß er mehr nicht sagen darf, nicht kann, nicht will. Er macht einen vernünftigen, zuverlässigen Eindruck. Sicher hat er recht, sicher ist Paul geschnappt worden, sicher ist er hochgegangen, und sicher ist es nicht ratsam, bei der Polizei nachzufragen. Sie dankt Albert, geht.

Es ist ein regnichter Tag, aber sie geht zu Fuß nach Haus. Die Feinde haben Paul gefangen, und sie, Käthe, ist schuld daran. Wenn sie nicht wäre, dann wäre der unselige Prozeß nie gewesen. Wenn sie nicht wäre, dann wäre Paul längst fort von Berlin und in Sicherheit. Immer hat ihn sein guter Instinkt richtig beraten, in der Sache mit Oskar und in der Sache mit seiner Flucht. Von dem, was dort geschieht, in ihren Kellern und Gefängnissen, hat er nur in Andeutungen gesprochen; sie kann es sich nicht vorstellen. Doch, sie kann, aber sie will nicht. Es erstickt sie, wenn sie daran denkt.

Sie *muß* Paul herausholen.

Es gibt nur *einen* Weg. Sie hat es vom ersten Wort an gewußt, das dieser Albert zu ihr gesprochen hat, daß sie diesen Weg werde gehen müssen. Es ist ein widerwärtiger, schmutziger Weg, ihn zu gehen kostet Überwindung, Erniedrigung. Aber sie muß Paul retten, sie muß nach Sophienburg, zu Oskar.

Schon in den ersten Minuten, da sie wieder mit ihm zusammen ist, sagt sie ihm, was sie von ihm will. Ihr Gesicht ist zugesperrt, zeigt, wie schwer es ihr fällt, zu sprechen. Es ist ihr niemals leichtgefallen, zu bitten. Auch jetzt kommt ihre Bitte wie eine Forderung heraus, beinahe wie eine Anklage.

Oskar verfinstert sich. Sie ist also wieder mit dem Herrn Bruder zusammengekommen nach dem Prozeß, trotz des Prozesses. Sie muß Oskar für sehr großherzig halten, daß sie annimmt, er werde dem Feinde aus der Patsche helfen, und was für einem Feind.

Trotzdem ist ihm ihre Bitte willkommen. Die Feinde haben diese Käthe, die Frau, die er liebt, mit den Fesseln des Intellektualismus umstrickt. Wenn er seinen berechtigten Groll überwindet und den Führer der Intellektuellen-Clique begnadigt, so kann eine solche großmütige Tat nur dazu helfen, Käthe aus dem Bann der Vernünftelei zu erlösen. Ja, er wird ihr diesen Paul Cramer herausholen. Der Mensch ist ihm viel zu gering, als daß er auf seiner verdienten Bestrafung bestünde.

Er schweigt. Denkt darüber nach, wie er sein Ja möglichst wirksam einkleiden kann. Käthe indes mißdeutet sein Schweigen. Sie hat gewußt, daß er nicht ohne weiteres ja sagen werde, daß sie allerhand wird auf sich nehmen müssen. Mit ihrer spröden Stimme, verbissen, erklärt sie, es sei ihr nicht leichtgefallen, sich in dieser Sache an ihn zu wenden, aber sie habe es tun müssen. Sie schulde ihrem Bruder Paul viel, und überdies sei sie die Ursache seines Unglücks. Wäre sie nicht, dann wäre Paul rechtzeitig von Berlin fort. Sie habe ihn zurückgehalten. Sie habe seinen Rat gebraucht.

Oskars dicke, dunkle Augenbrauen gehen ganz hoch. So eng steckt sie also wieder mit dem Herrn Bruder zusammen. „Wenn du Rat brauchtest", sagt er, „warum hast du dich nicht an mich gewandt?" Sie, mit Entschluß, erwidert: „Weil es um dich gegangen ist. Es ist nämlich dies: ich bin schwanger."

Oskars Gesicht – Käthe gewahrt es mit einer bittern Heiterkeit –, Oskars, des Hellsehers, Gesicht wird dumm vor Überraschung. Dann aber, mit jähem Übergang, wird es ganz hell, eine ungeheure, naive, knabenhafte Freude überstrahlt es.

Käthe kann sich nicht helfen, etwas von ihrer früheren, stürmischen Zuneigung kommt über sie, wie sie diese Veränderung wahrnimmt. Doch ihr Antlitz bleibt gespannt und sorgenvoll wie bisher. Er sieht es, und wieder einmal mißversteht er gründlich, was sie bekümmert.

„Aber warum hast du dich da an deinen Bruder gewandt?" fragt er, vorwurfsvoll und täppisch glücklich zugleich. „Hast du vielleicht geglaubt, ich würde mich von der Vaterschaft drücken? Ich denke gar nicht daran. Ich finde das ganz herrlich, daß wir ein Kind haben sollen. Selbstverständlich wird jetzt geheiratet. Schleunigst. Sogleich. Und, du wirst sehen, es wird eine großartige Hochzeit. Wenn alles klappt, kommt Hitler persönlich. Ja, freust du dich denn nicht?" Und er kommt auf sie zu, und er legt ihr den Arm um die Schulter, und sein massiges Gesicht mit den heftigen, blauen Augen unter den dicken Brauen ist ihr ganz nahe.

Sie zittert, sie fühlt sich vergehen. Es ist vor allem seine Freude, die sie überwältigt, diese hemmungslose, kindliche Freude. Sie kennt keinen zweiten Menschen, dessen Gesicht, dessen ganzes Wesen eine solche Freude ausstrahlen kann. Sie spürt jene Welle herannahen, die sie so gut kennt und die alle Vernunft wegschwemmt. Sie wehrt sich dagegen. Sie will ihm nicht wieder zufallen.

Ein jähes Schmerzgefühl ruft sie zur Besinnung. Es ist der Ring, der prahlerische, verhaßte Ring an seiner großen Hand, der in ihre Schulter einschneidet. Ganz sachte, um ihn nicht zu kränken, entzieht sie sich ihm. „Gewiß freu ich mich", erwidert sie. „Aber ich habe Angst, ich hab keine ruhige Minute, solange" – sie sucht nach den rechten Worten –, „solange Paul dort ist."

„Unsinn", erklärt er großartig. „Darüber zerbrich dir nicht den Kopf. Die Geschichte mit deinem Bruder bringe ich natürlich in Ordnung."

Sie hebt und senkt die Schultern wie befreit von einer Last. Müde sitzt sie da, ein wenig leer, es war eine schwere Anstrengung, die sie hinter sich hat. Er betrachtet sie. „Bitte, überlaß alles mir", redet er mit freundlicher Besorgtheit auf sie ein. „Du sollst keine Aufregungen haben in deinem jetzigen Zustand. Bitte, Käthe, gib acht auf dich."

Dann, nach einer Weile, lächelnd, etwas derb, aber nicht unliebenswürdig, meint er: „Höre, Käthe, wie ist das? Könntest du mir jetzt nicht endlich den Schlüssel geben?" Es ist ein alter Streit zwischen ihnen. Er möchte den Schlüssel zu ihrer Wohnung haben; sie aber hat sich geweigert, ihr ist, als lieferte sie sich selber aus mit dem Schlüssel.

Sie nickt. Jetzt kann sie wohl nicht anders. Jetzt muß sie ihm den Schlüssel geben.

Oskar rief im Columbia-Haus an, verlangte den Stabschef Proell. Nur ungern bat er ihn um eine Gefälligkeit, doch er sah keinen andern Weg, Cramer freizukriegen.

Proell gab sich jovial wie stets, aber die bloße Meldung von Oskars Anruf hatte ihn nervös gemacht. Seine Beziehungen zu dem Zauberfritzen waren noch immer nicht geklärt. Nach wie vor dachte er mit Beklommenheit an jenen Abend, der Mann blieb ihm unheimlich. Er hatte versucht, sein Konto mit ihm auszugleichen. Hatte Hitler an die Akademie erinnert, hatte selber mit dem Unterrichtsminister telefoniert, und ohne seinen Hinweis hätte man in Heidelberg schwerlich daran gedacht, aus der Hutverleihung so viel herzumachen. Daß der Mann endlich selber zu ihm kam und einen Dienst von ihm verlangte, war Proell nicht unwillkommen.

„Ich finde es sehr edel von Ihnen, mein Lieber", knarrte er, „daß Sie glühende Kohlen auf das Haupt Ihres Gegners sammeln. Da hilft Ihnen Onkel Proell mit Wonne. Ich lasse mir also den Akt Ihres, wie heißt er, Paul Cramer vorlegen, und wenn nichts Besonderes dagegen spricht, geben wir den Kerl frei." – „Danke, Herr Stabschef", sagte Oskar. „Bitte, Parteigenosse, gern geschehen", antwortete Proell.

Die Durchführung der „Sicherheitsmaßnahmen" hatte Proell dem Zinsdorff übertragen. „Hör einmal, mein Sohn", sagte er, „wir haben da den gewissen Paul Cramer festgesetzt. Wenn keine gewichtigen Gegengründe vorliegen, möchte ich den Burschen wieder freilassen. Ein prominentes Parteimitglied hat sich für ihn verwendet, und soweit ich die Situation übersehe, ist heute ein Intellektueller seiner Art unschädlich wie ein ausgebranntes Zündholz."

Zinsdorff erriet. Das prominente Parteimitglied war natürlich Oskar Lautensack. Seine Vermutung, als er damals diesen

Cramer in der Gesellschaft von Lautensacks Nuttchen gesehen hatte, war also richtig gewesen, es bestanden Beziehungen zwischen den beiden „Schwägern", und er hatte mit der Festsetzung des Cramer diesem Lautensack, der ihm den pöbelhaften Mahnbrief geschrieben, kräftiger auf die unverschämten Finger geklopft, als er zuerst geglaubt. Es ging ihm gegen den Strich, die Beute wieder fahrenzulassen.

„Sie haben natürlich recht, Chef", sagte er, „der Bursche ist ungefährlich. Aber wenn sich ein prominentes Parteimitglied für seine Freilassung einsetzt, so ist ein anderes prominentes Parteimitglied durchaus dagegen." Er schaute dem Proell dreist, scherzhaft und vertraulich in das rosige Gesicht; es konnte keine Frage sein, wer das prominente Parteimitglied war.

Proell kannte seinen Ulrich, kannte seinen ungeheuern Hochmut, seine launische Hemmungslosigkeit. „Oskar Lautensack hat der Partei wertvollere Dienste geleistet als du, mein Sohn", gab er ihm gemütlich zu bedenken. „Aber ich bin sympathischer, Chef", erwiderte Zinsdorff, „bin ich nicht?" Proell schwieg, den Freund mit seinen hellgrauen, listigen Augen musternd, schlug sich mit einem Bleistift leicht den runden, kahlen Schädel, wie er das zuweilen tat, wenn er nachdachte. „Dieser Lautensack ist ein Ekel", fuhr Zinsdorff fort. „Er riecht so heftig nach Schweiß vom vielen Hochklettern. Er stinkt mir in die Nase. Es kann Ihnen nicht anders gehen, Chef. Ich sehe nicht ein, warum man diesem verwöhnten Bauernlümmel jede seiner undisziplinierten Launen soll durchgehen lassen."

„Und wieviel schuldest du dem verwöhnten Bauernlümmel?" fragte Proell, er klopfte sich noch immer den Schädel mit dem Bleistift. „Ich denke, so zwanzig- bis dreißigtausend", erwiderte lässig Zinsdorff. „Es wäre ein unfreundlicher Akt", meinte Proell, „einem verdienstvollen Mann wie Oskar Lautensack eine kleine Gefälligkeit ohne zulänglichen Grund abzuschlagen." – „Lassen Sie mich Ihnen den Akt Cramer erst vorlegen", bat Zinsdorff. „Ich hab ihn nicht im Kopf, aber mir scheint, es ist ein dicker Akt, und wer seine Augen nicht absichtlich zumacht, findet darin zulängliche Gründe, soviel er will. Im übrigen liegt es, ganz abgesehen von meiner persönlichen Antipathie, im Interesse der Partei, dem Schloßherrn von Sophienburg einmal eins aufs Dach zu geben. Er ist kolossal üppig geworden. Wenn er eine urchristliche Anwandlung hat, so ist das seine Sache. Zu verlangen, daß die Partei gleich mitmarschiert, ist eine Unverschämtheit. Ich bin gegen die Freilassung Paul Cramers", schloß er sachlich.

„Du bist ein Herzchen, Parteigenosse", meinte Proell. Allein er verstand gut Zinsdorffs Antipathie. Auch objektiv, fand er, konnten sich Zinsdorffs Argumente hören lassen. Dieser Lautensack gab es wirklich zu dick, und weil er einem ein bißchen die Eingeweide besehen konnte, bildete er sich ein, er dürfe seine Finger in alles stecken. Proell hatte Sinn für Fairneß, er wollte dem Burschen bezahlen, was er ihm schuldig war, er nahm sich vor, ihm seine Akademie zu verschaffen, koste es, was es wolle. Akademisch dann mochte sich Lautensack nach Belieben betätigen. Aber in die Politik ließ Proell den gefährlichen Menschen nicht herein, und bei dem Fall Cramer begann die Politik.

„Ich danke dir, mein Engel", sagte er, „daß du mir deinen Standpunkt so lichtvoll erläutert hast. Leg mir also mal den Akt Cramer vor."

Oskar probierte die Kleidungsstücke, die er für die Zeremonie der Hutverleihung in Heidelberg benötigte, der Schneider Waisz hatte sie angefertigt. Schwer, würdig, feierlich fiel der schwarze Mantel; massig über der kleinen Krause hob sich, Kraft ausstrahlend, Oskars Schädel, bedeutend saß darauf das eckige Barett. Stolz sah sich Oskar im Spiegel, während die Meisterhand des Schneiders Waisz zärtlich über die Falten strich. „Das ist ein Mäntelchen", freute er sich, „darin werden der Herr Doktor Figur machen. Wie ein Monument sehen der Herr Doktor aus. So müßten sich der Herr Doktor aushauen lassen."

Es freue ihn, fuhr er geschwätzig fort, daß das Neue Reich seine großen Männer zu würdigen wisse. Denn der Herr Doktor sei ein ganz Großer, das könne er, der Waisz, beurteilen. Er selber habe nämlich Menschenkenntnis, darin sei er ein bescheidener Kollege des Herrn Doktor. Wenn man die Leute immer beim Probieren beobachte, in Unterhosen, da sehe man, wie es um ihr Inneres bestellt sei. Zudem pflegten die Herren Kunden beim Probieren zu schwatzen. Er, der Waisz, sei ja diskret, aber was man da alles zu hören bekomme. Was zum Beispiel unlängst, wie er den neuen Blauen probierte, der frühere Herr Reichskanzler von sich gegeben habe, in der Ankleidekabine, in Unterhosen, da bleibe einem die Spucke weg. Schmierige Strichjungens habe er die jetzigen Herren Minister genannt. Er sehe nicht mehr lange zu, habe er gedroht; nächstens werde er die ganze Bande abservieren. Geschrien habe er, daß man es durch das ganze Geschäft gehört habe.

Oskar schürzte verächtlich die Lippen. Sie waren im Abmarsch, die feinen Leute; ihr ohnmächtiges Geschimpfe bewies es. Und so laut sie schrien, ihre Stimme trug nicht mehr. In der Ankleidekabine des Schneiders Waisz mußten sie sich austoben, in Unterhosen. Er aber, Oskar Lautensack, in Talar und Doktorhut, verkündete seine Weltanschauung fahnenschwingenden Studenten vor dem erleuchteten Heidelberger Schloß.

Er sah sich im Spiegel, ein träumerisches, hochmütiges, verächtliches Lächeln um die Lippen. Plötzlich kam ihm eine Idee. Wozu hatte er Käthes Schlüssel? Er wird sich ihr in dieser neuen Tracht zeigen. Wird sie überraschen, bevor er nach Heidelberg fährt.

Man meldet ihm, Herr Stabschef Proell sei am Telefon. Oskar hat, seitdem jenes peinliche Gespräch wegen Paul Cramers hinter ihm liegt, an die ganze Geschichte kaum mehr gedacht. Das wäre also jetzt erledigt, freut er sich, während er den Hörer abnimmt. Es trifft sich gut, daß Proell es mir gerade heut mitteilt. Jetzt kann ich Käthe auch darüber beruhigen.

„Ich hätte Ihnen gerne den Gefallen getan, Parteigenosse", sagt mit seiner knarrenden Stimme Proell. „Aber ich habe mir den Akt Ihres Paul Cramer vorlegen lassen, und ich sage Ihnen, es ist ein Akt, dick wie unser Hermann. Die Partei hat außer Ihrem Prozeß noch eine ganze Reihe anderer Hühnchen mit diesem Herrn Cramer zu rupfen, ausgewachsene Brahmaputrahühner. Ich kann den Burschen beim besten Willen nicht so schnell wieder auf die Leute loslassen, selbst wenn ein Mann von Ihren Verdiensten es wünscht. Gemeinnutz geht vor Eigennutz. Aber wenn ich Ihnen in anderer Weise dienlich sein kann, mein Lieber, mit größtem Vergnügen. Ich habe nicht vergessen, daß ich noch in Ihrer Schuld bin. Die Hutverleihung ist da nur ein erster Schritt. Ich werde auch weiter bei Adolf nachdrücken, daß der schöne Stuhl, den wir in Sophienburg bewundern durften, der Sitz eines geziemend Betitelten wird. Verlassen Sie sich darauf. Und alles Gute für Heidelberg."

Oskar, an seinem Ende der Leitung, ist erblaßt. Sie geben ihm den Cramer nicht heraus. Das ist ein neuer, tückischer Streich der feinen Leute. Gemein, hinterfotzig, genau wie die Schweinerei mit der schwarzen Perle. Erst hat er's ihm versprochen, der Proell, dieser Hundsknochen, und jetzt ist ein dicker Akt da. Das kennt man. Aber er hat gleich ein schlechtes Gefühl gehabt, wie er sich an den Proell gewandt hat. Die Wut verschlägt ihm beinahe die Sprache. „Ich danke Ihnen, Herr Stabschef", sagt er ungeheuer hochmütig, „daß Sie beim Führer für mich intervenieren wollen. Aber bitte, bemühen Sie sich nicht. Ich habe bereits das Versprechen des Führers. Das genügt mir. Auch habe ich der Partei den Dienst erwiesen, nicht weil ich eine Gegenleistung wollte, sondern um der Sache willen. Die Art meiner Kunst ist so, daß sie nicht ausgeübt werden kann, wenn man auf eine Gegenleistung rechnet." — „Verstehe, verstehe", knarrt an seinem Ende der Leitung Proell. „L'art pour l'art. Elfenbeinturm. Die goldene Kette gib mir nicht, und so. Na, jedenfalls, mein Anerbieten war nicht bös gemeint, und wie ich Adolf kenne, kann ein bißchen Nachdrücken nicht schaden. Also nichts für ungut. Und viel Spaß für die Hutverleihung." Beide hängen gleichzeitig ein.

Oskar sitzt da, sein Herz geht schwer, sein Atem geht schwer; es hat ihn Mühe gekostet, halbwegs ruhig zu sprechen. Er hat zu Käthe fahren wollen. Er nimmt ihren Schlüssel heraus, betrachtet ihn, grimmig. Da hat er ihr vordeklamiert von seiner Macht und von seinem Einfluß, da sind die

Zeitungen voll von der Hutverleihung, und dann wird er nicht einmal fertig mit einer solchen Bagatelle wie der Freilassung dieses Cramer.

Der Proell ist ein Schuft und kann ihn nicht leiden. Aber bei seinem ersten Anruf war er gutwillig. Schade, daß Hannsjörg nicht da ist; der könnte ihm genau Bescheid sagen, wer dazwischengefunkt hat. Aber Hannsjörg ist wieder einmal fort, in Paris. Nein, er braucht den Hannsjörg nicht. Er kann sich die Dinge von allein zusammenreimen, bis ins kleinste. Der Zinsdorff ist schuld. Der Zinsdorff hat den Proell aufgehetzt. Und beide zusammen haben sie ihm dann den Streich gespielt.

Aber bei ihm sind sie an den Falschen geraten, die feinen Leute, auch dieses Mal. Er denkt gar nicht daran, still dazusitzen und klein beizugeben. Er hat es Käthe versprochen, den Cramer herauszuholen. Er holt ihn heraus.

Und, blitzhaft, weiß er auch, wie. Für einen andern mag der Weg bei Proell aufhören. Nicht für ihn, nicht für Oskar Lautensack.

Er telefoniert mit der Reichskanzlei.

Der Führer ist nicht in Berlin, der Führer hat sich auf ein paar Tage auf seinen Landsitz bei Berchtesgaden zurückgezogen.

Macht nichts. Erst am Freitag muß Oskar in Heidelberg sein. Er hat noch Zeit, nach Berchtesgaden zu fliegen. Er wird diese Sache mit Paul Cramer ins reine bringen. Noch vor Heidelberg.

Der Kanzler hockte herum in seinem Landhaus Berghof in nervösem Müßiggang. Er sollte Entschlüsse fassen, Entscheidungen treffen, das liebte er nicht.

Die beiden Gruppen, die ihm den Weg zur Macht bereitet hatten, zerrten ihn hin und her. Da war die kleine Gruppe der „feinen Leute", und da war die große Gruppe seiner „alten Kämpfer", der Abenteurer, er nannte sie „das Volk". Das Volk verlangte die soziale Revolution, die er ihm versprochen hatte, die Zehntausende der „alten Kämpfer" wollten Pfründen, einträgliche Stellungen. Aber wer diese Stellungen zu vergeben hatte, das waren die feinen Leute, und die waren schlau und zäh und dachten nicht daran, die „alten Kämpfer" an die Krippe zu lassen. Die feinen Leute einfach davonzujagen, dazu aber war die Partei vorläufig nicht stark genug, die Autorität Hindenburgs, des Reichspräsidenten, hinter dem sie sich verschanzten, war noch immer größer als die Hitlers. Überdies saß dem Kanzler der Respekt vor den feinen Leuten im Blut, und trotz seines Hasses bewunderte er sie; ihm imponierte die Sicherheit ihrer Manieren, ihr selbstverständlicher Hochmut.

Da ist zum Beispiel der Alte selber, der Feldmarschall. Hitler ist gar nicht gern mit ihm zusammen. Er kann sich nicht helfen; wenn der Alte mit seinem Krückstock vor ihm steht und mit seiner brüchigen, kellerigen Stimme sagt: „Herr Hitler, das gehört sich nicht", dann kommt er sich vor wie seinerzeit als Bub vor dem Herrn Vater. Unlängst erst hat sich wieder etwas ereignet, woran er nur mit höchster Unlust denkt, die Gedächtnisfeier in der Potsdamer Kirche. Der Alte ist heruntergestiegen in die Gruft der Hohenzollern; er, Hitler, hat nicht mit hinunter dürfen. Aber eine Rede hat er gehalten in der Zwischenzeit vor den in der Kirche Versammelten, und es ist eine ausgezeichnete Rede geworden. Trotzdem hat der Reichspräsident den Erfolg gehabt, und er, Hitler, wie er so neben dem riesigen, monumentalen Marschall und Trottel den Ausgang zuschritt, ist einfach abgestunken.

Dazu kommt ferner, daß die Großkopfigen leider mit vielen ihrer Forderungen recht haben. Da finden sie zum Beispiel, er solle einige seiner Freunde, die er in hohe Ämter geschoben hat, abschütteln, weil sie sich zu ungebärdig aufgeführt hätten. Er muß zugeben, es ist mit diesen seinen Freunden kein Staat zu machen. Andernteils aber ist die Treue das Mark der Ehre, und wenn die Freunde verlangen, er solle die frondierenden feinen Leute ins Konzentrationslager stecken, so spricht auch dafür allerhand.

Ach, er hat es satt, den ganzen Tag Entschlüsse zu fassen. Darum ist er hierher geflohen nach seinem Berghof. Seine Ruhe will er haben. Doch sie lassen sie ihm nicht. Sie haben ihn dringlich zu sprechen, die Kadereit und die Beerenklau sowohl wie auch seine eigenen Leute, die Proell und Göring.

Aber er mag nicht. Wenigstens in diesen paar Tagen Ferien will er nichts sehen und nichts hören von der damischen Politik.

So sitzt er denn herum im Berghof, schmollend. Läßt sich Filme vorführen, beschaut illustrierte Zeitschriften, sieht keinen Menschen. Im Grunde aber, wenn er ganz ehrlich sein will, langweilt er sich.

Wie ihm der Parteigenosse Lautensack gemeldet wird, atmet er geradezu auf. Da ist endlich einmal ein Mensch, der ihn verschont mit Staats- und Parteigeschäften, einer, mit dem man über Vernünftiges reden kann, über das Höhere, über innere Stimme, Schicksal und ähnliches.

„Sie kommen gerade recht zu einem guten Männergespräch", begrüßte er ihn und ergriff mit den beiden weißen, etwas brutalen Händen die weißen, brutalen Oskars. Er habe die Akademie der Okkulten Wissenschaften nicht vergessen, fuhr der Kanzler fort; noch unmittelbar vor seiner Abreise aus Berlin habe er mit Proell eine ernsthafte Unterredung darüber gehabt, und er warte mit ihrer Gründung nur, bis Oskar im Besitz der nötigen akademischen Titel sei. „Ich schätze", verkündete er, „die Geheimwissenschaften nicht minder, als dies Alexander, Cäsar, Wallenstein getan haben. Ich habe am eigenen Leibe erfahren das Glück, aber auch die Schwierigkeit des Sich-ernstlich-Konzentrierens, des gewissenhaften Erkundens und Erforschens des inneren Selbst und Ich. Die Straße des Lichts ist eine dornige. Allein sie muß gegangen werden. Die innere Stimme ist die Plattform, auf welcher der echte Deutsche die Zukunft der Partei und des Vaterlandes aufbaut."

Er schaute vor sich hin; dann, nach einer Weile, beziehungsvoll, mit Nachdruck, fügte er hinzu: „Sehen Sie, Parteigenosse, darum bin ich hier. Ich warte auf das Sicherheben meiner inneren Stimme", und er tauchte seine Augen tief in die Oskars.

Den durchfuhr ein süßer Schreck. Über die Meinung dieser letzten Worte konnte kein Zweifel sein: Hitler wartete darauf, daß Oskar seine, des Führers, innere Stimme zum Klingen bringe, daß Oskar ihm helfe durch die „Schau".

Auf so Großes ist Oskar nicht vorbereitet. Er ist heute eingepreßt in seine eigenen kleinen Süchte und Begierden, er ist nicht in Form, es fehlt ihm die dreiste Sicherheit, die ihm sonst fast immer eignet. Er fürchtet, er ist der Aufgabe nicht gewachsen. Aber nützen muß er diese größte Gelegenheit. Wagen muß er den Versuch.

Er schließt die Augen, öffnet sie, schließt sie. Den Führer braucht er nicht aufzufordern, sich zu entspannen; hier ist kein Widerstreben. Der erlauchte Mann ist viel größer als er, aber verwandt sind sie einander, sie sind vom gleichen Stamm, zwischen ihnen ist ein Einverständnis ohne Worte.

Oskar tut alles Störende, Ichsüchtige von sich ab. Es glückt. Er spürt, wie es von ihm fällt, und jetzt, jetzt reißt jener feine Schleier. Oskar „sieht". Sieht den Haß des Führers gegen die feinen Leute, seine Furcht vor ihnen, seinen Respekt für sie, die Sucht, ihnen zu gehorchen als ihr Erster. Und er sieht die spießgesellenhafte Verbundenheit Hitlers mit seinen Treuen und gleichzeitig Hitlers heimlichen Wunsch, diese Bande los zu sein. Alles in dem Führer ist viel wilder, viel gefährlicher als in ihm selber, aber – Oskar sieht es mit tiefer, ehrfürchtiger Freude – es liegt nicht weit ab von seinen eigenen Problemen.

Voll ehrerbietiger Anteilnahme beginnt er zu reden, die Worte suchend, dunkel und dennoch sicher. Beinahe unlösbar ist die Aufgabe des Kanzlers. Schier Unversöhnliches soll er versöhnen. Soll den Kämpfern der Partei genügend geben und der Raffgier der feinen Leute, auf die man angewiesen ist, nicht zuwenig. „Sie sollen, mein Führer", drückt es Oskar aus, „die Wölfe sättigen und die Schafe schonen. Dabei", fährt er kühn und vertraulich fort, „gehört ein Teil Ihres Herzens den Wölfen." Er sieht den Führer voll an. „Bin ich richtig?" fragt er; es klingt scheu und triumphierend.

„Ja, lieber Lautensack", bestätigte nachdenklich Hitler, „Sie haben recht. Mein Kampf ist das ewige Beschreiten eines nadelschmalen Pfades; sich türmende Abgründe gähnen rechts und links." Und mit ungewohnt schleierigen Augen, leise, gab er weiter zu: „Vielleicht sogar haben Sie recht auch mit den Wölfen. Vielleicht gehört ein Teil meines Herzens den Wölfen."

Es waren bedenkliche Dinge, die Oskar da angerührt hatte. Aber es riß ihn weiter. Gedanken und Wünsche wellten von Hitler zu Oskar. Oskar wußte, der Führer wünschte einen Rat, er wußte auch, welchen.

Behutsam begann er: „Lassen Sie sich, mein Führer, nicht durch übereifrige Freunde Entschlüsse abringen, für welche die Zeit noch nicht gekommen ist. Warten Sie, bis die innere Stimme spricht. Dann aber . . .“, er vollendete nicht.

„Warten, warten“, antwortete der Führer, seine Stimme klang ungewohnt schleppend, träumerisch. Was er aber träumte, war Gefährliches, es waren Gewitter von solcher Gewalt, daß er, der sie entfesseln sollte, sich selber davor fürchtete. „Warten, warten“, wiederholte er immer im gleichen bösen, verträumten Ton. „Warten, bis die innere Stimme spricht. Und dann . . .?“

„Dann aber zuschlagen“, suggerierte Oskar schnell, leise, geheimnisvoll.

Der Führer nahm Oskars Worte auf. „Dann aber zuschlagen“, wiederholte er. „Dann aber Köpfe rollen lassen“, träumte er weiter, „viele Köpfe, nicht achtend, wessen Kopf es ist, ob eines Freundes oder eines Feindes. Wenn die innere Stimme spricht, dann müssen sie rollen, die Köpfe. Richtig, richtig. Das haben Sie gut gesehen und gut gesagt, Parteigenosse.“

Oskar, unwillkürlich, wie in Abwehr, hob ein wenig die Hand. Das Brauen und Brodeln in der Seele des hochverehrten Mannes erschreckte ihn. Was da wild und dunkel herausbrach, war mehr, als er gesehen und gesagt hatte, und mehr, als er hatte suggerieren wollen.

Der Führer riß sich los aus seinem Geträume. Er fühlte sich bestätigt von einem Manne, an dessen innere Stimme er glaubte. Er, Hitler, war also berechtigt, abzuwarten, Entschlüsse hinauszuschieben. Das kam seinen Wünschen entgegen. Sein Antlitz, eben noch schwer und besessen, hellte sich auf.

Er ist sehr gnädig zu Oskar. Um die Schulter nimmt er ihn und geht mit ihm auf und ab. Landhaus Berghof ist ein heller, heiterer Bau; überall zu den großen Fenstern schauen die mächtigen, beschneiten Berge herein. Aber ähnlich wie Sophienburg hat auch Berghof mancherlei geheimnisvolle, raffinierte Maschinerie. Der Kanzler zeigt seinem Seher einiges davon. Da gibt es nicht nur verzwickte Filmapparaturen, Radiovorrichtungen, Abhörvorrichtungen, da gibt es auch hundert ausgeklügelte Alarmsignale, da gibt es Aufzüge und Schächte, die tief in das Innere des Felsens hineinführen, um den Kanzler vor seinen Feinden zu sichern.

Diese Dinge also zeigt der Führer seinem Seher, nicht ohne Stolz. Ja, er ist ihm sehr wohlgesinnt.

Oskar erkennt, daß er gut daran getan hat, hierherzukommen. Er findet es an der Zeit, mit seiner Bitte herauszurücken.

Er zieht eine bescheidene Parallele zwischen sich und dem Führer. Auch er habe zu leiden unter dem Übereifer seiner Freunde. Da hat es zum Beispiel einer für nötig erachtet, einen Mann in Schutzhaft zu nehmen, der ihn, Oskar, vor ein paar Monaten dumm beleidigt hat. Es handelt sich um den gewissen Paul Cramer; sicher erinnert sich der Führer jenes Prozesses. Ihm selber, Oskar, scheine es aber eine viel zu kleine, viel zu geringfügige, viel zu materialistische Rache, den Burschen einzusperren. Er möchte ihn tiefer demütigen. Er möchte ihn in Freiheit haben, um sich mit ihm zu messen in dem erweiterten geistigen Raum des vom Führer geschaffenen Neuen Deutschland. Er möchte nicht den Leib des Feindes zerschmettern, sondern seine Seele.

Hitler krauste ein wenig die große, spitze, dreieckige Nase. Was da der Parteigenosse äußerte, wollte ihm nicht einleuchten. Er selber hatte Betrachtungen angestellt über das Wesen der Rache. „Die Beschäftigung mit der Rache", erklärte er, „ist eine grundlegende Eigenschaft der deutschen Seele. Denken Sie an das Nibelungenlied, Parteigenosse. Denken Sie an den großen, sein ganzes Leben mit Rache ausfüllenden Richard Wagner. Auch mir ist Rache auferlegt, vielseitige, fürchterliche Rache. Ich bin vom Schicksal eingesetzt, um das von der Französischen Revolution ruchlos in Schwung gebrachte und von den Bolschewisten fortgesetzte Rad der Geschichte wieder in die richtige Achse zu bringen. Und ich werde dieses Amt vollziehen, ich werde diese Rolle voll und ganz durchführen, darauf kann sich die Welt verlassen." Wieder kam in sein Aug jenes Gefährlich-Visionäre, das Oskar mit Bewunderung und Schreck erfüllte. Er selber, Oskar, hatte nur die Schau. Der Mann da vor ihm hatte zur Schau auch die Faust. Er brauchte nur zu wollen, und die Vision von heute war morgen Wirklichkeit. „Wir", verkündete der Mann jetzt weiter, „werden das blutige Geschäft der Rache nicht so dilettantisch betreiben wie die Franzosen und Russen, sondern mit deutscher, eiserner Gründlichkeit. Köpfe werden rollen", nahm er den früheren Traum wieder auf, „aber viel, viel mehr Köpfe als bei jenen. Siebenmal mehr Köpfe. Es wird eine Pyramide sein, hoch wie der Dachstein." Er hatte die letzten Worte beinahe flüsternd gesprochen, doch mit wilder Intensität. Jetzt schaute er vor sich hin, entschlossen, wollüstig.

Oskar war erblaßt. Beinahe gegen seinen Willen wich er einen Schritt vor dem Besessenen zurück. Was er da ausgelöst hatte, schien ungeheure Maße anzunehmen. Diese Wahrnehmung hob ihn hoch und flößte ihm Angst ein. Wieder war in ihm jenes Gefühl des Schwindels, jenes Gefühl von damals, da er als Knabe den Grat des Herzogenstand überschritten hatte, da er weitergegangen war, immer weiter, die Füße nach innen gestellt, vor sich hin schauend, im Herzen immer die Angst und gleichzeitig das verbissene Glück des hohen, gefährlichen Schreitens von Gipfel zu Gipfel.

Hitler sah die Wirkung, welche sein Traum auf Lautensack getan hatte. Er freute sich dieser Wirkung. Von neuem wurde er freundschaftlich, scherzhaft. „Sie haben es leichter, mein lieber Lautensack", meinte er. „Ihnen ist es vergönnt, Rache in Form eines gedanklichen Spieles auszuüben. Das wünschte ich mir auch."

Oskar dankte dem Führer für die Einblicke, die er ihm gewährt habe. Zuerst klang seine Stimme noch gepreßt, dann aber geriet er wieder in Schwung. Er rühmte die gestalterische Kraft, mit welcher Hitler den Rachetrieb, einen der wichtigsten Züge deutschen Wesens, herausgearbeitet habe. Es sei, übersetzte er Hitlers Worte in seine eigene Sprache, in der Seele des Deutschen das Zerstörerische nicht weniger schöpferisch als das Konstruktive. Der lustvolle Moment, da er den

Gegner niedertrete und zerstampfe, sei für den Deutschen beinahe immer schöpfungsträchtig.

„Ich sehe, ich wurde verstanden", lobte ihn Hitler. „Ich will Ihnen also", beschloß er die Unterredung, „Ihren Herrn, wie heißt er?, Cramer freigeben." Er machte sich eine Notiz. „Und ich wünsche Ihnen, mein lieber Lautensack, daß Ihre Racheausübung eine angenehm befriedigende sein möge."

Voll Genugtuung verließ Oskar den Landsitz des Führers. Er depeschierte Käthe: „Führer hat Freilassung Cramers verfügt", und fuhr nach Heidelberg, ein Glücklicher.

Der ungeschlachte Dr. Kadereit füllte Proells enges Büro im Columbia-Haus geradezu aus; wenn er, wie es seine Gewohnheit war, hin und her gehen wollte, stieß er so rasch an die Wand, daß er sich jedesmal gleich wieder auf seinen zu kleinen Stuhl zurückbegab. Trotzdem, mechanisch, versuchte er's immer wieder, sich Bewegung zu machen; denn wiewohl er in der ihm eigenen jovialen, sarkastisch bagatellisierenden Art sprach, war er voll von Unmut.

Proell hörte ihm mit Interesse zu. Proells Herz war bei seiner SA; bei der unausbleiblichen endgültigen Auseinandersetzung zwischen den Landsknechten und den feinen Leuten werden er und Kadereit auf verschiedenen Seiten der Barrikade stehen. Aber er hatte für Kadereit was übrig; er selber gehörte der Abstammung und der Erziehung nach zu den feinen Leuten, er zog die Manieren Kadereits denen der Parteigenossen vor.

Auf alle Fälle war es töricht, den mächtigen Mann unnötig zu brüskieren, wie man das mehrmals getan hatte. Was war das wieder für ein „Affront", auf den Kadereit jetzt bereits das drittemal anspielte? Kadereit tat, als müßte Proell um den Affront wissen; allein der wußte nichts. Schließlich fragte er geradezu.

Da erwies sich denn, daß Dr. Kadereit mit Herrn Hitler wirtschaftliche Fragen von höchster Wichtigkeit hatte durchsprechen wollen, Rüstungsfragen, daß aber der Herr Reichskanzler keine Zeit für ihn gehabt hatte. Das wäre weiter keine Kränkung gewesen, wenn nicht Herr Hitler die Zeit verwendet hätte zum Empfang des Herrn Oskar Lautensack. „Ich habe volles Verständnis dafür", erklärte Kadereit, „daß die okkulten Wissenschaften für das Tausendjährige Reich von Belang sind. Aber für die nächsten zehn Jahre scheinen mir Wirtschaft und Rüstung vordringlicher. Wenn Herr Hitler nur für Herrn Lautensack Zeit findet, so muß ich eben, so leid mir das tut, meine Angelegenheiten über seinen Kopf weg direkt mit dem Herrn Reichspräsidenten durchsprechen."

„Sie sehen mich bouche béante, mein lieber Kadereit", antwortete Proell und trommelte mit den Fingern der weißen, fleischigen Hand den Schreibtisch. Er war in Wahrheit erstaunt. Gestern erst hatte er mit Adolf telefoniert, und der hatte ihm weder von der Abweisung Kadereits noch von dem Besuche Lautensacks ein Sterbenswörtchen mitgeteilt. „Sind Sie ganz sicher", fragte er, „daß er diesen Lautensack empfangen hat?" – „Ich hab es von dem Propheten selber", gab Kadereit Bescheid. „Ich habe ihn in Heidelberg angerufen; zur Zeit machen sie ihn doch zum Ehrendoktor mit Glockenklang und Chorgesang und Bumstrara. Da hab ich ihm eben gratuliert; Sie verstehen, unsereinem steckt immer noch zuviel Höflichkeit in den Knochen. Aber was, denken Sie, hat mir Seine Heiligkeit auf meine Glückwünsche erwidert? ‚Wir müssen uns bald einmal wiedersehen, mein lieber Dr. Kadereit. Ich bin nur in diesen Tagen so furchtbar beschäftigt. Erst mußte ich zum Führer nach Berghof, und jetzt hier diese Geschichte. Aber sowie ich in Berlin zurück bin, werde ich trachten, für einen so guten alten Freund eine halbe Stunde frei zu machen.'"

Die hellen, listigen Augen Proells tauchten in die listigen, verhängten Kadereits. Proell fragte sich, was wohl Oskar von Adolf gewollt hatte. Wahrscheinlich ging es um seine läppische Akademie. Wie immer, es war unbehaglich, zu erfahren, daß sich da ein Neuer mit Erfolg an Adolf heranschlich. Mit solchem Erfolg, daß Adolf selber ein schlechtes Gewissen hatte; sonst hätte er ihm ja den Besuch des Burschen nicht verheimlicht. Im Grunde war Proell froh, daß ihm jetzt seine gefährdeten Interessen einen objektiven Grund lieferten, dem Propheten eins auszuwischen.

Fritz Kadereit seinesteils, gerade weil er sich nie hatte eingestehen wollen, wie tief ihn die Liebschaft Ilses mit Lautensack getroffen, hatte sich immer vorgemacht, er stehe dem Burschen mit der kühlen, skeptischen Neugier des interessierten Menschenkenners gegenüber. Noch als sich Lautensack mit naiver Raffgier des schönsten Kunstwerks des Herrn von Obrist bemächtigt hatte, um es in seinem scheußlichen Panoptikum aufzustellen, hatte ihm Kadereit das durchgehen lassen. Hatte die ganze Zeit über gesellschaftlich freundliche Beziehungen zu ihm unterhalten, hatte ihm jetzt nach Heidelberg gratuliert. Daß sich aber der Mensch auch noch politisch aufspielen und bei Hitler eintiegeln wollte, das war zuviel. Dazu hatte man die Kröte nicht aus ihrem Sumpf herausgeholt.

Jeder der beiden Herren war sich klar über die Gefühle des andern. Sie lächelten einander zu und schlossen, natürlich nur in umwegigen Worten, ein Bündnis gegen Oskar Lautensack.

„Man muß", sagte mit Milde Proell, „einem großen Mann seine Schwächen nachsehen. Hat nicht auch Cäsar seine Eingeweidebeschauer befragt, bevor er wichtige Entscheidungen traf?" – „Wer sagt Ihnen", antwortete Kadereit, „daß er sich nach ihrem Befund gerichtet hat? Bestimmt nicht, wenn dieser Befund die Interessen der Wirtschaft gefährdete." – „Verlassen Sie sich auf mich, mein lieber Kadereit", sagte Proell. „Wir alten Landsknechte haben Sinn für eine gesunde Wirtschaft. Wo bekämen wir sonst unsere Pensionen her? Sowie Adolf nach Berlin zurückkommt, werden Sie der erste sein, der ihn zu sehen kriegt. Die halbe Stunde freilich, die Herr Dr. Lautensack Ihnen in Aussicht gestellt hat, dafür kann ich keine Garantie übernehmen."

Beide feixten und schieden voll guten Einverständnisses.

Dies geschah am Vormittag. Am Nachmittag zeigte Zinsdorff dem Stabschef ein Telegramm aus Berchtesgaden. Der Führer wünschte einen gewissen Paul Cramer, den die SA verhaftet hatte, wieder in Freiheit zu sehen. „Haben Sie eine Ahnung, Chef", fragte Zinsdorff, „wer oder was dahintersteckt?"

Als Proell heute vormittag von Lautensacks Besuch bei Hitler gehört, hatte er angenommen, der Prophet habe dem Führer eine dicke Summe für seine Akademie entsteißen oder sich sonst einen fetten Happen ergaunern wollen. Wie er jetzt aus dem Telegramm den wahren Grund des Besuchs ersah, war er überrascht. Er hatte nicht vermutet, daß dem Lautensack so viel an dem Schicksal Cramers gelegen sei, und es war ihm unbehaglich, daß er ihm die Bitte abgeschlagen hatte. Andernteils war es eine ungeheure Unverschämtheit von diesem Lautensack, hinter seinem Rücken gegen ihn an Hitler zu appellieren.

„Mir scheint", sagte er und warf das Telegramm auf den Tisch, „man braucht kein Talleyrand zu sein, um da die Zusammenhänge zu erkennen." – „Wer hätte gedacht", meditierte Zinsdorff, „daß dieser Lautensack in Berghof einen so dicken Stein im Brett hat?"

Proells rosiges Gesicht sah nicht ganz so jovial aus wie sonst. Es verdroß ihn, daß er den Cramer jetzt doch herausgeben sollte; aber er sagte sich, wenn er die Geschichte weitertreibe, könne leicht ein „Fall" daraus werden.

Zinsdorff saß vor ihm, lässig, elegant, und schaute ihn frech und erwartungsvoll an. „Na und? Ist Herr Dr. Cramer entlassen?" fragte Proell. „Ich wollte erst einmal Ihnen die Sache vorlegen, Chef", antwortete Zinsdorff. „Ich dachte, sie werde Sie interessieren." – „Da hast du richtig gedacht", sagte Proell. „Aber was willst du eigentlich? Adolf hat nun einmal die Freilassung verfügt. Es ist ein klarer Befehl." – „Es gibt da Umstände", erwiderte Zinsdorff, „die eine Rückfrage angezeigt erscheinen lassen. Dieser Fall Cramer ist zu einer Kraftprobe geworden zwischen denjenigen, welche die Partei nach vernünftigen militärpolitischen Prinzipien führen wollen, und gewissen schmutzigen und verworrenen Elementen von unten. Man sollte den Führer vor diesen unsaubern Mächten behüten." – „Nachdem du diesen unsaubern Mächten zwanzig- bis dreißigtausend Emm schuldest, mein Sohn", entgegnete Proell, „begreife ich deinen Wunsch, dich an ihnen als Sankt Georg zu betätigen." Zinsdorff neigte sich vor, schaute Proell gerad in die Augen und sagte frech, liebenswürdig und vertraulich: „Ich denke, Manfred, wir sind uns darüber einig, daß es nicht nur in meinem ökonomischen, sondern auch im Interesse der Partei läge, die Wanze Lautensack zu zertreten."

Proell lächelte nicht und erwiderte nicht. Dieser Ulrich, der da vor ihm saß und von dessen Gesicht die dreiste Vertraulichkeit nicht wich, war kein zuverlässiger Freund. Es war sehr fraglich, ob, wenn es einmal hart auf hart geht, dieser Ulli zu ihm halten oder ob er es dann nicht vorziehen wird, die SA an die feinen Leute und ihn selber an Kadereit zu verraten. Proell kann sich gut vorstellen, wie in einem solchen Fall sein Ulli mit leicht amüsierter Miene das Kuvert mit den dreißig Silberlingen einsteckt. Und das Seltsame ist: Proell nimmt ihm das nicht einmal sonderlich übel.

Soll er sich und Ulli den Spaß machen, die Sache weiterzutreiben? Wenn sich das Scharmützel mit Lautensack auf den Fall Cramer beschränkte, dann trüge er, Proell, keine Bedenken. Doch wie er jetzt seinen Oskar Lautensack kennengelernt hat, läßt der's nicht dabei bewenden; es wird Weiterungen geben. Was wird zum Beispiel Hannsjörg dazu sagen, Hänschen? Der ist noch immer in Paris und macht in deutsch-französischer Verständigung; es wird eine peinliche Überraschung für ihn sein, wenn er zurückkommt und wahrnehmen muß, daß zwischen ihm, Proell, und seinem lieben Bruder Oskar offener Kampf ausgebrochen ist. Hänschens Freundschaft für Proell, durch die Nebenbuhlerschaft Ullis ohnehin gefährdet, wird dadurch auf eine neue Probe gestellt. Ist Ulli das wert? Ist Proells launische Antipathie gegen den Seher das wert?

„Die Wanze Lautensack", nahm er nach einer Weile Zinsdorffs Worte wieder auf. „Du hast eine rüde Art, von Philosophen zu sprechen, Ulli. Du hast wenig Sinn für die Bedürfnisse der Menschenseele nach Religion. Übrigens, was willst du eigentlich? Da liegt Hitlers Telegramm. Roma locuta, causa finita."

In seinem Innern wußte Proell, daß, wenn er's nur ernstlich wollte, die Sache keineswegs zu Ende war. Vom ersten Augenblick an war ihm bewußt gewesen, daß es ein sicheres Mittel gab, Hitler zur Zurücknahme seiner Order zu veranlassen, und vielleicht wollte er nur, daß ihm Zinsdorff zurate, dieses Mittel anzuwenden.

Das tat der denn auch. „Der Akt Paul Cramer ist sehr dick", sagte er. „Aber wie ich Ihre Gewissenhaftigkeit kenne, Chef, haben Sie ihn trotzdem durchgearbeitet. Bestimmt erinnern Sie sich an einen Artikel dieses Paul Cramer, der beiliegt, an einen Aufsatz über Hitlers Stil. Wir haben seinerzeit den Führer mit der Lektüre des Artikels verschont. Jetzt, scheint mir, sollten wir ihn nicht länger schonen." Er lächelte, sein schönes Gesicht sah auf einmal so grausam aus, daß sogar Proell zurückzuckte. „Finden Sie nicht, Chef", fuhr er fort, „wir sollten den Mann festhalten, bis eine Rückfrage beim Führer erfolgt ist? Wenn ich die Freilassung des Cramer hinauszögere, bis der Bescheid auf diese Rückfrage da ist, würden Sie mich dann decken? Würden Sie eine Lippe bei Adolf riskieren, Chef?" bat er schmeichelnd.

Proell stieß einen Seufzer aus. „Ein kleiner innerer Schweinehund steckt in jedem von uns", meinte er. „Aber der deine, Ullichen, das ist schon ein ausgewachsener Köter. Ein Köpfchen bist du, mein Junge, ein böses, böses Köpfchen." Und er gab ihm einen leichten Klaps.

Als drei Tage später Hitler in Berlin eintraf, brachte ihm Proell den Aufsatz Paul Cramers. „Man hat mir nahegelegt", sagte er, „diesen Paul Cramer freizulassen. Oskar Lautensack hat es mir nahegelegt, er beruft sich auf dich. Riecht ein bißchen faul. Scheint mir, daß da irgendwer irgendwen falsch informiert hat oder daß im besten Fall ein Mißverständnis vorliegt."

Hitler las den Aufsatz über Hitlers Stil. Hitler rötete sich. Heftig durch die große, dreieckige Nase stieß er die Luft aus. Hitler war empfindlich, wenn man Einwände gegen sein Deutsch vorbrachte. Er war stolz auf sein Deutsch. Das machte ihm so leicht keiner nach.

Er schmiß das Heft mit dem Aufsatz auf den Tisch. „Das ist die Höhe", sagte er, „das ist ein Saustall." Er sprach nicht laut, in diesem Fall brauchte er die Wut nicht erst durch Geschrei zu erzeugen. Starken Schrittes ging er auf und ab. Es zog ihn zurück zu dem Tisch; er nahm das Heft wieder auf. „Seine Sätze", stand da, „sind Regenwürmer, lang, gewunden und schmierig." Er schüttelte den Kopf, zerbiß sich die Lippe. „Und so etwas durfte gedruckt werden", sagte er schließlich, empört. „Ein System, das das Drucken von so etwas erlaubt hat, war von Anfang an ein zum Untergang bestimmtes. Das Tragen so wurmstichiger Früchte ist ein neuer Beweis für die Notwendigkeit, daß es einfach eine sittliche Forderung war, den morschen Baum zu fällen."

Proell folgte mit den hurtigen, listigen Augen dem erregt auf und nieder Gehenden. Er hütete sich, ihn zu unterbrechen. Er wußte, Hitler kam nicht so schnell los von dem Aufsatz.

Der studierte ihn denn auch von neuem. „Gestelzt nennt er meine Sprache", entrüstete er sich, „geschwollen. Schiefe Bilder wirft er mir vor, sich überschneidende Vergleiche. Er weiß nicht, dieser artfremde Ignorant, daß erst das Sichkreuzen der Bilder der Sprache des Redners den windgeschwellten Schwung gibt, der sie richtig dahinsegeln läßt auf der stürmischen Flut der Gedanken und sie wegträgt über eine allenfallsige, manchmal notwendig vorhandene Lücke und Leere des Zusammenhangs. Ja, ich liebe eine prunkvolle, bilderreiche Sprache. Das Vertrautsein mit der Palette des Malers hat meine Sätze mit Farbigkeit gesättigt."

Jetzt endlich hielt Proell seine Minute für gekommen. „Siehst du", sagte er, und seine sachliche Art stach sonderbar ab von der gehobenen des Führers, „ich wußte gleich, es kann nicht in deinem Sinne sein, den Autor eines solchen Artikels von neuem auf die Leute loszulassen." – „Ja", antwortete unmutig Hitler, „Lautensack hätte sich über diesen Stänkerer besser informieren sollen, bevor er mir seine Freilassung zumutete." Verdrossen schaute er vor sich hin. Da war er in eine zuwidere Geschichte hineingeraten. Er hatte eine abergläubische Furcht davor, den Seher und die Mächte hinter ihm herauszufordern, aber es war ihm auch der Gedanke unerträglich, daß der Mensch, der über sein Deutsch so verbrecherischen Unsinn zusammengeschmiert hatte, frei herumlaufen sollte. „Nichts geht glatt", raunzte er, „überall gibt es Schwierigkeiten."

„Ich begreife es", meinte gemütlich Proell, „daß du zuweilen die Meinung deines Freundes Lautensack anhörst. Aber so ein Prophet ist eben nur für ganz Großes, Kosmisches zuständig; sowie er seine Finger in die kleinen Geschäfte des politischen Alltags steckt, gibt es Kuddelmuddel." – „Das muß keineswegs so sein", lehnte Hitler ab. „Keineswegs braucht das Haben von Visionen und das Klarsehen der Einzelheiten einander auszuschließen. Ich zum Beispiel habe auch Visionen und folge trotzdem in der politischen Kleinarbeit in jeder Einzelheit der deutlich vorgezeichneten Linie der nordischen List."

Er kam zurück auf den Fall Cramer. „Mich kann einer verleumden, soviel er will", erklärte er. „Aber daß einer der deutschen Sprache zu nahe tritt, daß ein Mensch wie dieser Cramer das edelste Gut der Nation weiter besudelt, das dulde ich nicht. Die allenfallsige zukünftige Straflosigkeit dieses Menschen kann ich nicht vor meinem Gewissen verantworten." – „Nein", pflichtete Proell ihm bei, „das kannst du nicht." – „Andernteils", brütete Hitler, „habe ich dem Lautensack versprochen, den Burschen freizulassen. Ich habe ihm mein Wort verpfändet." – „Damals hast du nicht gewußt", wandte Proell ein, „was für ein gefährlicher Bursche dieser Cramer ist. Und Lautensack selber hat es wohl nicht gewußt. Ihr seid beide von irrigen Voraussetzungen ausgegangen." – „Das mag wahr sein", meinte Hitler, „wir waren beide in einem Irrtum befangen. Aber ich möchte Lautensack nicht kränken. Seine Begabung ist eine äußerst seltene, einmalige. Ich fühle mich innerlich und äußerlich verpflichtet, der Gönner und Protektor dieses bedeutenden Mannes zu sein." – „À la bonne heure", antwortete Proell. „Begönnere und beschütze ihn. Stell ihm zum Beispiel seine Akademie auf die Beine. Ich habe nicht das geringste gegen ihn, ich bin hundertprozentig für ihn. Aber schließlich hast du historische Verpflichtungen auch der deutschen Sprache gegenüber. Du kannst ihre Schänder nicht frei herumlaufen lassen. Das hast du selber gerade erst in schönen Worten festgelegt."

„Stimmt, Manfred, stimmt", erwiderte voll schweren Sinnens der Führer. „Ich habe versprochen, den Mann freizulassen, und die sittliche Forderung verlangt, daß ich ihn festhalte. Man kommt nicht heraus aus dem Konflikt der Pflichten", murrte er. Er schritt den weiten Raum auf und ab, zweimal. Dann blieb er stehen, und, mit Entschluß, verkündete er: „Ich kann und darf nicht anders. Ich muß diesem Cramer einen Maulkorb anlegen."

„Na also", resümierte gemütlich Proell, „dann legen wir ihm eben den Maulkorb an. Zu deutsch: ich behalte ihn vorläufig in Haft." – „Ich sehe keine andere Möglichkeit", sann trüb der Führer. „Ich muß ihm den Maulkorb anlegen. Ich hoffe nur, Lautensack wird meinen Standpunkt verstehen." – „Natürlich wird er, und natürlich mußt du", bestätigte Proell.

Er nahm den Akt mit Cramers Artikel wieder an sich. „Damit wäre also die Sache erledigt", sagte er und ging über zu andern Fragen.

Hannsjörg kam zurück von Paris. Er war sehr gefeiert worden, man hatte ihn zum Kommandeur der Ehrenlegion ernannt, der Präsident der Republik hatte ihn empfangen, und darüber hinaus hatte er sachliche Erfolge gehabt. Er freute sich darauf, seinem Bruder, der noch in Heidelberg war, davon zu erzählen.

Er hatte sich über Oskars Angelegenheiten auf dem laufenden halten lassen. Zu seiner angenehmen Überraschung hatte er erfahren, daß Proell mit Energie für die Akademie eintrat, er war also im Irrtum gewesen, als er annahm, Proell sei seit jener Konsultation verstimmt. Auch über Oskars Besuch bei Hitler war er unterrichtet, durch Petermann, freilich nicht über das Wieso und das Warum.

Er sollte darüber noch vor Oskars Rückkehr mehr erfahren, als ihm lieb war. Proell hatte sich nämlich entschlossen, diese Geschichte offen mit Hannsjörg zu besprechen. Er wollte nicht schließlich sein Hänschen verlieren wegen der Dummheiten des Bruders.

Er brachte also, kaum hatte ihm Hannsjörg über Paris Bericht erstattet, die Rede auf Oskar. „Er ist größenwahnsinnig geworden", sagte er. „Er markiert den Beichtvater des Führers. Ich fürchte, auf die Dauer wird ihm das nicht gut bekommen. Vielleicht solltest du dich einmal ein bißchen darum kümmern, mein Sohn."

Hannsjörg war erblaßt. „Entschuldige, Manfred", sagte er, „aber ich begreife kein Wort. Was hat er wieder angestellt, während ich in Paris war? Hat er in Heidelberg Mist gemacht? Ich muß sagen, ich selber habe den Zeitungen Weisung gegeben, die Chose ganz groß aufzuziehen. Oder ist es wegen seiner Akademie? Schlägt er zu wild um sich?" – „Ach was", höhnte Proell. „Heidelberg, Akademie. Meinethalb kann er sich Doktorhüte aufsetzen vorn und hinten, und wenn er sich zum Dalai-Lama ernennt, meinen Segen hat er. Aber den Führer soll er ungeschoren lassen. Da sind noch viele vorgemerkt, bevor er an die Reihe kommt, ihm in den Arsch zu kriechen. Da soll er gefälligst nicht drängeln. Das möchte ich mir ausgebeten haben."

Begossen saß Hannsjörg da, während Proell genauer berichtete. „Er ist vielleicht ein Genie", schloß er, „aber sicher ein Vollidiot. Jeder Säugling hätte ihm sagen können, daß er bei Adolf gegen mich abstinken muß. Natürlich hat er auch mit seiner Aufdringlichkeit nichts erreicht. Im Gegenteil, Adolf ist wütend auf den besagten Cramer. Er hat mir Auftrag gegeben, ihm einen sichern Maulkorb anzulegen. Und das hat mit ihrem Singen die Lorelei getan. Mach kein so bekleckertes Gesicht, mein Sohn", fuhr er fort, da Hannsjörgs Antlitz noch käsiger geworden war. „Du kannst ja schließlich nichts dafür. Aber da ich weiß, wie du an ihm hängst, möchte ich dir einen freundschaftlichen Wink geben. Vielleicht sprichst du einmal mit dem Herrn Bruder. Sein Gebiet ist die reine okkulte Wissenschaft und nichts weiter. Mach ihm das klar. Sprich Fraktur mit ihm. Steck ihm eine Bogenlampe an."

Als Hannsjörg allein war, saß er zuerst eine ganze Weile erschöpft, leeren Kopfes. Dann versuchte er, sich die Zusammenhänge klarzumachen. Natürlich stak dahinter wieder einmal diese Käthe Severin. Ein irrsinniger Protz, der Oskar. Weil er sich in seiner Stiereitelkeit vor seiner Nutte aufspielen muß, macht er solch eine gigantische Dummheit. Der gehört ja nach Eglfing.

Eine heiße Welle von Haß stieg in ihm hoch. Er hat sich die

Haxen ausgerissen für den Bruder, zeitlebens. Er hat ihm seine Position verschafft, diese Position, wie sie kein zweiter Telepath in der Welt hat, und der Lump, der verbrecherische Narr, hat nichts im Kopf als seine Weiber. Weil sein Flitscherl eine sentimentale Laune hat, haut er einfach alles entzwei. Und er, Hannsjörg, hat dann die Scherereien.

Oskar ist ein Genie, schön. Hitler und Oskar sind die beiden einzigen Menschen, die Hannsjörg als Genies anerkennt. Aber Hitler ist außerdem mit allen Wassern gewaschen, und Oskar ist einfach ein Rindvieh. Ein Genie, ein Schuft und ein Narr.

Jetzt hat er sich's also auch noch mit Proell verdorben, der Narr. Er muß bei jener Konsultation etwas ganz Finsteres angestellt haben. Proell haßt ihn, das sieht man ja aus jedem Wort. Erst hat er sich's mit dem Zinsdorff verschüttet, wiewohl er, Hannsjörg, ihn so dringlich gewarnt hat, und jetzt also auch noch mit dem Proell.

Es war eigentlich hochanständig von Manfred, daß er ihm den Wink gegeben hat. Eine Bogenlampe soll er dem Oskar aufstecken. Das wird er. Das braucht ihm Manfred kein zweites Mal zu sagen. Er wird dem Oskar den Marsch blasen. Wird Fraktur mit ihm reden. Komm du mir zurück aus Heidelberg, mein Junge.

Ein paar Burschen in braunen Uniformen schleifen ein schmerzhaftes Bündel Fleisch und Knochen über die Korridore des Columbia-Hauses. Das Bündel ist gekleidet in einen jetzt ziemlich ramponierten, hechtgrauen Anzug und heißt Schutzhäftling 11 783. Früher hieß das Bündel Paul Cramer.

Man bringt den weiland Paul Cramer in ein Büro. In dem Büro sitzt ein Mann in einer ziemlich reichen Uniform, am Kragen so was wie ein Blatt, er ist offenbar ein hohes Tier in der Landsknechtsarmee. Paul hat doch gewußt, was das Blatt vorstellen soll; er ärgert sich, daß er nicht daraufkommt. Der mit dem Blatt ist übrigens korrekt, ja höflich. Mit „Herr Dr. Cramer" spricht er ihn an, er bittet ihn, Platz zu nehmen, und wie sich's erweist, daß das nicht geht, weil Paul immer wieder zur Seite abkippt, heißt er diejenigen, die ihn hergeschafft haben, ihn auf ein Sofa legen. „Herr Dr. Cramer ist offenbar etwas mitgenommen", sagt er und bietet ihm Wasser an, sogar einen Kognak. Jetzt fällt übrigens Paul ein, was das Blatt am Kragen des Mannes vorstellen soll, es soll Eichenlaub vorstellen, und der Mann ist unter den Landsknechten so was wie ein Oberst.

Der Belaubte, der Oberst, heißt die Leute abtreten, er bleibt mit Paul allein und führt mit ihm eine höfliche, freilich etwas einseitige Unterhaltung. „In Ihrer Situation, Herr Dr. Cramer", meint er, „bedarf es einiger Geistesstärke, um objektiv zu bleiben und unsere Motive richtig einzuschätzen. Wir wollen nichts anderes als bessern und belehren. In einer harten Zeit kann man das nur mit harten Mitteln erreichen. Sie mögen ruhig unsere Methode eine Roßkur nennen, wenn Sie nur einsehen, daß es ein Heilverfahren ist. Hören Sie zu, Herr Dr. Cramer? Können Sie folgen?" – „Ich bemühe mich", sagte heiser Paul.

„Ich komme zu Ihrem speziellen Fall", sagte der Belaubte. „Ich kenne einiges von dem, was Sie geschrieben haben, und ich wundere mich, daß ein so gescheiter Herr sich nicht von Anfang an überlegt hat, daß eine Partei, die sich an der Macht erhalten will, gewisse theoretische Erwägungen unter keinen Umständen zulassen darf. Um Ihnen diese elementare Kenntnis beizubringen, dazu haben wir oder, richtiger, hatten wir Sie in Pension genommen. Ich bin so ausführlich, Herr Dr. Cramer, weil mir daran liegt, Ihnen Ihre Situation so klar wie möglich zu machen. Ursprünglich also wollten wir nichts, als Ihnen einen Denkzettel geben. Inzwischen aber hat sich Ihre Lage verändert. Eine Stelle, gegen die Widerspruch unmöglich ist, hat sich für Ihren Fall interessiert und hat uns aufgefordert, Ihnen ‚einen Maulkorb anzulegen'. Es besteht nun ein Unterschied zwischen einem Denkzettel und einem Maulkorb. Wer einen Denkzettel erhält, der soll offenbar später Zeit und Gelegenheit haben, an den Zettel zu denken. Der Maulkorbempfänger hingegen soll keine Gelegenheit mehr haben, zu sprechen. Einem so guten Stilisten wie Ihnen brauche ich den Unterschied wohl nicht länger auseinanderzusetzen. Was Ihren Maulkorb anlangt,

Herr Dr. Cramer, so lautet die Vorschrift obendrein dahin, daß der Maulkorb unbedingt sicher gemacht werden soll." Der Belaubte schwieg eine ganz kleine Weile, dann erläuterte er: „Es geschieht aus Menschenfreundlichkeit, daß ich Ihnen dieses Privatissimum lese. Sie werden ein paar Stunden Zeit haben, darüber nachzudenken. Denken Sie, bitte, nach, und ziehen Sie Konsequenzen. Wir glauben an Willensfreiheit und legen die Entscheidung in Ihre Hand. Noch einen Kognak?"

Paul lag und hörte. Der Kognak rann ihm wohlig brennend durch den Leib, die Schmerzen waren da, aber sie füllten ihn nicht mehr ganz aus, er hörte die Worte des Belaubten, er hörte sie freilich wie durch eine Dämmerung, und die meisten drangen nur in seine Ohren.

Aber: „Haben Sie noch irgendwelche Wünsche?" fragte jetzt der Belaubte, und diese Frage fuhr Paul scharf ins Innere und brachte ihn jäh zu klarem Bewußtsein. Er schluckte. „Lassen Sie sich Zeit", sagte höflich der Belaubte. Paul brauchte nicht viel Zeit. „Ich möchte ein Bett", sagte er, seine Stimme krächzte, „und ich möchte noch Kognak."

In der Zelle, in die er nach einer Weile geführt wurde, stand richtig ein Bett. Sonst war in ihr nichts als ein Stuhl und eine laut tickende Wanduhr. Von der Decke aber hing, von der nackten elektrischen Birne hell erleuchtet, an einem großen Haken ein dicker Strick.

Paul lag auf dem Bett, die verschwollenen Lider über den Augen. Doch auch mit geschlossenen Augen sah er scharf und klar den Haken und den Strick. Merkwürdig. Warum wollten sie, daß er selber Schluß mache? Kann ihnen doch schnurzegal sein, ob er selber oder ob sie seinen Kopf in die Schlinge stecken. Sie werden immer sagen, es sei Selbstmord gewesen. Wozu also die Oper?

Aber es war ihnen nicht schnurzegal; denn sie waren gewissenhafte Beamte. Es war so: Hitler hatte Weisung erteilt, Cramer einen Maulkorb anzulegen. Proell hatte die Weisung dahin ergänzt, es müsse ein sicherer Maulkorb sein. Zinsdorff hatte die Weisung dahin ergänzt, es gebe einen einzigen sichern Maulkorb. „Nun haben wir aber keine Order, den

Mann zu erledigen", hatte er erläutert. „Wir können dem Schutzhäftling 11 783 nur nahelegen, das selber zu besorgen. Je dringlicher Sie's ihm nahelegen, so besser ist es. Je selbster der Mord, so willkommener."

Dies also waren die Gründe, aus denen der Strick so hell erleuchtet und verlockend vor dem schmerzhaften Bündel Fleisch und Knochen herunterhing.

Paul sah, wie schön fachmännisch alles vorbereitet war. Er braucht nur auf den Stuhl zu steigen, den Kopf in den Strick zu stecken und den Stuhl mit dem Fuß wegzustoßen. Das zu tun wird anstrengend sein und wird Schmerz kosten. Aber die Uhr wird nicht sehr oft ticken, bis er's getan hat. Wenn er's aber nicht tut, wenn er hier auf dem Bett liegenbleibt und wartet, bis sie kommen und es tun, dann wird die Uhr sehr viel öfter ticken, dann wird er noch Ewigkeiten des Schmerzes zu überstehen haben.

Er sollte hin zu dem Stuhl. Er sollte es tun. Es ist ganz sinnlos, es nicht zu tun.

Und trotzdem tut er's nicht, schon deshalb nicht, weil es ein Gefallen für sie zu sein scheint.

Und wem hilft er, wenn er hier liegenbleibt und Ewigkeiten des Schmerzes und der Erwartung auf sich nimmt? Nicht sich und niemand sonst. Niemand wird es erfahren. Es ist heldisch und völlig sinnlos. Der Untergang dieses Mannes ist ein voll und ganz hirnverbrannter, würde Hitler sagen.

Paul, wie er an das Deutsch des Führers denkt, lächelt. Ja, in seinen argen Schmerzen, mit seinem zerrissenen, blutverkrusteten Mund lächelt er. Nach dem, was der Belaubte angedeutet hat, scheint es jener Aufsatz über Hitlers Stil zu sein, der ihn hierhergebracht hat. Und wenn ihn Hitler dafür umbringt, er muß doch lachen, wenn er an sein Deutsch denkt.

Dabei ist wahrscheinlich er selber der Lächerliche. Es war lächerlich, daß er die Schnauze nicht hat halten können. Es war lächerlich, daß er auf dem Prozeß bestanden und sich nicht beizeiten gedrückt hat. Und dennoch, und wenn er daran stirbt, er hat doch recht gehabt. Für die Späteren wird Lautensack der Hanswurst sein, und der Held und Ritter er, Paul, mit seiner Wahrheit und mit dem Hechtgrauen.

Mit dem Hechtgrauen hat sich der Schneider Waisz als guter Prophet erwiesen; das Stöffchen hält wirklich bis zu seinem seligen Ende.

Sein seliges Ende. Ein schönes Wort, einen guten Gedanken bräuchte er noch für die Stunde, da er sich zu seinen Vätern versammeln wird. Zu welchen Vätern? Zu den jüdischen oder zu den heidnischen? Zu denen, die auf der Bärenhaut lagen und immer noch eins tranken, oder zu jenen, welche die Psalmen schrieben und die Bergpredigt? Die Juden haben ein schönes Wort für die Stunde des Absterbens. Seit zweitausendfünfhundert Jahren schreien sie auf ihrem Totenbett: „Schemaa Jisroel – Das Ewige ist einzig", und für ihn, Paul, hat dieses Bekenntnis immer den Sinn gehabt: die Idee ist einzig, unteilbar und erlaubt kein Kompromiß. Das wäre kein schlechtes letztes Wort.

Wie Paul mit seinen Gedanken soweit ist, kommt jemand in seine Zelle, wieder einer in einer schmucken, gutsitzenden Uniform, ein Höherer. „Sind Sie immer noch da?" fragt dieser Höhere verwundert, doch nicht unhöflich. „Wir empfehlen Ihnen ehrlich, die Sache selber zu besorgen. Wir haben Erfahrung in dieser Richtung und in der andern. Glauben Sie mir, Sie besorgen es besser selber. Ich rate Ihnen gut. Überlegen Sie sich's also nochmals. Es ist jetzt elf Uhr dreißig. Sie haben Zeit bis drei Uhr. Dann komme ich wieder."

Der Höfliche ist fort. Die Zelle liegt leer und kahl im hellen Licht der nackten Birne. Aber sie ist nicht leer. Der Haken und der Strick sind da, und die Worte des Höflichen sind da, sie füllen die Zelle, sie füllen sie ganz aus. Die Uhr tickt laut, aber sie übertönt nicht die Worte des Höflichen. „Sie haben Zeit bis drei Uhr ... Dann komme ich wieder ... Glauben Sie mir, Sie besorgen es besser selber ... Überlegen Sie sich's also nochmals." Die Worte waren nicht sehr laut gesprochen, aber sie dröhnen Paul durch den ganzen Leib.

Erst allmählich wieder kommen ihm eigene Gedanken. Ich habe also die Wahl, denkt er. Ich habe die Freiheit der Wahl. Freiheit, Freiheit. Ich kann meinen Kopf selber in den Strick stecken, oder die andern stecken ihn in den Strick. Freiheit. „Rufet Freiheit aus durchs Land." Das ist wieder ein Wort der

Bibel. Es klingt sehr revolutionär. Es hat ihn beglückt, damals, in seinem zweiten Universitätsjahr, wie er sein bißchen Hebräisch getrieben hat und auf diesen Satz gestoßen ist. „Deroorr", heißt an dieser Stelle das Wort für Freiheit. Eigentlich ist es die Freiheitsposaune. Deroorr. Das rollt und grollt. Man hört sie ordentlich, die Posaune.

Er hat also noch Zeit bis drei Uhr. Dreieinhalb Stunden. Nein, drei Stunden und siebenundzwanzig Minuten. Sie sind präzis.

Die Schmerzen sind wieder da. Sie spülen alle Gedanken weg, man spürt nur Schmerz. Schmerz, nichts als Schmerz. Drei Stunden noch.

Und ich werde doch hingehen zu dem Strick. Er zieht mich hin, der Strick. Dazu ist er da. Ich muß nur hingehen und den Kopf hineinstecken, dann ist der Schmerz aus. Er zieht, der Strick.

Paul hat sich halb aufgerichtet. Schmerz, Schmerz. Die Uhr tickt. Der Strick zieht. Es ist alles so einfach. Wenn er hingeht, dann tickt sie noch hundertmal, höchstens noch zweihundertmal, dann hat er den Kopf im Strick, und dann ist es aus, dann ist der Schmerz aus.

Denken, denken. Wenn man denken könnte, könnte man den Schmerz überdenken. Der Strick zieht. Denken. Gegen den Schmerz andenken. Gegen den Strick andenken. Die Uhr tickt. Tu ihnen den Gefallen nicht. Der Strick zieht. Sie haben den Strick hingehängt, daß er dich zieht. Tu ihnen den Gefallen nicht. Gegen den Strick andenken. Tu ihnen nicht den Gefallen. Tu ihnen den Gefallen nicht. Die Uhr tickt. Der Strick zieht.

Wenn ich mich ziehen lasse, dann tickt die Uhr noch zweihundertmal. Wenn ich widerstehe, wenn ich dem Bösen widerstehe, dann tickt sie, ja, wie oft tickt sie dann noch? Denken. Gegen den Strick andenken. 1 Stunde, das ist 60 mal 60, dann tickt sie also noch 3600 mal. 3 Stunden, dann tickt sie noch 3 mal 3600 =? Wieviel ist das? Denken. Gegen den Strick andenken. 3 mal 3000 = 9000, 3 mal 600 = 1800 . . .

Ich kann nicht mehr. Ich halt es nicht aus. Das hält kein Mensch aus. Das ist nicht erträglich. Ich halt es nicht aus.

Ich halt es aus. Ich zähle jetzt bis 100. Dann sind es schon 100 Sekunden weniger. 77, 78, 79 ... 92, 93 ... So, jetzt sind es schon 100 Sekunden weniger. Ich halt es aus, ich brauche nur zu wollen. Ich tu ihnen den Gefallen nicht. Es geht vorüber. Bald sind es nur mehr 10 000 Sekunden. Bald sind es nur mehr 8000 Sekunden. Es geht vorüber. Der Strick zieht, aber ich tu ihnen den Gefallen nicht. Ich darf nicht denken: Der Strick zieht. Ich muß denken: Tu ihnen den Gefallen nicht.

Es ist tröstlich zu wissen, daß es bald vorbei ist. Es sind Wellen. Der Schmerz kommt in Wellen, und ich halt es aus. Was hochflutet, ebbt auch ab. Ich halt es aus.

Ich muß gescheit sein. Ich muß meinen Verstand zusammennehmen. Ich weiß, daß es bald vorbei ist. Ich muß meinen Verstand zusammennehmen und die Ebbe benutzen, um einzuschlafen. Die Uhr tickt. Das Ticken wirkt einschläfernd. Da haben sie eine Dummheit gemacht, daß sie die tickende Uhr hereingehängt haben.

Und ich habe doch das Rechte getan. Und es war doch richtig, daß ich diesem Hitler gesagt habe, wie verlogen sein Deutsch ist. Und es war doch richtig, daß ich mit Oskar Lautensack angebunden habe. Einer mußte es sagen, daß alles Lüge ist. Alles Lüge.

Alles – Lüge. Alles – Lüge. Wenn man immerfort das gleiche denkt, dann hilft es einem einzuschlafen. Alles – Lüge. Das geht hinauf und geht hinunter. Das flutet und das ebbt. Alles – Lüge. Jetzt werde ich gleich schlafen. Es wird ein gesunder Schlaf sein, ein guter, verdienter Schlaf, es werden wohlangewandte letzte Stunden sein. Alles – Lüge. Und ich tu ihnen den Gefallen nicht. Ich denke einen langen Schlaf zu tun. Hinauf und hinunter. Alles – Lüge. Das flutet und ebbt, das trägt einen. Das trägt einen hinüber in den Schlaf. Alles – Lüge. Alles – Lüge. Alles ... Es wirkt, wahrhaftig, es wirkt.

Noch immer geht sein Atem pfeifend, stöhnend, aber er wird gleichmäßiger. Sein Gesicht entspannt sich. Etwas wie ein Lächeln geht über sein von den Schlägen verfärbtes, verquollenes, entstelltes Gesicht.

Alles – Lüge. Er schläft ein.

Wie der Höfliche pünktlich um drei Uhr wiederkommt,

findet er den Schutzhäftling 11 783 zwar unbeweglich, aber nicht in der Schlinge. Der Kerl liegt immer noch auf dem Bett. Sein Atem kommt pfeifend, stöhnend, aber gleichmäßig. Es ist eher ein Schnarchen. Es ist ein Schnarchen. Wahrhaftig, der Kerl schnarcht. Der Kerl schläft. Er hat sich erlaubt einzuschlafen, statt sich aufzuhängen. „Mit diesen verdammten Intellektuellen kennt sich kein Gott und kein Teufel aus", sagt unzufrieden der Höfliche.

Käthe saß in diesen Tagen die meiste Zeit über in ihrer kleinen Wohnung in der Keithstraße und wartete. Sie sagte sich, sie müsse Frau Tirschenreuth verständigen von dem, was sich ereignet hatte. Aber dann sagte sie sich, es sei besser, erst Pauls Rückkehr abzuwarten. Sie wagte nicht, die Wohnung zu verlassen, weil sie fürchtete, sie könnte seine Ankunft oder einen Anruf von ihm versäumen, und sie wollte, daß er, sowie er wieder auftauchte, dieses Land verlasse, sofort, ohne eine Minute Zögerns.

Sie trug bei sich Oskars Telegramm: „Führer hat Freilassung Cramers verfügt." Oft, in diesen Tagen des Wartens, beschaute sie das Telegramm. Oskar hat sich angestrengt ihrethalb. Er scheint bei Hitler gewesen zu sein. Jedenfalls hat er erreicht, daß die Feinde Paul wieder freigeben. Das ist etwas. Freilich hat sie dafür bezahlt. Mit Oskar zusammen leben müssen in diesem wüsten Traumschloß Sophienburg, das ist kein billiger Preis.

Sie hat geglaubt, sie werde mit Paul zusammen leben irgendwo im Ausland, und dann werde sie, beraten von Paul, das Kind großziehen. Das waren gute Tage, wie sie das geglaubt hat, glückliche Tage.

Sie wartete. Sie hatte gehofft, Paul werde am ersten Tag nach Oskars Telegramm kommen oder am zweiten oder spätestens am dritten. Aber jetzt war schon der vierte Tag da und noch kein Paul. Woran lag das? Wenn Hitler befahl, dann gab es doch keine Schwierigkeiten mehr. Warum war Paul noch nicht da?

An diesem Tag kam ein Anruf Oskars aus Heidelberg. Er war strahlender Laune, er war sehr liebenswürdig am Telefon, er war der kleine Junge, der er in seinen besten Stunden war, naiv erstaunt über seine Erfolge und stolz auf seine Erfolge, und er erzählte, wie sehr sie ihn feierten und welch ein Jammer es sei, daß sie, Käthe, das nicht miterlebe. Käthe wartete darauf, daß er ihr etwas über Paul mitteile oder sie zumindest nach Paul frage. Nach einer Weile fragte er denn auch: „Hast du übrigens deinen Bruder gesprochen in der Zwischenzeit?" Und als sie verneinte, meinte er, leicht erstaunt, doch nicht sehr beteiligt: „Na, dann wird er wohl heut oder morgen kommen", und erzählte weiter von Heidelberg und erklärte schließlich, es könne ein bißchen länger dauern, bis er zurück sei.

Am nächsten Tag fragte sich Käthe, ob sie nicht vielleicht in die Große Frankfurter Straße gehen solle zu jenem Albert. Doch der wird höchstens von ihr was wissen wollen. Dann beschloß sie, nun doch Frau Tirschenreuth zu unterrichten. Nein, *einen* Tag wird sie noch warten.

Den Tag darauf stellte ihr die Post ein Paket zu. Es war ein sehr großes Paket, und sie hatte zwei Unterschriften zu leisten. Sie nahm an, das Paket komme von Oskar oder von Frau Tirschenreuth.

Es kam aber vom Sekretariat der Sicherheitspolizei. Es enthielt einige kleinere Pakete, und obenauf lag ein Brief. Er teilte mit, daß der Schutzhäftling Paul Cramer während der Haft gestorben sei. Ihr als der ihm nächststehenden Persönlichkeit und vermutlichen Erbin würden in der Anlage zugestellt: erstens ein Behälter, enthaltend die Asche des verstorbenen Häftlings, zweitens die Gegenstände, die er bei seiner Einlieferung in die Schutzhaft bei sich getragen habe. Eine Liste dieser Gegenstände sei beigefügt. Den Betrag der entstandenen Kosten werde die Sicherheitspolizei bei der Hinterlassenschaftsbehörde anmelden als einen bei der Regelung der Erbschaft zu verrechnenden Sollbetrag.

Käthe saß da, schlaff. Das Zimmer wirkte leer, alles, was ihm persönlichen Anstrich gegeben, war weggepackt. Groß stand der Flügel da. Auf ihm lagen, sachkundig verpackt und verschnürt, die „Gegenstände". Das Schreiben hatte sie in den Schoß gleiten lassen, der Umschlag lag auf dem Boden. So saß sie eine Weile. Sie schluckte. Sie muß mit jemand darüber sprechen. Sie kann das nicht ertragen allein mit sich selber. Sie muß mit Paul darüber sprechen.

Erst jetzt kam ihr voll zu Bewußtsein, daß Paul nicht mehr in der Welt war. Sie heulte auf, einmal, ganz kurz. Dann hockte sie wieder da, schlaff, verfallen. Mehrmals, seltsam mechanisch, hob sie die Hand und ließ sie wieder sinken und hob und ließ sinken. Auf einmal verspürte sie einen würgenden Schmerz. Sie mußte erbrechen.

Eine kleine Viertelstunde später saß sie wieder vor den verschnürten „Gegenständen". Ich muß das aufmachen, dachte es in ihr. Das ist die Asche des verstorbenen Schutzhäftlings und die Gegenstände, die er an sich getragen hat. Sie wollte aufstehen, eine Schere holen, ein Messer. Es ging nicht. Sie war grauenvoll müde. Sie konnte sich nicht rühren.

Sie hatte auf einmal schreckliche Angst vor den Gegenständen. Sie war sonst nicht ängstlich, aber sie konnte nicht im gleichen Raum mit den Gegenständen bleiben. Und auf einmal auch war Pauls Stimme da. „Das ist nicht interessant", sagte die Stimme, ganz deutlich, und: „Arme Käthe", sagte die Stimme, und das überwältigte Käthe. Sie war an allem schuld.

Sie ertrug es nicht länger. Sie konnte nicht länger in diesem Raum bleiben, allein mit den Gegenständen, sie konnte hier nicht sitzen, sie konnte nicht in der Wohnung bleiben, jetzt hatte sie ja auch auf nichts mehr zu warten.

Sie verließ die Wohnung, sie verließ das Haus, es war wie eine Flucht, es war eine Flucht. Sie lief auf der Straße herum, so schnell, daß man ihr verwundert nachschaute. Sie war schuld an allem, und jetzt wird man auch sie fangen, und sie mußte fliehen.

Sie fühlte sich auf einmal quälend hungrig, erschöpft. Sie ging in eine große Konditorei. Es war sehr voll, das war ihr recht. Sie fand keinen Tisch für sich allein, sie mußte sich zu andern setzen. Sie mußte bestellen, sie hörte sich bestellen, mit einer fremden Stimme. Der Raum war voll von Rauch und geller, gemeiner Musik. Es störte sie nicht. Sie aß, sie aß hastig, sie wußte nicht, was sie aß, sie aß viel.

Da war doch etwas, was sie zu tun hatte, etwas ganz Dringliches. Sie mußte Marianne benachrichtigen, aber das war es nicht. Sie mußte den Mann in der Großen Frankfurter benachrichtigen, das war es auch nicht. Plötzlich wußte sie, was es war. Sie muß mit München telefonieren, sie muß mit Frau Tirschenreuth sprechen, jetzt, sogleich. Sie meldete ein dringliches Gespräch an.

Es war eine unbehagliche Zelle, von der aus sie sprach. Die Tür schien nicht recht zu schließen; sie jedenfalls konnte sie nicht schließen. Der Lärm und die gemeine Musik drang herein, und Käthe stand da, und aus dem Apparat kam die schwere, heisere Stimme der Tirschenreuth und fragte gespannt, aber es war eher eine friedliche Spannung: „Wie geht es? Haben Sie Nachricht? Fahren Sie nun endlich? Und wohin fahren Sie?" – „Ja, jetzt fahre ich endlich", antwortete Käthe, es war die fremde Stimme, die antwortete. Und: „Was ist denn?" fragte die Tirschenreuth, jetzt in Alarm, und: „Sprechen Sie doch", sagte sie, es klang wie ein Befehl, und daß sie jemand so anherrschte, tat Käthe wohl. „Paul ist nicht da", berichtete sie. „Er war natürlich schon fort?" fragte die Tirschenreuth. „Nein", antwortete Käthe, „er war nicht fort. Er ist auch jetzt nicht fort. Aber er ist auch nicht da. Er ist nicht mehr da", erläuterte sie.

Ein langes Schweigen war. „Sprechen Sie noch?" fragte die Telefonistin. „Ja, wir sprechen noch", antwortete Käthe. „Ich verstehe", sagte schließlich Frau Tirschenreuth, sie sprach schwerer und heiserer als sonst. „Ich verstehe doch richtig?" fragte sie. „Ja, Sie verstehen richtig", antwortete Käthe. „Wollen Sie zu mir kommen?" fragte Frau Tirschenreuth. „Oder soll ich zu Ihnen kommen?" – „Ich gehe jetzt fort", antwortete Käthe. „Sie müssen doch verstehen, daß ich jetzt fortgehe." – „Aber Sie lassen mich eine Adresse wissen", bat, beinahe ängstlich, die Tirschenreuth. „Ja", antwortete Käthe. „Und nochmals vielen Dank."

Sie ging nach Haus. Sie eilte nach Haus, es trieb sie. Sie nahm für die kurze Fahrt ein Taxi. Sie fürchtete sich jetzt nicht mehr vor den Gegenständen. Kaum im Zimmer angelangt, machte sie sich vielmehr mit einer Art grimmiger Entschlossenheit daran, die Pakete zu öffnen.

Im ersten waren einige Papiere, Zettel, Notizen, weiter Pauls Pfeife, weiter eine Brieftasche, sie selber hatte sie Paul geschenkt. Im zweiten war, ordentlich gereinigt und in die richtigen Falten gebügelt, der hechtgraue Anzug. Das dritte enthielt einen viereckigen Behälter. Das war wohl die Asche.

Er ist eigentlich sehr klein, der Behälter mit der Asche. Es ist merkwürdig, wie wenig Asche ein Mensch ergibt. Asche, denkt sie, Asche, ein sonderbares Wort.

Das ist also Paul. Er ist also doch gekommen, freilich in Form von Asche. Und Oskar hat also geschwindelt bis zuletzt.

Wahrscheinlich hat er guten Glaubens geschwindelt. „Führer hat Freilassung verfügt." Wahrscheinlich ist er selber belogen worden. Es ist ja alles Lüge. Sie lügen ja alle einander an. Immerfort. Aber das ist nicht interessant.

Sie kann es auf einmal nicht ertragen, daß die Gegenstände auf dem Flügel stehen. Sie nimmt sie fort, stellt sie auf den Tisch, der Tisch ist zu klein. Sie läßt den Behälter mit der Asche auf dem Tisch stehen, das übrige bringt sie ins Nebenzimmer, legt es auf ihr Bett.

Am andern Morgen verließ Käthe Deutschland mit wenig Gepäck und ohne den leisesten Gedanken an Oskar.

An diesem Morgen flog Oskar nach Berlin zurück, satt und glücklich. Sein Aufenthalt in Heidelberg war ein Kranz schöner Tage gewesen. Die Hutverleihung, die lateinische Ansprache des Rektors, seine eigene lateinische Erwiderung, der Fackelzug der Studentenschaft, bedeutungsvoll ausklingend in die Entfachung eines Scheiterhaufens, auf dem die Bücher der Gegner verbrannt wurden. Eine dieser Zeremonien war schöner gewesen als die andere.

In Tempelhof, an der Schranke des Landungsplatzes, erwarteten ihn nur Petermann und Ali. „Fräulein Severin nicht hier?" fragte er; er hatte ihr depeschiert. Nein, sie war nicht da. Manieren hat sie keine. Nachdem er ihrethalb so viel von der Zeit des größten Lebenden in Anspruch genommen hat, könnte sie ihn wenigstens vom Flugplatz abholen. Wenn sie einmal seine Frau ist, wird sie sich Manieren zulegen müssen.

In Sophienburg angelangt, ruft er Käthe sogleich an. Sie ist nicht zu erreichen. „Schicken Sie Fräulein Severin ein Stadttelegramm", beauftragt er Petermann, „oder besser, schicken Sie jemand in ihre Wohnung und erkundigen Sie sich, was los ist. Ich möchte sie so bald wie möglich sprechen."

Bei alledem gefällt es ihm, daß sie ist, wie sie ist. Es ist besser so, als wenn sie ihn anhimmelte wie alle andern. Er freut sich darauf, sie zu sehen, sich mit ihr herumzustreiten, sie immer von neuem zu bezwingen.

Bevor er indes etwas von ihr zu sehen bekam, meldete sich Hannsjörg.

Der hatte die Ankunft des Bruders voll Bitterkeit erwartet. Frau von Trettnow hatte die Berichte über Oskars Aufenthalt in Heidelberg gierig verschlungen. Sie hatte es bedauert, nicht selber nach Heidelberg gegangen zu sein. Sie wertete offenbar Oskars „Tätigkeit" in Heidelberg viel höher als Hannsjörgs Arbeit in Paris. Wieder einmal hatte Hannsjörg erleben müssen, daß er von Oskars bloßem Namen in den Schatten gestellt wurde.

Grimmig also, verbissen, sowie er Oskar zurück wußte, erschien er bei ihm, um Proells Auftrag auszuführen und dem Bruder, dem Genie und Idioten, den Star zu stechen. Nur wenige sarkastische Sätze hatte er für Oskars begeisterte Erzählungen über den Heidelberger Glanz. Dann, sogleich, berichtete er, trocken und böse, von seiner Unterhaltung mit Proell.

Oskar traute seinen Ohren nicht. „Dieser Cramer ist immer noch nicht freigelassen?" fragte er. „Proell hält ihn weiter fest, dem Führer zum Trotz?" Er saß da, dumm, mit hohen Augenbrauen. „Bist du denn ganz hirnrissig?" antwortete Hannsjörg. „Ich sage dir doch, du hast genau das Gegenteil von dem erreicht, was du wolltest. Hitler hat Weisung gegeben, deinem Schützling einen sichern Maulkorb anzulegen. So wie ich die Herren von der Sicherheitspolizei kenne, wird der Maulkorb sehr sicher sein." Oskar war immer noch voll von dumpfem Staunen. „Ihr bringt ihn um?" fragte er. „Der Führer hat mir versprochen, ihn freizulassen, und ihr bringt ihn um?" – „Ihr, ihr", höhnte Hannsjörg zurück. „Mir ist dein Paul Cramer Wurst wie ein Floh in Benares. Aber du hast wieder einmal Mist gemacht. Hättest du still gewartet, bis ich zurück war, und mich dann gebeten, dir die Geschichte ins Lot zu bringen, dann hätte kein Mensch deinem Paul Cramer ein Haar gekrümmt. Aber nein. Allein, mit nichts als mit seinem eigenen bißchen Gehirnschmalz, muß dieses Rindvieh mit einem Manfred Proell anbinden. Ist dir's nicht aufgegangen, daß du gegen den unter allen Umständen abstinken wirst wie ein Furz vor dem Gewitter? Hast du dir wirklich eingebildet, Hitler verzichtet auf seinen Proell deinethalben?" Eine Welt von Hohn und Verachtung lag in diesem „deinethalb".

Aber in Oskar war nur *ein* Gedanke. „Käthe", fragte er angstvoll, „was ist mit Käthe?" Hannsjörg zuckte die Achseln. „Woher soll ich das wissen?" antwortete er. „Bin ich der Hüter deiner Weiber?" Die Erbitterung ging mit ihm durch. „Von seiner Käthe faselt er, der Ochs, der traumhappige. Du scheinst noch immer nicht zu kapieren, worum es geht. Um deine Haut geht es. Proell hat mich aufgefordert, dir ein Privatissimum zu lesen. Das ist eine letzte Warnung."

Oskar, statt einer Antwort, verlangte Petermann. „Haben Sie Bescheid?" Ja, Petermann hatte Bescheid. Käthe war verreist. In die Tschechoslowakei, sagte man in ihrem Haus. Näheres wußte man nicht.

Es war also wahr, was der Kleine berichtet hatte. Paul Cramer war nicht freigelassen, sie hatten ihn umgebracht, und Käthe hatte geglaubt, er, Oskar, habe gelogen, und war ihm durchgegangen, war geflohen vor ihm, war davon mit seinem Kinde, und alles war Bruch und alles war Scherben.

Sein Gesicht war überdeckt von wütender Verzweiflung. Hannsjörg rief ihn an: „Jetzt markier gefälligst nicht den Faust, der sein Gretchen verloren hat. Ich bin hier im Auftrag. Ich habe dich zu verwarnen. Wach auf. Nimm gefälligst zur Kenntnis, daß es aus ist mit dir, wenn du dich nicht zusammenreißt."

Grimmig hockte Oskar vor dem großen Schreibtisch; hoch und höhnisch starrte über ihm die Maske. Er war am Ziel gewesen, in Heidelberg war er am Ziel gewesen, er hatte beides heimgebracht, das Außen und das Innen, und jetzt war alles wieder hin. „Du bist schuld", brach er plötzlich gegen den Kleinen los, leise, doch finster und voll von unmäßigem Haß.

„Du hast mich hineingehetzt. Ohne dich wär ich in München geblieben und hätte anständig gearbeitet und hätte den Vertrag mit dem Hravliczek geschlossen. Ohne dich hätte ich meine Käthe, diese oder eine andere. Alles wäre gut ohne dich."

Hannsjörg hatte gelernt, sich zu beherrschen, aber wenn einer einen so unverschämten Schmarren daherschleimte wie dieser Rotzbub von einem Oskar, dann mußte auch einem Heiligen die Geduld reißen. „Halt dein dreckiges Maul", erwiderte er, leise auch er, doch ungeheuer scharf. „Ich hab es jetzt satt. Alles, was da um dich herumsteht, hab ich dir verschafft. Alles, was du bist, verdankst du mir. Blut und Schweiß hab ich deinethalb vergossen, eimerweis, und du hast dafür nichts als Schmarren und Geschimpfe." – „Keinen Scheiß ist es wert, was du mir verschafft hast", antwortete Oskar. „Und du weißt es ganz genau. Und dafür hast du mir das gestohlen, worauf es ankommt. Dafür hast du mir den ‚Blick' gestohlen. Und darauf bist du ausgegangen von Anfang an, Hundsknochen, elender."

„Die Melodie kennen wir", gab voll Grimm und Verachtung Hannsjörg zurück. „Immer, wenn etwas schiefgegangen ist, hast du's auf mich geschoben. Wie du die Mühle angezündet hast in Deggenburg, wer hat die schwarze Farbe stehlen müssen? Ich. Und wer hat die Gaudi davon gehabt? Du. Und wer hat die Schläge gekriegt, am Ende? Ich. Und so war es immer. Nicht den kleinsten, gemeinsten Wunsch hast du dir versagen können, und immer hab ich dir helfen müssen, und wegen jeder winzigen dreckigen Begierde hast du alles Wichtige versaut, und hernach hab ich es wieder in Schwung bringen müssen, und zum Dank hast du mir dann ins Gesicht gespuckt. Scheißkerl. Wie ich dir damals die zwanzig Pfennig geliehen habe, wie du beim Lanzinger warst in der dritten Klasse, da hast du mir feierlich bei der Mutter Gottes geschworen, du gibst mir die zwanzig Pfennig am Freitag zurück. Aber nicht hast du sie mir gegeben, hergefallen bist du über mich, und alle Knochen zerhaut hast du mir, weil du zehn Zentimeter größer bist als ich, das ist deine ganze Größe. Und ich hab der Leichtinger-Theres versprochen gehabt, ich geh mit ihr Schlittschuh laufen, und jetzt hab ich die zwanzig Pfennig Eintritt nicht gehabt und bin dagehockt und hab sie sitzenlassen müssen, und meine ganze Liebe mit ihr war ruiniert. Und was war mit den zwanzig Pfennig? Verschleckt hast du sie. Gummibonbons hast du dir davon gekauft."

Oskar erinnerte sich genau, er erinnerte sich hundert ähnlicher Fälle, wichtiger und unwichtiger, doch im Grunde war keiner unwichtig, und ein ganz kleines Schuldbewußtsein war in ihm. Allein er drückte es gleich hinunter. Das war nun einmal so eingerichtet in der Welt, der eine war groß und der andere war klein, und der eine war ein Herrenmensch und ihm war alles erlaubt, und der andere war ein Dreck. „Da sieht man es", triumphierte er. „Jetzt hast du dich selber entlarvt. Nur weil du ein Zukurzgekommener bist, weil du von Anfang an kein Glück gehabt hast bei den Weibern, darum schimpfst du. Bei mir hat es die zwanzig Pfennig nicht gebraucht, mir ist die Leichtinger-Theres nachgelaufen auch ohne die zwanzig Pfennig. Du bist neidisch auf mich. Darum schiebst du deine Mißerfolge auf mich, darum schimpfst und geiferst du." – „Ich sag dir *eines*", erwiderte Hannsjörg, „du hast verspielt mit all deinen großen Worten. Dein ganzer Schmarren und deine Schmockerei verfängt nicht mehr. Bei dem Proell nicht und bei mir auch nicht. Ich laß mir deine Unverschämtheiten nicht länger gefallen. Ich sag dir's im guten, aber es ist das letztemal: Wenn du noch ein einziges Mal frech gegen mich wirst, dann laß ich dich fallen. Und du hast jetzt gesehen, wie weit du kommst, wenn du auf dich allein gestellt bist."

Sie standen einander gegenüber, die Brüder, blaß, die Gesichter verzerrt vor Wut, mit funkelnden Augen. Es war seltsam, wie die beiden gutangezogenen Herren, der Staatsrat und der Ehrendoktor, prominente Mitglieder der mächtigsten Partei Deutschlands, einander so gegenüberstanden in dem mit bizarrem Prunk überstopften Raum, sich unflätig beschimpfend, aus einem mit vielem Bemühen erworbenen Schriftdeutsch immer wieder zurückfallend in derbe, bayerische Flüche.

„Und wenn man bedenkt", sagte leise, tückisch, mit inbrünstigem Grimm Hannsjörg, „daß du das alles angestellt hast wegen dieser Käthe, wegen dieses eingebildeten, unmöglichen Flitscherls. Der große Herr hat ihr ein Präsent machen müssen, der große Herr hat nicht nein sagen können, der große Herr hat nicht den Schneid aufgebracht, seinem Betthaserl zu sagen: Jetzt aber Schluß." Ebenso leise, aber noch gefährlicher, sagte Oskar: „Ich sage dir, hör auf." Aber: „Ich denke gar nicht daran", erwiderte Hannsjörg, „ich sag es noch einmal und noch einmal. Mit deiner blöden Stiereitelkeit verhunzt du dir und mir die Karriere. Dein Betthaserl hat eine sentimentale Laune. Dein Betthaserl verlangt, daß du ihr den Mond vom Himmel herunterholst ..."

Oskar hörte nicht weiter auf das, was Hannsjörg sagte. Dessen Worte von der „sentimentalen Laune" hatten ihm wieder ganz zum Bewußtsein gebracht, was er verloren hatte. Dieser traurige Narr von einem Hannsjörg begriff ja nicht einmal, worum es ging. Der war ja idiotisch wie ein Stück Holz. Er war schuld an allem, das Krisperl, der böse Geist, der Versucher, und da stand er, klein und dreckig, käsig, unverschämt wie sieben Spatzen, und lachte ihn aus in seiner Not. Wild starrte Oskar ihn an. Die großen Hände zu Fäusten verkrampfte er, daß der schwere Ring ihm weh tat.

Furcht überkam den Hannsjörg. Aber er nahm sich zusammen. „Starr mich nur an mit deinem blöden Geschau", sagte er. „Ich weiß ja doch, daß nichts dahintersteckt. Mich kriegst du nicht klein. Bei mir wird Furcht mit einem kleinen ‚f' geschrieben."

Da aber überschwemmte Oskars sinnlose Wut den letzten Damm, schwarz und rot wurde ihm vor den Augen, und wie als Junge, wenn er kein anderes Argument mehr gegen den Bruder wußte, stürzte er sich auf ihn und schlug auf ihn ein, hilflos. Es war eine ungeheure Erleichterung; dabei tat ihm selber jeder Schlag weh, den er dem andern versetzte.

Hannsjörg duckte sich, aber er wehrte sich nicht. Plötzlich sah Oskar, daß Blut kam, eine dicke, blutige Schramme lief dem Bruder übers Gesicht, er hatte ihn mit dem Ring verletzt.

Nüchtern wurde er auf einmal, seine ganze Wut sackte zusammen. Das Krisperl, dachte er, und: Wie unwürdig. Ehrendoktor, Akademie, und da raufe ich mich mit ihm herum wie ein Lausbub. Aber er ist schuld daran. Nein, ich bin schuld daran. Es ist ganz gleich, wer daran schuld ist.

Er hatte von ihm abgelassen. „Es geht mir dreckig, Hansl", klagte er, leise, aufrichtig. „Ich bin sehr in Not. Und du bist an die Stelle gekommen, wo es am wehesten tut." Und er eröffnete sich ihm: „Ich krieg nämlich ein Kind von dieser Frau. Und ich hab mich unbändig darauf gefreut. Und jetzt habt ihr ihren Bruder totgeschlagen. Und jetzt ist sie mir davon. Und jetzt habt ihr mir alles hingemacht."

Hannsjörg saß da, schmächtig und erschöpft, und das Blut überströmte ihm das Gesicht. Mechanisch hatte er's abgewischt mit dem Taschentuch. Aber das war im Nu dick durchtränkt mit Blut, und das Blut tropfte ihm herunter auf die Kleider. Doch nicht im leisesten achtete er darauf. Denn plötzlich überschaute er Oskars innere Landschaft bis ins kleinste. Da hat es ihn also doch ereilt, den Protzenbauern, das Genie. Da geht es also ihm auch einmal so, wie es ihm selber, dem Hannsjörg, sein ganzes Leben hindurch ergangen ist. Alles hat er, was er sich wünscht, aber die Frau kriegt er nicht. Dabei hat er sie gehabt, dabei hat er ihr ein Kind gemacht. Dabei hat er hundert andere, so viele er will, schönere, bessere. Aber gerade auf die versteift er sich, und die kriegt er nicht, die ist ihm durch. Oskar tut ihm leid, aber er gönnt es ihm. Warum ist er hereingefallen gerade auf diese eingebildete Gans, diese Käthe? Ihm, dem Hannsjörg, war sie immer zuwider, und er hat es nicht verstanden, daß der Oskar noch so lang mit ihr herumgezogen ist, wo sie ihn immer sekkiert hat.

Oskar unterdessen erschrak, als er wahrnahm, wie übel er den Bruder zugerichtet hatte, und er war voll von Reue und Mitleid. „Komm ins Badezimmer", bat er ihn. „Du mußt dich waschen. Ich schick in deine Wohnung, oder ich telefoniere, daß man dir einen Anzug bringt und Wäsche. Ist es schlimm?" erkundigte er sich besorgt. „Soll man nicht nach einem Arzt telefonieren?"

Es war nicht schlimm, und Hannsjörg wollte keinen Arzt. Aber ins Badezimmer ging er, begleitet von Oskar, und auch daß man um Wäsche und einen Anzug telefonierte, litt er.

Da stand er im Badezimmer unter der Dusche. Mit Mitleid und Verachtung betrachtete Oskar wieder einmal den schmächtigen Körper des Krisperls. Nein, es war kein Heldenstück, den da zu verhauen. Aber warum forderte er einen auch immerzu heraus?

Hannsjörg seinesteils überlegte. Schlau hat sie es angefangen, diese Käthe, diese hochmütige Nutte, die ihn so kalt hat abfahren lassen. Ein Kind also hat sie sich machen lassen von dem einfältigen Oskar und hat darauf gerechnet, daß er sie heiratet. Aber sie hat es überdreht, und es ist ihr danebengegangen. Jetzt sieht er es noch nicht, der Oskar, aber eigentlich hat er sogar diesmal, wo er sich so hereingelegt glaubt, Schwein gehabt, mehr Glück als Verstand. Der Proell und der Zinsdorff haben ihm ganz wider ihren Willen einen ungeheuern Dienst geleistet, sie haben ihn davor bewahrt, sich fürs Leben an dieses Flitscherl zu fesseln. Ja, ja, den Seinen gibt's der Herr im Schlaf.

Während er so denkt, ist in den Untergründen seines Innern Furcht, Oskar, der gemeine, rohe, gewalttätige, könnte mit seinem blöden, frechen Blick, mit seiner „Schau", seine, des Hannsjörg, Gedanken belauschen. Er hat Angst vor Oskar. Andernteils kann ihm, solang er hier unter der Dusche ist, der andere nicht ins Aug schauen, da ist er sicher. Er säubert also eifrig an den ehemals blutbeschmierten Stellen herum, die längst sauber sind, und beschließt, den Oskar wegen seines Flitscherls wortreich zu beklagen und zu trösten.

Auf einem weißen Stühlchen hockt er dann, Oskar frottiert ihn sorglich, er gibt ihm etwas Blutstillendes. Schon reißt Hannsjörg wieder Witze: „Es wird aussehen wie ein Schmiß. Man wird denken, ich hätte ein Duell gehabt. Hab ich ja auch gehabt, gewissermaßen."

Dann gehen sie zurück in die Bibliothek. Hannsjörg hat einen von Oskars Schlafröcken übergenommen, er sieht aus wie ein verfrorenes Äffchen in dem prächtigen, viel zu weiten Kleidungsstück. Behutsam, wie er sich's vorgenommen, tröstet er Oskar. Den aber hat tiefste Niedergeschlagenheit überkommen. „Wir sind unter Räuber und Mörder gefallen“, klagt er. „Du hättest hören sollen, wie freundschaftlich der Führer mit mir gesprochen hat, wie ein Bruder zum Bruder. Und dann bringen diese Saukerle den Cramer ganz einfach um, gegen des Führers ausdrücklichen Befehl.“ – „Sei gescheit, Oskar“, bat Hannsjörg. „Schau die Dinge an, wie sie wirklich sind. Ich glaub dir's, daß Hitler dein Freund ist und dir wohlwill. Aber er kann einen Mann wie Proell nicht entbehren. Der schmeißt schließlich die ganze Kiste. Glaub mir, wir können nicht gegen ihn an, nicht du und nicht ich, nicht einmal Hitler selber. Ich mein's dir wirklich gut, Oskar. Sei gescheit. Sie sind nicht kleinlich, die Burschen, solang man ihnen nicht in die Quer kommt. Es ist ja schließlich kein Stück Limburger, womit sie dich abgespeist haben. Sophienburg, dein dickes Konto bei der Dresdner Bank, der Ehrendoktor, es ist nur eine Frage der Zeit, wann du Präsident der Akademie wirst, Weiber hast du, so viele du willst. Und diese Käthe wird auch noch zurückkommen.“

„Käthe kommt nicht wieder“, klagte Oskar, „du kennst sie nicht. Das ist aus.“ Er saß da, trübe. „Alles ist aus. Ich sag das nicht, um dir Vorwürfe zu machen. Wir sitzen beide drin, ich weiß es. Was sie heute diesem Cramer getan haben, das können sie morgen mir tun oder dir. Wenn dem Proell und dem Zinsdorff meine Augen nicht passen, und sie passen ihnen nicht, dann brauchen sie nur ernstlich zu wollen, und sie machen mich hin wie diesen Cramer.“

Hannsjörg wurde es unbehaglich. Oskars Worte legten sich auf ihn wie etwas Körperliches; was er sah und sagte, traf so oft ein. Hannsjörg wehrte sich, riß sich zusammen. „Eine Zeitlang warst du überoptimistisch“, sagte er, „jetzt hat das umgeschlagen. Das kommt vor. Wir haben hart kämpfen müssen, beide. Es kommt vor, daß die Nerven aushalten, solang man kämpfen muß, wenn man aber am Ziel ist, lassen sie einen im Stich. Sei gescheit, Oskar“, redete er ihm zu, so herzlich er konnte. „Wir haben es geschafft. Wir sind oben. Jetzt hältst du dich zwei, drei Wochen ganz still, läßt Gras über die Geschichte wachsen; in Zeiten wie diesen wächst das Gras sehr rasch. Und dann gehst du nach Prag, oder wo sonst deine Käthe steckt, und holst sie dir zurück. Du bist schließlich noch mit jeder Frau fertig geworden. Mach kein Gesicht wie abgestandenes Bier. Es steht dir nicht. Es paßt nicht zu dir. Wir sind oben, wir Brüder Lautensack, und wenn wir zusammenhalten, dann bringen sie uns nicht wieder hinunter. Keine Macht der Welt bringt uns dann hinunter."

Oskar, in diesen nächsten Tagen, hockte herum, leer, ausgeschöpft, alle Freude am Leben war ihm vergällt.

Es war natürlich Unsinn, was Hannsjörg sagte. Käthe kam nicht wieder. Einen Augenblick dachte er daran, nach Prag zu fahren und zu versuchen, ob er sie nicht zur Rückkehr bewegen könne. Aber er wußte, es war aussichtslos. Er sah jetzt deutlich, wie alles zusammenhing. Käthes Versprechen, ihn zu heiraten und mit ihm zu leben, war nichts gewesen als der Preis für die Rettung des Bruders. Lang vorher schon hatte sie sich für diesen Cramer entschieden und gegen ihn.

Kaum minder schwer traf ihn die Erkenntnis, daß er sich auch in Hitler getäuscht hatte. Oskar war kein Moralist und nahm es Hitler nicht übel, daß ihm der sein Wort nicht gehalten hatte. Aber er hatte geglaubt, es sei eine tiefe Verwandtschaft zwischen ihm und Hitler, eine Freundschaft vom Blut her, von den Müttern her, und jetzt also erwies sich, daß ihm Hitler das alles nur vorgespielt hatte.

Inmitten seiner tiefen Niedergeschlagenheit erreichte ihn ein Brief aus der Reichskanzlei. Hitler beglückwünschte ihn zu der Verleihung des Ehrendoktorats und teilte ihm mit, daß er Auftrag gegeben habe, die Gründung der Akademie der Okkulten Wissenschaften zu beschleunigen. Handschriftlich fügte er hinzu, er freue sich darauf, Oskar bald wiederzusehen.

Oskar strahlte auf. Zerweht waren die Wolken. Er hat es ja gleich gewußt: der Führer war sein Freund nach wie vor. Es waren die andern, die ihn, dem Wort des Führers zuwider, um Käthe und um sein Kind gebracht hatten. Es waren die alten Gegner, immer die gleichen, die feinen Leute, die mit der falschen Perle, die Kadereit, Proell, Zinsdorff.

Allein sie haben sich auch diesmal verrechnet. Soviel ist ihnen geglückt: sie haben ihm die Frau gestohlen, an der sein Herz hing. Aber aus dem Herzen des Führers haben sie ihn nicht verdrängt.

Er nimmt den Brief Hitlers auf. Vor ihm stehen die Schriftzüge Hitlers, diese ungeübten, ein wenig ungefügen, doch großen, raumfüllenden, kindlichen Schriftzüge. Sie drängen aus dem Papier heraus, die Buchstaben, sie stehen vor Oskar da, plastisch, sie lassen des Führers Gedanken, Gefühle, Wünsche in ihn überströmen, bluthaft. Er spürt, der Führer ist sein Freund, und dieser sein Freund Hitler ruft ihn, braucht ihn.

In Oskars Herzen erwachen des Führers Worte über die gute deutsche Eigenschaft der Racheseligkeit. Ungeheuer steht in ihm auf der Haß gegen die Großkopfigen, die ihn wie Hitler zeitlebens geduckt haben. Aufhängen muß man sie, wird man sie, an jedem Baum des Tiergartens einen.

Die letzten Gefühle Hitlers, das weiß Oskar, sind die gleichen wie seine eigenen. Nicht aber die vorletzten. Den Führer nämlich bedrängen die feinen Leute mit mehr Bitterkeit und mit größerem Erfolg. Sie spinnen Ränke nicht nur in seinem Vorzimmer, sondern auch in seinem Herzen. Oskar weiß ja, wie es um Hitlers Inneres bestellt ist, er hat es ja gesehen, und dieses Schreiben bringt ihm die Vision in höchster Klarheit zurück. Wieder sieht er, wie die feinen Leute ihr Lasso geworfen haben um das Herz des Führers und wie sie an ihm ziehen und zerren.

Hitler braucht ihn, um die Stricke zu zerreißen. Dieser Brief ist ein Hilferuf. Es ist Hitlers Herzenswunsch, sich zu rächen an den feinen Leuten, ihre großen Köpfe rollen zu machen. Aber er braucht den Anstoß, er braucht Hilfe, er braucht ihn, Oskar.

Inmitten seines verrenkten Prunkes, vor dem riesigen Schreibtisch, sitzt Oskar, die großen, weißen Hände mit dem mächtigen Ring halten das Schreiben Hitlers, um seine Lippen ist ein verzücktes, kindliches, törichtes Lächeln. Hitler soll ihn nicht vergebens rufen. Er hat den heimlichen Wunsch Proells ans Licht heben und zur Tat machen können, der ein kleines Talent ist und sein Feind: wie sollte er's nicht vermögen bei Hitler, der ein Genie ist und ihm freund und verwandt?

Auch diesmal empfing ihn der Führer ohne weiteres. Schon für den nächsten Tag bestellte er ihn in die Reichskanzlei.

Mit freundschaftlicher Offenheit sprach er über jenes Ereignis, das vielleicht die Beziehungen zwischen ihm und seinem Seher hätte beschatten können, über den Tod Paul Cramers. „Wahrscheinlich haben Sie schon gehört, mein lieber Lautensack", sagte er, „daß es mir das Schicksal verwehrt hat, Ihren Wunsch zu erfüllen. Der Mann selber, dessen Freilassung ich Ihnen zusagte, hat unsern Plan vereitelt, durch Feigheit. Artfremder, der er war, hat er Selbstmord begangen, bevor er freigelassen werden konnte. Überdies hatte sich die Angelegenheit dadurch verwickelt, daß jener Mensch Verbrechen nicht nur gegen Sie, sondern auch gegen den deutschen Geist und vor allem gegen die durch mich vertretene deutsche Sprache begangen hatte. Ich bin überzeugt, daß Sie durch das Wissen um all dieses verhindert worden wären, mich zur Freilassung des Menschen aufzufordern. Jedenfalls wären Sie bei dem mit Ihren geistigen Waffen schön ausgerutscht, und es wäre alles danebengegangen. Immerhin, versprochen ist versprochen, und ich habe natürlich versucht, mein Ihnen gegebenes Wort mit meinen Verpflichtungen dem deutschen Volk und der deutschen Sprache gegenüber durch die versuchte Anlegung eines Maulkorbs an diesem Burschen in Übereinstimmung zu bringen. Aber da eben ist uns Ihr Herr Cramer tückischerweise zuvorgekommen. Ich wasche meine Hände in Unschuld und bedaure es, gerade einem Freund von Ihren Qualitäten den in Aussicht gestellten Dienst zu leisten nicht vermocht zu haben."

Oskar war bewegt, daß sich der Führer vor ihm rechtfertigte. Er, Oskar, trage die Schuld, beteuerte er. Er hätte sich vorher besser informieren müssen. Er hätte dem Führer die Freilassung dieses Mannes nicht zumuten dürfen. Und selbstverständlich habe er auch nicht in seinem Heimlichsten auf das Verhalten des Führers die plumpe Bezeichnung „Wortbruch" angewandt.

„Das freut mich", erwiderte Hitler. „Sie sind einer der wenigen, die Verständnis dafür zeigen, daß meine Sendung notwendigerweise manchmal das Kränkenmüssen eines Freundes mit sich bringt. Im harten Raum der politischen Zwangsläufigkeit decken sich Worte und Taten nicht immer. Die Geschichte kommt aus dem Schicksal, aber Worte und Wörter kommen aus der Kehle, sie werden fabriziert mit Zunge und Zähnen und Gaumen und besagen einen Dreck, wenn es sich um Treue handelt. Erst bei den von der inneren Stimme geäußerten Worten kann von Treue oder Wortbruch die Rede sein." Und er verbreitete sich weiter über das Wesen der Treue. Die Lage, in welche er durch den Fall dieses Cramer seinem Freunde Lautensack gegenüber gekommen sei, sei leider in seinem Leben eine häufige. Ihm schwane von Situationen, in denen ihm, dem Führer, Untreue auferlegt werden könne gewissen treuen Freunden gegenüber, Männern mit goldenen, aber rohen Herzen, weil er nur so seiner höchsten Pflicht, der Leitung des deutschen Geschickes, die Treue wahren könne. „Spießer, die sich mit äußerlich striktem Worthalten dicketun", erklärte er, „mögen dann von Wortbruch faseln. Sie, mein lieber Lautensack, verstehen mich."

Ja, Oskar verstand, und innig dankbar war er dem Führer, der ihn abermals seines Vertrauens würdigte und ihn tief hineinsehen ließ in sein ewiges Problem. Denn es war klar, wieder sprach Hitler von jener Frage, die ihn immer beschäftigte, wessen Köpfe nämlich er am Ende rollen lassen sollte. Soll er die feinen Leute opfern, deren Regierungstechnik und deren Manieren ihm Respekt einflößten, oder die störenden und lärmenden Freunde?

Eine schwärmerische Ergebenheit erfüllte Oskar vor diesem Manne, dem mächtigsten der Erde, der keine Scheu trug, ihm, dem Freunde, seine tiefsten Geheimnisse zu offenbaren. Diese Freundschaft war ein Geschenk, wie es Richard Wagner nicht größer empfangen hatte in der Freundschaft des strahlenden Bayernkönigs Ludwig des Zweiten. Oskar liebte den Führer mit wollüstiger Dienstbarkeit. „Mein Führer", erklärte er begeistert, „Sie brauchen nichts zu fürchten, keinen innern oder äußern Fehlschlag, wenn Sie nur Ihrer innern

Stimme folgen. Die spricht mit untrüglicher Sicherheit, sie ist unfehlbar." Und da ihn Hitler nachdenklich, prüfend anschaute, fuhr er fanatisch fort: „Wenn Sie, mein Führer, heute verfügten: ‚Parteigenosse Lautensack, Sie haben Schuld auf sich geladen, die nur durch den Tod gesühnt werden kann', dann würde ich dieses Urteil ohne innere Auflehnung auf mich nehmen, selbst wenn ich nicht wüßte, wofür ich sterben muß." Und Oskar, in diesem Augenblick, glaubte das.

Hitler, bewegt von soviel Ergebenheit, faßte Oskar um die Schulter und schleifte ihn, trüb meditierend, auf und ab. „Macht und Freundschaft", sagte er, „sind widerstrebende Pole, die manchmal tödliche Funken erzeugen. Wenn alle so weise wären wie Sie, mein lieber Lautensack, dann hätte der Machthaber es leicht. Aber da gibt es Freunde, die, trotz ihrer Treue, in ihrer Weltverblendung und Gottverlassenheit meiner innern Stimme widersprechen, und was bleibt mir dann übrig, als sie am Ende zum Schweigen zu bringen? Wenn es um die Ausgestaltung der nationalen Revolution geht, da darf ich doch vor den härtesten Mitteln nicht zurückschrecken. Das mag eine Tragödie sein, aber da gibt es doch keine Zweifel."

Die Worte des Führers klangen simpel, aber dadurch nicht minder gefährlich. Sie waren gefärbt von Entschlossenheit, und Oskar erkannte: wer dem Führer im Weg stand, ob mit oder ohne seinen Willen, der mußte fallen. Doch gerade die Gefahr, die von dem Manne ausging, zog Oskar an. „Sie verlangen viel von Ihren Freunden", sagte er, „aber noch mehr von sich selber." – „Der Weg nach Walhall ist nun einmal keine Autostraße", antwortete Hitler. „Deutsch sein heißt gefährlich leben. Deutsch sein heißt durch Blut erwerben wollen, nicht durch Schweiß. Da haben Sie in zwei Worten mein Weltbild." Er führte Oskar an seinen Schreibtisch, öffnete die Schublade, wies auf den Revolver. „Da liegt er und ist geladen", sagte er. „Da liegt er und ist eine ständige Mahnung, daß jede Stunde voll ist von der Entscheidung: siegen oder sterben." Er schob mit starker Bewegung die Schublade wieder zu.

Oskar sah die Gewitterwolke in des Führers Seele, immer

bereit, sich zu entladen, die Frage war nur, gegen wen. Jetzt war es an ihm, an Oskar, den Blitz zu lenken auf das Haupt der wahren Feinde, der feinen Leute. Hitler war in der rechten Stimmung; je primitiver Oskar jetzt spricht, so sicherer kommt er ans Ziel. „Ja", sagte er, „jede Stunde ist voll neuer Gefahr. Die Gegner sind am Werk und lauern nur auf die Gelegenheit. Sie sind schamlos, sie verstecken nicht einmal ihre böse Absicht." Und er erzählte von jener Äußerung des früheren Reichskanzlers, wie der in der Ankleidekabine des Schneiders Waisz herumgeschrien habe, er werde nicht mehr lange zusehen und nächstens die ganze Bande abservieren.

Oskar hatte mit gutem Glück eine empfindliche Stelle getroffen. Hitler haßte diesen früheren Reichskanzler. Der Mann hatte seinen Aufstieg um Monate, um Jahre verzögert. Der Mann war im Besitz von Akten, die bewiesen, was die Reichswehr ihrem Agenten 1077, Adolf Hitler, für seine Tätigkeit bezahlt hatte. Der Mensch gehörte nicht zu den Vorsichtigen und schimpfte immerzu über Hitler und verhöhnte ihn. Lautensack war nicht der erste, der Hitler davon erzählte.

Die Äußerung aber, von der er berichtete, war besonders niederträchtig, und sie klang echt. Hitler erblaßte, die Farbe wich aus seinen flächigen Backen, die große, dreieckige Nase stach ganz weiß in die Luft. Er tobte, er geiferte. Mit angenehmer Bestürzung sah Oskar, wie dem Führer Schaum auf die Lippen trat. „Dieser Hund", schrie er los, „dieser Neidling, dieser Niederträchtige. Niederschlagen werde ich ihn, vernichten, zerschmettern, an die Wand stellen wegen Hochverrats und ihn verscharren lassen."

Langsam nur faßte er sich. Aber die zähneknirschende Sachlichkeit, mit der er dann sprach, zeigte Oskar noch deutlicher als das frühere Toben, daß er seinen Zweck erreicht hatte. „Ja, das sieht diesem Manne ähnlich", erklärte nämlich mit energiegeladener Ruhe der Führer. „Schon am Orte des Vonsichgebens dieser ohnmächtigen Drohungen erkenne ich meinen Pappenheimer. In der Ankleidekabine eines Schneiders schleimt er sich aus, in Unterhosen, dieser mit Recht Verflossene. Dort zerreißt er sich vor gelbem Neid, weil ich hier sitze und er in der Ankleidekabine. Abservieren. Wir wollen sehen, wer wen zuerst abserviert. Die Herren sind übermütig geworden durch mein langes Zögern. Aber mein Entschluß ist gefaßt, und es ist nur die Stunde, die ich abwarte, die Stunde, die meine innere Stimme mir bezeichnen wird. Dann werde ich nicht davor zurückschrecken, die schuldigen Köpfe rollen zu lassen, auch wenn es von eigenen Kammerdienern rasierte sind, die sich durch die Zugehörigkeit zu einer Jahrhunderte hindurch mit Unrecht privilegierten Klasse eisern auf ihren Hälsen gesichert glauben."

Mit Genugtuung sah Oskar, daß er sich von neuem als Weichensteller des Schicksals bewährt und den Willen Hitlers auf das rechte Geleise gelenkt hatte. Der frühere Reichskanzler war der Anführer und starke Mann der feinen Leute. Wenn er fiel, dann mußten andere mit, viele andere, zum Beispiel die Herren Proell und Zinsdorff.

Wiewohl Oskar erfüllt war von gewaltigem Stolz, ließ er vor niemand ein Wort verlauten von dem, was bei seiner Zusammenkunft mit dem Führer besprochen worden war. Hannsjörgs Warnung klang in ihm nach. Er wird sich bescheiden. Erst wenn er sie unter der Sohle hat, die feinen Leute, dann erst wird er sie verhöhnen: Das bin ich, der euch zertritt.

Immer wieder, gegen seinen Willen, stieg in ihm der Gedanke auf, was wohl mit Käthe sei und mit seinem Kind. Sie war in Prag, das hatte er ermittelt. Mehrmals setzte er lange Telegramme an sie auf, aber er unterließ es, sie abzusenden. Es war sinnlos. Dann dachte er daran, ein Gastspiel in Prag zu geben. Als er den Vertrag unterzeichnen sollte, besann er sich eines andern.

Glücklicherweise hatte er nicht viel Zeit für Betrachtungen. Die Arbeiten für die Akademie nahmen ihn in Anspruch, er trat allabendlich auf, er hatte viele Konsultationen abzuhalten, die gesellschaftlichen Verpflichtungen häuften sich, seine Tage und seine Nächte waren ausgefüllt.

Einmal, in einer Gesellschaft, traf er den Grafen Zinsdorff. Es war ein herzwärmendes Gefühl, das Gesicht eines Feindes zu sehen, von dem man wußte, daß bereits im Krematorium der Ofen auf ihn wartet.

Der lebende Leichnam Zinsdorff begrüßte Oskar, als wäre nichts geschehen, und führte mit ihm ein höfliches Gespräch. Auf seine hübsche, freche Art fragte er ihn, ob man wohl auch noch später Gelegenheit haben werde, Oskar auf der Bühne zu sehen, oder ob die Würde eines Präsidenten der Akademie ihm das öffentliche Auftreten verbiete. „Finden Sie öffentliches Auftreten eine Schande?" fragte hochmütig Oskar. „Ich an Ihrer Stelle", riet freundlich Zinsdorff, „würde glatt den Führer darüber befragen. Sie gehen doch bei ihm ein und aus." – „Der Führer erweist mir die Ehre", antwortete gemessen Oskar, und sein Inneres war voll von Hohn, „manchmal meinen Rat einzuholen." – „Befolgt er ihn auch?" fragte Zinsdorff. Oskar erwiderte nichts, schaute ihn nur an mit einem kleinen, ungeheuer hochmütigen Zucken der sehr roten Lippen. Das wird dieser Hundsbub von einem Grafen ja bald am eigenen Leib erfahren, wie der Führer Oskars Ratschläge befolgt. Ein glattes, hübsches Gefrieß hat er, das muß man ihm lassen, Glück bei den Frauen hat er auch, aber das hilft ihm nichts. Heute noch auf stolzen Rossen.

„Hören Sie, Oskar", fuhr mittlerweile Zinsdorff fort, „mir ist, als hätten Sie mir da unlängst so was wie einen Mahnzettel geschickt. Im allgemeinen werfe ich solches Zeug ungelesen in den Papierkorb, aber da Ihr Autograph darunter stand, hab ich mir's angeschaut. Ich finde es nicht nett von Ihnen, daß Sie mir armem kleinem Beamten gegenüber den Shylock spielen. Sie wissen doch, was alles ich für die Partei zu tun habe. Da bleibt einem einfach keine Zeit fürs Geschäftemachen. Über die Sicherheit des Reichs zu wachen ist eine anstrengende Aufgabe. Und sie bringt wenig Dank. Jeder will einem dreinreden. Sowie man faules Fleisch wegschneiden will, fällt einem eine Horde von Humanitätsdusseln in den Arm und schreit zetermordio."

Der Rotzbub wagt es also auch noch, ihn herauszufordern. Der Rotzbub wagt es, ihn an die Gemeinheit mit Paul Cramer zu erinnern. Der Rotzbub treibt Schindluder mit ihm. „Ich an Ihrer Stelle, Ulrich", erwiderte Oskar, „würde von meiner Arbeit nicht soviel hermachen. Die Tätigkeit eines Henkers muß sein, aber ich würde sie nicht plakatieren." – „Sie irren sich über meine Funktion, Oskar", gab Zinsdorff zurück. „Ich treibe die Schafe nicht zur Schlachtbank, ich zeichne sie nur an." Nicht die leiseste Mühe gab er sich, zu verbergen, welchen Spaß es ihm machte, Oskar zu hänseln.

Oskar konnte die zornige Freude über die Blindheit, mit welcher der Unverschämte in sein Schicksal ging, nicht länger im Busen halten. „Es glaubt mancher zu zeichnen", sagte er, „und ist längst schon selber gezeichnet." – „Klingt apokalyptisch", meinte Zinsdorff. „Ist das ein Spruch aus der Bibel oder von Ihnen?" Oskar, mit steigendem, frohem Ingrimm, antwortete: „Es ist nicht aus der Bibel, und es ist nur halb von mir. Es ist ein Ausspruch jemandes, der die Macht hat, seine Worte in Taten umzusetzen. Sie können es auch so fassen: ‚Es glaubt mancher, abzuservieren, und wird selber abserviert.'" – „Sie scheinen viele Perlen in Ihrem Zitatenschatz zu haben, mein Lieber", sagte sanft Zinsdorff. „Sind es lauter echte?" Oskar bezwang sich und schlug dem andern nicht in das schöne, freche, hochmütige Gesicht. „Es gibt jemand", erwiderte er, „der zur gegebenen Zeit nicht davor zurückschrekken wird, Köpfe rollen zu lassen, auch wenn es von eigenen Kammerdienern rasierte sind, die sich durch die Zugehörigkeit zu einer privilegierten Klasse eisern auf ihren Hälsen gesichert glauben. Das, zum Beispiel, ist ein unbestreitbar echtes Zitat. Und diejenigen, die es angeht, sollten es vielleicht ein bißchen billiger geben, Graf Zinsdorff."

„Ja", erwiderte Zinsdorff, „dieses Zitat klingt echt." Er versuchte, den alten, hänselnden Ton festzuhalten, aber es wollte ihm nicht recht gelingen. Es war das erstemal, daß Oskar auf dem frechen Gesicht Zinsdorffs etwas wie Bestürzung wahrnahm.

Er ließ ihn stehen. Er fühlte sich satt und befriedigt. Jetzt hat er's dem Rotzbuben gegeben.

Es war richtig, der Ausspruch Hitlers, den Oskar wiedergegeben, hatte Ulrich Zinsdorff kalt angerührt. Doch nur für einen Augenblick. Es war noch ein langer Weg bis zu dem Endkampf zwischen der Aristokratie und dem Pöbel, und es stand noch keineswegs fest, auf welche Seite in diesem Endkampf der hysterische Clown Hitler fallen wird.

Fest steht nur, daß er vor diesem Zirkusfritzen große Töne geredet hat; die von Lautensack zitierten Aussprüche sind echt, das ist keine Frage, die geschwollene Ausdrucksweise des Führers ist nicht zu verkennen.

Aber bestimmt nicht – und als er so weit war, ging ein kleiner Schein über Zinsdorffs Gesicht –, bestimmt nicht hat Hitler diese Aussprüche getan, damit sie weitererzählt werden. Sie haben's mir gegeben, mein guter Oskar, keine Frage. Aber vielleicht war dieser Triumph der kapitalste Bock, den Sie in Ihrer langen Jägerlaufbahn geschossen haben.

Zinsdorff saß bequem im Sessel, ein Bein übergeschlagen, und wog und rechnete. Die Zitate müßten veröffentlicht werden. Die Betroffenen, Kadereit, der verflossene Reichskanzler, müßten sie zu Gesicht bekommen. Sie werden sich rühren, werden Lärm schlagen. Wenn ein Mann das, was ihm der Führer anvertraut hat, so wenig hütet, dann ist das Verrat. Hitler ist mit dem Wort Verrat schnell bei der Hand. Ja, das ist die Lösung.

Die Aufgabe, einen Artikel zu lancieren, der gar nichts sagte und alles und der die unverkennbaren Zitate enthielt, war nicht einfach. Aber wenn Zinsdorff etwas ernstlich wollte, dann war er ebenso geschickt wie liebenswürdig.

Der Aufsatz erschien. Der Aufsatz wurde verstanden. Die feinen Leute waren empört.

Mit gut gespieltem, grinsendem Bedauern legte Zinsdorff dem Stabschef den Artikel vor. Proell las. Proell dachte nach. „Alles begreife ich", beendete er seine Erwägungen, „nur nicht, wie das in die Zeitung kommt. Unser Zauberonkel ist ein Genie und also doof. Aber so doof doch nicht, daß er solche Dinge in fünfhunderttausend Exemplaren in die Welt hinausschreit." – „Der Herr Reichspressechef", berichtete unschuldig Zinsdorff, „begreift auch nicht, was da vorgefallen ist. Er hat mich angerufen, in Panik, und hat verlangt, daß ich den Redakteur, der den Artikel gebracht hat, ins Konzentrationslager stecke. Das hab ich natürlich auch getan."

Proell schaute seinen Zinsdorff unverwandt an. Nahm

seine Hand, eine schmale, kräftige, gepflegte Hand. „Ist diese Hand dabei im Spiel gewesen, Ulrich?“ fragte er. „Du hast doch das Ding gedreht, hast du nicht?“ – „Aber wieso denn, Chef?“ antwortete Zinsdorff so, daß der andere sehen mußte, daß er log und welch tiefen, grausamen Spaß ihm die Geschichte machte. „Oskar Lautensack ist offenbar verrückt geworden“, fuhr er fort. „Kadereit hat mir erklärt, er schaue nicht länger zu. Auch der Verflossene ist aus dem Häuschen. Man wird Hindenburg von dem Vorfall unterrichten. Siegfried hat geschwatzt. Ich fürchte, Siegfried ist nicht zu retten.“

„Das fürchte ich auch“, antwortete Proell. Sieh mal an, geistreich wurde der Junge. So sehr haßte er den Oskar. Proell saß da, ungewohnt ernst, und klopfte mit dem Bleistift den fast kahlen Schädel. Es war ihm leid um Hannsjörg, daß der den Bruder, und leid um Hitler, daß der den Freund und Seher verlieren sollte. Aber dieser Oskar Lautensack war ein zu einfältiges Gemüt. Er ging zu unvorsichtig um mit der Gabe, die ihm verliehen war. Er machte sich zu viele Feinde. Erst hat er sich gegen ihn, Proell, aufgelehnt, nun gar hat er aus Adolfs Schule geschwatzt. Er bereitete der Partei zu viele Ungelegenheiten. Er war nicht zu retten.

In Proell, während er dies erwog, war ein Nachklang jenes Unbehagens, das er verspürt hatte, als er damals dem Manne Lautensack gegenübergesessen war und der Mann seine Hand gehalten hatte und ihn gezwungen, sein Heimlichstes preiszugeben. Jetzt war es soweit. Jetzt, sehr bald, wird dieser Mann ein für allemal nicht mehr imstande sein, ihn weiter auszuspionieren. Für den Bruchteil eines Augenblicks war in Proell heller Jubel darüber, daß dieser Mann, der Feind, in seine Hand gegeben war, und eine wilde und unbändige Freude darauf, ihn zu vernichten, ihn aus der Welt zu schaffen.

Aber das drang nicht durch zu seiner eigenen, geschweige denn zu Zinsdorffs Kenntnis. Der vielmehr sah nur einen hohen Beamten dasitzen und eine gewichtige Entscheidung zögernd überdenken. Der Entschluß ging Manfred offenbar näher, als Zinsdorff angenommen; ja, beinahe schien es, als zürne ihm Manfred. Am Ende aber, das wußte Zinsdorff, wird er seine Zustimmung geben.

Jetzt legte Proell den Bleistift zurück. „Du hast ein böses, böses Herz, mein Sohn Ulrich", sagte er. „Es bleibt mir wohl nichts übrig, als zu Adolf zu gehen."

Manfred Proell zeigte dem Führer den Artikel.

Dem gefiel er. „Nicht schlecht", sagte er. „Diese Gewitterwolke hängt nun wie ein Damoklesschwert über den feinen Leuten." – „Verzeih, Adolf", sagte, eine leise Gereiztheit unterdrückend, Proell, „aber ich hätte dich mit der Lektüre des Artikels nicht behelligt, wenn es mir nur darum gegangen wäre, dich zu einer gefühlsmäßigen Wertung zu veranlassen. Begreife, bitte, dieser Aufsatz ist eine politische Affäre." – „Ich finde", beharrte Hitler, „das Hängen eines solchen Damoklesschwertes über ihnen kann den feinen Leuten nur guttun." – „Es tut ihnen gut", erwiderte mit seiner knarrenden Stimme Proell, „aber anders, als du denkst. Wir sitzen mit ihnen in einer Koalition. Sie haben Zusicherungen von uns. Diese Drohungen verletzen das Abkommen, das wir mit ihnen getroffen haben. Dr. Kadereit hat so was wie einen Kriegsrat einberufen. Der Verflossene und die um ihn haben erklärt, unter keinen Umständen lassen sie sich das länger bieten."

„Was lassen sie sich nicht länger bieten, die vermessenen Saububen, die vermessenen?" fragte finster der Kanzler. „Deine Drohungen", antwortete der Stabschef. „Täusche dich bitte nicht über den Ernst der Angelegenheit, Adolf. Die Herren schlagen auf den Tisch und erklären, wir schrien die Absicht, unser Wort zu brechen, ganz offen in die Welt hinaus. Sie stecken sich hinter Hindenburg."

„Mein Name ist nicht genannt in dem Artikel", sagte unmutig Hitler. „Auch Lautensacks Name ist nicht genannt", antwortete Proell. „Aber die Drohungen sind vorgebracht in deinem einmaligen Deutsch, sie können nicht vorbeiverstanden werden. Und auch darüber kann kein Zweifel sein, daß mit dem Manne, der sie weitergegeben hat, Lautensack gemeint ist. Adolf, du kommst nicht darum herum. Du mußt eine unumwundene Erklärung abgeben." – „Was heißt unumwunden?" wich Hitler aus, hochmütig, unbehaglich. „Unumwunden ist etwas der deutschen Sprache Fremdes. Goethes Erklärungen sind keine unumwundenen." – „Er war auch ein Dichter", sagte ungeduldig Proell. „Auch er war Staatsminister", beharrte der Kanzler. „Adolf", redete ihm freundlich Proell zu, „brich dir keine Verzierung ab. Sieh der Chose ins Auge. Du mußt von diesem Quatschkopf abrücken. Energisch. Ein für allemal."

Dem Führer war flau zumute. Es war unverantwortlich von diesem Lautensack, zu schwatzen, und wenn ein anderer das getan hätte, dann hätte er kurzen Prozeß gemacht. Aber Lautensack war ein Seher. Von ihm war nicht zu verlangen, daß er aus seinem Herzen eine Mördergrube mache. Visionen und große Reden gehören nun einmal zusammen, das weiß niemand besser als er selber. Wes das Herz voll ist, des gehet das Maul über. Was bei einem andern Verrat wäre, ist eine läßliche Sünde, wenn es der Seher Lautensack begeht. Und deshalb soll er von dem Freund „abrücken"? Immer will man ihm das wegnehmen, woran er seine Freude hat. Nein, das macht er nicht mit. Er opfert nicht auch noch den Freund und Seher auf dem Molochaltar des Vaterlandes.

„Ich habe mit Lautensack Stunden der Erhebung und der Betrachtung verbracht", sträubte er sich. „Er hat Verständnis für vieles in mir, was andern verschlossen ist." – „Ich begreife, daß du an ihm hängst", gab Proell zu. „Es ist was an ihm, ich selber habe das erprobt. Aber er ist ungeheuer naiv, seine Freundschaft ist für einen Staatsmann eine schwere Belastung. Du siehst es ja, er kann die Schnauze nicht halten, dieser Siegfried", wiederholte er Zinsdorffs Argument. „Du mußt von ihm abrücken."

Hitler stand in hartem Kampf. Der Vergleich mit Siegfried gefiel ihm; er genoß die tragische Situation, in die er wieder einmal geraten war. Aber er litt auch an ihr. Er atmete stark, er schwitzte. „Ich bin bereit", erklärte er schließlich, „Lautensack zu desavouieren, wiewohl er das nicht um mich verdient hat. Ich bin bereit, Herrn Dr. Kadereit zu erklären, daß Mißverständnisse vorliegen." – „Du kommst mit derlei halben Erklärungen nicht durch", sagte Proell. „Hindenburg selber wird Erklärungen von dir verlangen, neue, feierliche Versicherungen. Und man wird darauf bestehen, daß das alles in der Öffentlichkeit vor sich geht, mit Scheinwerfern. Wenn du den Mann retten willst, kommst du ohne eine peinliche Szene mit dem Alten nicht durch."

Hitler – und das wollte Proell – dachte an die Stunde der Erniedrigung, da er eingeklemmten Schwanzes über die glühenden Kohlen hatte schreiten müssen. Nein, das ertrug er kein zweites Mal. „Laßt mich doch in Frieden", brach er aus. „Jeder Bauernknecht hat einmal eine ruhige Stunde. Aber an mir zerrt und reißt ihr Tag und Nacht. Das ist kein Leben, das ist ein ewiges Opferbringen. Ihr reißt mich ja in Stücke."

Proell sah die Not des Freundes. Er trat auf ihn zu, legte ihm den Arm um die Schulter. „Du hast es schwer, Adolf", sagte er, „ich weiß. Aber sieh mal, selbst wenn du dich jetzt vor Hindenburg demütigst für diesen Lautensack, dann wird er in zwei oder drei Monaten doch wieder neuen Mist machen. Du mußt dich selbst bezwingen, der Partei zuliebe. Diese ganze Geschichte kommt uns jetzt gar nicht zupaß, das brauch ich dir nicht zu sagen. Es gibt nur *eine* Lösung. Der Mann muß weg. Nur das kann dich rechtfertigen. Der Mann muß verschwinden. Damit verschwindet automatisch die ganze leidige Angelegenheit."

Hitler hatte von Anfang an gewußt, was unter dem „Abrükken" verstanden war. Er hat die ehrliche Absicht gehabt, den Freund zu retten. Aber Proells Argumente sind schlagend. Und selbst wenn er sich demütigt und ihn rettet, der Bund zwischen ihm und Lautensack – auch damit hat Proell recht – ist trotzdem für immer zerstört. Lautensack selber hat ihn zerstört, durch seine Schwatzhaftigkeit. Und hat er ihm nicht auch selber Absolution erteilt? „Wenn Sie mich verurteilen, verurteilen Sie mich mit Recht", hat er gesagt. „Ihr Herz gehört den Wölfen", hat er gesagt. Mit tragischer Ironie hat der Seher sein eigenes Schicksal vorausverkündet und das Opfer, welches das Schicksal ihm, dem Führer, nun auferlegt.

Proell hatte sacht den Arm von Hitlers Schulter weggenommen. Er beschaute den finster brütenden Freund, sah, wie der sich abarbeitete. Offenbar spielte er sich jetzt große Oper vor. Da tat man am besten, ihn gewähren zu lassen.

Aber auf einmal war es Proell, als ginge es in dieser großen Oper nicht mehr um den Seher, sondern um ihn selber. Unwillig tat er den Gedanken ab. Dieser verdammte Lautensack. Sein bloßer Name machte alles Dunkle, Unbehagliche in einem aufstehen. „Adolf, soll der Mann verschwinden?" wiederholte er seine Frage.

Hitler schaute ihn nicht an. Langsam nahm er vom Schreibtisch einen kleinen Brieföffner aus Schildpatt. Langsam, mit den Daumen der beiden gepflegten, kräftigen, brutalen Hände drückte er zu. Mit einem häßlichen Laut zersprang das Schildpatt.

„Danke", sagte Proell.

Als Hannsjörg gemeldet wurde, Proell sei am Apparat, erschrak er, wiewohl er diesen Anruf erwartet hatte.

Seitdem er jenen Aufsatz gelesen, war ihm klar: Jetzt hat es geschnappt. Die bagatellisierende, höflich bedauernde, mokante Art, wie dann, am Telefon, Zinsdorff über die „unliebsame Affäre" gesprochen, hatte seine Vermutung bestätigt, daß dieser Ulrich der Urheber des verderblichen Streiches war.

Oskar war verloren. Rettungsversuche waren sinnlos; was immer Hannsjörg unternahm, gegen Proell, der seinen Ulli bestimmt decken wird, kam er nicht auf, er gefährdete höchstens sich selber. Auch mit Oskar zu sprechen hatte keinen Sinn mehr. Es fraß an Hannsjörg, daß er Oskar seinem Schicksal überlassen mußte; gleichzeitig aber war in ihm ein heimliches Frohlocken, daß er fortan nicht mehr im Schatten des genialen Bruders werde stehen müssen.

In solcher Stimmung, gespannt, erregt, hatte er Proells Anruf erwartet. Doch der, als er sich nun endlich meldete, ließ ihn weiter auf der Folter. Er schwatzte auf seine joviale Manier Belangloses. Zuletzt allerdings bat er ihn zum Abendessen, und: „Wir werden allein sein, mein Engel", versprach er ihm.

Während des Abendessens dann gab sich Proell liebenswürdig schnoddrig und ließ sein skeptisches Wissen um Welt und Menschen in allen Farben schillern.

Es kam ihm darauf an, sich Hannsjörg von seiner besten Seite zu zeigen. Hannsjörg soll klar erkennen, daß Proell ihn nicht im leisesten für die Dummheiten Oskars verantwortlich macht. Andernteils aber will er von Hannsjörg ein offenes Wort haben von Mann zu Mann, daß ihm der die Chose mit Oskar nicht nachträgt. Er will von Hannsjörg eine Entscheidung haben gegen den Bruder, für den Freund.

Nach dem Essen nahm er ihn hinüber in sein Arbeitszimmer zu Kaffee und Kognak. Auf dem Schreibtisch lag breit jenes Heft mit dem verderblichen Artikel. Mit einer kleinen Bewegung wies Proell darauf hin. „Ja, mein Lieber", sagte er, „da bleibt mir wohl nichts übrig, als dir zu dem Wahnsinnsausbruch des Herrn Bruders zu kondolieren", und er legte ihm die Hand auf die Schulter.

„Was hast du über ihn beschlossen, Manfred?" fragte Hannsjörg, seine Stimme klang schrill und trocken. „Ich habe gar nichts über ihn beschlossen", sagte mit gespielter Forschheit Proell. „Du weißt, ich hab ihn gern gehabt, er war erstaunlich in seinem Fach, einzigartig. Einmal hat er mir sogar einen nicht unwesentlichen Dienst geleistet. Auch Adolf hat ihn gern gehabt."

Hannsjörgs blasse Lippen zuckten. Manfred sprach von Oskar wie von einem Toten. Es war aus mit Oskar, er hatte es gewußt. Aber immer noch wollte er's nicht glauben. „Er soll aus der Welt?" fragte er, sonderbar kindisch, und schluckte. „Es hat Adolf Überwindung gekostet, den Brieföffner zu zerbrechen", antwortete Proell. „Den was?" fragte Hannsjörg. „Du kennst Adolf", entgegnete Proell. „Er hat nichts gesagt, aber er hat das Schildpatt zerbrochen. Es war ein Lied ohne Worte."

Schmächtig saß Hannsjörg da, erbärmlich, ihm war speiübel. Die Stunde schien ihm die elendeste seines Lebens. Er hat das Beste gewollt, aber er hat den Bruder auf den falschen Weg geführt. „Gibt es gar kein anderes Mittel?" fragte er kläglich.

Proell goß sich Kognak in seinen Kaffee, trank. „Er hat das Schildpatt zerbrochen", sagte er.

„Oskar ist ein Genie", sagte nach einer Weile mit Anstrengung Hannsjörg. „Genie und Irrsinn wohnen nah beisammen. Könnte man ihn nicht zum Beispiel auf eine Zeitlang in eine Anstalt bringen zur Beobachtung?"

Proell rauchte, trank. Trank, rauchte. Jetzt hatte er das Mittel, Hannsjörg vor die Entscheidung zu stellen. Er schwieg so lange, daß Hannsjörg bereits glaubte, er habe ihn mit seinem Vorschlag verstimmt und werde keine Antwort erhalten.

Da aber stand Proell auf, unversehens. Auch Hannsjörg wollte aufstehen. Aber: „Bleib sitzen, mein Sohn, bleib sitzen", sagte Proell. Der glatte Herr mit der rosigen, gepflegten Haut und dem runden, beinahe kahlen Schädel kam auf Hannsjörg zu, er stand so dicht vor Hannsjörg, daß der ganz eingehüllt war in seine leise, gefährliche Ausdünstung. Die hellgrauen, listigen Augen schienen ihm das Härteste, was er je gesehen, und er hatte in seinem Leben viel Hartes gesehen.

„Höre, mein Sohn", sagte Proell, und seine knarrende Stimme war sehr leise, „ich bin fair. Ich gebe dir zu, dein Vorschlag ist durchführbar, ich könnte den Herrn Bruder vielleicht wirklich in eine Anstalt schicken. Aber ich bin kein Mann der halben Lösungen, das weißt du. Ich kann es nicht verantworten, den Bruder eines so gefährlichen, so viel Unruhe stiftenden Menschen in einem hohen Parteiamt zu belassen. Solange er da ist, wird er, wo immer er ist, dich in deinem Weg beirren. Entweder also es geschieht, wie du vorgeschlagen, und er geht in eine Anstalt: aber dann gehst du mit, als sein Wärter, dann verschwindest du aus der Partei. Oder aber er geht aus der Welt, dann magst du bleiben, wer du bist und was du bist. Die Wahl steht bei dir, mein Sohn. Du mußt dich entscheiden", und nach einem ganz kleinen Schweigen, fast unhörbar, schloß er: „Zwischen mir und ihm."

Die schnellen, blassen Augen Hannsjörgs versuchten, dem starken Blick des andern zu entkommen, ein verzweifeltes Lächeln verzerrte sein spitzes, käsiges Gesicht. „Sie machen es einem nicht leicht, Manfred", sagte er. „Da, trink", sagte Proell und schenkte ihm Kognak ein. „Nein, ich mach es dir nicht leicht", gab er zu.

Hannsjörg trank. Er stellte sich vor, wieviel einfacher und schöner das Leben sein wird, wenn er erst die Last Oskar los ist. Es wird ihm dann, nach der Freundschaftsprobe von heute, nicht schwerfallen, den Zinsdorff bei Proell ein für allemal auszustechen. Und Hildchen, wenn sie in Zukunft von Oskar spricht, wird von einer historischen Gestalt reden. Nichts mehr wird seinem Aufstieg im Weg stehen.

Er nahm einen Anlauf. „Ich bleibe bei dir, Manfred", sagte er. Doch er hatte diese wenigen Worte noch nicht zu Ende gesprochen, als die Zukunftsbilder, die er zu seiner Ermutigung heraufgerufen, bereits verschwunden waren. Statt ihrer war da das heftige, dunkelblaue Aug des Bruders, und es drang geradezu leibhaft auf ihn ein. Es tat so weh, daß er's kaum ertrug.

Proell legte ihm leicht die Hand auf die Schulter. „Das vergeß ich dir nicht", sagte er.

„Werde ich ihn noch einmal sehen?" fragte nach einem Schweigen, mühsam, Hannsjörg. „Warum nicht?" meinte Proell. „Meinethalb kann er gut und gern noch ein paar Tage Freude haben an den Vorbereitungen seiner Akademie. Er entkommt uns nicht. Es spricht nichts dagegen, ihm noch etwas Zeit zu lassen." Er nahm noch einen Kognak. „Er war ein begabter Bursche. Hätte er außer seiner Begabung noch ein Quentchen gesunden Menschenverstandes gehabt, dann hätte er es weit bringen können."

Oskar verspürte, ähnlich wie der Führer, als er den Aufsatz las, zunächst Befriedigung. Der dunkle Ruhm, der ihm da gespendet wurde, und die dunkeln Drohungen gegen die feinen Leute gefielen ihm.

Dann aber, als er den Aufsatz ein zweites Mal las, ging ihm auf, daß nur böser Wille ihn hatte veröffentlichen können. Es konnte niemand sonst dahinterstecken als Zinsdorff. Es konnte nur Übles kommen aus dieser Veröffentlichung. Die Partei wird ihm Schwierigkeiten machen, weil er Äußerungen des Führers unbefugt weitergegeben habe. Er wird sich wieder einmal vor Hannsjörg zu rechtfertigen haben.

Er sehnte sich beinahe nach dem Anruf des Bruders. Er war sich nicht recht klar über die Folgen des Aufsatzes. Wenn er sich erst mit Hannsjörg auseinandergesetzt hat, wird er den Umfang des Schadens übersehen können.

Doch kein Hannsjörg meldete sich. Auch sonst sprach ihm niemand von dem Aufsatz.

Glücklicherweise gab es viel zu tun, und der Tag, an dem er den Artikel zu Gesicht bekam, war angefüllt mit Arbeit. Des Morgens hatte er eine Besprechung mit dem Unterrichtsminister wegen der Akademie, des Nachmittags eine schwierige Konsultation, abends die Vorstellung. Nach der Vorstellung ging er mit einer sehr hübschen italienischen Dame aus. Er hatte keine Muße, an den Aufsatz zu denken.

Dann aber, des Nachts, fand er keinen Schlaf, und plötzlich war wieder die Sorge da, wie die Partei, wie vor allem der Führer die Geschichte mit dem Artikel aufnehmen werde. Er überdachte nochmals die Einzelheiten des Aufsatzes, ja, er stand auf, mitten in der Nacht, ging hinüber in die Bibliothek, suchte den Aufsatz heraus und las ihn von neuem. Und auf einmal wußte er mit untrüglicher Sicherheit: das kann nicht gut ausgehen, das ist von allen Streichen, die ihm die feinen Leute gespielt haben, der gefährlichste.

Er war froh, als der Morgen kam und er an die Arbeit gehen konnte. Der wilde Betrieb seines Tages nahm alle seine Gedanken in Anspruch. Wieder vergaß er den Aufsatz, und an diesem Abend sank er ins Bett so müde, daß er sogleich einschlief. Er schlief gut, und am nächsten Morgen fühlte er sich ausgeruht und sehr wohl. Die Arbeit machte ihm Freude, und er freute sich auch auf seinen Abend. Er hatte eine neue Zusammenkunft mit der Italienerin vereinbart und versprach sich von dieser Zusammenkunft ein Ergebnis.

Am spätern Nachmittag aber, als er sich hinlegte, um sich für die Vorstellung und für die Stunden darauf auszuruhen, überfielen ihn von neuem die Sorgen wegen des Aufsatzes. Er war voll Zorn über sich selber, rief sich zur Ordnung, schalt sich. Das ist doch alles schiere, dumme Einbildung. Aber jetzt wird er ein für allemal Schluß machen mit dieser läppischen Angst. Es gibt ein Mittel: er wird mit Hitler selber über die Geschichte sprechen. Sogleich setzte er sich hin, schrieb, bat den Führer, ihn sehen zu dürfen.

Nach der Vorstellung dann traf er die italienische Dame, und es ging alles nach Wunsch. Die Frau war schön, die Frau war liebenswert und verstand sich auf die Liebe, die Frau war hingerissen von Oskars Wesen und von seinem Ruhm. Sie sagte ihm zärtliche Worte, er erwiderte Angemessenes, er schlief mit ihr. Aber hinter allem stand die Sorge und die ängstliche Spannung, wie die Unterredung mit dem Führer verlaufen werde.

Es geschah dies zu der gleichen Zeit, da Proell den Hannsjörg vor die Entscheidung stellte.

Den Morgen darauf erhielt Oskar Bescheid aus der Reichskanzlei. In ausgesucht höflichen Sätzen teilte man ihm mit, der Herr Reichskanzler sei zur Zeit sehr überlastet. Man werde es Herrn Dr. Lautensack wissen lassen, wenn der Herr Reichskanzler eine Stunde für ihn freihabe.

Oskar erblaßte, als er dies las. Gleichzeitig aber sagte er sich, ein solcher Bescheid bedeute gar nichts. Es war Unsinn, sich einzubilden, Hitler wolle einem übel, weil er nicht gleich am ersten Tag Zeit für einen hatte. Er klammerte sich an diesen Gedanken, er sagte ihn sich vor, wieder und wieder. Doch der Trost hielt nicht. Er wußte, der Führer hatte ihn verurteilt. Und es gab keinen Appell. Er selber hatte dem Führer versichert, er werde sich nicht auflehnen, wenn er ihn verurteile. Er selber hatte ihm nahegelegt, nur auf seine innere Stimme zu hören und nicht erst lange zu untersuchen. Jetzt war es an dem. Er war verloren. „Jetzt hat es mich gerissen", sagte er laut vor sich hin in der Sprache seiner Jugend und seiner Heimat.

So ein hirnrissiger Schmarren. Das ist ja schon pathologisch. Das ist ja alles einfach verrückt. Er muß sich zusammennehmen. Er darf keinem Menschen von diesen Hirngespinsten sprechen. Sonst hält man ihn, und mit Recht, glatt für verrückt. Er muß sich zusammennehmen.

Aber zehn Minuten später ertappte er sich, wie er an der

Maske vorbeischlich, sich an ihr vorbeistahl, scheu, abgewandten Auges. Er schämte sich, daß jetzt, kurz vor seinem Untergang, sein Gesicht im Fleisch weiter von diesem Antlitz in Bronze entfernt war als jemals vorher.

Kurz vor seinem Untergang. Unsinn. Er darf sich nicht so gehenlassen. Er darf diese sinnlose Furcht nicht noch mehr Gewalt über sich gewinnen lassen. Er muß sich ablenken mit allen Mitteln.

Er tauchte hinein in seine Arbeit. Da, mitten in heftigster Tätigkeit, überkam ihn plötzlich das Verlangen, Alma zu sehen. Bei ihr wird er ruhiger werden. Bei ihr wird er jene Überreiztheit loswerden, die ihn aufreibt und ihn am Ende wirklich verrückt macht.

Sogleich fuhr er zu ihr. Ging auf und ab in ihrem behaglichen Zimmer, fühlte sich wohl, sprach ihr von der Akademie und wie großartig die Inauguration werden würde. Plötzlich brach er ab, verstummte, und, nach einer kleinen Weile, sagte er, und er wußte nicht, daß er's sagte: „Ob ich das noch erleben werde?" Die Schneiderin Alma sah ihn groß an. „Aber das ist doch in vierzehn Tagen", sagte sie. „Was ist in vierzehn Tagen?" fragte er. „Was hab ich denn gesagt?" Sie sah, wie verstört er war. „Aber was hast du denn?" fragte sie erschreckt. Er strich sich über die Stirn. „Nichts, nichts", sagte er, „es war ein blöder Witz."

Das dürfe so nicht weitergehen, befahl er sich. Wenn er schon wahnsinnig sei, dann dürfe er wenigstens andere nichts davon merken lassen. „Es sind pure Hirngespinste", sagte er sich vor. „Es wird vorübergehen. Nimm dich zusammen. Halte an dich, bis es vorbei ist."

Allein schon am Tag darauf, bei einer Auseinandersetzung mit Alois, brach das, was er seinen Wahnsinn nannte, wieder aus ihm heraus.

Alois war erbittert über die Akademie. Er fürchtete, man werde, wenn erst Oskar Akademiepräsident sei, nicht weiterarbeiten wie bisher. Derbe Späße machte er über Oskars wissenschaftliches Gehabe. Grinsend erinnerte er ihn daran, wie sich Oskar selber unzählige Male bitter lustig gemacht habe über die Dürre der Gelehrsamkeit.

Doch heute tat Oskar den Spott des Freundes nicht mit dem gewohnten Hochmut ab. „Ja", gestand er ihm vielmehr zu, „ich habe manches Unverantwortliche gesagt in meinem Leben. Aber es geht mir nicht gut, Alois, und vielleicht solltest nicht auch du noch auf mich einhacken." – „Ja, was haben wir denn?" fragte erstaunt Alois. „Was sind denn das für Töne?" Oskar aber redete noch mehr dergleichen, er war so bedrückt, daß Alois schließlich besorgt fragte: „Jetzt sag einmal, was ist denn heut mit dir los?"

Oskar, statt aller Antwort, betrachtete nachdenklich den Freund. „Eigentlich", sagte er, „bist du doch zeitlebens in meinem Schatten gestanden. Es ist allerhand, daß du trotzdem so treu zu mir gehalten hast." Alois, betreten, erwiderte: „Das klingt ja wie ein Nachruf." Und, gleich wieder mißtrauisch, fuhr er fort: „Aha, du willst mich also doch los sein wegen deiner berühmten Akademie. Ein gewöhnlicher Illusionist ist dir nicht mehr fein genug zur Mitarbeit. Du brauchst es nicht nochmals zu sagen. Ich geh glatt aus dem Vertrag heraus. Ich kann den gleichen Vertrag überall haben." Oskar, ungewöhnlich sanft, erwiderte: „Red doch keinen Schmarren, Alois. Ich lasse keinen Freund im Stich." Er legte einen kleinen Ton auf das „ich", er dachte mit Schmerzen und Bitterkeit an den Führer, der ihn preisgegeben hatte. Er konnte nicht länger an sich halten. „Ich sag dir was", vertraute er dem Freunde an. „Ich bin gezeichnet. Jedesmal, wenn ich dich sehe, frag ich mich: Ist es heute das letztemal?"

Zuerst glaubte der Alois, der Oskar mache einen seiner blöden, makabern Witze. Aber dann sah er, es war ihm schmerzhaft ernst. Ängstlich, doch mit gespielter Munterkeit redete er ihm zu: „Du spinnst ja. Du hast dich überarbeitet mit deiner damischen Akademie." Aber: „Nein, nein", sagte Oskar. „Ich sag es dir, ich bin gezeichnet. Sie lassen mich nicht länger da." – „Wer ‚sie'?" fragte mit steigender Besorgnis Alois. „Die Nazis natürlich", antwortete böse Oskar, „unsere alten Freunde."

So was von sich zu geben gerade jetzt, da alle Zeitungen voll waren von der Akademie, welche die Nazis dem Oskar stellten, war offenbarer Wahnsinn. Oskar litt an Verfolgungswahn, da gab es keinen Zweifel. Aber vielleicht war es gut so. Vielleicht wurde man dadurch die Saubande, die Nazis, ein für allemal los. Alois faßte den Freund am Ärmel. „Gehen wir doch einfach fort, Oskar", drängte er ihn, herzlich, verschwörerisch. „Ich hab's dir doch immer gesagt, daß mit den Nazis kein Auskommen ist. Jetzt siehst du's selber, der Hansl und seine ganze damische Politik, das macht dich doch nur verrückt. Gehen wir ins Ausland. Sollen die doch ihren Dreck alleine machen. Wir kriegen Verträge, soviel wir wollen. Der Mantz macht uns das mit der linken Hand. Gehen wir ins Ausland und bleiben wir bei unserm Leisten." Er sprach täppisch eifrig, voll freundschaftlicher Wärme; er sah, wie sehr Oskar in Not war.

Den Oskar bewegte es, daß Alois seinethalb auf sein München verzichten wollte. Er lächelte, gerührt und überlegen. Kannte der Alois die Nazis so wenig, daß er annahm, sie würden einen ins Ausland lassen, den sie gezeichnet hatten? Aber er setzte das dem Freunde nicht lange auseinander. „Vergelt's Gott, Alois", sagte er. „Es ist nur halb so schlimm. Es wird schon besser werden." Er ging.

Alois hockte da, den langen, hagern Schädel vornübergeneigt, noch trüber als sonst schauten die braunen, traurig komischen Augen über der krausen Nase. „Sakra, sakra", sagte er vor sich hin, mehr mürrisch als grimmig. Auf die damischen Reden des Freundes hätte er nicht viel Gewicht gelegt; aber daß sich Oskar so sanftmütig gab, erfüllte ihn mit Sorge und böser Ahnung.

Wenn Oskar mit andern zusammen war, dann gelang es ihm zuweilen, die Angst zu verjagen. War er aber allein, dann legte sie sich geradezu körperhaft über ihn. Manchmal fühlte er sich wie im Leeren, und ihm war, als sei er schon drüben. Noch konnte er sich bewegen, noch konnte er sprechen, aber die Luft trug seine Stimme nicht mehr, er ging herum wie unter einer Glasglocke.

Nichts Greifbares war da, was seiner Angst hätte Nahrung geben können. Doch wachsender Argwohn quälte ihn gegen alle und gegen alles. Da war ein Kerl, der sich in seinem Garten herumtrieb und beschäftigt tat. „Was suchen Sie hier, Mensch?“ herrschte ihn Oskar an. „Das ist Privateigentum.“ Aber es erwies sich, daß der Mann Hilfsgärtner war und richtig hierherbestellt.

Der Unterrichtsminister rief an, die Zeitungen waren voll von der bevorstehenden Inauguration. Alles ging weiter, unverändert, wie immer. Aber Oskar ließ sich nicht täuschen. Sie blieben unsichtbar, die Aufpasser, die Mörder. Aber ihn machten sie nicht zum Narren. Er spürte ihre unsichtbaren Augen. Er wußte, daß sich das Netz immer dichter um ihn zusammenzog, auch wenn er's nicht sehen konnte.

Er ertrug es nicht mehr, er ging zu Hannsjörg. Es geschah dies am dritten Tag nach der Unterredung Hannsjörgs mit Proell.

„Ich habe dich zu sprechen, dringlich, ungestört“, sagte er. „Was hast du denn?“ fragte Hannsjörg. „Was ist denn? Ist es wegen der Akademie? Stärker trommeln können wir wirklich nicht.“ Er rauchte seine Zigarette, er suchte seine Unruhe hinter einem leichten Ton zu verbergen. „Was es ist“, erwiderte bitter und verstört Oskar, „das mußt du doch besser wissen als ich. Du hast mich doch gewarnt, daß sie mir keine Luft mehr lassen wollen. Du mußt doch wissen, wann das Beil fällt.“ – „Du spinnst, du bist, übergeschnappt“, sagte Hannsjörg, genau wie Alois. Aber Oskar erkannte das Unsichere, Verzerrte hinter Hannsjörgs Worten und seinem Gewese. Er war gezeichnet. Irgendwo in den Büchern der feinen Leute stand das Datum seines Untergangs vermerkt, die Stunde seines Absterbens. Und dieser da, der Kleine, hielt sich zu den feinen Leuten und wußte, was gespielt wurde.

„Du willst es mir also nicht sagen“, klagte er, und es war in seinem Ton eine solche Verzweiflung, daß Hannsjörg zerrissen wurde von Schuld und Mitgefühl. „Sei doch nicht so nervös“, bat er. „Ich begreife dein Lampenfieber; den Präsidenten der Akademie zu markieren, das ist nicht einfach. Aber nachdem du den Prozeß so großartig hingelegt hast, bin ich sicher, du wirst auch diese Inauguration schmeißen. Spielend.“ Er rauchte. Er lächelte.

Doch Oskar gab sein Lächeln nicht zurück. Vielmehr schaute er Hannsjörg nur an, nicht einmal heftig, nicht einmal dringlich, und doch konnte Hannsjörg das Aug des Bruders nicht ertragen. Er spürte, der Kleine, daß Oskar alles wußte.

Und jetzt fing Oskar auch zu klagen an. Er schrie nicht, er fluchte nicht, es wäre Hannsjörg viel lieber gewesen, er hätte geflucht. Statt dessen sprach er leise, ganz ohne Gewese, aber der ganze Mann und was er sprach war erfüllt von einer bittern Hoffnungslosigkeit. „Warum hast du mich verraten, Hansl?" sagte er. „Das hast du doch, oder hast du nicht? Du weißt doch was. Du weißt doch sehr viel. Warum hast du nichts zu mir gesagt über diesen Artikel, kein einziges Wort? Du hast doch gewußt, daß er mir zum Untergang bestimmt war. Du hättest mich warnen müssen, beizeiten. Du hättest mich retten müssen. Du hättest es können. Bestimmt hättest du es können. Warum hast du es nicht getan, Hansl, mein Bruder? Ich war manchmal gemein zu dir, das geb ich zu, und du hast ein Recht gehabt, es mir heimzuzahlen. Aber mich gleich ums Leben bringen, das hättest du doch nicht müssen. Man hat nur *ein* Leben, und ich bin knapp fünfundvierzig Jahre alt. Und durch den Krieg und seine hunderttausend Tode bin ich durchgekommen, und jetzt sitzt du da und rauchst deine Zigarette und läßt mich verrecken. Und wir gehören zusammen, orphisch, von den Tiefen her, und wenn du so in die Schlinge geraten wärest wie ich jetzt, dann hätte ich dich nicht hängen lassen, dann hätte ich dich nicht verraten, Hansl, mein Bruder."

„Red doch nicht so einen Schmarren", antwortete Hannsjörg. „Vielleicht sollte man die Inauguration verschieben, und du solltest ein paar Tage an die See oder in die Berge, dich erholen", schlug er vor, aber es kam gequält heraus, ohne Überzeugung. Das muß ich noch aushalten, dachte er, das muß ich noch überstehen. Es hätte ja auch gar keinen Sinn, wenn ich jetzt zu Proell ginge und sagte, ich möchte ihn doch lieber im Irrenhaus haben. Proell würde es nicht mehr machen, und ich würde nur mich mit verderben.

„Du bist schrecklich gescheit", sagte mittlerweile Oskar, „du bist immer der Gescheitere gewesen. Du tust es wahrscheinlich auch nicht aus Bosheit, daß du mich hängen läßt. Jeder ist halt sich selber der Nächste, da hast du ganz recht. Und so hab ich's auch gehalten. Aber doch nur, wenn wir zum Beispiel Äpfel gestohlen haben. Wenn es um dein Leben ginge, Hansl, dann hätte ich nicht gesagt: ‚Geh an die See oder ins Gebirge.' Dann hätte ich mich vor dich hingestellt, das weißt du ganz genau. Nun ja, es hat keinen Sinn mehr, weiter darüber zu reden. Hin ist hin. Aber ich bin doch froh, daß ich nicht so verflucht gescheit bin wie du." Er sprach langsam, mit schwerer Stimme, die Worte aus sich herausgrabend, so, wie er manchmal sprach, wenn er in Trance war. Hannsjörg sagte nichts, er schaute ihn auch nicht an.

Dann, nach einer Weile, ging Oskar. Hannsjörg hörte ihn gehen, sah nicht auf, rührte sich nicht. Noch zwei oder drei Minuten, nachdem Oskar gegangen war, hockte er da, klein, käsigen Gesichtes, und rührte sich nicht.

Von da an, die vier Tage, die Oskar noch zu leben hatte, ob er nun allein war oder unter Menschen, ließ ihn jene schauerliche, sich um die Brust legende, schnürende, erdrückende, erstickende Angst nicht mehr los. Wenn er einem SA-Mann begegnete, sagte er sich: Vielleicht ist es dieser, der mich auf den Kopf hauen wird, morgen oder übermorgen. Wenn er in seiner Jacht über den See fuhr, sagte er sich: Vielleicht werden sie mich hier versenken. Wenn er durch den Wald in der Nähe seines Landhauses Sophienburg ging: Vielleicht werden sie mich hier verscharren. Immer fürchtete er, jetzt werden sie kommen, in der nächsten Minute.

Er nahm Schlafmittel, doch sein Schlaf war schlecht. Einmal wachte er auf, dumpf, in Schweiß, benommen. Er hörte Schritte, ganz deutlich, er schrie in die Nacht hinein: „Wer ist da?" Da hörten die Schritte auf. Aber es war jemand im Zimmer, er wußte es genau. Es überlief ihn, die Nase wurde ihm ganz kalt, er bekreuzte sich, wie er's als Kind getan hatte.

Den Abend darauf, als er die kleine Hintertür seines Gartens aufsperrte, wurde er sich auf einmal bewußt, daß er noch immer an seinem Bund jenen kleinen Schlüssel zu Käthes Wohnung trug, den er damals nach so langem Kampf erobert hatte. Es überkam ihn ein unwiderstehliches Verlangen, in Käthes Wohnung zu gehen. Dort, glaubte er, werde er vielleicht Reue spüren, aber die Angst werde er los sein.

Er fuhr hin, er sperrte auf. Die Wohnung war nicht leer, und war doch mehr als leer. Käthe hatte alles zurückgelassen, was er ihr gegeben hatte und was irgendeine Beziehung zu ihm haben mochte.

Grell von der Straße her kam das Licht der Bogenlampe durch das vorhanglose Zimmer. Da stand Oskar in der kahlen Wohnung, er lehnte an dem protzigen Flügel. Der sonst so sichere Mann lehnte da seltsam ungelenk, schlaff.

Um diese Zeit saß Käthe zusammen mit Frau Tirschenreuth in Prag. Anna Tirschenreuth sichtete hinterlassene Manuskripte Pauls, jener Albert hatte sie Käthe auf verschlungenen Wegen zugestellt. Da war „Richard Wagner, Vorbild und Warnung", da waren Aufsätze zur Sprachkritik, da waren scharfe, neuartige Essays über deutsche Geschichte und Politik. Einige Male war der Name Oskar Lautensack genannt.

„Da sind ein paar Sätze über Oskar", sagte Anna Tirschenreuth und reichte Käthe das Manuskript hinüber. „Paul war mutig und gescheit", sagte sie, „aber gerecht war er nicht. Es wäre auch zuviel verlangt gewesen."

Käthe nahm das Blatt, aber sie las nicht. Sie saß da, zugesperrten, fast bösen Gesichtes.

Während der ersten Zeit, da sie von Berlin weggewesen war, hatte sie eine große Leere gespürt. Die Erinnerung an Oskar hatte ihr ein Gefühl gegeben, als sei sie Teil eines sehr großen Raumes, der zuerst vollgestopft gewesen war mit lauter wüstem, verwirrendem Zeug und der jetzt kahl und leer war. So mag einem zumute sein, dem ein Arm oder ein Bein bösartig erkrankt war und der nach der Amputation die Leere spürt und Schmerz noch in der Leere. Dann aber hatte sich dieses Gefühl verloren. Jetzt haßte sie Oskar nicht mehr, sie liebte ihn nicht mehr, sie hatte keine Zeit mehr für ihn. Sie hatte für nichts Zeit und Gedanken als für das Kind, das sie zur Welt bringen sollte. Sie begriff nicht mehr, wie sie daran hatte denken können, sich das Kind wegnehmen zu lassen.

Anna Tirschenreuth sah, wie Käthe das Blatt in der Hand hielt und nicht las. Sie wehrt sich gegen die Erinnerung an Oskar, dachte sie. Sie kann wohl nicht anders. Sie tut Oskar unrecht. Alle tun ihm unrecht. Sie freut sich über das Kind, aber sie will nicht daran denken, daß er der Vater ist. Und es war trotzdem in ihm das Zeug zu seiner Maske. Er hat immer groß vom Schicksal geredet und geglaubt, er sei sein verwöhnter Liebling. Dabei ist er ein Stiefkind. Manchmal war er ganz nahe daran, das zu greifen, was ihm gegeben war. Er hätte es erreicht, wenn er mehr Glück gehabt hätte.

Käthe legte das Blatt zurück auf den Tisch. „Sicher begreifen Sie, Fau Anna“, sagte sie, „daß ich mit alledem nichts mehr zu tun haben will. Ich will nur mehr mit dem Kind zu tun haben.“ Sie schaute vor sich hin, entschlossen, zuversichtlich, glücklich.

In der Nacht darauf ging er in größerer Gesellschaft in ein luxuriöses Tanzlokal. Da sah er plötzlich zwei Männer und wußte: Das waren sie. Er erinnerte sich, sie schon gestern gesehen zu haben, auch heute im Lauf des Tages. Er ging in den Vorraum. Einer der Männer folgte ihm. Er verließ das Lokal, fuhr in ein anderes, da waren sie wieder.

Er wagte sich nicht nach Hause. Hannsjörg hat ihn abfahren lassen, er hat keine Hilfe von Hannsjörg zu erwarten. Aber er muß doch noch einmal zu ihm. Er muß jemand haben, an den er sich klammern kann, wenn sie kommen, ihn zu erschlagen. Er fuhr zu Hannsjörg.

Der Herr Staatsrat war nicht zu Hause. Als er darauf bestand, zu erfahren, wo der Herr Staatsrat sei, sagte man ihm zögernd, der Herr Staatsrat sei bei Frau von Trettnow.

Oskar fuhr zur Trettnow. Es war spät in der Nacht, ein verschlafener Portier öffnete. Er war, wie es Oskar schien, erstaunt und verlegen, als er ihn erkannte. Oskar erklärte, sein Bruder sei da, er habe ihn dringlich zu sprechen. Der Mann, immer verlegen, bat ihn, zu warten, verschwand. Nach einer Weile kehrte er zurück, erklärte, der Herr Staatsrat sei dagewesen, habe sich aber vor einiger Zeit entfernt.

Hannsjörg verleugnete ihn. Oskar stand da, unschlüssig

wie nie in seinem Leben. Bestimmt warteten sie draußen. Er hatte, als er ausstieg, ganz deutlich einen Wagen bemerkt, der nicht weit von dem seinen hielt. Solang er hier im Hause war, war er sicher. Er wollte nicht fort. Heute wird es geschehen. Solang diese Tür ist zwischen ihm und den andern, darf er noch atmen. Es ist nicht wahr, daß Hannsjörg schon fort ist. Hier ist er, unter diesem Dach, sein Bruder Hansl, und verleugnet ihn in seiner Todesnot.

Der Bedienstete war immer noch da, etwas verlegen, ungehalten, darauf wartend, daß der lästige Besucher endlich wieder gehe. Oskar stand da, schwerfällig, im Frack, und machte keine Anstalt zu gehen. „Ich fühle mich nicht ganz wohl", sagte er endlich, nach einer Weile, „bringen Sie mir einen Schnaps", und er drückte dem Manne eine Note in die Hand. Der Mann, überrascht, zögernd, sagte: „Wenn es das ist, Herr Lautensack", und entfernte sich.

Oskar saß in einem der hohen, kostbaren, altertümlichen Stühle, den Zylinder hatte er neben sich auf den Boden gestellt. Der Mann kam zurück mit einem Kognak. „Es ist aber nicht der gute, Herr Lautensack", sagte er, „der ist versperrt." – „Darauf kommt es jetzt auch nicht mehr an", sagte Oskar und trank. „Entschuldigen Sie, Herr Doktor", sagte plötzlich der Mann, „ich habe ja gelesen, daß Sie Ehrendoktor geworden sind. Ich habe auch die Bilder gesehen, in der Illustrierten. Auch die Bilder von der Universität, die sie Ihnen da hinstellen. Das wird ja großartig. Ich gratuliere auch schön." – „Danke, danke", sagte Oskar. „Aber jetzt werde ich doch besser gehen." – „Wollen Sie nicht noch bleiben?" fragte der Mann. „Wollen Sie nicht hier übernachten? Soll ich nicht einen Arzt rufen?" Einen Augenblick überlegte Oskar. Wenn er krank ist, dann, hier, im Hause der Trettnow, in Gegenwart des Arztes, werden sie ihn schwerlich überfallen. Und wenn sie ihn überfallen, wenn sie ihn vor den Augen des Hansl erschlagen, dann geschieht das dem Hansl gerade recht, dann wird es ihn um so schwerer drücken, den Judas, den Brudermörder, sein Leben lang.

Aber es hat doch keinen Sinn, hier herumzudrücken. Einmal muß er ja doch wieder fort. Und wenn er hier bliebe, müßte er sich zusammennehmen, müßte lügen, Theater machen. Was hat er davon, wenn er eine Nacht und vielleicht einen Tag mehr hat, voll der Lüge, voll des schrecklichen Theaters und voll der grausigen, herzschnürenden Angst? „Danke“, sagte er. „Ich glaube, ich fahre doch besser nach Haus.“ Schwerfällig verließ er die Halle und das Haus der Trettnow und hatte seinen Bruder nicht gesehen.

Hielten dort die andern? Ihm schien es so. Er wußte es nicht. Er stieg in seinen Wagen. Aber wohin? Wieder in ein Nachtlokal? Ihn ekelte vor dem Licht, vor der Musik, vor dem Lärm, vor den lauten, lachenden, sich amüsierenden, gehetzten Menschen. Aber noch mehr graute ihm vor Sophienburg, vor dem großen, öden, mit seinem sinnlosen Prunk erfüllten Hause. Und dort werden sie ihn ganz sicher packen. Ohne Ziel fuhr er eine Weile durch die Straßen. Dann fuhr er ins Tabarin. Er fand Bekannte, fand Frauen, trank.

Als er das Tabarin verließ, der Türsteher hatte schon den Schlag seines Wagens geöffnet, traten die andern auf ihn zu. Es waren zwei. „Ich denke, Herr Dr. Lautensack“, sagte der eine, „jetzt nehmen Sie besser unsern Wagen“, und der andere, mit einer kleinen Gebärde, wies auf einige Männer in der Nähe. Es war Nacht, aber man spürte, daß bald der Morgen kommen werde. Oskar schaute um sich. Die Straße war leer. Der Türsteher, Unrat witternd, hatte sich sacht verdrückt; gerade verschwand er in seiner Tür. Oskar hatte Lust zu schreien, furchtbar um sein Leben zu schreien. Doch dann werden sie ihn nur gleich erschlagen, und wenn er stillhält, hat er noch einige Minuten zu leben.

„Bitte“, sagte der Mann in einem Ton, so voll Hohn und Drohung und Befehl, daß Oskar selber es nicht besser hätte sagen können. Er stieg in den Wagen der andern. Es war ein bequemer Wagen. Es saßen jetzt vier darin, außer ihm selber. „Wohin fahren wir?“ fragte Oskar. Sie antworteten nicht.

Man fuhr schnell, durch Straßen, in denen wenig Leben war. Oskar kannte die Straßen gut, er hatte sie oft befahren, gerade in dieser Stunde vor dem Morgen, er bevölkerte sie mit vielen Gesichtern, er hatte viele Erlebnisse gehabt in diesen Straßen, dies war das Berlin, das er erobert hatte. Es waren in ihm Erinnerungen mancher Art und noch mehr Ängste und noch mehr rasende Überlegungen: Ist noch eine Rettung? Gibt es noch eine Rettung? Aber vor diesen Erinnerungen und Ängsten und Erwägungen stand groß *eine* Frage und *ein* Wunsch: Werde ich noch den Morgen sehen und das erste Licht?

Man fuhr dem Westen der Stadt zu, und dann weiter nach Westen, in die Gegend von Sophienburg.

Man passierte die Gegend, in der Sophienburg lag, man fuhr darüber hinaus. Dann bog man ein in eine schmalere Straße, die durch Wald führte, Oskar kannte sie, und dann in eine noch schmalere, auf welcher der Wagen nur mit Mühe vorwärts kam. Dann hielt man.

„Steig aus", befahl der Sprecher. Oskar blieb sitzen; er fühlte sich furchtbar schwach, er fror. Auch war es noch nicht Morgen. „Steig aus", wiederholte in jenem kalten, höhnisch drohenden Ton der Mann. „Soll ich den Hut und den Mantel mitnehmen?" fragte läppisch, kindisch Oskar. Zeit gewinnen, Zeit, Zeit gewinnen, dachte er. Alle vier grinsten. „Den Hut und den Mantel kannst du mitnehmen", sagte der Mann.

Oskar stieg aus, schwerfällig. Da stand er inmitten eines dünnen Waldes in Frack, Radmantel und Zylinder, der Weg hatte aufgehört, vor ihm, neben ihm ging es in den Wald, ein blasser, halber Mond, der wenig Licht gab, stand am Himmel, schon so tief unten, daß man ihn durch die Bäume kaum noch erblickte. Oskar war sehr schwach, und er zitterte vor Frost, wiewohl es nicht kalt war. „Komm jetzt", sagte der Mann. „Können wir nicht bis zum Morgen warten?" bat Oskar, stokkend, kläglich, und mit unsicherer Hand holte er seine Brieftasche heraus. „Komm jetzt", sagte statt aller Antwort der Mann. Sie nahmen ihn in die Mitte und zwangen ihn zu gehen. Eine kleine Weile führten sie ihn tiefer in den Wald. Man ging holperig, durch Gestrüpp, über Wurzeln. Sie blieben stehen. „Lauf jetzt", sagte der Mann, „lauf zu", und wies in den Wald hinein.

Oskar schaute sie an, einen nach dem andern, mit einem langen, saugenden, klagenden Blick. Was er sah, war keine Leidenschaft, nichts als der kalte, geschäftsmäßige Wille, einen Befehl auszuführen. Es war noch nicht Morgen, aber es war keine Hoffnung. Er hatte all seinen Willen darauf gerichtet, den Morgen zu erleben, doch als er diese kalten Gesichter sah, wußte er: auch dieser sein letzter Wunsch und Wille war ohne Kraft gewesen und auch dieser letzte Versuch ein Versager.

Er wandte die Augen ab von den Männern. Schaute noch einmal um sich. Sah die Bäume, den schwach belichteten Himmel, den blassen, tiefen Mond, das Dunkel rings um sich. Er setzte den Hut auf und kehrte sich seinem Wege zu.

Er wünschte sehr, daß Musik in ihm wach werde, irgendeine große Melodie. Aber er wünschte es umsonst. Keine Musik war in ihm, als er seinen letzten Gang antrat, nur Fetzen des lärmenden Gedudels und Geschmetters aus dem Tabarin.

Er hob den Fuß im Lackschuh. Begann zu gehen. Stapfte voran durchs Unterholz, in Frack, Radmantel und Zylinder, ins Dunkel hinein, darauf wartend, daß die Schüsse knallten und daß alles vorbei sei.

Am Tag, bevor die Akademie der Okkulten Wissenschaften eröffnet werden sollte, brachten alle Zeitungen auf der ersten Seite unter dicken Überschriften Meldungen, Oskar Lautensack sei auf grauenvolle Art ermordet worden. Er habe den großen Ring an sich getragen, den Hunderttausende aus seinen Vorstellungen her kennten, auch sonst Schmuck und Geld, aber es sei nichts geraubt worden. Es handle sich offenbar um einen politischen Mord. Oskar Lautensack habe den Roten als ein Repräsentant nationalsozialistischer Ideologie gegolten, in dieser seiner Eigenschaft sei er von ihnen gemeuchelt worden.

Der Führer ordnete ein Staatsbegräbnis für seinen Seher an. Eine ungeheure Menschenmenge war da, viel Trauermusik gab es, viele Fahnen und Standarten.

Hitler selber sprach an der Bahre Oskar Lautensacks. „Er war einer derjenigen“, verkündete er mit bewegter Stimme, „welche die von mir vollzogene Ausgestaltung des Neuen Deutschland seelisch eingeläutet haben.“

Literarische Spaziergänge mit Büchern und Autoren

Das Kundenmagazin der Aufbau-Verlage.
Kostenlos in Ihrer Buchhandlung

Aufbau-Verlag Rütten & Loening Aufbau Taschenbuch Verlag Gustav Kiepenheuer Der >Audio< Verlag

Oder direkt: Aufbau-Verlag, Postfach 193, 10105 Berlin
e-Mail: marketing@aufbau-verlag.de
www.aufbau-taschenbuch.de

Für *glückliche* Ohren

Ob groß oder klein: Der Audio Verlag macht alle Ohren froh. Mit Stimmen, Themen und Autoren, die begeistern; mit Lesungen und Hörspielen, Features und Tondokumenten zum Genießen und Entdecken.

DER>AUDIO<VERLAG D>A<V

Mehr hören. Mehr erleben.

Infos, Hörproben und Katalog: www.der-audio-verlag.de
Kostenloser Kundenprospekt: PF 193, 10105 Berlin

Lion Feuchtwanger

Erfolg

Drei Jahre
Geschichte einer Provinz
Roman

816 Seiten
Band 5021
ISBN 3-7466-5021-6

Der Münchner Museumsdirektor Martin Krüger hat sich unbeliebt gemacht. Eine Menge Leute wären ihn gern los. Der Meineidprozeß, den man ihm anhängst, geht deshalb auch nicht gut für ihn aus. Aber er hat Freunde, die seine Unschuld zu beweisen versuchen. Die vielfältigen Bemühungen für und gegen Krüger sind Drehpunkt eines grandiosen Zeitromans über die politischen und kulturellen Ereignisse in der Stadt München, im Land Bayern, zur Zeit der Inflation und der ersten Versuche der Nationalsozialisten, an die Macht zu gelangen.

AtV
Aufbau Taschenbuch Verlag

Lion Feuchtwanger

Die Geschwister Oppermann

Roman

368 Seiten
Band 5024
ISBN 3-7466-5024-0

Sie sind mit sich und der Welt zufrieden: der jüdische Fabrikant und Schriftsteller Gustav Oppermann und seine Brüder. Bis die Nazis sie zu Verfemten, Gejagten, Vertriebenen machen und zu Entscheidungen auf Leben und Tod zwingen.

Der zweite Teil der Wartesaal-Trilogie ist ein großartiges Dokument der faschistischen Gewaltherrschaft und ihrer Folgen für den einzelnen.

AtV

Aufbau Taschenbuch Verlag

Lion Feuchtwanger

Exil

Roman

856 Seiten
Band 5022
ISBN 3-7466-5022-4

In jener Nacht, in der das Auto über die Schweizer Grenze rast, ist der Schlagbaum auf deutscher Seite nicht geschlossen: Die Entführung des Journalisten Friedrich Benjamin geschieht im Auftrag deutscher Behörden. Sie ist Teil einer Kampagne der Nationalsozialisten gegen die Emigrantenpresse. Ein Tauziehen beginnt zwischen der NS-Parteizentrale und den in Paris lebenden Exulanten um das Leben des Mannes Benjamin, um die Existenz der Zeitung »Pariser Nachrichten«. Private Interessen mischen sich mit politischen, das Engagement für oder gegen Benjamin bleibt nicht ohne Wirkung auf Lebensschicksale der Emigranten und ihrer Gegenspieler.

AtV

Aufbau Taschenbuch Verlag

Lion Feuchtwanger

Die häßliche Herzogin

Roman

240 Seiten
Band 5026
ISBN 3-7466-5026-7

Margarete, Herzogin von Tirol, geboren im Jahre 1318, ist eine wichtige Figur auf dem Schachbrett der europäischen Geschichte. Sicher im Urteil und rasch im Handeln, zwingt sie selbst ihren Gegnern Achtung ab. Doch ihre groteske Häßlichkeit, die ihr den Namen »die Maultasch« einträgt, vergiftet ihr Leben und macht sie zum Gespött der Leute. Im Kampf gegen ihr abstoßendes Gesicht sucht Margarete auf grausame Weise zu erlangen, was der Schönheit von selbst zufällt: Anerkennung, Macht, Liebe.

AtV
Aufbau Taschenbuch Verlag

Lion Feuchtwanger

Jefta und seine Tochter

Roman

270 Seiten
Band 5035
ISBN 3-7466-5035-6

Was er sich erträumte, als er voll Zorn seine Familie verließ, wurde wahr: Überall rühmt man seine Taten, und als das Land von Feinden bedroht wird, rufen ihn die Brüder zurück, als Richter und Kriegsherrn. Er, nur er allein, will den Sieg erkämpfen, und so läßt er sich hinreißen zu dem unseligen Schwur: Jahwe denjenigen zum Opfer zu bringen, der ihm nach siegreichem Feldzug zu Hause als erster entgegenkommt. Das aber ist seine schöne, von ihm so sehr geliebte Tochter.

Für seinen letzten Roman griff Feuchtwanger auf eine Geschichte des Alten Testamentes im Buch der Richter zurück, um, so schrieb er seinem amerikanischen Verleger, »einen Mann zu zeigen, der allmählich aus einem Nur-Krieger ein verantwortungsbewußtes menschliches Wesen wird«.

AtV

Aufbau Taschenbuch Verlag

Lion Feuchtwanger

Goya
oder Der arge Weg
der Erkenntnis
Roman

Mit einem Nachwort
von Fritz Rudolf Fries

597 Seiten
Band 5025
ISBN 3-7466-5025-9

Der spanischen Inquisition sind die »Caprichos« des Malers Francisco de Goya überbracht worden, ketzerische Zeichnungen, Impressionen des Schreckens, visionäre Bilder der Anklage. Brutal, barbarisch, geschmacklos – urteilt die Herzogin von Alba, die Frau, mit der Goya aufs engste verbunden ist. Don Francisco macht die Angst sichtbar, die auf dem ganzen Lande liegt, rühmt der Dichter Quintana. Es scheint eine Frage der Zeit, bis das Heilige Tribunal den Ketzer und sein Werk vernichten wird. Aber die kühne, eigenwillige Kunst Goyas triumphiert über den Geist klerikaler Willkür.

AtV
Aufbau Taschenbuch Verlag